Helen Hunt Jackson

Ramona

Novela Americana

Traducida del Inglés
Por José Martí
New York, 1888

edición crítica
Jonathan Alcántar y Anne Fountain

1st. Stockcero edition: 2018

ISBN: 978-1-934768-94-5

Library of Congress Control Number: 2018937958

Set in Linotype Granjon font family typeface
Printed in the United States of America on acid-free paper.

Published by Stockcero, Inc.
3785 N.W. 82nd Avenue
Doral, FL 33166
USA
stockcero@stockcero.com

www.stockcero.com

Helen Hunt Jackson

RAMONA

Novela Americana

Traducida del Inglés

Por José Martí

New York, 1888

edición crítica

Jonathan Alcántar y Anne Fountain

Indice

Introducción vii
Obras consultadas y citadas xxxi
Recursos digitales para el aula xxxiii
Bibliografía útil para la lectura de *Ramona* xxxv
Prólogo de José Martí xxxix
Nota preliminar sobre el texto xliii

Ramona

La Señora 1
¡Bien Pasado! 11
Ramona 21
El Padre Salvatierra 31
¡Yo soy Alejandro! 43
Capataz 53
Los Celos Enemigos 63
Amigos 73
La Mala Semilla 83
Noche Amarga 93
La Sangre India 105
La Red de la Araña 115
Planes: Meditaciones 131
«¡Milagro!» 139
¡Mi Majela! 157
Fuga Peligrosa y Noche Celeste 171
De Noche, con los Muertos 181
Mar y Bodas 193
¡Reza Ahora, Reza! 213

Última Hora 229
Tempestad y Amigos 241
¡A la Montaña, donde no hay Americanos! 257
¡Peores Cosas! 271
Tía Ri en Viaje 281
Personajes principales en la novela y traducción 309

Introducción

Esta edición de *Ramona* confirma el buen criterio de José Martí en elegir esta novela publicada por la autora norteamericana Helen Hunt Jackson en 1884, como una obra digna de presentarse en español para el lector hispano, especialmente el mexicano. Martí, cubano exiliado en Estados Unidos durante casi quince años, tradujo la novela por cuenta propia y la publicó en Nueva York en 1888 con el fin de difundir la obra en México, un país que amó como el suyo y en el que esperaba una generosa recepción de su traducción. La predilección de Martí por este clásico literario, portador de un mensaje de conciencia social aún vigente en nuestros días, evidencia el enorme interés que confirió a los temas representados en esta novela. Contando con múltiples ediciones y traducciones a diversos idiomas, la trama de la *Ramona* de Helen Hunt Jackson describe la vida californiana años después de la intervención estadounidense en México (1846-1848) y la firma del Tratado de Guadalupe Hidalgo. Fue la época cuando los indígenas y californios mexicanos comenzaban a ser desplazados de sus tierras y despojados de sus derechos por los recién llegados colonos anglosajones.

A pesar de este episodio oscuro en las relaciones bilaterales entre México y los Estados Unidos, California en el siglo XXI cuenta con una nutrida y creciente población de hispanohablantes de ascendencia mexicana –además de ser el segundo estado después de Nuevo México con una población de mayoría latina. Para ellos igual, como lo comentó Martí en el prólogo a la traducción hace más de cien años, *Ramona* es «nuestra novela».[1] Esta edición presenta lo que el lector debe saber para

1 Una gran cantidad de estudios críticos sobre la Ramona martiana han surgido en las últimas décadas. Son demasiados que es difícil resumirlos en tan pocas páginas. Estos trabajos se han enfocado en el contexto histórico, la intervención del traductor en la obra, el tapiz de los temas raciales, la voz femenina, la aplicación de teorías de traduc-

apreciar la traducción de *Ramona* y en especial el papel trascendental que ocupa en la historia de las comunidades hispanas de los Estados Unidos. Para profundizar en estos aspectos, primero habrá que destacar quiénes fueron José Martí y Helen Hunt Jackson.

HELEN HUNT JACKSON

Helen Hunt Jackson (1830-1885) es conocida en las letras norteamericanas por su poesía, sus numerosos artículos para las revistas más populares de su época, su incansable empeño por mejorar las condiciones en que vivían las poblaciones autóctonas de su país y la novela que ha llevado su nombre a la fama, *Ramona.* La escritora nació en el estado de Massachusetts, en el este de los Estados Unidos, durante una época en que existían pocas oportunidades para las mujeres y predominaba la falta de interés por las producciones literarias femeninas. La vida típica de una joven de clase media era casarse y formar un hogar, y la futura autora siguió este camino. A los veintidós años, Jackson se casó con Edward B. Hunt, un ingeniero mecánico del ejército norteamericano. De este matrimonio nacieron dos hijos, pero ambos fallecieron repentinamente a una edad muy temprana. La muerte trágica de su esposo en un accidente militar en 1863 la dejó viuda a los treinta y cinco años de edad e hizo que recurriera a la escritura para sobrellevar su duelo y mantenerse económicamente. Así inició la carrera literaria de una de las más prolíficas escritoras norteamericanas de la segunda mitad del siglo XIX.

Jackson, a pesar de no haber escrito nada antes de 1865, se había criado en un ambiente intelectual propicio para su entrada años más tarde en el mundo de las letras. Su padre, Nathan Welby Fiske, un profesor de griego y filosofía en Amherst College, fue fundamental para que la escritora norteamericana recibiera una sólida formación académica en instituciones educativas de Massachusetts y Nueva York. Sus contemporáneos la describían como una persona de mente inquisitiva y férrea voluntad. Desde su infancia, Jackson fue entrañable amiga de la reconocida poeta norteamericana Emily Dickinson (1830-1886),

---

ción y el uso de la crítica literaria. La bibliografía de esta edición presenta una lista de fuentes para quienes desearan leer más.

quien precisamente la animó a escribir para superar su duelo y obtener su sostén económico. La joven viuda también tuvo la fortuna de contar con el apoyo del editor y ensayista Thomas Wentworth Higginson (1823-1911), un renombrado y fervoroso abolicionista de su tiempo.

Motivada por el respaldo de Dickinson y Higginson, Helen Hunt empezó a publicar poemas, ensayos, cuentos infantiles y bosquejos de viajes, pero siempre bajo los seudónimos de H.H. o Saxe Holm, que escondían su identidad como mujer. En 1875, se casó con William Sharpless Jackson, un acaudalado banquero y ejecutivo ferroviario de Colorado, cuya situación económica acomodada le permitió a Jackson dedicarse a obras literarias de mayor extensión y establecerse como una autora destacada. En total, logró producir más de treinta libros y una multitud de poemas y artículos. Su poesía fue publicada en revistas y periódicos célebres de aquellos años. Además fue elogiada por Ralph Waldo Emerson, el renombrado filósofo, poeta y escritor estadounidense, quien la incluyó en su antología *Parnassus* (1874).

Aunque en los inicios de su carrera Helen Hunt Jackson se dio a conocer por sus relatos pintorescos sobre sitios de interés para viajeros, que reflejaban sus recorridos por varios lugares de los Estados Unidos y Europa, una visita a la ciudad de Boston en 1879 cambió su vida y trayectoria literaria para siempre. La autora asistió a la presentación realizada por un grupo de indios de la tribu ponca[2] en la cual describieron, de forma dramática y desgarradora, los abusos que sufrieron cuando fueron desalojados a la fuerza de sus territorios en Nebraska y reubicados en una «reservación» en lo que hoy es el estado de Oklahoma. Al escuchar el afligido testimonio de Standing Bear, el jefe indio de la tribu ponca, y de enterarse de los muchos casos de injusticia y racismo que este grupo indígena había vivido como consecuencia del expansionismo estadounidense hacia el oeste, Jackson se convirtió en una tenaz defensora de las comunidades indígenas de su país. Estos acontecimientos fueron la causa que estableció su legado.

A primera vista Helen Hunt Jackson no parecía haber nacido para ser reformista; su transformación en una notoria activista fue inusual

2 En la introducción a esta edición se utilizan los términos *indio*, *indígena*, *nativo americano*, *indio americano* o el nombre específico de la tribu o nación para referirse a los primeros pobladores del continente. Con ello, se debe aclarar, sin pretender caer en generalizaciones; sino por el contrario, se quiere resaltar la enorme diversidad de formas de identificarse y sentirse dentro de estas comunidades. Así pues, el lector verá referencias al vocablo «indio» e «Indian» cuando estén directamente relacionados a los textos de Jackson y Martí.

y tardía. A pesar de su cercana amistad con el notable abolicionista Higginson, nunca se adhirió a esta causa ni apoyó públicamente al movimiento sufragista. Sin embargo, con los indios norteamericanos experimentó una conversión ideológica y lideró casi por sí sola una empresa encaminada a cambiar la política del gobierno federal hacia las poblaciones nativo americanas. Su encuentro con los ponca despertó en ella una sed de justicia que se materializó en una lucha social incansable en defensa de los derechos de los indios y una dura denuncia contra las violaciones cometidas en los tratados gubernamentales firmados con las tribus indígenas. Por medio del envío de cartas a los diarios más influyentes de la nación, empezó una ávida campaña con el fin de educar y persuadir al público norteamericano a apoyar su causa.

En 1881, Jackson publicó *A Century of Dishonor* (Un siglo de infamia), una obra que culminó después de seis meses de investigación en la biblioteca Astor de la ciudad de Nueva York. Su trabajo documentaba los actos violentos perpetrados en contra de las poblaciones indígenas, examinaba el incumplimiento de los tratados estadounidenses firmados con los pueblos winnebago, cheyenne, nez percé, delaware, cherokee, sioux y los ponca y criticaba la política del gobierno federal de no reconocer la soberanía tribal de los indios americanos. Como forma de protesta, Jackson obsequió un ejemplar de su libro a todos los miembros del Congreso para recriminar su silencio e indiferencia. En una era en la que gran parte de la sociedad norteamericana apoyaba el exterminio de las comunidades nativo americanas por considerárseles un obstáculo para el progreso y expansión del país, la osada estrategia de Jackson consistió en revertir la imagen del indio, de victimario a víctima, a través de una cuidadosa documentación de las graves injusticias que habían sufrido sus pueblos (Dorris ix). Pese a que el libro no generó el efecto reformista que pretendía en la nación, su publicación dio inicio a candentes debates en la sociedad norteamericana e influyó en la formación de grupos humanitarios que aprendieron sobre los agravios históricos que habían sufrido los indios. Esta etapa sirvió como preludio del nuevo rumbo que abordaría el activismo de Jackson: la cruzada por mejorar las condiciones de vida de los indígenas en las misiones del sur de California.

Después de la publicación de *A Century of Dishonor*, Jackson se convirtió en la activista más emblemática del movimiento reformista indígena. Ese mismo año, *The Century Magazine,* una revista neoyorkina, la contrató para viajar y escribir varios artículos sobre el pasado de las misiones del sur de California. A su llegada a Los Ángeles, la autora conoció a Don Antonio Francisco de Coronel y su esposa Mariana, con quienes estableció una bonita amistad. El matrimonio, perteneciente a una de las familias mexicanas más antiguas y respetadas en la región, resultó ser indispensable para educarla sobre el trasfondo histórico y cultural de las misiones californianas antes y después de su secularización en 1833. En enero de 1882, Jackson inició una serie de viajes a través del sur de California y llegó a visitar diferentes lugares, inclusive Camulos, un rancho de encanto pintoresco que pertenecía a la familia Del Valle y que le sirvió posteriormente para sus descripciones del hogar de los Moreno en *Ramona*.

En sus recorridos por el sur de California, la escritora y activista norteamericana tomó apuntes y realizó estudios detallados sobre la historia de las misiones, los paisajes, la arquitectura, y la producción agrícola, pero sobre todo observó de cerca el deplorable estado en que vivían los indios. El próximo año, la administración del presidente Chester A. Arthur nombró a Jackson y Abbot Kinney comisionados especiales para evaluar la situación de las comunidades indígenas de las misiones californianas. Kinney era un intérprete y traductor que la autora norteamericana conoció durante sus primeras visitas a California. A lo largo de sus jornadas de trabajo, los comisionados pudieron constatar cómo eran los indígenas oprimidos y desplazados ilegalmente de sus tierras. En «Report on the Conditions and Needs of the Mission Indians of California», un informe de cincuenta y seis páginas presentado a ambas cámaras del Congreso en 1883, Jackson y Kinney analizaron críticamente la situación de las poblaciones indígenas de las misiones, recopilando sus testimonios y proponiendo la adopción de diversas recomendaciones para frenar el desalojo arbitrario de estas comunidades a manos de agentes del gobierno y colonos anglosajones. A pesar de la urgencia con la que instaban a las autoridades federales a intervenir para resolver este problema, el informe no provocó la reacción que esperaban en los legisladores; inclusive sus críticos tachaban la labor de Jackson a favor de los indios como imprudente porque condenaba la insensibilidad política de los congresistas en Washington.

Contrario a lo que Jackson esperaba y debido al caso omiso que recibieron *A Century of Dishonor* y su informe ante el Congreso, la autora norteamericana adoptaría otra táctica. Determinada a continuar con su mensaje reformista en pro de los pueblos autóctonos de su país, ideó llevar su proyecto al género de la ficción y así lo reveló en una carta fechada en el mes de diciembre de 1884 a Thomas Bailey, editor del *Atlantic Monthly*: en la que Jackson expresó: «What I wanted to do was to draw a picture so winning and alluring in the beginning of the story, that the reader would become thoroughly interested in the characters before he dreamed of what was before him...» (*The Indian Reform Letters,* 337). Jackson anhelaba hacer por el indio norteamericano lo que Harriet Beecher Stowe había logrado para el negro con su novela, *Uncle Tom's Cabin* (La cabaña del tío Tom): alcanzar la conciencia y el corazón de la Unión Americana para influir en la promulgación de reformas que ofrecieran una mayor protección a las comunidades indígenas sobre sus territorios. En diciembre de 1883, la autora estadounidense se trasladó a la ciudad de Nueva York y se hospedó en el Hotel Berkeley para escribir la novela. Allí trabajó incesantemente, redactando de 2000 a 3000 palabras cada día y finalizando *Ramona* para la primavera de 1884 (Helmuth 19). La obra de Jackson apareció originalmente seriada en el periódico semanal *The Christian Union* y, meses más tarde fue publicada por la editorial Roberts Brothers. Las minuciosas descripciones de la vida californiana de antaño y el amor trágico de la heroína, Ramona, despertaron una fascinación casi inimaginable en sus lectores, y la novela alcanzó una popularidad inmediata. En menos de un año, *Ramona* había vendido más de 15,000 ejemplares, un éxito comercial que rebasaría la misión inicial de Jackson.

No obstante que la novela entró en la categoría de «best-seller», para su autora el proyecto literario había fracasado, dado que no provocó una reacción urgente entre sus lectores ante los abusos cometidos a los derechos humanos y territoriales de los indígenas. Tampoco logró presionar al gobierno federal a remediar el desplazamiento forzado de estas comunidades. En una de sus últimas cartas, Jackson esperaba que *Ramona* algún día pudiera alcanzar la conciencia de la sociedad norteamericana: «In my 'Century of Dishonor' I tried to attack people's consciuosness directly, and they would not listen. Now I have sugared my pill, and it remains to be seen if it will go down» (*The Indian Reform Letters* 341).

Ramona fue la última obra de extensión de Jackson. La reformista falleció el 12 de agosto de 1885 cuando todavía estaba comprometida a luchar al lado de los indios cuyas tribulaciones y discriminación había retratado en su libro. Si bien es cierto que el Congreso de EE.UU. aprobaría el llamado Dawes Act o Allotment Act de 1887, dando un giro controversial a la política federal hacia las poblaciones nativo americanas al otorgarles el derecho a la ciudadanía norteamericana, los resultados fueron contraproducentes para los indios; se fraccionaron las tierras comunales bajo la jurisdicción de las reservaciones y se fomentó la destribalización (disminución o extinción de la vida tribal) mediante la construcción de escuelas que tenían el propósito de asimilar a los niños indígenas de las reservaciones a la cultura anglosajona-americana. ¿Qué habría dicho Helen Hunt Jackson de tal reforma? ¿Era éste su objetivo, su último esfuerzo? En realidad, no se sabe, pero ni el Dawes Act o Allotment Act ni otras reformas posteriores trajeron alivio verdadero a las comunidades indígenas. Aunque hoy en día la mayoría de la población nativo americana vive en ciudades y no en reservaciones, sufre de un racismo sistemático reflejado en los altos niveles de pobreza y marginación. Sin embargo, la lucha indígena no ha caducado y en el siglo XXI se ha fortalecido a través del activismo ambiental. Las movilizaciones indígenas y de simpatizantes en Standing Rock en contra del oleoducto en Dakota del Norte hacen eco de esa reacción urgente ante la injusticia que Jackson siempre quiso provocar en la conciencia de sus lectores.

El traductor

José Martí (1853-1895) es conocido como el Héroe Nacional y el Apóstol de la Libertad de Cuba, un autor de gran peso intelectual y moral, así como uno de los pensadores más influyentes en la América Latina. Su legado literario es enorme y la más completa edición de sus obras en la actualidad consta de veintiocho volúmenes. Dedicó su vida a la independencia de esa isla y murió luchando por la patria en una escaramuza con las tropas españolas en la parte este del país en 1895.

Cuando Martí nació, en 1853, Cuba era todavía una colonia, uno de los últimos vestigios del imperio español. En ese mismo año, los Estados Unidos propuso una de las tantas ofertas, promulgadas desde los tiempos del presidente Thomas Jefferson, para comprar la isla y tenerla como propiedad estadounidense. En este contexto histórico, el estatus de Cuba como colonia y la codicia de Norteamérica por adquirirla proveen el marco político que definiría la vida de Martí. Desde su juventud en La Habana, el patriota se comprometió en emancipar a su tierra del yugo español y en su madurez fue testigo del espectro amenazante del expansionismo estadounidense.

En la calle Paula de La Habana, en una casa sencilla señalada con una estrella amarilla hospeda el museo que se ha creado en la casa natal de Martí. Allí nació el primogénito y único varón de un humilde matrimonio formado por Mariano Martí, de Valencia, y Leonor Pérez, de las Islas Canarias. El regazo familiar aportaba las raíces peninsulares mientras que la formación en la escuela progresista de Rafael María de Mendive motivaba el anhelo de libertad que guiaría el espíritu joven de Martí. A los dieciséis años de edad, fue encarcelado por sus actividades políticas y luego deportado a España. La salida del adolescente de Cuba dio comienzo a una vida en el exilio. Pasó por Europa, llegó a México, se desempeñó como educador en Guatemala y luego retornó a Cuba otra vez. Pero la estancia en la patria (1878-1879) fue breve porque no renunciaría a defender el derecho a la libertad de la isla y sufriría el destierro nuevamente. En 1880, llegó a Nueva York donde comenzaría la etapa más productiva de su vida. En los Estados Unidos, escribió crónicas destinadas a los periódicos más prestigiosos de América Latina (*La Nación*, de Buenos Aires, *La Opinión Nacional*, de Venezuela y *El Partido Liberal*, de México). Además compuso una revista para niños, *La Edad de Oro*. Avivó el apoyo emocional y económico de las comunidades cubanas en la Florida para el movimiento de independencia. Aceptó cargos diplomáticos de Uruguay, Paraguay y Argentina, creó una obra poética que ha alcanzado una gran fama y realizó numerosas traducciones.

Durante su estancia en los Estados Unidos, Martí escribió una variedad de trabajos periodísticos donde retrataba la vida política, social y cultural de la nación norteamericana. Asimismo demostró su amplio conocimiento de la literatura estadounidense y de sus grandes autores como Ralph Waldo Emerson, Walt Whitman y Henry Wadsworth Longfellow. Paralelamente, el prócer cubano participó en plenitud en las actividades de la comunidad hispana de Nueva York y se mantuvo siempre ligado al porvenir político de Cuba. A fines de la década de 1880 y a inicios de la de 1890, publicó obras que reflejaban su preocupación por la política de los Estados Unidos con respecto a América Latina. Entre esas publicaciones destacan: la traducción de *Ramona* en

1888, el prólogo a su poemario *Versos Sencillos* de 1891 y el ensayo «Nuestra América» de 1891.

Después de 1892, Martí dio un giro a su vida y a su labor como autor, dejando a un lado casi todos los proyectos que no tuvieran un enfoque directo en Cuba. Asumió el rol de creador del Partido Revolucionario Cubano y se dedicó a planear el movimiento para conseguir la independencia total de la isla al mismo tiempo que se sentía angustiado por las ambiciones norteamericanas que se cernían sobre Cuba.

MARTÍ Y HELEN HUNT JACKSON

El nombre de Jackson aflora en múltiples entornos de las obras de Martí. En las crónicas que compuso desde Nueva York para periódicos latinoamericanos sobre la vida norteamericana, la autora solía ser mencionada como vocera a favor de los derechos de los indios. En un artículo de 1887, donde Martí se quejaba de los comentarios indignos que había hecho el editor norteamericano Charles Dudley Warner sobre la población indígena mexicana, el cubano criticó los abusos sufridos por los indios en la nación del norte acentuando: «[C]omo si Helen Hunt Jackson no apellidase este siglo, por el maltrato a los indios 'Un siglo de Infamia'...» (7: 56).[3] El cronista no solo alababa el activismo pro-indígena de Jackson, sino que unía su movimiento de protesta con la labor reformista y literaria de Harriet Beecher Stowe. Un claro ejemplo es su artículo de 1885 sobre «Los indios en los Estados Unidos», donde Martí se refería a la afamada autora abolicionista como «una apasionada de la justicia» quien «abrió en los Estados Unidos los corazones a piedad de los negros» y luego prosigue a comentar:

> Mujer ha sido también la que con más sensatez y ternura ha trabajado año sobre año por aliviar las desdichas de los indios. Helen Hunt Jackson, de seso fuerte y alma amante; que acaba de morir, escribiendo una carta de gracias al Presidente Cleveland por la determinación de éste a reconocer ser de hombre y derecho a justicia en la gente india. (10: 321-22)

El nexo que Martí estableció entre Jackson y Beecher Stowe se encuentra también en el prólogo de su traducción donde dice que *Ramona*

3 Las citas de las *Obras completas* de Martí, 1963-73 (28 tomos) se indican en el texto entre paréntesis.

es «otra *Cabaña*», y este enlace, que repite los nombres de Jackson y Stowe, recalca la voz femenina como palabra y acto de conciencia a nivel nacional. A la vez, nos indica que Martí apreciaba y destacaba la visión solidaria de la mujer con los oprimidos.

Ramona no es la única traducción que Martí hiciera de la obra de Jackson. En *La Edad de Oro*, revista dirigida a los niños hispanoamericanos, el cubano incorporó una adaptación muy suya del poema de Jackson, «The Prince is Dead» («El Príncipe está muerto»). La creación del poema de Martí, «Los dos príncipes», yace entre una libre traducción y una adaptación original y sirve como ejemplo paralelo a lo que hizo Martí con *Ramona*. El tema del poema de Jackson es el luto que experimentan dos familias, una de casa real y una de gente humilde, ante la muerte de un hijo. El poema de Jackson está conformado de dos estrofas y cada una de ellas termina con las siguientes palabras: «The prince is dead», algo que confirma que cada hijo es un príncipe. En «Los dos príncipes» de Martí, la igualdad es establecida desde el principio, con el título, y también con los últimos versos que sirven para expresar el tono fuerte del dolor familiar. Al final de la primera estrofa, versifica Martí así: «–¡El hijo del rey se ha muerto! / ¡Se le ha muerto el hijo al rey!» Y al final de la segunda estrofa escribe: «–Se quedó el pastor sin hijo! / ¡Murió el hijo del pastor!» (18: 372). Los cambios efectuados por Martí, al desarrollar el tema de la poeta norteamericana en *La Edad de Oro*, son semejantes a los cambios vigorosos y originales que plasmaría en su *Ramona*.

MARTÍ COMO TRADUCTOR Y LA TRADUCCIÓN DE *Ramona*

Desde la adolescencia, José Martí había practicado la traducción. Bajo el tutelaje de su mentor, en La Habana, Rafael María de Mendive, inició el estudio del inglés lo que, conforme a las normas de pedagogía de la época, significaba también traducir textos en este idioma. Durante su exilio en España, cursó estudios en la Universidad de Zaragoza, continuando con el estudio del inglés. A su arribo a Estados Unidos, en enero de 1880, ya contaba con una formación en la lengua inglesa. Martí también dominaba bien el francés, y cuando pasó por Francia, conoció a Víctor Hugo y consiguió el pequeño libro *Mes fils* (*Mis hijos*) que luego tradujo al español y publicó en México en 1875.

Durante su larga estancia en Nueva York, Martí llegó a ser un traductor profesional para la casa editorial Appleton, haciendo versiones en español de *Notions of Logic* (*Nociones de Lógica*), Greek Antiquities (*Antigüedades Griegas*), *Roman Antiquities* (*Antigüedades Romanas*) y *Called Back*, una novela popular a la que Martí designó un nuevo título, *Misterio*. También solía traducir y parafrasear los artículos de la prensa norteamericana para sus numerosas crónicas enviadas a los periódicos hispanoamericanos. Sin embargo, *Ramona* fue un caso único. Martí no fue contratado para hacer la traducción; él mismo decidió realizarla y se encargó de todos los costos asociados a su publicación. En el prólogo que escribió para acompañar su traducción de *Ramona* en 1888 y en sus cartas al amigo mexicano Manuel Mercado, a quien pidió apoyo para promover el texto en México, Martí ofreció una explicación del porqué de su selección de la obra al revelar que su meta era prevenir a los mexicanos sobre el todavía latente peligro expansionista de los estadounidenses:

> Es novela, no historia, novela discretísima, y sin aspavientos de elegía, ni más pasiones que las nobles. Puesto a la tarea, ya me felicité de haber escogido a «Ramona», y pensé en que a México llega muy a tiempo, porque sin excitar la pasión contra el americano, –lo que en la autora sería traición fea, y en mí imprudencia y en cierto modo entrometimiento,– su lectura deja el ánimo inevitablemente, sin violentar la lección ni insinuarla siquiera, la convicción de que al mexicano no le iría bien en manos de Norteamérica. (20: 112-13)

Por otra parte, se sabe, por lo que Martí comunicó en su correspondencia, que esperaba crear una especie de pequeña casa editorial con la publicación de obras como su traducción de la novela de Jackson.

A pesar de estar en medio de numerosos trabajos y compromisos, Martí concedió prioridad absoluta a su traducción de *Ramona*, una novela extensa, a pesar de estar en medio de numerosos trabajos y compromisos. Como lo explica Lourdes Arencibia Rodríguez en *El traductor Martí*, «Félix Sánchez Iznaga, amigo y especie de secretario/amanuense de Martí cuenta que nuestro traductor le dictaba con celeridad febril su versión de *Ramona* a medida que medía la habitación donde trabajaban a grandes zancadas con el texto en inglés en la mano» (55). Este trato especial a su proyecto de traducción revela que *Ramona* no fue un libro más, sino una obra de relevancia mayor en la vida literaria y política del prócer cubano.

Ramona COMO NOVELA MARTIANA

Lucía Jerez, también conocida con el título original de *Amistad Funesta*, ha sido considerada la única novela en la copiosa producción literaria de Martí. Publicada en 1885, el prólogo del letrado cubano no sólo confirmó su paternidad literaria, sino que también emitió su insatisfacción en la obra: «Quien ha escrito esta noveluca, jamás había escrito otra antes, lo que de sobra conocerá el lector sin necesidad de este proemio, ni escribirá probablemente más después» (18: 191). Martí no se entusiasmó con su trabajo y se refirió a su novela peyorativamente como una «noveluca» y, comentando enfáticamente en el mismo texto, apuntó: «Lean, pues, si quieren, los que lo culpen, este libro; que el autor ha procurado hacerse perdonar con algunos detalles; pero sepan que el autor piensa muy mal de él. –Lo cree inútil; y lo lleva sobre sí como una grandísima culpa» (18: 192). A pesar de la perspectiva negativa del autor, la crítica de los siglos XX y XXI ha rescatado esta novela destacando su valor literario y sugiriendo que Martí subestimaba el valor de su propia obra. Asimismo se ha argumentado que *Lucía Jerez* es un ejemplo importante de la modernidad decimonónica hispanoamericana y que merece mayor atención de la crítica literaria. Ivan Schulman realizó una valiosa edición de esta obra martiana y fue publicada por Stockcero en 2005.

Sin quitarle méritos al interés que *Lucía Jerez* ha despertado en la crítica, y al hecho de que Martí había sentenciado que no reincidiría en el género de la novela, creemos que, en realidad, *Ramona* es otra novela martiana y que se debiera leer así. El mismo Martí lo declaró en una carta a Manuel Mercado en 1887: «[T]engo en prensa mi primer libro, *Ramona*. Lo escogí… porque es un libro de México, escrito por una americana de nobilísimo corazón para pintar con gracia de idilio y color nuestro, lo que padeció el indio de California y California misma, al entrar en poder de los americanos» (20: 112-13). Esta comunicación entablada con Mercado es reveladora, puesto que en ella el autor cubano erige un nexo entre las comunidades indígenas y el pasado mexicano de California, que también podría aplicarse al resto del suroeste de los Estados Unidos.

Es notable que Martí llamara su versión de *Ramona* «nuestra novela» y es cierto que veía la traducción como obra útil, como un libro del cual se sentía orgulloso y que consideraba la novela de gran importancia para México. Si se aprecia la labor creativa del traductor y se tiene en cuenta las formas en que Martí modificó la estructura, modernizó el lenguaje, afinó el mensaje e hispanizó la obra de Jackson, vale sugerir que la obra de 1888 es la segunda novela de Martí.

Roberto Fernández Retamar, el eminente crítico de la obra martiana, considera que la *Ramona* de Jackson y *Aves sin nido* (1889) de la peruana Clorinda Matto de Turner son textos literarios fundamentales para entender las luchas sociales en defensa de las poblaciones autóctonas del continente. De igual manera, Fernández Retamar acentúa que la traducción de *Ramona* debe ser aproximada como una obra mediada por el pensamiento visionario de Martí y no simplemente como un facsímile en español del texto en inglés (700). Gonzalo de Quesada y Miranda, hijo de un discípulo de Martí en Nueva York, en la nota preliminar a *Ramona* en la edición de las *Obras completas* que él dirigió, comenta sobre las traducciones del prócer cubano: «Todas ellas llevan sin duda alguna, pese el hecho de ser traducciones, el sello inconfundible del estilo de Martí. Pero ninguna tanto como *Ramona*, que le atrajo especialmente por su fervorosa defensa de los indios, y por lo que puso en su traducción especial cariño» (57: 7). Ahora veamos los cambios principales que efectuó Martí en su *Ramona*.[4]

La traducción como una novela propia

Como se ha documentado en la tesis *José Martí y su concepto del indio en Ramona*, existen desde un principio diferencias entre el texto original de Jackson y la versión literaria de Martí. El pensador cubano demuestra una lectura distinta a la de la autora norteamericana, puesto que mucho antes de leer y traducir *Ramona* había desarrollado una firme postura antiimperialista y un rotundo rechazo a la opresión y marginación de la población indígena. Durante su estancia en México y Guatemala, Martí comprendió la importancia del indio para el futuro de los países hispanoamericanos y en los Estados Unidos siguió de cerca las noticias periodísticas sobre los grupos nativo americanos de esta nación. En una crónica de 1884 para la revista *La América*, el literato cubano unificó las

4 La tesis de Ana-Maria Kerekes examina la traducción martiana de *Ramona* empleando la perspectiva ideológica y el contexto histórico de Martí como traductor a través de detallados ejemplos de otros textos escritos por el autor cubano. El proceso de traducción es el eje central de este estudio. Aquí la meta es diferente, ya que esta edición ofrece un acercamiento abarcador y comparaciones de textos nunca antes analizados..

dos perspectivas: «El indio, que en la América del Norte desaparece, anonadado bajo la formidable presión blanca o diluido en la raza invasora, en la América del Centro y del Sur es un factor constante, en cuyo beneficio se hace poco...» (8: 329). Luego, declaró la obligación política y moral: «O se hace andar al indio, o su peso impedirá la marcha» (9: 329).[5] Asimismo, como enfatiza la tesis, conforme a los acertados comentarios de Robert McKee Irwin, habría que tener en cuenta «la intención y significado que la novela tuvo para la autora y traductor» al mismo tiempo que es vital el «no prescindir de contornos fundamentales para el entendimiento de ambas» (4). Estas aproximaciones refutan la idea de considerar a *Ramona*, novela y traducción, como homólogas. Jackson tituló su obra, «*Ramona: A story*», pero el cubano dio a su obra un título mucho más comprensivo: «*Ramona: una novela americana*».

No hay duda de que la *Ramona* martiana se distingue por enmendar los errores lingüísticos y culturales de Jackson sobre la historia de California, notándose esencialmente en los nombres de dos de sus personajes principales. El indio de la traducción es un aguerrido Alejandro, en vez del nostálgico Alessandro con aire de Italia, y el cura Salvierderra se convierte en el padre Salvatierra, símbolo de la justicia. Al escoger el nombre Salvatierra, Martí entrelaza al cura con la cuestión imprescindible de quiénes debieran tener el dominio de las tierras californianas. A la vez restaura el nombre de una figura histórica, Juan María de Salvatierra (1648-1717), un misionero jesuita que fundó varias misiones en Baja California. Aunque Jackson simpatizó con la situación desesperada de los indios de las misiones y el legado de las familias hispanas, como la de Antonio Francisco de Coronel y su esposa Mariana, nunca llegó a penetrar suficientemente en la cultura de los californios mexicanos ni de los indígenas para darles un retrato verdaderamente fidedigno, algo que la versión de Martí rescata a través de sus páginas. Un breve ejemplo demuestra cómo superó la versión martiana a la de Jackson en los aspectos culturales. En el comienzo del capítulo V de Jackson y el capítulo que Martí nombró: «¡Yo Soy Alejandro!», se refiere al canto manantial del cura de esta manera. Jackson escribe: «'O Beautiful Queen / Princess of Heaven'», mientras que Martí hace que el padre entone: «¡Oh Santa

5 Véase Anne Fountain, "Native Americans and 'Nuestra América'", en: *José Martí, the United States, and Race*. Para un estudio completo sobre Martí y el indio, véase Jorge Camacho, "Hombres útiles: los Amigos de los Indios", en Etnografía, política y poder a finales del siglo XIX: José Martí y la cuestión indígena.

María / Reina de los cielos!». La recuperación de un contexto apropiado para los nombres y la re-traducción de algunas frases originalmente en español que fueron erróneamente transcritas en inglés en el texto de Jackson son formas en las que Martí mejoró la obra. A veces son pequeños detalles: San Pascual de California, transformado por Jackson a una versión italiana, San Pasquale, fue restaurado al nombre original en español por el cubano.

De los muchos ajustes que realizó Martí en su traducción, el más obvio es que abrevió el texto. La autora compuso 26 capítulos y el autor/traductor escribió un libro de 24 capítulos. El cubano combinó los capítulos de la *Ramona* en inglés que trataban el matrimonio de Alejandro y Ramona y eliminó casi por completo las secciones, de escasa relevancia a la trama, en donde Aunt Ri (Tía Ri) habla en una jerga muy coloquial del sur de los Estados Unidos que sería sumamente difícil de reproducir en español y que no era primordial para la comprensión de la historia. La novela de Jackson enumeró los capítulos, pero Martí otorgó nombres a sus capítulos, resaltando así el perfil de los personajes y la importancia de las acciones principales en la trama. La versión de Martí no solo sintetizó pasajes numerosos, sino que a lo largo de la obra puso más emoción en las voces de los protagonistas e incorporó el uso frecuente de exclamaciones. Sobre todo, el prócer cubano modernizó el texto e impartió el estilo casi inigualable que distingue su prosa. Su versión se lee hoy como texto de lenguaje contemporáneo mientras que la *Ramona* de Jackson mantiene ciertos rasgos del estilo decimonónico.

Muestra de esta diferencia entre ambos textos se ve reflejada en la descripción del estado de ánimo de Ramona después de la muerte de Alejandro. Jackson escribió: «Ramona did not know it, but her nerves were still partially paralyzed. Nature sends merciful anaesthetics in the shocks which almost kill us. In the very sharpness of the blow sometimes lies its own first healing» (353). La versión martiana fue: «Ramona no sabía que la naturaleza misericordiosa manda con las penas terribles la fuerza que las soporta y la insensibilidad que las alivia: en la misma rudeza del golpe va a veces su primera cura» (24: 494-95). De igual manera, Martí convirtió un símil de Jackson a una versión más sencilla y directa. Cuando la autora describió la ira que sentía la Señora Ortegna (Orteña en la traducción) hacia su hijo Felipe, expresó: «Like a fresh lava-stream flowing down close on the track of its predecessor, came the rush of the mother's passionate love for her son, close on the passionate anger at his words» (142). Por su parte, Martí tradujo: «Como una corriente de lava nueva se precipita sobre la que la procede, así su amor se echó sobre su cólera» (24: 323). Martí no sólo muestra una sensibilidad al trasfondo cultural e histórico de la región, sino también refleja esta distinción en el estilo de su prosa y lenguaje. Por ello, la *Ramona* martiana es considerada, sin quitarle ningún mérito al clásico de Jackson, una versión que supera al texto original.

La *Ramona* martiana en México y otras ediciones

La efervenscencia cultural, el pasado histórico y la presencia de poblaciones indígenas marcaron la formación ideológica de Martí durante el bienio, entre 1875-1876, que residió en México. Como se refirió el crítico mexicano Raúl Carrancá y Trujillo en su prólogo a los escritos publicados por Martí en México, el gran pensador cubano en esta nación: «[N]o fue extranjero. Alguna vez trató de explicarlo: era no nacido, que no es lo mismo que extranjero» (12). Por ello, no es de sorprender que Martí tuviera un ávido interés en difundir la famosa novela de Jackson en la nación mexicana durante una época en la que los codiciosos deseos imperialistas de los Estados Unidos seguían latentes y la situación de las poblaciones indígenas continuaba siendo tema de debate: *Ramona* era un libro clave para su tiempo.

La primera edición de la *Ramona* martiana salió impresa por la editorial neoyorquina Appleton & Company en 1888, una empresa reconocida por la publicación de textos en español en los Estados Unidos (Fig. 1.1). Determinado a diseminar su *Ramona* en México, Martí le encaminó a Manuel Mercado la promoción del proyecto literario en los periódicos más importantes del país como *El Partido Liberal*. El traductor/autor estaba dispuesto a aguardar por la confirmación de ese diario para mandarle 2,000 ejemplares. Así lo comunicó en una carta a Mercado:

> Si el que los compra es *El Partido,* como desearía, u otro periódico, me obligo a no despachar para México (librería, Estados, &) sino hasta un mes después de la llegada de los ejemplares al periódico, y esto a no ser que el mismo periódico desee más ejemplares [...] // Para que se forme idea de *Ramona*, y de lo material del libro, le envío en pruebas dos copias del *Prólogo*, y dos páginas sueltas. (20: 163-64)

El autor cubano también recurrió a librerías y periódicos, dentro y fuera de la capital para promocionar su traducción. Además de *El Partido Liberal* y el semanario *El Lunes*, de la ciudad de México (16 de diciembre de 1888 y 13 de agosto de 1888), el prólogo fue publicado por *El Economista Americano* (periódico que dirigía Martí en estos años) y *El Avisador Cubano*, ambos de Nueva York, así como *La Nación*, de Buenos Aires. Empero, Martí confiaba que en México tendría un impacto distinto al que tuvo en los Estados Unidos. Por lo tanto, subrayaba a Mercado que su traducción de *Ramona* era: «[U]n libro bueno, y muy mexicano. Increíble me parece que, por su acento, no tenga allí al menos verdadero éxito» (20: 164). México era la principal plaza para difundir su versión de la obra de Jackson y le auguraba un porvenir, no necesariamente en el sentido comercial, sino más bien en el campo de ideas. De esta primera edición se pueden encontrar todavía algunos ejemplares en diversas bibliotecas de los Estados Unidos. Igualmente, la Biblioteca Nacional de Cuba José Martí cuenta en su catálogo con una copia de esta edición. En Cuba también se han publicado otras ediciones póstumas de esta obra martiana.

RAMONA

NOVELA AMERICANA

POR

HELEN HUNT JACKSON

TRADUCIDA DEL INGLÉS

POR

JOSÉ MARTÍ.

NEW YORK,

1888.

Fig. 1.1. La edición de 1888. Fotografía y reproducción cortesía de la Biblioteca de Colorado College Special Collections.

La estrategia martiana de publicar el prólogo a la traducción de *Ramona* en periódicos mexicanos demuestra el peso de estos medios en la exitosa proliferación de sus ideas, y especialmente el alcance que tenían en los lectores del México decimonónico. El 13 de agosto de 1888, el periódico mexicano *El Lunes*, bajo la dirección de Juan de Dios Peza, una de las amistades de Martí en México, le dedicó una sección a *Ramona*. La nota celebraba el talento literario del traductor mientras recordaba a sus lectores sobre los lazos fraternales existentes entre el cubano y México:

> Esta hermosa novela americana escrita por Helen Hunt Jackson ha sido traducida al inglés por el elegante, inspirado y erudito escritor José Martí. ¿Quién no recuerda en México a ese cariñoso hermano nuestro, que con brillante pluma engalanó los más importantes periódicos; que nos cautivó con sus dulces versos; que dio al teatro un precioso monólogo, *Amor con amor se paga* y que en la tribuna arrancó nutridos aplausos? En otro lugar publicamos el prólogo de *Ramona*, escrito por nuestro inolvidable Martí y advertimos que dentro de pocos días saldrá a luz la novela que deben apresurarse a comprar nuestros lectores. (3)

Por su parte, el famoso poeta mexicano Manuel Gutiérrez Nájera resaltó, en las páginas de *El Partido Liberal*, cómo Martí había creado en su traducción de *Ramona* un nuevo texto y alentaba al público mexicano a leer el libro porque diría «[N]o parece traducido sino escrito por Martí» («Humoradas» 1). La distinguida labor de Martí en *Ramona* no fue desapercibida y, según reportaba *La Voz de México* el 8 de enero de 1889, su traducción había recibido una especial mención por su propiedad literaria durante el gobierno de Porfirio Díaz («Propiedad literaria» 4). A través de los diarios mexicanos, Martí siempre fue reconocido como parte de la comunidad nacional, un mexicano más, y la *Ramona* martiana reafirmaba este vínculo con México y sus ciudadanos.

En 1889, otra edición aparece publicada en México bajo el sello de La Imprenta del señor J. F. Jens, quien también tenía una librería y fue editor-propietario de *La familia*, una revista literaria popular por aquellos años. Esta publicación fue notoria por diseminar traducciones en español de la literatura universal, principalmente alemana, y contó con la colaboración de renombrados autores mexicanos y latinoamericanos, varios de ellos muy cercanos a Martí. A pesar de existr muy poca información sobre esta edición, la Biblioteca Nacional de México posee en su colección un ejemplar (Fig. 1. 2.).

BIBLIOTECA DE "LA FAMILIA."

RAMONA

NOVELA AMERICANA POR

HELEN HUNT JACKSON

Traducida del inglés por José Martí.

MÉXICO.

Imp. de J. F. Jens, calle de San José el Real Núm. 29.

(Calle Sur 3, números 41 y 43.)

1889.

BIBLIOTECA NACIONAL
MEXICO

Fig. 1.2. Ramona (1889), edición encontrada en la Biblioteca Nacional de México. Fotocopia y reproducción cortesía de Mary Bueno.

Al parecer, otras versiones de la traducción de *Ramona*, que podrían estar atribuidas al prócer cubano, circularon en México y los Estados Unidos. En 1906, el periódico el *Mexican Herald* publicó varios anuncios relacionados a la venta de una edición de *Ramona* en español (Fig. 1.3). La edición fue vendida por la librería «Blake & Fiske» (un negocio de venta de libros de segunda mano en la ciudad de México), cuyo propietario fue Wilson Wilberforce Blake (1850-1918). Blake fue el editor del diario *Two Republics* desde 1887 y también se desempeñó como historiador, mercader y coleccionista de libros y antigüedades mexicanas. No obstante que el anuncio se refiere a una traducción en español, llama la atención que la promoción haya estado dirigida exclusivamente a los ciudadanos norteamericanos radicados en México y en inglés. Tal vez Blake haya considerado que la versión en español generaría un interés similar entre aquellos lectores y coleccionistas ya familiarizados con la insigne obra de Jackson.

En 1914, Carlyle Channing Davis y William A. Alderson en *The*

True Story of «Ramona»: Its Facts and Fictions, Inspiration and Purpose incluyeron una carta que Mariana de Coronel escribió (fechada y firmada en julio de 1913) para describir su entrañable amistad con Helen Hunt Jackson y el proceso de escritura de la autora norteamericana en *Ramona*. En esta misiva, la señora Coronel narra que recibió un ejemplar que Jackson le dedicó a finales de 1884. También mencionó que poseía una traducción en español de la novela: «I have also the first copy of the book containing the Spanish translation of 'Ramona,' which was sent me by the translator» (195). Aunque Davis y Alderson reproducen una imagen fotográfica de la portada y lomo del libro (con las insignias de Jackson y *Ramona* en la parte superior y Coronel en la inferior), no hay mención de José Martí como autor de la traducción (Fig. 1.4). Debido a que la traducción de Martí es la única que se conoce realizada en español de esta obra literaria hasta la fecha, posiblemente la señora Coronel tuvo en sus manos la versión martiana de *Ramona*.

Fig. 1.3. Anuncio en el *Mexican Herald* sobre la venta de una edición de Ramona en español.

Fig. 1.4. Edición de Ramona en español que fue enviada a doña Mariana de Coronel.

Por último, otro dato significativo es que la traducción de *Ramona* también fue publicada por *La Nación*, de Buenos Aires, como parte de una colección de libros que se publicaron entre 1901 a 1920 y que se denominó como «La Biblioteca de la Nación». En el No. 208, y posiblemente publicado en enero de 1906, aunque se omite la autoría de la traducción, el prólogo aparece con el nombre de Martí. Estos ejemplares fueron publicados en rústica y tapa dura, siendo parte de un tipo de biblioteca popular al alcance económico de todos.[6]

De «nuestra *Ramona*» a «*Nuestra América*»

Una conexión entre las obras martianas que no ha sido estudiada plenamente es la que une la traducción de *Ramona* al afamado ensayo, «Nuestra América». Martí finalizó la traducción y la imprimió en 1888 mientras que «Nuestra América» fue publicado por primera vez en las páginas de la *Revista Ilustrada*, de Nueva York, el 1 de enero de 1891 y en *El Partido Liberal*, de México, el 30 de enero del mismo año. En ambos textos el intento es persuadir, aunque uno es una novela de amplia extensión y el otro es un ensayo de unas seis a ocho páginas. En *Ramon*a Martí abarca el tema del indio, recrea aspectos de la historia, resalta bellos aspectos de la cultura mexicana, manifiesta su sed por la justicia, presenta una unión de razas que es loable y anuncia el peligro del Coloso del Norte. El prólogo de su novela relata la fuga de los que son desplazados y despojados de sus tierras y hogares por «la vencedora raza rubia», y la trama va dedicada a México con voz de alarma, en una época donde los temores de una segunda invasión norteamericana sobre los territorios septentrionales seguían latentes. Pese a que es mucho más breve que la novela, «Nuestra América» es un aviso más amplio e intenso que se dirige a toda Latinoamérica, articulándose a través de la pluma martiana como una llamada al continente para despertarse ante el peligro del vecino poderoso, «el pueblo rubio».

El ensayo hace un repaso histórico de la época de independencia y el nacimiento de las naciones hispanoamericanas, en donde valora el mestizaje y el aporte indígena. Ofrece una serie de consejos, expresados

6 Para un estudio más detallado de esta colección publicada por *La Nación*, el lector puede consultar el trabajo de investigación de Patricia Wilson que se incluye en la bibliografía de esta introducción.

como aforismos, para los nuevos países: «El gobierno ha de nacer del país»; «Los gobiernos, en las repúblicas de indios, aprenden indio»; «No hay odio de razas, porque no hay razas» (6: 17, 21, 22). Estos aforismos exaltan lo autóctono, proclaman la vigencia del indio y combaten el prejuicio racial. Si bien Martí declara que existe una unidad latinoamericana desde el Río Bravo hasta el Estrecho de Magallanes que contrasta con la América que no es «nuestra», es decir los Estados Unidos, esta visión comprensiva es evidente también en *Ramona*, «nuestra novela», donde Martí identifica el indio de California con el indio de todo el continente y, con los fines que tiene para el libro en México, resalta la amenaza del fervor imperialista de los Estados Unidos hacia las naciones hispanoamericanas.

Ramona: DEL TURISMO A UN ÍCONO CULTURAL DEL SUR DE CALIFORNIA

Con la expansión de las redes de ferrocarriles que unían a California con la costa este, a fines del siglo XIX se produjo un tipo de turismo ferroviario que traería una ola de viajeros e inversionistas al «estado dorado». Obras narrativas como *Ramona*, que retrataban paisajes distintos y pintorescos así como modos de vida preindustriales, acapararon la atención de un público de lectores que ahora tenía a su alcance todos los lugares descritos por Jackson. Ya no era necesario soñar con los sitios y los personajes del clásico de Jackson, porque ahora el sueño podía realizarse a través de viajes. Como apunta Dydia DeLyser: «Between 1885 and roughly 1955, Ramona-related landmarks became important, even canonical parts of a visit to southern California, as tourists sought to appreciate the region's landscape partly through a novel they had read, to enjoy the novel again upon recognizing its landmarks, and to enfold their visits to Ramona-related places into their own lives in meaningful ways» (xii).

En las primeras décadas del siglo XX, numerosos folletos, artículos y libros trataron de establecer una conexión entre los personajes y los hechos de la novela de Jackson con personas de la región y acontecimientos históricos. Este fervor evidenció el inmenso atractivo que había nacido en el público norteamericano por el fenómeno cultural de *Ramona* y el afán de los turistas por visitar todas las localidades señaladas en la novela. Aunada a esta búsqueda de los lugares emblemáticos asociados a la obra literaria de Jackson, la rápida popularidad del automóvil en esta época también contribuiría a proliferar el gran mito de Ramona. La llamada «Ramona Pageant», por ejemplo, una adaptación teatral representada al aire libre y celebrada anualmente en Hemet, California, desde 1923 y vista por miles de turistas todos los años, se consagraría como un espectáculo sinigual, una cita ineludible de todos los «ramonáfilos». El evento continua ofreciendo a los fanáticos la posibilidad de encontrarse con la heroína y revivir la historia por excelencia del sur de California.

La industria del cine sería similarmente partícipe de este fenómeno. La primera adaptación cinematográfica de *Ramona* apareció en 1910. Bajo la dirección de D. W. Griffith, esta cinta muda se filmó en Rancho Camulos, uno de los lugares vinculados a la popular obra narrativa de Jackson. A esta versión cinemática le seguirían cuatro más y hasta una telenovela producida por Televisa en el 2000 que contó con la participación de Kate del Castillo (Ramona) y Eduardo Palomo (Alejandro). Pero en el siglo XXI, la adaptación de *Ramona* a la pantalla chica no traería un contexto completo para los televidentes hispanohablantes, porque la gran mayoría de este público desconocía el génesis y el propósito de la novela que Jackson publicó en 1884 así como de la traducción de Martí.

Por qué publicar una edición crítica

Aunque la novela de Jackson nunca generó la indignación pública que esperaba despertar en los Estados Unidos ni la traducción martiana alcanzó la favorable recepción que deseaba encontrar en México, los dos textos tienen una vigencia en la actualidad. La *Ramona* de la norteamericana sigue gozando de una longevidad literaria y cultural entre los lectores, y ambas obras han dado ímpetu a abundantes y diversos estudios y comentarios. La *Ramona* del cubano recrea una época importante en la historia de los mexicanos en California, subraya la advertencia de Martí sobre las ambiciones estadounidenses hacia sus vecinos al sur y representa todavía en el presente un libro indispensable para México. Los textos de la norteamericana y del cubano ofrecen lecciones políticas y morales, pero sobre todo encarnan una lucha por justicia social todavía inconclusa, que es tan necesaria para alcanzar un mundo más inclusivo y equitativo para todos los pueblos.

¿Cuántos telespectadores de la telenovela de Televisa en la pantalla chica se habrán dado cuenta de la existencia de una admirable versión de la historia en español que fue escrita para México? Esta edición es para ellos. ¿Y cuántos alumnos que cursan la historia estadounidense, las relaciones entre México y los Estados Unidos, la política del imperialismo, los temas de raza y etnicidad o las estrategias de traducción sabrán que la *Ramona* de José Martí es relevante a sus estudios? Esta edición es para ellos también. Aquí el lector encontrará el trasfondo histórico, político y literario de la obra junto con el texto original, una lista de personajes y una bibliografía. Creemos que es hora para que *Ramona* se lea en español en una edición propicia tanto para el estudio como para el entretenimiento.

Obras consultadas y citadas

Alcántar, Jonathan. *José Martí y su concepto del indio en Ramona*. MA thesis: San José State University, 2009.

Arencibia Rodríguez, Lourdes. *El traductor Martí*. Pinar del Río: Ediciones Hermanos Loynaz, 2000.

Camacho, Jorge. *Etnografía, política y poder a finales del siglo XIX: José Martí y la cuestión indígena*. Chapel Hill, NC: North Carolina Studies in the Romance Languages and Literatures, 2013.

Carrancá y Trujillo, Raúl. Prólogo. *La clara voz de México*. Por José Martí. Compilación y notas de Camilo Carrancá y Trujillo. México: Imprenta Universitaria, 1953. 1-13.

Davis, Carlyle Channing and William A. Alderson. *The True Story of «Ramona»: Its Facts and Fictions, Inspiration and Purpose*. New York: Dodge Pub. Co., 1914.

DeLyser, Dydia. *Ramona Memories: Tourism and the Shaping of Southern California*. Minneapolis: University of Minnesota Press, 2005.

Dorris, Michael. Introduction. *Ramona*. By Helen Hunt Jackson. New York: Signet, 2002. v-xviii.

Fernández Retamar, Roberto. «Sobre *Ramona* de Helen Hunt Jackson y José Martí». *Mélanges a la Mémoire D'André Jouch-Ruan* 2 (1975): 699-705.

Fountain, Anne. *José Martí, the United States, and Race*. Gainesville: University Press of Florida, 2014.

Gutiérrez Nájera, Manuel. «Humoradas dominicales». *El Partido Liberal* [Ciudad de México]. 23 Dic. 1888: 1

Helmuth, Gloria J. *The Life of Helen Hunt Jackson*. Buena Vista: Classic Reprographics, 1995.

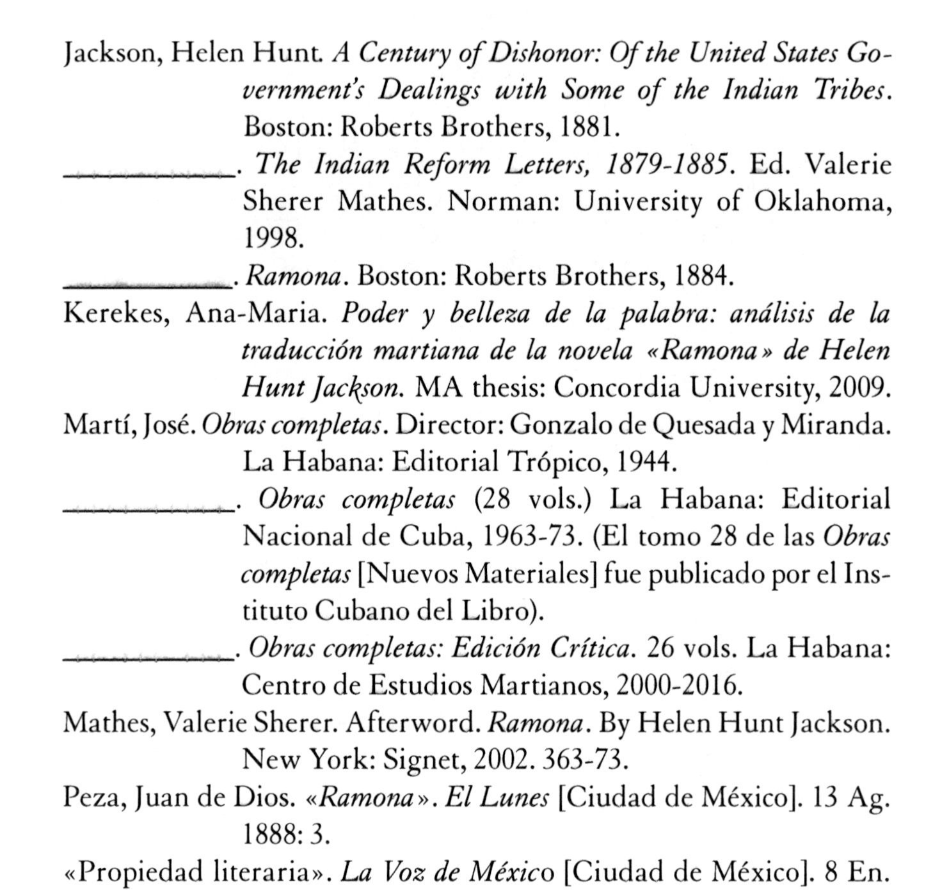

Jackson, Helen Hunt. *A Century of Dishonor: Of the United States Government's Dealings with Some of the Indian Tribes*. Boston: Roberts Brothers, 1881.

———. *The Indian Reform Letters, 1879-1885*. Ed. Valerie Sherer Mathes. Norman: University of Oklahoma, 1998.

———. *Ramona*. Boston: Roberts Brothers, 1884.

Kerekes, Ana-Maria. *Poder y belleza de la palabra: análisis de la traducción martiana de la novela «Ramona» de Helen Hunt Jackson*. MA thesis: Concordia University, 2009.

Martí, José. *Obras completas*. Director: Gonzalo de Quesada y Miranda. La Habana: Editorial Trópico, 1944.

———. *Obras completas* (28 vols.) La Habana: Editorial Nacional de Cuba, 1963-73. (El tomo 28 de las *Obras completas* [Nuevos Materiales] fue publicado por el Instituto Cubano del Libro).

———. *Obras completas: Edición Crítica*. 26 vols. La Habana: Centro de Estudios Martianos, 2000-2016.

Mathes, Valerie Sherer. Afterword. *Ramona*. By Helen Hunt Jackson. New York: Signet, 2002. 363-73.

Peza, Juan de Dios. «*Ramona*». *El Lunes* [Ciudad de México]. 13 Ag. 1888: 3.

«Propiedad literaria». *La Voz de México* [Ciudad de México]. 8 En. 1889: 4.

Schulman, Ivan A. «*Lucía Jerez*: una novela de la modernidad decimonónica». *Lucía Jerez*. Por José Martí. Buenos Aires: Stockcero, 2005. ix-xiii.

Wilson, Patricia. «El fin de una época: letrados-traductores en la primera colección de literatura traducida del siglo XX en la Argentina». *Trans. Revista de Traductología* 12 (2008): 29-42.

Recursos digitales para el aula

En esta introducción se ha comentado la investigación que hizo Helen Hunt Jackson sobre los tratados entre el gobierno de los Estados Unidos y las naciones indígenas. Los que quieran saber más sobre esta historia pueden consultar la exposición del Museo Nacional del Indígena Americano (National Museum of the American Indian): "Nation to Nation: Treaties Between the United States and American Indian Nations" (http://nmai.si.edu/). La exposición es accesible en línea y seguirá disponible hasta el 2021.

Si desea más información sobre la historia de las misiones en California, se recomienda visitar el siguiente recurso digital y bilingüe en la Biblioteca del Congreso: *Historias Paralelas: España, Estados Unidos y la Frontera Americana/Parallel Histories: Spain, the United States, and the American Frontier* (https://memory.loc.gov/intldl/eshtml/eshome.html)

Bibliografía útil para la lectura de *Ramona*

Fuentes Primarias

Jackson, Helen Hunt. *A Century of Dishonor: Of the United States Government's Dealings with Some of the Indian Tribes.* Boston: Roberts Brothers, 1881.

___________. *Glimpses of California and the Missions.* Boston: Little, Brown, & Co., 1902.

___________. *Ramona.* Roberts Brothers, 1884.

Jackson, Helen Hunt and Abbot Kinney. *A Report on the Conditions and Needs of the Mission Indians.* Washington: Government Printing Office, 1883.

Martí, José. *Obras completas.* Dirigida por Gonzalo de Quesada y Miranda. La Habana: Editorial Trópico, 1944.

___________. *Obras completas.* 28 vols. La Habana: Editorial Nacional de Cuba, 1963-73.

___________.*Obras completas: Edición crítica.* 26 vols. La Habana: Centro de Estudios Martianos, 2000-16.

Fuentes Secundarias

Alcántar, Jonathan. *José Martí y su concepto del indio en Ramona.* MA thesis: San José State University, 2009.

Arencibia Rodríguez, Lourdes. *El traductor Martí.* Pinar del Río: Ediciones Hermanos Loynaz, 2000.

Banning, Evelyn I. *Helen Hunt Jackson.* New York: Vanguard Press, 1973.

Bojórquez Urzaiz, Carlos E. «Lecturas de José Martí con la luz californiana». *Arenas Blancas: Revista Literaria* 9 (2008): 26-30.

Brigandi, Phil. «The Rancho and the Romance: Rancho Camulos: The Home of Ramona.» *The Ventura County Historical Society Quarterly* 42.3-4 (1998): 3-45.

Byers, John R. «The Indian Matter of Helen Hunt Jackson's *Ramona*: From Fact to Fiction.» *American Indian Quarterly* 2.4 (1975-76): 331-46.

Callahan, Robert E. *About Ramona and the Story of Ramona Village*. Los Angeles: Robert E. Callahan, 1928.

Davis, Carlyle Channing and William A. Alderson. *The True Story of 'Ramona': Its Facts and Fictions, Inspiration and Purpose*. New York: Dodge Pub. Co., 1914.

Davis, Mike. *Excavating the Future in Los Angeles*. London: Verso, 1990.

Del Castillo, Richard G. «The Del Valle Family and the Fantasy Heritage.» *California History* 59.1 (1980): 1-15.

DeLyser, Dydia. *Ramona Memories. Tourism and the Shaping of Southern California*. Minneapolis: University of Minnesota Press, 2005.

Dorris, Michael. Introduction. *Ramona*. By Helen Hunt Jackson. New York: Signet, 2002. v-xviii.

Fernández Retamar, Roberto. «Sobre *Ramona* de Helen Hunt Jackson y José Martí». *Mélanges a la Mémoire D'André Jouch-Ruan* 2 (1975): 699-705.

Fountain, Anne. *José Martí, the United States, and Race*. Gainesville: University Press of Florida, 2014.

Gillman, Susan. «*Ramona* in 'Our America'.» *José Martí's «Our America»: From National to Hemispheric Cultural Studies*. Ed. Raúl Fernández and Jeffrey Belnap. Durham: Duke University Press, 1998. 91-111.

Gonzalez, John. «The Warp of Whiteness: Domesticity and Empire in Helen Hunt Jackson's *Ramona*.» *American Literary History* 16.3 (2004): 437-65.

Griffith, D. W, dir. *Ramona*. Perf. Mary Pickford, Henry B. Walthall, Kate Bruce, J. B. Warner and Elinor Fair. 1910. Milestone Film & Video, 2009. DVD.

Havard, John C. «Sentimentalism, Interracial Romance, and Helen Hunt Jackson and Clorinda Matto De Turner's Attacks on Abuses of Native Americans in *Ramona* and *Aves Sin Nido*.» *Intertexts* 11.2 (2007): 101-21.

Helmuth, Gloria J. *The Life of Helen Hunt Jackson*. Buena Vista, CO: Classic Reprographics, 1995.

Hufford, D. A. *The Real Ramona of Helen Hunt Jackson's Famous Novel*. Los Angeles: D.A. Hufford & Co., 1900.

Irwin, Robert M. «*Ramona* and Postnationalist American Studies: On 'Our America' and the Mexican Borderlands.» *American Quarterly* 55.4 (2003): 539-67.

Jacobs, Margaret D. «Mixed-Bloods, Mestizas, and Pintos: Race, Gender, and Claims to Whiteness in Helen Hunt Jackson's *Ramona* and María Amparo Ruiz De Burton's *Who Would Have Thought It?*» *Western American Literature* 36.3 (2001): 212-31.

James, George Wharton. *Through Ramona's Country*. Boston: Little, Brown & Co., 1909.

Luis-Brown, David. «'White Slaves' and the 'Arrogant Mestiza': Reconfiguring Whiteness in *the Squatter and the Don* and *Ramona*.» *American Literature* 69.4 (1997): 813-39.

Mathes, Valerie Sherer. Afterword. *Ramona*. By Helen Hunt Jackson. New York: Signet, 2002. 363-73.

____________. «Helen Hunt Jackson: Official Agent to the California Mission Indians.» *Southern California Quarterly* 63.1 (1981): 63-82.

May, Antoinette. *Helen Hunt Jackson: A Lonely Voice of Conscience*. San Francisco: Chronicle Books, 1987.

Monroy, Douglas. *Thrown among Strangers: The Making of Mexican Culture in Frontier California*. Berkeley: University of California Press, 1990.

Noriega, Chon A. «Birth of the Southwest: Social Protest, Tourism, and D. W. Griffith's *Ramona*.» *The Birth of Whiteness: Race and the Emergence of U. S. Cinema*. Ed. Daniel Bernardi. New Brunswick: Rutgers University Press, 1996. 203-26.

Oandasan, William. «*Ramona*: Reflected through Indigenous Eyes.» *California Historical Society Courier* 28.1 (1986): 7.

Padget, Martin. «Travel Writing Sentimental Romance, and Indian Rights Advocacy: The Politics of Helen Hunt Jackson's *Ramona*.» *Journal of the Southwest* 42.4 (2000): 833-76.

Phillips, Kate. *Helen Hunt Jackson: A Literary Life*. Berkeley: University of California Press, 2003.

Schulman, Ivan A. *Relecturas martianas: narración y nación*. Amsterdam/Atlanta: Rodopi, 1994.

Senier, Siobhan. *Voices of American Indian Assimilation and Resistance: Helen Hunt Jackson, Sarah Winnemucca, and Victoria Howard.* Norman: University of Oklahoma Press, 2001.

Suárez León, Carmen. *La alegría de traducir.* La Habana: Editorial de Ciencias Sociales, 2007.

Vallejo, Catherine. «José Martí y su transpensamiento de *Ramona* por Helen Hunt Jackson: un diálogo de sustancia y estilo». *Revista Iberoamericana* 79.244-245 (2013): 777-95.

PRÓLOGO DE JOSÉ MARTÍ

Ramona, DE HELEN HUNT JACKSON

«*Ramona* es un libro que no puede dejarse de la mano: se le lee día y noche, y no se quisiera que el sueño nos venciese antes de terminar su lectura; está henchido de idealismo juvenil, sin dulzores románticos; de generosidad, sin morales pedagógicas; de carácter, sin exageradas minimeces; de interés alimentado con recursos nuevos, sin que el juicio más descontentadizo tenga que tacharlo de violento o falso. Lo atraviesa, como un rayo de luz, un idilio de amor americano. El ingenio hace sonreír, allí donde la pasión acaba de estallar. El diálogo pintoresco sucede a una descripción que rivaliza en fuerza de color con la naturaleza. No es un libro de hediondeces y tumores, como hay tantos ahora, allí donde la vida se ha maleado; sino un lienzo riquísimo, un recodo de pradera, un cuento conmovedor, tomado, como se toma el agua de un arroyo, de un país donde todavía hay poesía. Las palabras parecen caídas de los labios mismos de los ingenuos interlocutores: el escenario, distinto en cada página, tiene todo el brillo de la pintura con el encanto de la historia: la acción, noble y ligera, se traba con tal verdad y alcance que allí donde la mujer más casta encuentra sano deleite, halla a la vez el crítico un libro digno de su atención y una robusta fábrica literaria.»

Eso dice de esta novela, verdaderamente notable, uno de sus críticos norteamericanos. Dice la verdad. Pocos libros interesan más que *Ramona,* y pocos dejan una impresión tan dulce. El primoroso gusto de su autora afamada, de Helen Hunt Jackson, le permitió escribir una obra de piedad, una obra que en nuestros países de América pudiera ser de verdadera resurrección, sin deslucir la magia de su cuento, la gracia de su idilio, la sobria novedad de sus escenas trágicas, la moderación artística de sus vigorosas descripciones, con aquel revolver de una idea fanática que no sienta en una obra de mero recreo y esparcimiento. Este libro es real, pero es bello. Las palabras relucen como joyas. Las escenas, variadas constantemente, excitan, con cuerdos descansos, las más diversas emociones. Los caracteres se sostienen por sí, y se albergan como entes vivos en el recuerdo después de la lectura. «¡Gracias!», se dice sin querer al acabar de leer el libro; y se busca la mano de la autora, que con más arte que Harriet Beecher Stowe hizo en pro de los indios, en pro acaso de alguien más, lo que aquella hizo en pro de los negros con su *Cabaña del Tío Tom*. *Ramona,* según el veredicto de los norteamericanos, es, salvas las flaquezas del libro de la Beecher, otra «Cabaña».

Helen Hunt Jackson, que tenía en su naturaleza «extraña mezcla de fuego y brillo de sol»; que, según otro de sus biógrafos, reunía a la sensatez de su amigo Emerson «toda la pasión y exuberancia tropicales»; que en su célebre *Siglo de Infamia* es arrebatada como nuestra elocuencia y punzante como nuestras tunas; que en sus graves versos tiene la claridad serena de nuestras noches y el morado y azul de nuestras ipomeas, pinta con luz americana paisajes, drama y caracteres nuestros, sin que la novedad del asunto exagere o desvíe la verdad de lo que copia, sin que la gracia femenina haga más que realzar con atractivo nuevo la constante virilidad literaria, sin que la mira piadosa con que escribe le lleve a descuidar en un párrafo o incidente sólo la armonía artística y meditada composición del libro, sin que el haber nacido en Norteamérica le oscureciese el juicio al estudiar, como estudió, en los manuscritos de los misioneros, en los archivos de sus conventos, en los papeles de las infelices familias mexicanas, la poesía y nobleza seductoras con que avasalla a sus rivales natos nuestra raza. Como Ticknor escribió la historia de la literatura española, Helen Hunt Jackson, con más fuego y conocimiento, ha escrito quizás en *Ramona* nuestra novela.

¿Deberá decirse aquí el estilo coloreado, la trama palpitante, la acabada y dramática pintura de nuestras antiguas haciendas, la alegre casa mexicana y su orden generoso, la mestiza arrogante que en la persecución y en la muerte va cosida a su indio, la belleza del país por donde pasan en su huida, el bíblico rincón donde amparan sus últimos ganados, su niña de «ojos de cielo», sus desesperados amores, hasta que los echa de él, como bestias perseguidas, alumbrándose con las astillas de la cuna rota, la vencedora raza rubia? Aquella vida serena de nuestros viejos solares campesinos; aquella familia amorosísima, agrupada, como los retoños al tronco del plátano, junto a la madre criada en la fe de la iglesia; aquellos franciscanos venerables, por cuya enérgica virtud pudo levantarse, con la fortaleza de los robles donde cobijaba su primer altar, una religión desfallecida; aquel manso infortunio de los indios, sumisos, laboriosos y discretos; y luego la catástrofe brutal de la invasión, la llamarada de la rebeldía, la angustia de la fuga, el frío final de muerte, sin que se extinga el sol ni palidezca el cielo, viven en estas páginas como si los tuviéramos ante los ojos. Resplandece el paisaje. El libro nos va dando hermanos e ideas. Se ama, se reposa, se anhela, se padece, se asiste a una agonía histórica en una naturaleza rebosante. Un arte sumo distribuye con mesura los fúlgidos colores. Se disfruta de un libro que sin ofender la razón calienta el alma, uno de los pocos libros que pueden estar a la vez sobre la mesa del pensador y en el recatado costurero. Todos hallarán en *Ramona* un placer exquisito: mérito el literato, color el artista, ánimo el generoso, lección el político, ejemplo los amantes, y los cansados entretenimiento.

José Martí
New York, Septiembre de 1887

Nota preliminar sobre el texto

La edición príncipe de Martí contenía algunas erratas de ortografía menores que han sido enmendadas en las ediciones posteriores del texto publicadas por el Centro de Estudios Martianos de La Habana. Estos cambios van incorporados en esta versión de la traducción. Si el lector quisiera ver estas modificaciones, puede consultar la Edición Crítica de las *Obras completas* de José Martí, tomo 21, Traducciones II (2010). En aquel tomo las correcciones van señaladas en notas al pie de página. Los lectores muy atentos verán que hay varios casos en los cuales la puntuación de la obra original de Martí, y en especial el uso de los guiones de aclaración, no va conforme a las normas. Puesto que la edición publicada por el Centro de Estudios Martianos no altera esta puntuación, tampoco se ha cambiado en la versión de la traducción que se incluye aquí.

RAMONA

Novela Americana

La Señora

Era tiempo de esquila en la Baja California, pero la esquila estaba retrasada en lo de la Señora Moreno. Felipe Moreno había estado enfermo, y él era el hijo único y cabeza de la casa desde la muerte de su padre. Nada podía hacerse sin él en el rancho, a juicio de la Señora. Desde que sombreó la barba el bello rostro del mancebo, todo había sido en la casa: «Pregúntale al Señor Felipe.» «Ve donde el Señor Felipe.» «El Señor Felipe atenderá a eso.»

Lo cierto es que no era Felipe, sino la Señora, quien lo gobernaba todo, desde los pastos hasta el cantero de alcachofas; pero de eso, sólo la Señora se daba cuenta. Siempre hubiera parecido persona superior la Señora Gonzaga Moreno; pero era verdaderamente excepcional para el tiempo y país en que vivía. Con sólo lo que se vislumbraba de su vida, hubiera asunto para una novela de esas que dan calor y frío. Desde su cuna la tuvo muy en sus brazos la Santa Madre Iglesia; y eso hubiera dicho ella que la había ido sacando en salvo de sus cuitas, si entre sus muchas sabidurías no tuviese la Señora la de no hablar jamás de sí. Nunca exterior más reservado y apacible encubrió una naturaleza tan apasionada e imperiosa, siempre en tren de combate, rebosando tormenta, aborrecida a la vez que adorada, y hecha a que no la contrariase nadie sin que pagara caro su osadía. Invencible era la voluntad de la Señora; pero ningún extraño a la casa lo hubiera sospechado, viéndola escurrirse de un lado para otro en su humilde traje negro, con el rosario colgándole del cinto, bajos los ojos negros y suaves, y el rostro manso y triste. Parecía no ser más que una anciana devota y melancólica, amable e indolente como su raza, aunque más dulce y reflexiva que ella. Su voz contribuía a esta impresión equivocada, porque no hablaba nunca alto ni aprisa, y aun se notaba a veces cierta curiosa dificultad en su pronunciación, que casi era tartamudez, y recordaba el cuidado que ponen en hablar los que han padecido de este vicio. Eso la hacía aparecer en ocasiones como si no tuviese cabales las ideas, lo que envalentonaba a las gentes, sin ver que la dificultad venía sólo de que la Señora conocía tan bien su pensamiento que le costaba trabajo expresarlo del modo más conforme a sus fines.

Sobre la esquila precisamente había habido entre ella y el capataz Juan Canito, a quien decían Juan Can por más corto y por distinguirlo del pastor Juan José, algunas pláticas que con persona menos hábil que la Señora hubiesen parado en cólera y disgusto. Juan Canito quería que la esquila empezase, aunque estuviera en cama Felipe, y no hubiese vuelto de la costa el cachaza de Pedro, con el rebaño que llevó allá para pastos. «De sobra tenemos ovejas para empezar», dijo una mañana: «por lo menos mil». Y para cuando esas estuviesen esquiladas, habría vuelto Pedro con el resto. Si el Señor Felipe seguía enfermo, ¿no había él, Juan Can, hecho la ensaca cuando Felipe iba en pañales? Pues lo que hizo, podía volverlo a hacer. La Señora no veía volar el tiempo. Y como habían de ser indios los de la esquila, iban a verse sin esquiladores. Por supuesto, si ella quisiera emplear mexicanos, como todos los demás ranchos del valle, sería diferente, pero se empeñaba en que fueran indios. «Dios sabe por qué...», añadió de mal modo, comiéndose las palabras.

—No te entiendo bien, Juan, interrumpió la Señora en el mismo instante en que dejaba escapar el capataz esta exclamación irrespetuosa: habla un poco más alto: como que la vejez me va poniendo sorda.

¡Con qué tono tan suave y cortés decía esto la Señora, clavando sus ojos negros y serenos en los de Juan Canito, con una mirada cuya penetración era él tan incapaz de entender como una de sus ovejas! No hubiera Juan podido explicar por qué contestó en seguida involuntariamente: «Dispénseme la Señora.»

—No hay de qué, Juan, replicó ella con grave dulzura. No es tuya la culpa de que yo ande sorda. Pero sobre eso de los indios: ¿no te dijo el Señor Felipe que ya tenía comprometida la misma cuadrilla de esquiladores del año pasado, la de Alejandro, de Temecula? Ellos esperarán hasta que estemos listos: Felipe les avisará con un propio: él dice que no hay gente mejor en todo el país. En una o dos semanas Felipe estará bueno; así que las pobres ovejas tendrán que llevar la carga unos días más. Y dime, Juan, ¿habrá este año mucha lana? El General decía que tú podías calcular la cosecha libra más libra menos cuando la llevaban al lomo las ovejas.

—Sí, Señora, respondió Juan sumiso: los animalitos lucen muy bien para lo pobre del pasto en este invierno. Pero no hay qué decir, hasta que ese... Pedro no traiga su rebaño.

Sonrió la Señora a pesar suyo, al notar cómo se había tragado Juan Can la mala palabra con que adornó en su mente a Pedro. Juan, animado por la sonrisa, dijo de esta manera:

—El Señor Felipe no sabe ver falta en Pedro, como que crecieron juntos; pero ya lo sentirá, voy al decir, un día de éstos, cuando le venga un rebaño peor que muerto, y gracias a nadie más que a Pedro. Mientras lo puedo tener a mi vista acá en el valle, todo va bueno; pero uno de los corderitos, Señora, es de más respeto que él para manejar un rebaño; un día corre a las ovejas hasta dejarlas sin vida, y al otro no les da de comer: ¡le digo que una vez hasta se olvidó de darles agua!

Conforme adelantaba Juan su queja, fue enseriando el rostro la Señora sin que él lo notase, porque mientras le hablaba tenía los ojos fijos en su perro favorito, que retozaba ladrando a sus pies.

—Quieto, Capitán, quieto, dijo echándolo a un lado, que no dejas oír a la Señora.

—Demasiado bien oigo, Juan Canito, dijo ella en tono suave, pero de un frío de hielo. No está bien que un criado hable mal de otro. Me ha dado mucha pena eso de tu boca, y espero que cuando venga el Padre Salvatierra le confesarás este pecado. Si el Señor Felipe te pusiese asunto, el pobre Pedro tendría que irse por esos mundos sin casa ni amparo: ¿es ésa acción, Juan Can, para que un cristiano se la haga a su prójimo?

—Señora, no lo dije por mal, principió a decir Juan, temblando todo él por la injusticia del reproche.

Pero ya la Señora le había vuelto la espalda, como enojada del discurso. Quedó Juan mirándola, mientras ella se alejaba a su usual paso lento, ligeramente inclinada la cabeza, con el rosario levantado en la mano izquierda, y repasando con la derecha avemarías y padrenuestros.

—Rezos, siempre rezos, murmuró Juan sin quitarle los ojos: si por rezar se va al cielo, allá se va derecho la Señora. Siento haberla enojado: ¿qué ha de hacer un hombre, si quiere a la casa con el corazón, cuando ve que los holgazanes se la comen? ¡Regáñenme cuanto quieran, y hagan que me confiese con el Padre; pero para eso me tienen aquí, para ver lo que pasa! ¡Cuando sea hombre, tal vez lo hará bien el Señor Felipe; pero ahora es muy mozo!–Y dio con el pie en el suelo, como si quisiera vengarse de su humillación.

—¡Que me confiese con el Padre Salvatierra! Sí lo haré, que aunque es cura, el hombre tiene juicio:–y aquí se santiguó el sencillo Juan, escandalizado de su pícaro pensamiento. Y le preguntaré cómo he de manejarme con este muchachazo que manda aquí en todo; ¡y la Señora embebecida, que cree que él sabe más que una docena de viejos! Bien conoció el Padre el rancho en otros tiempos, cuando era más que ahora. No es cosa de juego, bien lo sabe él, gobernar tanta hacienda. ¡En mal día se murió el General, que en paz descanse!

Se encogió Juan de hombros, llamó a Capitán, y seguido de él se fue hacia el alegre colgadizo de la cocina, donde durante veinte años había fumado su tabaco todas las mañanas. Pero a lo que iba por la mitad del patio le asaltó un pensamiento y paró el paso tan pronto, que Capitán creyó sería algo del rebaño, enderezó las orejas, púsose como al correr, y miró a su amo, aguardando la consigna.

—Conque el Padre llega el mes que viene?, se dijo Juan. Hoy es 25: la esquila no empezará hasta que él no venga: entonces tendremos misa en la capilla todas las mañanas, y vísperas en las noches, y la gente se estará aquí comiendo lo menos dos días más, por el tiempo que pierdan en eso y en las confesiones. Para eso sí sirve el Señor Felipe, que vaya que es piadoso. No está mal que esos diablos de indios tengan misa una vez que otra. Me recuerda el buen tiempo, cuando la capilla se llenaba de indios arrodillados, y había más a la puerta. A la Señora le ha de gustar, porque le parecerá que es como antes, cuando los indios todos eran de la casa. Conque el mes que viene: bueno. El Padre siempre llega en la primera semana del mes. Ella dijo: «en una o dos semanas Felipe estará bien». Serán dos: diez días, más o menos: empezaré a hacer las casas la semana que entra. ¡El diablo se lleve a Pedro, que no llega! Nadie conoce el sauce como él, pero los sueños lo tienen vuelto loco.

Estas aclaraciones pusieron a Juan para el resto del día alegre. Era la viva imagen del contento, sentado en el banco con la espalda al muro, las largas piernas tendidas a casi todo lo ancho del colgadizo, en los bolsillos las dos manos, y el tabaco caído a un lado de la boca. Los pequeñuelos que hormigueaban siempre por los alrededores de la cocina, iban y venían dando tumbos por entre sus piernas, y se enderezaban asiéndose de sus pantalones, sin que Juan diera muestra de enojo, aunque de adentro venía una granizada de regaños.

—Qué le pasa a Juan Can que está hoy de tan buen humor?, preguntó traviesamente Margarita, la más graciosa y joven de las criadas de servicio, asomándose por una ventana y halando del pelo a Juan Canito. Tenía Juan tantas canas y arrugas que las muchachas jugaban con él sin miedo, olvidando que, aunque les parecía un Matusalén, ni estaba Juan tan viejo como creían, ni tan seguras ellas en sus juegos.

—La vista de su cara, Señorita Margarita, repuso con presteza, guiñándole los ojos, poniéndose en pie, y haciendo un saludo de burla hacia la ventana.

—¡Por supuesto que señorita!, dijo echándose a reír la cocinera Marta, madre de la moza: el Señor Juan Canito viene a burlarse de los que son mejores que él.–Y lanzó el agua no muy limpia de una cacerola de cobre con tanta destreza por sobre la cabeza de Juan, que ni una gota le cayó en el cuerpo, aunque pareció que toda el agua le iba encima. El patio entero, jóvenes y viejos, muchachos y gallos, pavos y gallinas, se dispersó cacareando por los rincones, como si lloviesen piedras. Al bullicio vinieron corriendo todas las criadas: las gemelas Ana y María, ya de cuarenta años, nacidas en la casa antes de que el General tomase esposa; sus dos hijas, Rosa y Ana la Niña, como seguían llamándola, aun cuando pesaba ya más que su madre; la vieja Juana, de tantos años que ni la Señora sabía su edad cierta: ni ella, la infeliz, podía contar mucho porque estaba ida del juicio de diez años atrás, y sólo servía para quitar las vainas al frijol, lo que hizo siempre tan bien como en su juventud, sin vérsela alegre sino cuando había frijoles que descascarar. No le faltaban por fortuna, porque el frijol no escasea nunca en labranza de México; y para que Juana tuviese qué hacer, lo almacenaban todos los años en cantidad sobrada para un ejército. Verdad es que, aunque venida a menos, era un pequeño ejército la casa de la Señora. Nadie supo nunca exactamente cuántas mujeres había en la cocina, ni hombres en el campo: siempre había primas, sobrinas y cuñadas, que venían a quedarse, y primos, sobrinos y cuñados que estaban de paso para lo alto o lo bajo del valle. Los que cobraban paga, bien los conocía el Señor Felipe; pero no a todos los que se alimentaban de la casa y vivían en ella. ¡No cabían en caballero mexicano esas cuentas mezquinas!

—A la Señora no le parecía que hubiera gente en la hacienda: ¡aquello era un puñado, que no podía con la obra de la casa! En vida del General sí se pudo decir que jamás se cerraron las puertas sobre menos de cincuenta personas; pero ya aquel tiempo había pasado, ¡pasado para siempre!, y aunque un extranjero, al ver la carrera y alharaca que levantó en el patio la hazaña de Marta, hubiera podido preguntarse con asombro cómo cabían en una sola casa tanta mujer y rapazuelo, el único pensamiento de la Señora, al aparecer en aquel instante en la puerta, fue éste:–¡Pobrecitos: qué pocos quedan ya! Creo que Marta tiene mucho trabajo. Le quitaré quehacer a Margarita para que la ayude.¾Suspiró tristemente, y se dirigió por las habitaciones interiores al cuarto de Felipe, llevándose como sin querer el rosario al corazón.

Lo que vio al llegar al cuarto era para conmover a cualquier madre: un segundo, sólo un segundo se detuvo en el umbral contemplando aquel cuadro; y grande habría sido el pasmo de Felipe Moreno si le hubiesen dicho que cuando su madre con voz serena le saludaba así: «Buenos días, hijo. ¿Dormiste bien? ¿Estás mejor?»,–lo que su corazón decía en un arranque apasionado era esto: «¡Mi hijo divino! Los santos me le han puesto la cara de su padre. Nació para ser rey.»

La verdad es que Felipe no tenía la menor condición de persona real; porque si la tuviese, no lo habría manejado su madre sin que él se diera cuenta de ello. Pero por lo que hace a hermosura nunca hubo monarca de rostro y cuerpo más apropiados para realzar el manto y la corona; así como era cierto que, fuese o no cosa de los santos, su cara era la misma del General Moreno. Raras veces hay parecido tan marcado entre padre e hijo. Una vez que Felipe, para una fiesta de gran ceremonia, se puso el manto de terciopelo bordado de oro, calzón corto sujeto a la rodilla por una liga roja, y el sombrero cargado de oro y plata que su padre había usado veinticinco años antes, la Señora se desmayó y rodó por tierra. Y cuando abrió los ojos, y vio inclinado sobre ella, diciéndole tiernas palabras, a aquel mancebo de la barba negra y el suntuoso arreo, se desmayó otra vez:–»¡Madre, madre mía! No me los pondré si te hacen padecer. Déjamelos quitar. Ya no voy a esa maldita procesión!» Y comenzó a desabrocharse el cinto.

—No, no, Felipe, dijo la Señora. Quiero que te los pongas y poniéndose en pie, deshecha en lágrimas, volvió a abrocharle el cinturón que tantas veces ciñeron a otro cuerpo sus manos, siempre premiadas con un beso.

—Llévalos,–dijo, secos ya los ojos y ardiéndole las palabras,–¡llévalos, para que vean esos perros yanquis cómo era un caballero mexicano antes de que nos pusieran el pie en el cuello!–Y fue con él hasta la puerta, y allí estuvo, moviendo bravamente su pañuelo hacia el jinete, hasta que desapareció por el camino. Pero entonces, demudado el rostro y la cabeza baja, volvió penosamente hasta su alcoba, se encerró en ella, cayó de rodillas frente a la imagen de la Virgen que tenía a la cabecera de su cama, y así pasó la mayor parte del día, implorando perdón, y rogando que fuesen castigados los herejes: ¡eso sobre todo pedía a Dios con ardor: el castigo!

Juan Can estaba en lo cierto al calcular que no era la enfermedad de Felipe la causa de tener demorada la esquila, sino la tardanza del Padre Salvatierra. Y más satisfecho habría aún quedado de su perspicacia, si hubiese podido oír lo que conversaban en el cuarto madre e hijo, mientras que él, medio dormido en el colgadizo, zurcía sus ideas y se felicitaba por su ingenio.

—Juan Can anda ya inquieto por la esquila, decía la Señora. Supongo que tú pensarás lo mismo, hijo, que es mejor esperar a que el Padre Salvatierra venga. Nada más que aquí lo pueden ver los indios, y no sería cristiano perder esa ocasión; pero Juan se enoja. Va poniéndose viejo, y creo que lo tiene ofendido estar bajo tu mando. Él no puede olvidar que te llevó mucho tiempo en las rodillas; pero tampoco puedo olvidar yo que tú eres el hombre en quien descanso.

Volvió a ella Felipe su bello rostro con una sonrisa de hijo enamorado y vanidad agradecida:

—Pues si tú puedes descansar en mí, madre mía, eso nada más le pido a los santos;–y en su mano derecha tomó las dos flacas y finas de su madre, y las besó con ternura amorosa.¾Me echas a perder, mi madre: me estás volviendo orgulloso.

—La orgullosa soy yo, replicó ella; pero orgullo no es, sino agradecimiento al Señor, porque me ha dado un hijo tan juicioso como su padre, que me amparará en los pocos años que me quedan de vida. Moriré contenta estando tú a la cabeza de la casa, viviendo como debe vivir un caballero mexicano, si en lo que nos queda de esta tierra infeliz se puede vivir todavía como caballero. Y en eso de la esquila, Felipe, ¿querrías tú empezarla antes de que viniese el Padre Salvatierra? Alejandro y su gente están listos: en dos jornadas se ponen aquí de vuelta con el propio. El Padre no puede llegar hasta el 10. El 1° salió de Santa Bárbara, y viene a pie todo el camino: lo menos tarda seis días, porque ya está débil y viejo. En Ventura pasará un Domingo, y otro día en el rancho de los Ortega, y en el de los López tienen un bautizo. Sí, pues: el 10 es lo más pronto que puede llegar: cerca de dos semanas todavía. Tú tal vez te levantarás la semana que viene: para el 10 ya estarás casi bueno.

—Por supuesto que estaré, dijo Felipe riendo, y echando a los pies con tal brío los cobertores, que quedaron temblando los pilares y el cielo festoneado de la cama. Ya estaría bueno ahora, si no fuera por esta debilidad que no me deja tenerme en pie. Me parece que me haría bien el aire fresco.

Lo cierto es que Felipe ardía en deseos de verse ya en la esquila: para él era la esquila una especie de fiesta, por más que trabajaba en ella recio, y dos semanas le pareció mucho esperar.

—Las fiebres dejan siempre débil por muchas semanas, dijo la Señora. No sé yo si estarás bastante fuerte dentro de quince días para la ensaca; pero Juan Can me decía hoy que él ensacaba cuando tú eras todavía un muchacho, y no era preciso esperarte para eso.

—¿Conque eso ha dicho el insolente?, dijo Felipe con enojo. Yo le diré que nadie hará aquí la ensaca más que yo, mientras yo sea aquí el amo; y la esquila se hará cuando yo quiera, y no antes.

—Tal vez no sería bueno decir que no va a hacerse hasta que el Padre venga, ¿no te parece?, preguntó la Señora en tono de duda, como si no tuviese ya el asunto decidido. Al Padre no lo respetan los mozos de ahora como los de antes, y hasta Juan mismo me está pareciendo un poco tocado de herejía, desde que los americanos revuelven la tierra buscando dinero, como perros que van oliendo el suelo. Pudiera ser que a Juan no le gustase saber que sólo se espera por el Padre. Tú ¿qué piensas?

—Pienso que tiene bastante con saber que no se esquilará hasta que yo quiera, dijo Felipe todavía enojado. En eso se queda.

En eso precisamente quería la Señora que se quedase; pero ni Juan Canito mismo sospechaba que esa intención era sólo idea de ella, y no de su hijo: Felipe, por su parte, hubiera tenido como maniático al que le dijese que no era él, sino la Señora, quien había decidido esperar para la esquila a que viniera el Padre, y no decir palabra en el rancho sobre la razón de la demora.

Conseguir de ese modo sus fines es la suma del arte. No aparecer jamás como factor en la situación que se desea; saber mover como instrumentos a los demás hombres, con la misma callada e implícita voluntad con que se mueve el pie o la mano, eso es vencer de veras, eso es domar en el grado más alto la fortuna. Ha habido una u otra vez en la historia del mundo hombres prominentes que estudiaron y adquirieron en grado notable ese poder supremo, y por medio de él manejaron a embajadores, senados y monarcas, y sujetaron los imperios. Pero es dudoso que aun en esas singulares ocasiones haya sido tan completo el éxito como el que obtiene a veces en más humilde círculo una mujer en quien esa cualidad es un instinto, y no obra del estudio, una pasión más que un modo de gobierno. Ésa es la perpetua diferencia entre el talento y el genio. La Señora era el genio.

¡Bien Pasado!

En pocas casas de California se conservaba con tanta pureza como en la de Moreno aquella franca y generosa vida, medio elegante y medio bárbara, que a principios del siglo hacían los mexicanos de alta alcurnia, cuando aún llamaban Nueva España a México. Era en verdad una existencia grata y pintoresca, con más placer y sentimiento en sus escenas animadas, con más drama y romance, que los que nunca volverán a verse en esas playas de sol. Aún se percibe el suave aroma; aún no lo han espantado del lugar las inversiones y empresas; aún durará su siglo, y no se perderá jamás completamente, mientras exista una casa como la de la Señora Moreno.

Cuando el General edificó la casa, poseía todo el terreno de los alrededores en un radio de cuarenta millas, cuarenta al Oeste, que iban por el valle al mar, cuarenta al Este, dentro de las montañas de San Fernando, y otras cuarenta bien contadas, más o menos al borde de la costa. Los linderos no estaban muy claros, porque en aquel tiempo feliz no había necesidad de contar la tierra por pulgadas. Tal vez no sería fácil explicar cómo el General vino a poseer tanta tierra: por lo menos, no se explicó a satisfacción de la Junta Rural de los Estados Unidos que después de la entrega de California tuvo a su cargo el reconocimiento de los títulos; y así fue como pudo llegar a considerarse pobre la Señora. Tramo a tramo le habían ido quitando sus ricas posesiones, hasta que se creyó que iban a dejarla sin resto de ellas. La Junta desconoció todos los títulos fundados en dádivas del Gobernador Pío Pico, de quien fue el General íntimo amigo: ¡así perdió la Señora en un solo día lo mejor de sus pastos! Eran tierras que pertenecieron antes a las Misiones de Buenaventura y San Fernando, y se extendían por lo largo de la costa a la entrada del valle, donde corría camino al mar el riachuelo que se veía desde la casa: ¡mucho había gozado en su juventud la pobre Señora, paseando a caballo al lado de su marido aquellas cuarenta millas, sin tener que salir de sus tierras propias para ir desde su casa al mar! ¡Con razón llamaba ella a los americanos perros y ladrones!

Nunca el pueblo americano ha llegado a entender que la anexión de California no fue sólo una conquista sobre México, sino la conquista de California misma. No era lo más amargo perder la nacionalidad que se rendía con la comarca, sino ir perdiendo la comarca. Así los pueblos van y vienen sin ayuda en manos de las grandes naciones, sufriendo toda la ignominia de la derrota sin ninguna de las compensaciones de la transacción. México salvó mucho en el tratado, a pesar de tener que confesarse vencido; pero California lo perdió todo. No se puede decir con palabras el dolor de aquel trance. Es una maravilla que hubiese quedado un solo mexicano en el país. Acaso quedaron sólo los que no tuvieron modo humano de salir de él.

Por fortuna de la Señora, su título a las tierras medianeras del valle era más claro que los de las que poseía al oriente y poniente; de modo que aún le quedó, después de todos los pleitos y adjudicaciones, hacienda bastante para excitar la envidia de cualquier recién llegado, aunque a la pobre despojada le parecía ya la suya una propiedad mezquina, tanto más cuanto que no se sentía segura ni de un pie de ella. «Cualquier día, decía, mandan aquí otra Comisión que deshaga lo que dejó hecho la primera. El que roba una vez, robará mil. Nadie se considere seguro bajo el gobierno de los americanos. ¡Quién sabe lo que viene!»–Y año sobre año se iban con estas ideas acentuando en el avejentado rostro de la anciana las arrugas del pesar, de la ansiedad y del resentimiento.

Sintió un gozo indecible la Señora cuando al trazar los comisionados un camino a través del valle, lo corrieron por el fondo de la casa, en vez de seguirlo por el frente. «¡Así, a la espalda», decía ella: «¡adonde deben estar, detrás de nuestras cocinas!: así no pasarán por nuestra casa más que amigos». No se entibió nunca en ella esta alegría. Cada vez que pasaba por el camino algún carro de los americanos, se la veía pensar con gusto en que la casa le daba la espalda. Bien hubiera querido ella poder hacer siempre lo mismo; pero ya que se lo estorbaban la urbanidad o los negocios, ¡allí estaba la casa, con la espalda vuelta!

Otro placer se dio la Señora cuando se abrió el camino; y tan juntos estaban en él el celo religioso y el odio de raza, que el teólogo más sutil no hubiera podido determinar si era aquello mérito o pecado. En lo más alto de cada uno de los redondos cerros en que se levantaba suavemente el valle hizo poner la Señora una gran cruz de madera, y no había cerro sin cruz, «para que los herejes sepan cuando pasen que están en la hacienda de una buena católica, y para que los fieles se acuerden de rezar: ¡en las almas más duras ha hecho milagros la Santa Cruz Bendita!» Y allí se abrían, en invierno y verano, a la lluvia y el sol, aquellos brazos solemnes y silenciosos, sirviendo de guía al viajero novicio, a quien daban por señas del camino «tantas o cuantas cruces de la Señora Moreno, que ha de ver sin falta». ¿Quién sabe si aquellos maderos no confortaron muchas veces el corazón de algún caminante desolado? Mucho cristiano fiel detenía el paso y se persignaba humildemente, al ver de pronto las primeras cruces, destacándose en el camino solitario sobre el sereno azul del cielo.

La casa era de adobe, y baja, con un colgadizo ancho a los tres lados del patio, y otro más espacioso todavía en el frente, que miraba al Sur. Los colgadizos, los del patio sobre todo, eran como otros tantos cuartos, donde vivía la casa entera. Nadie se estaba nunca entre paredes, a no serle inevitable. Todo lo de cocinar, salvo lo del fogón, se hacía en el colgadizo. Allí gateaban, se bañaban, jugaban y hacían coro los chiquitines, sentados sobre el suelo. Allí las criadas decían sus oraciones, dormitaban durante la siesta, y tejían sus encajes. Allí la vieja Juana descascaraba sus frijoles, e iba echando las vainas sobre los ladrillos, hasta que se le hacían montones a los lados, como las hojas de las mazorcas en la estación del despaje. Allí fumaban los capataces y pastores, descansaban, y amaestraban sus perros. Allí amaban los jóvenes, y dejaban caer los viejos la cabeza, vencidos por el sueño. Los bancos, que corrían a todo lo largo de la pared, tenían ya del mucho uso marcados los asientos, y lustrosos como la misma seda: el suelo enladrillado ya boqueaba por algunos lugares, y estaba tan hundido en otros que, cuando las lluvias, se hacían grandes pocetas, donde encontraban rico entretenimiento los muchachos, y venían a beber, traveseando de una en otra, los perros, gatos y gansos que siempre por allí merodeaban.

El colgadizo arqueado del frente era un lugar encantador. Tendría de largo unos ochenta pies, y abrían sobre él las puertas de cinco holgados cuartos. Los dos que estaban más al Oeste fueron hechos después de la casa, a cuatro escalones de altura sobre los primeros, lo que daba a aquel extremo apariencia de terrado. Allí tenía sus flores la Señora: allí, en tiestos capaces de barro colorado, hechos a mano por los indios de San Luis Obispo, crecían, puestos en hilera contra la pared, geranios ostentosos, finos claveles, y el almizcle de flores amarillas. Por el almizcle tenía la Señora vivísima afición, heredada de su madre, tanto que una vez dijo al Padre Salvatierra, al despuntar para él un gajo de su flor favorita: –»Padre, no sé lo que es; pero creo que si me dan a oler almizcle después de muerta, resucito.»–»De tu madre lo tienes, hija, de tu madre.»

A más de los geranios, almizcles y claveles, había muchas enredaderas de especies distintas, unas que nacían de la tierra, y subían al amparo de los horcones, ciñéndolos como guirnaldas, otras animadas a la pared, o colgando de grandes tazas de piedra gris, pulimentada y reluciente, suspendidas del techo como cestas, y hechas de mano de indio en edades remotas, sin más instrumento que una tosca piedra.

Cantaban entre las enredaderas del alba al anochecer los canarios y pinzones de la Señora, todos de puestas diferentes, y criados por ella a la mano, como que nunca estaba sin una nidada nueva; y de Buenaventura a Monterrey se tenía por feliz el que lograba algún pinzón o canario de sus crías.

Del colgadizo a las orillas del río donde miraba, todo era jardín, naranjos y almendros: el jardín, siempre en flor; el naranjal, siempre verde, cuajado de azahar o frutas de oro; los almendros, tan bellos con su dosel ondulante de pétalos blancos y rosados desde el romper de la primavera, que parecía como si se hubiesen caído las nubes de la aurora, y enredádose en las copas de los árboles. A derecha e izquierda se extendían otros golpes de frutales: aquí duraznos y albaricoques, allí peras, manzanas y granadas, y a lo lejos viñas. No había día del año en que desde el colgadizo de la Señora no se viera el campo verde, o con flores y frutos.

Una espalera casi oculta por los frondosos pámpanos sombreaba la senda amplia y derecha que iba desde la entrada del colgadizo por en medio del jardín, hasta un arroyo que corría al pie de él. Allí, a la sombra de doce sauces viejos, estaban tendidas de una margen a otra las lajas donde se hacía el lavado de la casa. No había, pues, esperanza de jolgorio o pereceo para las lavanderas, como que del otro extremo del jardín tenía siempre sobre ellas los ojos la Señora: aunque si hubieran sabido cuán bien parecían de rodillas sobre la yerba, ya sacando del agua el lienzo goteante, ya estregándolo sobre las lajas, ya chapuzándolo, exprimiéndolo, haciéndose saltar el agua clara sobre los rostros unas a otras, se habrían estado gustosamente día sobre día en los lavaderos, porque nunca faltaba quien mirase.

Apenas pasaba día sin que tuviera visita la Señora, que era aún persona de cuenta, cuya casa veían como posada natural cuantos viajaban por el valle. Cuando no estaban los paseantes reposando, o acallando el apetito, o dando vueltas por la hacienda, allí se les veía en el corredor, dando conversación a la Señora. En invierno eran pocos los días fríos; y en verano, muy inclemente había de ser el que retuviese a la Señora y a sus visitas puertas adentro. Ostentaba el colgadizo tres venerandas sillas de roble tallado, y un banco de roble, también de talla fina, que dio a guardar a la Señora el viejo y leal sacristán de San Luis Rey, cuando invadieron la Misión los americanos. Espantado de los actos sacrílegos de la soldadesca, que se alojó en el templo mismo, y se entretenía en sacar a balazos los ojos y la nariz a las imágenes, el pobre sacristán fue salvando a hurtadillas cuanto pudo, ya escondiéndolo entre los algodonales, ya en su propia casita, hasta que tuvo para llenar carros. Aún con mayor cautela fue luego llevando poco a poco los objetos, ocultos en carretadas de heno, a casa de la Señora, que tuvo a honor esta muestra de confianza, y recibió el tesoro como hacienda de Dios, que habría de ser devuelta a la Iglesia cuando se restableciesen las Misiones, lo que siempre esperaban con fe aquellos buenos cristianos. Por eso no había apenas cuarto en la casa sin una pintura o imagen de la Virgen o alguno de los santos, cuando no más de una; y en la capillita del jardín rodeaban el altar las esculturas majestuosas de los apóstoles que en los tiempos del Padre Peyri asistieron a las espléndidas ceremonias de la Misión de San Luis del Rey, con aquella misma apariencia benigna con que presidían luego las fiestas humildes de la hacienda de la Señora Moreno. El que tuviese una un ojo de menos, y otra un brazo, y el que los colores antes resplandecientes de las túnicas estuvieran descascarados y marchitos, encendía, en vez de atenuar, el fervor con que se postraba ante ellas la Señora, a cuyos ojos saltaban lágrimas de ira al recordar a los herejes que habían cometido tal pecado. Hasta las apolilladas coronas que los santos lucieron en la última fiesta de la Misión sacó del templo el sacristán; y la Señora volvió a ponerlas sobre las veneradas esculturas, con tanto respeto como si fueran parte viva de las imágenes.

La Señora tenía más apego a la capilla que a su propia casa. El General la había edificado en el segundo año de su matrimonio: en ella se bautizaron sus cuatro hijos: de ella habían salido todos, menos Felipe, para la sepultura, muertos casi al abrir los ojos a la luz. En vida del General, cuando la próspera hacienda daba casa a centenares de indios, se asemejaba la escena de algunos domingos a la de las Misiones:–la capilla llena de hombres y mujeres arrodillados; los que no habían logrado entrar, de rodillas también, en los senderos del jardín: el Padre Salvatierra, en su mejor casulla, andando entre hileras de fieles que le abrían paso con respeto, unos pidiéndole la bendición, otros ofreciéndole frutas o flores, las mujeres levantando en brazos a sus hijos para que el anciano les pusiera las manos sobre la cabeza. Nadie más que el Padre Salvatierra había oficiado en la capilla, ni oído en confesión a ningún Moreno. Era el Padre uno de los franciscanos que quedaban aún en el país, y tan amado y venerado en todo él, que prefería aquella gente leal estarse meses enteros sin los sacramentos, a tener que confesar sus culpas a otro sacerdote. Este afecto profundo de los indios y las antiguas familias mexicanas a los franciscanos, había movido naturalmente a celos a los sacerdotes seculares recién venidos, por lo que no era todo rosas la situación de aquellos buenos frailes, como que ya se decía que les iban a prohibir que fuesen de rancho en pueblo, según tenían por costumbre, oficiando de párrocos, cosa que sólo se les permitiría hacer en sus propios colegios de Santa Inés y Santa Bárbara. Cuando se habló de esto un día en presencia de la Señora, se le encendió súbitamente el rostro, y sin poder contenerse:–»¡Ese día, dijo, quemo mi capilla!»

Felizmente, sólo oyó esta amenaza Felipe, cuyo asombro trajo a la madre a sus sentidos:

—Dije mal, hijo. A la Iglesia ha de obedecerse siempre; pero los franciscanos sólo deben cuenta al Superior de su Orden, y no hay aquí quien pueda prohibirles que viajen y den los sacramentos a los que lo deseen. Te digo que no puedo sufrir a esos curas catalanes que están viniendo ahora. Los catalanes tienen mala sangre.

Razón había para que la Señora quisiese así a los franciscanos, porque desde que le lució el juicio tuvo delante sus sayales oscuros, que le enseñaron a mirar como el ropaje único de la virtud. El buen

Salvatierra viajó de México a Monterrey en el mismo buque que traía al padre de la Señora, cuando le nombraron comandante del presidio de Santa Bárbara; y el tío que más la mimaba era entonces el Superior de la Misión. Floreció su juventud entre las fiestas del Presidio y las ocupaciones y ceremonias de la Iglesia: tenía fama de ser la más hermosa de toda la comarca, y se miraban en ella por igual los militares, los marinos y los sacerdotes: se brindaba por ella desde Monterrey hasta San Diego.

Cuando premió al fin el amor de Felipe Moreno, que era ya general mexicano de mucha distinción, las bodas fueron lo más rico que se había visto nunca en el país. Acababan de rematar una de las torres de la Iglesia de Santa Bárbara, y se convino en celebrar a un tiempo la consagración de la torre y las bodas, y en tender las mesas para el festín a todo lo largo del corredor de la Misión. Se hizo venir a toda comarca: tres días duró la fiesta, sin que se levantaran los manteles, ni cesaran el baile, el canto y el regocijo. Tenían entonces los indios largas calles de casas al Este de la Misión, y al frente de cada una levantaron su alegre enramada. Los indios de los alrededores, por supuesto, habían sido también invitados a las fiestas, y era de verlos venir, en pintorescos grupos, entonando sus cantos, y con las manos llenas de presentes. No bien aparecían iban los de Santa Bárbara a su encuentro, como ellos cantando y con regalos, y esparciendo semillas por todo el camino, en señal de bienvenida. Dondequiera que se presentaban los novios, ricamente vestidos, los saludaba la multitud arrojándoles lluvias de flores, semillas y granos. Ya al tercer día, aún en traje de bodas, dieron vuelta tres veces a la torre, cirio en mano, precedidos de los frailes, que iban cantando y rociando de incienso y agua bendita las paredes; de modo que parecía la ceremonia consagrar la boda de Moreno, lo mismo que la torre nueva: de allí siguieron viaje con toda pompa los esposos, acompañados por algunos de los ayudantes del General y dos padres franciscanos, siendo en todos los pueblos de la Misión objeto de afectuosos agasajos.

Moreno era tan querido en el ejército como en la Iglesia, y a ambos había servido eficazmente, sin disimulos ni traiciones, en los conflictos en que los dos poderes andaban casi siempre empeñados. También los indios conocían su nombre, por haberlo oído alabar en los templos de los Misioneros, cada vez que el General sacaba a los padres de algún apuro, en Monterrey o en México. Su casamiento con la hija de un bravo militar, que era a la vez sobrina del Prior de Santa Bárbara, apretó los lazos que ya le unían a los dos poderes dominantes en su patria entonces.

Cuando llegaron a San Luis Obispo, los indios todos del poblado salieron a recibirlos con el Padre a la cabeza, y al tocar la comitiva los portales de la Misión, la rodearon como un muro humano, sacaron de su montura al General, y haciendo de una frazada pavés, lo alzaron en hombros veinte mozos robustos, de cuya manera entró en la santa casa, riendo llanamente de su infeliz postura, hasta que los buenos indios lo dejaron en los umbrales del cuarto del Padre.

—Déjelos, Padre, déjelos, iba diciendo el General al Padre Martínez, que se afanaba por contener el entusiasmo de sus revueltas ovejas. ¿No ve que a los pobres les gusta?

Lo curioso fue en la mañana que salieron de San Luis, cuando, no sabiendo ya el Padre cómo entretener a sus huéspedes, le ocurrió hacer desfilar ante los corredores toda la volatería: Una hora duró la procesión. ¡Y no quedó por música! ¡Qué cacareos y graznidos! ¡qué carreras, qué gritos, qué chasquear el látigo los indios que hacían de mayorales! Primero iban los pavos, luego los gallos, luego las gallinas blancas, después las negras y las amarillas, los patos detrás de ellas, y a la cola los gansos en descompuesta hilera, unos cojeando, otros aleteando, otros como queriendo huir de aquella inusitada persecución y fatiga. Toda la noche se habían estado los indios recogiéndolos, agrupándolos por colores, cuidando de que no se salieran de sus puestos aquellos novísimos procesionarios. Séquito más cómico no se vio jamás. Los novios se quedaron al morir de tanta risa, y jamás pudo recordarlo el General sin que le retozasen las carcajadas.

Monterrey recibió a los recién casados con magnificencia: todo se engalanó para festejarlos, el Presidio, la Misión, los buques mexicanos, españoles y rusos surtos en el puerto. Hubo bailes del señorío y de la llaneza, y toros, y banquetes, y cuanto la ciudad pudo poner a los pies de la novia: ¿cuál, de cuantas vinieron de la costa a las festividades, podía comparársele en gracia y hermosura? Así, a los veinte años, entró en el matrimonio la Señora, jovial y risueña, pero ya con aquella mirada tierna y ardiente que a veces se encendía hasta el entusiasmo, y por la cual se anunciaron desde la juventud, aunque adormecidas y al nacer, las cualidades que fueron desenvolviendo la edad y la desdicha,–su inquebrantable amor al héroe muerto, y su devoción apasionada. Guerras, revoluciones y derrotas dejáronla impasible. Cada vez era más mexicana y más Moreno: cada vez más leal a la Iglesia, y a los padres franciscanos.

Cuando fueron devueltas al siglo las propiedades del templo, tardó años en aplacarse su cólera. Más de una vez fue sola a Monterrey, en tiempo en que el viaje era temido y peligroso, para incitar al Prefecto de las Misiones a que se defendiera con más energía, o para suplicar a las autoridades del lugar que amparasen la hacienda católica. Por ella, que lo decidió con su elocuencia, mandó el Gobernador que se devolviesen a la Iglesia las Misiones que quedaban al Sur de San Luis Obispo. Por ella cayó herido de gravedad el mismo General Moreno, al pretender en vano reprimir la rebelión que, a costa de su puesto, provocó el Gobernador Micheltorena.

Mordiendo la humillación, curó la Señora a su adorado herido, determinada a no intervenir más en los asuntos del país, y en los muy desdichados del culto. Y cuando vio año sobre año irse desmoronando sus caras Misiones, desaparecer como el rocío al sol las riquezas del templo en manos de administradores concupiscentes, y expulsar o reducir a la miseria sus padres franciscanos, acató aquellos infortunios, que le parecían mandados por Dios para purificar su doctrina, y aguardó, con resignación que tenía algo de espanto, las nuevas iras con que el Señor quisiera visitar las cabezas de sus fieles. Pero cuando los que hablan inglés pusieron el pie en su tierra, cuando vio a su país vencido en una y otra batalla, estalló con esplendor de incendio la pasión sofocada en aquella enérgica naturaleza. Sin que le temblaran las manos ajustó la espada al cinto de su marido: sin que se le empañasen los ojos lo vio salir a la guerra: ¡sólo sentía no tener hijos a quienes enviar también a combatir!

—¡Ojalá fueras ya hombre, Felipe! dijo una y otra vez con un tono que el niño no olvidó jamás: ¡ojalá fueras hombre, para que tú también hubieras ido a pelear contra los extranjeros!

Cualquier raza hubiera sido menos odiosa a la Señora que los americanos. Los había despreciado desde que era niña, cuando iban buhoneando de caserío en caserío. Los despreciaba todavía. ¿Guerra con aquellos mercachifles? ¡Por supuesto que los mexicanos vencerían!

Cuando trajeron muerto a su marido, que cayó como bueno en el último combate que allí pudieron librar los mexicanos, dijo fríamente: «¡Él hubiera preferido morir a ver su tierra en manos de enemigos!»

Casi espantada de sus propios pensamientos, sepultó en el corazón su pena. Ella había creído que no podría vivir apartada de su esposo; pero se alegraba de que hubiera muerto, de que no viera y supiese lo que ella veía y sabía: hasta llegó a asombrarse de que allá entre los santos, donde sin duda reposaba, no se indignara como ella, al contemplar las desventuras de su pueblo.

Así vino a ser la Señora Moreno a los sesenta años aquella mujer dura, reservada e impasible, en quien apenas se hubiese reconocido la alegre y romántica niña que, cuarenta años antes, bailaba y reía con los oficiales de la guarnición, y oraba y se confesaba con los padres; y hoy, ya blanco el cabello, apagada la voz, apretados los labios, intrigaba con su hijo y el capataz para lograr que un puñado de indios confesara una vez más sus culpas a un fraile franciscano en la capilla de Moreno.

Ramona

No eran sólo Juan Canito y Felipe los que esperaban la esquila con impaciencia: con ansia no menor la deseaba Ramona. Ramona era una gloria: por cada mirada que atrajese la grave y a veces pálida y nublada belleza de la Señora Moreno, atraía cien ávidos ojos el rostro amable de Ramona. Los pastores, los peones, las criadas, los chiquitines, las gallinas, los perros, todos estaban enamorados de Ramona: todos, menos la Señora. Jamás la amó: jamás pudo amarla, aunque le había servido de madre desde niña, y nunca, en los dieciséis años que la tuvo al lado, la trató con dureza. Madre había prometido ser para ella, y con toda la austeridad de aquel carácter suyo, madre había sido. Pero no estaba en la Señora el vencerse hasta serlo de veras.

Jamás contaba la historia de Ramona. Para casi todos los conocidos de la casa, la niña era un misterio. Nadie osó preguntar nunca a la Señora Moreno quiénes eran los padres de la niña, ni si estaban vivos, ni por qué, no llevando Ramona el nombre de la familia, vivía en ella como hija, tan atendida y respetada como el mismo Felipe. Algo sabía del triste cuento este o aquel anciano de los alrededores; pero la historia venía de medio siglo atrás: y ¿a qué recordar penas, cuando se tenían encima tantas propias? Una u otra vez salía a relucir la no olvidada desventura en la conversación de algún vecino viejo, que animaba lo oscuro de la tarde con crónicas antiguas, o entretenía con románticas leyendas la siesta ardorosa, cercado de un auditorio conmovido, a cuyas cabezas jóvenes daban clemente sombra las enredaderas.

Cuando la Señora estaba aún de muñecas, se enamoró tan vivamente de una hermana mayor de ella un joven escocés, Angus Phail, que parecía el mozo fuera de sentido: sólo esto pudiera explicar lo que hizo luego Ramona Gonzaga. Es verdad que al principio se negó, mes tras mes, a aceptar la corte de Angus; pero tan arrebatada y tercamente le declaraba él su amor, que al fin le empeñó palabra de matrimonio antes de partir a Monterrey, a tiempo que Angus salía para San Blas en atenciones de sus buques, que eran los mejores y más productivos de la costa, y la tenían surtida de telas ricas, perlas, joyas y molduras. La llegada de un buque de Angus era por toda aquella costa una ocasión de feria, y Angus mismo, nacido de buen linaje en su país y de mucha finura para hombre de mar, hallaba cariñosísima acogida en las casas mejores, dondequiera que anclasen sus naves, desde Monterrey hasta San Diego.

Amante y amada salieron a la vez del Presidio para sus viajes distintos, y se saludaban de una cubierta a la otra ondeando sus pañuelos, uno con rumbo al Norte y otro al Sur. Los que iban con Ramona dicen que su pañuelo dejó de saludar y sus ojos de mirar, mucho antes de que desapareciese a la distancia el pañuelo fiel de Angus. Pero los del «San José» contaron siempre que Angus se estuvo allí, firme sobre la cubierta, viendo el rumbo por donde iba Ramona Gonzaga, hasta mucho después de que la noche le robase la vista del buque.

Aquél había de ser su último viaje. Lo hacía porque le tenían tomada la promesa; ¡pero ya se vengaría de la forzosa separación, volviendo con el barco cargado de presentes para su Ramona, que nadie sabría escoger mejor que él! Se pasaba los días sentado sobre cubierta, mirando al mar con ojos extraviados, mientras vagaba su imaginación por un mundo de joyas, encajes, terciopelos, sedas, todo el tesoro que iría tan bien a su bellísima Ramona. Cuando las imágenes eran ya muy vivas, aliviaba el ardor del pensamiento midiendo, a paso cada vez más rápido, la cubierta del «San José», hasta que al fin no parecía que andaba, sino que huía espantado: sus marineros le oían entonces decir en voz baja: «¡Ramona! ¡Ramona!» Loco de amor estaba Angus Phail, tanto que muchos creían que no hubiera podido soportar el gozo de ver por fin suya a la mujer que amaba, sin que su razón cediera a la ventura, y en el arrebato del júbilo, él o ella hubiesen muerto. Pero esa hora no llegó jamás. Cuando, ocho meses después, entró el «San José» de vuelta en Santa Bárbara, y Angus saltó a la playa sin aliento, el segundo hombre con quien tropezó, que no le quería bien, le dijo cara a cara, con el placer de la malicia:–»Llegas tarde ya para la boda. Tu novia, Ramona Gonzaga, se casó ayer con un oficial del Presidio de Monterrey.» Angus tambaleó, dio al hombre un tremendo puñetazo en la cara, y cayó en tierra, echando espuma por la boca. Lo llevaron a una casa vecina, donde recobró pronto el sentido, y apartando con fuerza de gigante a los que le cerraban el paso, salvó el umbral y echó a correr con la cabeza descubierta hacia el Presidio. El centinela, que lo conocía, le detuvo:

—¿Es verdad?, preguntó Angus con angustia.

—Es verdad, replicó el centinela, a quien luego se oyó contar que le temblaban las rodillas cuando dio al escocés enfurecido la respuesta: temió que de un golpe lo dejara muerto. Pero Angus se echó a reír, a reír con una risa estúpida, y volviendo los talones se fue dando traspiés calle arriba, cantando y riendo.

Poco después lo recogían del suelo en una taberna miserable, ebrio de muerte; y se hundió de tal modo en el vicio, que ya no era posible salir a la calle en Santa Bárbara sin tropezar con Angus Phail, cayendo y levantándose, provocando a la gente, echando el vino por los ojos, deslenguado y temible.

—Vean de lo que se libró la Señorita, solían decir los de poco pensamiento.

En sus raros intervalos de parcial lucidez, vendió cuanto tenía, buque tras buque, poco más que por una copa de aguardiente. A la taberna iba todo. Jamás vio a Ramona, ni procuró verla; ella, espantada, volvió pronto con su marido a Monterrey.

Por fin desapareció Angus, y se supo luego, por noticias de Los Ángeles, que de allí había salido a vivir con los indios en la Misión de San Gabriel. La sorpresa mayor fue después, cuando corrió el rumor de su matrimonio con una india que tenía ya varios hijos. Eso fue lo último que la infiel Ramona Gonzaga oyó de su amante, hasta que un día se apareció de súbito Angus Phail en su presencia. Nunca se supo cómo entró en la casa; pero allí estaba, con una niña dormida en los brazos. De lo alto de toda su estatura, y clavando en ella los ojos azules, le dijo:

—Señora Orteña, hace mucho tiempo me hiciste un gran mal. Pecaste y Dios te castigó: no has tenido hijos. Yo también hice un mal: pequé y Dios me castigó: he tenido una hija. Todavía tengo que pedirte un favor. ¿Cuidarás y educarás a esta hija mía, como una hija tuya o mía debe educarse?

Las mejillas de la Señora Orteña estaban llenas de lágrimas. ¡Dios la había castigado más de lo que Angus creía! Lo de no tener hijos había sido lo menos. Sin fuerza para hablar, se levantó de su asiento, y tendió los brazos para recibir a la niña. Angus la puso en ellos. La niña dormía.

—¿Y si mi marido no quiere? dijo, casi desmayada.

—Querrá. El Padre Salvatierra se lo mandará. Yo he visto al Padre.

Se iluminó el rostro de Ramona Gonzaga.

—Podrá ser entonces como tú deseas, dijo; pero ¿y la madre de la niña? añadió, como asaltada por extraño embarazo.

Saltó la sangre a la cabeza de Angus. Acaso, al ver frente a sí a aquella amable y aún bella mujer a quien quiso un día tanto, comprendió por primera vez cómo había malgastado su existencia.

—No hay que pensar en eso, contestó, como alejando ásperos recuerdos con un vivo movimiento de la mano. La madre tiene otros hijos de su sangre. Ésta es mía, mi hija, mi única hija. Cuídamela, o tendré que dársela a la Iglesia.

Ya el calor suave de la niña se había entrado, como una dulce súplica, por el alma de Ramona.

—¡Oh no! dijo cubriéndola de besos: a la Iglesia no: yo la querré como si fuera mía.

Se demudó el rostro de Angus. Los sentimientos, mal sepultos, abandonaban en tropel sus tumbas. Tenía fijos los ojos en aquel rostro ya cambiado y triste, en otro tiempo tan amado y hermoso.

—Apenas te hubiera conocido, Ramona, exclamó al fin, sin darse cuenta de lo que decía.

Sonrió ella de pena, pero sin rencor.

—No es extraño, porque apenas me conozco a mí misma. La vida no me ha tratado bien. Tampoco yo te hubiera conocido, Angus.

Dijo «Angus» casi con ruego. Al oír su nombre, como lo oyó en días más felices, de aquellos labios, el infeliz se echó a llorar, con el rostro escondido entre las manos.

—¡Oh! ¡Ramona, perdóname!: no te traía a mi hija sólo por amor, sino por venganza: pero estoy vencido: ¿de veras la quieres? ¡yo me la llevaré si no la quieres!

—Nunca, Angus, nunca: si ya me parece que es una merced del Señor! Si mi marido no se ofende, ella será la alegría de mi vida. ¿Está bautizada?

Angus bajó los ojos, como acometido de súbito temor.

—La bauticé, cuando todavía no pensaba en traértela: le puse el nombre de…:–las palabras se negaban a salir de sus labios–:... el nombre de... ¿no adivinas qué nombre le puse?

Ramona adivinaba.

—¿El mío?

—El único nombre de mujer que mis labios han pronunciado con amor, es el único que mi hija debía llevar.

Siguió un largo silencio. Mirábanse con fijeza, entre enamorados y espantados. Sin saber cómo, se acercaron uno a otro. Angus abrió los brazos con un ademán de amor infinito y desesperación, inclinó su alto cuerpo, y besó las manos que ceñían el de su hija.

—¡Dios te bendiga; Ramona! Ya no me verás más: dijo llorando. Y salió rápidamente.

Reapareció un momento después en el umbral:–»Para decirte que no te asustes si la niña tarda en despertar: le he dado un narcótico que no le hará daño.

Una mirada más honda, y de entraña a entraña, y aquellos dos amantes, de tan rara manera alejados y reunidos, se separaron para siempre. Un instante había bastado para salvar aquellos veinticinco años en que estuvieron al parecer apartados sus corazones. En Angus, fue el amor antiguo, que renacía de su caliente tumba. En Ramona, no pudo ser el renacimiento del amor, porque no había querido a Angus, sino que, desamada y mal vista por aquél a quien escogió por compañero, comprendió a un instante la hermosura del cariño que desdeñó en su juventud, y se le fue tras él el alma. Angus estaba vengado.

Cuando Francisco Orteña entró aquella noche, medio ebrio e inseguro, en el cuarto de su mujer, volvió al sentido por lo que tenía delante: Ramona arrodillada al lado de una cuna, donde dormía una niña sonriendo.

—¿Qué diablos...? empezó a decir: mas, recordando de pronto, murmuró: ¡ah! ¡el indiecito! ¡bien venido sea, Señora Orteña, tu primer hijo!–Y con un cruel saludo de burla siguió andando, no sin dar antes un puntapié colérico a la cuna.

Tiempo hacía que no eran novedades para Ramona Gonzaga las demasías de su brutal marido; pero el instinto de madre, acabado en ella de nacer, la reveló que debía tener siempre a la niña donde Francisco Orteña no prorrumpiese, sólo con verla, en iras y malas palabras.

Ramona Gonzaga había callado a su familia, en cuanto era posible, tristezas de su unión desventurada. Todos sabían quién era Orteña, sus vicios, y el abandono en que tenía a su mujer; mas por ella no lo supo nadie: ella era Gonzaga, y sabía padecer en silencio. Pero la niña le hizo pensar en contarlo todo a su hermana. Sentía que no le quedaba ya mucho de vida: ¿qué sería de la niña, después que ella muriese, en manos de Orteña? Largas y tristes pasaban sus horas, preguntándose adónde iría a parar la tierna criatura.

No tenía la niña un año cuando un indio de San Gabriel trajo la noticia de la muerte de Angus, con una caja y una carta que éste le dio para la Señora Orteña un día antes de morir. La caja estaba llena de prendas de valor, ¡las mismas prendas que Angus había comprado en el viaje del «San José» como regalo de boda a su Ramona! Eso era cuanto le quedaba de su fortuna: aun en sus horas de mayor envilecimiento, había desechado, por invencible pudor, la idea de venderlas. La carta decía así:

«Te mando todo lo que tengo para mi pobre hija. Pensé en llevártelas yo mismo este año. Quería besar tus manos y las suyas. Pero me estoy muriendo. ¡Adiós!»

Ramona Gonzaga no tuvo reposo hasta que persuadió a la Señora Moreno a que viniese a Monterrey, y le entregó las prendas como depósito sagrado. Trabajo le costó; pero la Señora al fin le empeñó su promesa de criar como hija suya a la niña si su hermana moría. Sin el influjo del Padre, la Señora Moreno nunca lo hubiera prometido, porque no quería tratos con sangre mestiza. «Si fuera india pura me gustaría más; tengo miedo a estas mezclas, porque de cada casta les queda lo peor.»

Lograda la promesa, descansó Ramona Gonzaga: bien sabía ella que la Señora jamás prometía en vano. Ya estaba segura la niña, que fue el consuelo único de los últimos y amargos años de la desdichada mujer de Orteña. Para aquel hombre ya no había respetos: paseaba sus desvergüenzas ante los ojos mismos de su pobre mujer: parecía complacerse en injuriarla: ¡mejor no salir jamás de la habitación, que asistir en la propia casa a su ignominia! Envió a buscar a la Señora Moreno, pero esta vez a que la viese morir. Cuanto tenía, encajes, joyas, damascos, lujo de mujer, lo puso en manos de la Señora, para que no cayera en manos de la vil criatura que ocuparía en la casa su lugar cuando estuvieran aún calientes sus funerales. A hurtadillas, como quien va robando, sacó la Señora una por una todas las riquezas del guardarropas de su hermana, un guardarropas de princesa, porque los Orteña tenían orgullo en vestir suntuosamente a las mujeres cuyo corazón despedazaban. Y una hora después del entierro, despidiéndose de su cuñado con fría ceremonia, salió de la casa, la Señora Moreno, con la linda Ramona de la mano. Un día después, ya estaba en el mar.

Cuando descubrió Orteña el guardarropas vacío, rompió en furia y envió a un propio, a prisa de correo, con una insultante carta a la Señora, en la que le exigía la devolución de lo que se llevaba. Recibió por respuesta una copia de la disposición que Ramona Gonzaga había hecho de aquella propiedad en favor de la niña, y una carta tal del Padre Salvatierra, que por uno o dos días tuvo al desalmado entre la vida y la muerte. Pero se reanimó pronto, y siguió a paso franco en sus infamias. El Padre podía asustarlo: no salvarlo.

No en balde ocultaba la Señora la historia de Ramona; no en balde la miraba sin amor, como que era para ella recuerdo vivo de vergüenzas, contrariedades y pesares. Sólo Ramona hubiera podido decir lo que sabía de su pasado. Su sangre india era tan reservada y orgullosa como la de Gonzaga. Una vez siendo muy niña, preguntó a la Señora:

—¿Por qué me dio mi madre a la Señora Orteña?

La Señora, sorprendida, respondió ligeramente:

—No fue tu madre, sino tu padre.

—¡Ah! ¿mi madre había muerto?

—No sé, dijo la Señora contrariada: y decía la verdad, aunque se le veía el deseo de evadirla: no conocí a tu madre.

—¿Y la Señora Orteña la conoció?

—No, nunca: dijo fríamente la Señora Moreno, herida en sus recuerdos por la inocente mano.

Sintió Ramona el frío, y quedó callada, con la pena en el rostro y los ojos llorosos, hasta que dijo al fin:

—Yo querría saber si mi madre está muerta.

—¿Por qué?

—Porque si no está muerta le preguntaría por qué no quiere tenerme a su lado.

Vencida por aquella ternura, la Señora atrajo la niña a sus brazos.

—¿Quién te ha hablado de esas cosas, Ramona?

—Me ha hablado Juan Can.

—¿Qué te dijo Juan Can? dijo la Señora, con ojos que no hubiera querido ver de cerca Juan Canito.

—A mí nada, fue a Pedro; pero yo lo oí. Lo oí dos veces. Dijo que mi madre no era buena y que mi padre era malo también.–Y las lágrimas rodaban por las mejillas de Ramona.

Acariciando a la huerfanita como no lo había hecho jamás, dijo la Señora con una viveza que no olvidó la niña nunca:

—No creas eso, Ramona. Juan Can no sabe lo que dice. Él no conoció a tu padre ni a tu madre. Yo conocí a tu padre bien, y no era malo: era amigo mío y de la Señora Orteña, y por eso te dio a la Señora, porque ella no tenía hijos, y tu madre tenía muchos.

—¡Oh! dijo Ramona, complacida de que la limosna hubiese sido hecha a la Señora Orteña, y no a ella: ¿la Señora quería tener una niña?

—Mucho lo quería. Se pasaba los años penando por no tenerla.

Hubo una pausa breve, durante la cual aquella almita solitaria luchaba por adivinar lo que sentía extraño y confuso, hasta que dio con esta pregunta, que casi dijo en un suspiro:

—¿Y por qué mi padre no me trajo primero con Ud.? ¿Sabía él que Ud. no quería ninguna niña?

Pasmada la Señora, pudo replicar al fin:

—Tu padre era más amigo de la Señora Orteña que mío.

—Por supuesto, Ud. no quería ninguna niña, porque tenía a Felipe. Un hijo es más que una hija; pero mucha gente tiene los dos, añadió Ramona, mirando a la Señora fijamente, como si aguardara su respuesta.

Mas la conversación tenía mortificada a la Señora. Le bastó oír nombrar a Felipe, para decirse de nuevo que no quería a la niña:

—Ramona, hasta que no seas mayor, no puedes entender estas cosas. Yo te diré lo que sé cuando tengas más edad. Tu padre murió cuando tenías dos años. Lo que has de hacer es ser buena, y rezar mucho, para que el Padre Salvatierra esté contento de ti. Si sigues preguntando esas cosas, no va a estar contento. No me vuelvas a hablar de eso.

Esto pasó cuando Ramona estaba en sus diez años: diecinueve tenía ya, y nunca había hecho otra pregunta sobre sus padres a la Señora.

Había sido buena, y rezado mucho, y contentado tanto al Padre Salvatierra, que el buen anciano tenía por ella un cariño profundo. Pero jamás amanecía sin que Ramona se dijera: «Tal vez hoy la Señora me diga algo más de mi padre y mi madre.» ¡Preguntarle, no! Recordaba como si acabara de oírlas cada palabra de aquella conversación, y ni un instante acaso había pasado sin que ahondase en ella aquel conocimiento de su soledad que le hizo entonces preguntar a la Señora: «¿Sabía él que Ud. no quería ninguna niña?» Esa pena hubiera agriado un carácter menos bello; pero Ramona, que ni a sí misma hablaba de esto, la soportaba con aquel callado acatamiento con que llevan su dolor y abandono los que nacen con una deformidad irremediable.

No se hubiera podido adivinar que ya sabía de angustias aquella criatura de rostro luminoso y voz alegre, que nadie veía pasar, fuera alto o bajo, sin una palabra de cariño. Era, además, hacendosísima. Dos años la tuvo a colegio la Señora, en el convento del Sagrado Corazón de los Ángeles, cuando más apurado andaba el tesoro de la casa de Moreno, y allí se supo ganar todas las voluntades, como que la llamaban «la niña bendita». Le habían enseñado milagros en tapicería y encajes, y todo lo que las monjas sabían, que no era mucho, de dibujo y pintura. De libros, aprendió menos, pero bastante para hacerla ferviente admiradora de las novelas y los versos. No se le veía vocación para estudios muy hondos, o materias de gran pensamiento. Era un carácter fiel, gozoso, apegado y sencillo, como un arroyo claro que barbulla al Sol, diverso en todo del carácter de la Señora, con su extraña profundidad y sus corrientes revueltas y ocultas.

De estas sombras se daba Ramona vaga cuenta, y a veces sentía una tierna y apenada piedad por la anciana, aunque sin atreverse a mostrarlo más que redoblando su celo doméstico, y trayendo sobre sí la mayor parte de la fatiga de la casa. No dejaba la Señora de notar aquella leal solicitud, pero ni sospechó su causa, ni abrió por eso en su corazón mayor puesto a la huérfana.

Uno había, en cambio, para quien nada que Ramona hiciese, ni una mirada, ni una sonrisa, pasaba en vano: era Felipe. Cada día se asombraba más del desafecto de su madre hacia Ramona. Nadie conocía tan bien como él cuán poco la amaba: ¡bien sabía Felipe lo que era ser amado por su madre! Pero desde niño comprendió que el mejor modo de desagradarla era darle a entender que se notaba alguna diferencia en su modo de tratar a Ramona y Felipe: desde niño guardó para sí cuanto sentía y pensaba sobre la compañera de sus juegos, costumbre peligrosa, que había de dar a la Señora amargos frutos.

El Padre Salvatierra

El Padre Salvatierra tardó más en llegar de lo que la Señora imaginaba. El año lo había envejecido, y a duras penas podía ir rindiendo jornadas muy cortas. No eran las fuerzas del cuerpo sólo las que se le iban, sino las del alma; porque las leguas no le hubieran cansado tanto, a pesar de sus años, en compañía de ideas alegres; pero con el pensamiento en luto pesa mucho el andar, y el pobre anciano no apartaba la mente de la decadencia de las Misiones, la pérdida de sus haciendas, y el creciente poder que los herejes adquirían en la comarca. La decisión del Gobierno de los Estados Unidos sobre las tierras de las Misiones fue para él golpe terrible. Nunca dudó, en su santa fe, que la Iglesia recobraría al fin sus propiedades. En sus largas vigilias en el convento de Santa Bárbara, que pasaba arrodillado en el suelo de piedra, orando desde la medianoche hasta la aurora, creía él ver por divino favor la ventura cercana, en que las tierras de la Misión volvían a su riqueza y prosperidad antiguas, y los indios cristianos trabajaban para el altar por decenas de miles.

Cuando ya nadie creía posible aquella resurrección, todavía narraba el Padre sus visiones con el ardor de un iluminado, y decía que estaban al llegar, y que era culpa dudar de ellas. Pero cuando año tras año fue viendo en sus viajes piadosos por toda la comarca, arruinados los edificios de las Misiones, sus tierras ocupadas por aventureros, sus indios fugitivos, buscando la paz y la salvación en la maraña de la selva, la labor toda de su Orden barrida, como por viento de tempestad, de aquel suelo antes poético y pacífico, desmayó el valor del Padre, y se extinguió su fe.

Lo tenían también muy afligido los cambios en su Orden. Él era franciscano a la manera de Francisco de Asís: para él era un pecado usar zapatos en vez de alpargatas, cargar dinero en bolsa para los menesteres del camino, trocar por razón alguna el hábito y cogulla de la Orden por los vanidosos vestidos seculares. Llevar vestidos buenos cuando hay tantos que carecen de ellos, le parecía una culpa digna de castigo súbito y tremendo. En balde le daban los hermanos una y otra vez una capa abrigada: no bien salía de viaje, ya la llevaba encima el primer mendigo. Las vituallas, había que ponerlas donde él no lo supiese, si el refectorio quería estar provisto, porque se las habría dado todas a los pobres. Había ya en todo él la poesía trágica, y a veces sublime, de un hombre que ha sobrevivido a su época y a sus ideales. ¡No hay en la tierra soledad mayor; porque con sufrirse en ella las angustias del desamparo y las mortales ansias del destierro, no son más que la aurora de esa pena!

En eso iba pensando el Padre cuando ya se acercaba a la casa de la Señora, al caer de una tarde dorada, de las que tiene tantas California en primavera. Los almendros habían florecido, y estaba el suelo lleno de capullos: también los albaricoques, duraznos y perales anunciaban la fruta, cubiertos ya de un retoño tan tierno que parecía un vago vapor. El verde vivo de los sauces contrastaba con el oscuro de los naranjales, de hojas aterciopeladas como las del laurel. A uno y otro lado del valle se extendían ondulando las colinas cubiertas de verdor, donde tan apretadas y a flor de tierra crecían las numerosísimas plantas, que sus matices se entrecubrían y mezclaban gratamente sobre el verde de la yerba, como las plumas de un rico penacho enlazan y confunden sus colores en un tornasol bello donde lucen todos.

Las hondonadas y crestas continuas del lomerío de la costa en la Baja California realzan estos cambios mágicos del verde de la primavera: nada hay en la naturaleza que los iguale, sino los reflejos del camaleón al sol o el irisado lustre del cuello de un pavo real.

Muchas veces detuvo el Padre el paso para contemplar el hermoso paisaje. Mucho amaron las flores los Padres franciscanos. San Francisco mismo no permitía adorno que no fuera de flores. Siempre las tuvo entre sus hermanos y hermanas,–el sol, la luna y las estrellas,–miembros todos del sagrado coro que alaba perpetuamente a Dios.

Daba pena ver cómo, después de cada una de estas pausas, en las que parecía recoger para sí solo la belleza campestre y el aire balsámico, reanudaba el buen viejo su camino, suspirando y con los ojos a la tierra. Mientras más bella era la comarca, más era el dolor de que la Iglesia la hubiese perdido, de que extranjeros la gozasen, y trajeran sus costumbres y sus leyes. Por toda la ruta había venido viendo desde Santa Bárbara cómo crecía la gente nueva, cómo todo era ya pueblos y haciendas de los americanos. ¡Por fin iba a descargar el corazón en casa de la Señora Moreno, donde la fe tenía aún segura fortaleza!

Estaría como a dos millas de la casa cuando dejó el camino real para seguir por un sendero escondido entre las colinas, que ahorraba una buena distancia. Un año hacía que anduvo por aquella misma senda; y al notarla más confusa a cada paso, y casi cubierta por la mostaza silvestre, «creo, se dijo, que nadie ha pasado por aquí este año».

La maleza era cada vez más cerrada, porque esta mostaza silvestre de la California es como la del Nuevo Testamento, en cuyas ramas podían dormir los pájaros. Brota de la tierra en tallos tan finos que holgadamente crecen docenas en una pulgada: sube al cielo en frágiles saetas de cinco a veinte pies de alto, con cientos de ramas de finísima pluma que se abrazan y atan con los que las rodean, hasta que a poco el campo es red tupida de impenetrable encaje: entonces se abre en flores amarillas, aún más finas y bien tejidas que la rama. Tan leves son los tallos, y de verde tan oscuro, que de lejos no se les ve, y parece como si la nube de flores flotase en el aire: a veces luce como polvo de oro; y cuando el cielo está muy azul, como por allí suele estar, dijérase una tormenta de nieve dorada. La planta es el terror del campesino y su odiado tirano; en una estación se hace dueña de un campo: donde nace, queda: una este año, y un millón el que viene: pero ¿quién puede desear que la comarca se vea libre de ella? Su oro es tan precioso a los ojos como al bolsillo la nuez de las minas.

Pronto la mostaza tuvo cubierto al Padre, que con gran labor apartaba el plumaje florecido, como quien desenvuelve un ovillo de seda. Era bello el obstáculo, y no ingrato: a no ir el Padre con prisa de llegar, sin duda que le hubiera agradado ir abriéndose paso por aquel amarillo laberinto. De pronto oyó como un canto lejano. Detúvose a escuchar. Era voz de mujer. Venía como acercándose despacio por el rumbo mismo por donde el Padre iba. El canto se interrumpía de repente, y seguía luego, como si la que cantara se detuviese a dar una respuesta. Al fin, mirando por encima de la maleza, la vio que ondeaba y cedía, y oyó el ruido de los tallos al quebrarse. Alguien venía, pues, por el otro lado del sendero, y estaba tan preso como él en la maraña fragante. Ya el canto estaba cerca, aunque tan bajo y dulce como lo que el zorzal canta al crepúsculo: ya las ramas cedían a un empuje vecino: se oían pasos ligeros. El Padre guardaba estático, como en un ensueño, fijos los ojos en aquel humo de flores. Un instante más, y entonó la voz, ya clara y distinta, la segunda estrofa del canto inimitable de San Francisco, «El Canto al Sol»:

«¡Yo te alabo! ¡oh Dios! por la hermosura
Del mundo eterno, y por el Sol mi hermano
Que enciende el mundo, y lleva al alma pura
Tu esplendor y tu fuego soberano!»

—¡Ramona!, exclamó el Padre, encendiéndosele de gozo las flacas mejillas: ¡la niña bendita!

Y al decir esto el rostro de Ramona apareció a sus ojos ceñido de aquel marco ondeante de flores por el que venía abriéndose camino, ya con las manos, ya a saltos alegres. Ochenta años cumplidos tenía el Padre, pero la sangre aceleró el curso en sus venas ante aquel espectáculo. Los muertos sólo no la hubieran admirado. A la belleza de Ramona sentaba especialmente aquel cuadro de flores. Su trigueño era de aquel blando matiz que enriquece la piel sin deslucirla por oscuro. Su pelo era, como el de su madre india, negro y copioso; pero sus ojos, como los de su padre, de un azul de acero, aunque cobijados por cejas tan negras, y pestañas tan negras y largas, que era preciso estar muy cerca de ella para conocerles lo azul.

A un tiempo se vieron Ramona y el Padre:

—¡Ah Padre! ya sabía yo que Ud. venía por este paso, y me dio el corazón que andaba cerca.–Y desembarazándose de las últimas ramas, cayó de rodillas, aguardando con la cabeza baja a que el Padre le diese su bendición.

El Padre la miraba, sin encontrar palabras. Al aparecérsele de súbito en aquella nube de flores de oro, a todo el sol desnuda la cabeza, los ojos brillantes, las mejillas encendidas, Ramona se le figuró al devoto anciano, más que la niña viva a quien tuvo en los brazos muchas veces, un ángel o una santa.

—Lo hemos estado esperando, esperando, tanto tiempo, dijo Ramona alzándose: hasta creímos que se nos había puesto enfermo. Ya fueron a buscar a los esquiladores, que estarán aquí a la noche. Por eso sabía yo que Ud. venía, porque la Virgen lo había de traer en tiempo para que dijera misa antes de empezar la esquila.

El fraile sonrió, casi con pena.

—¡Ojalá hubiera muchos como tú, hija! ¿Están todos buenos en la casa?

—Sí, Padre, todos. Felipe tuvo fiebre, pero se levantó ya hace dos días, y está muy impaciente por... porque Ud. llegue. «Por la esquila», iba a decir Ramona.

—¿Y la Señora?

—Buena, dijo Ramona dulcemente, aunque con aquel cambio de tono casi imperceptible con que hablaba ella siempre de la Señora Moreno.–¿Y Ud., Padre, está bueno?, añadió con halago, notando pronto, con la viveza del cariño, que el paso del anciano era inseguro, y que, contra su costumbre, traía un recio báculo.–Debe venir muy cansado con todo ese viaje.

—Sí, hija, vengo. Ya la vejez me vence. ¡No volveré a ver muchas veces la hacienda!

—¡No diga eso, Padre! Usted puede montar, cuando se canse de ir a pie. Ayer mismo decía la Señora que Ud. debía permitirle que le diese un caballo, porque no es justo que haga a pie esas jornadas tan largas. ¡Si acá tenemos cientos de caballos! ¡No es nada un caballo!, añadía Ramona, viendo que el Padre sacudía la cabeza.

—No, no es eso. A la Señora no puedo yo negarle nada. Pero es la regla de nuestra Orden viajar a pie. Debemos desafiar la carne. El Padre Junípero, que trajo acá la Orden, andaba a los ochenta años desde San Diego a Monterrey, con una llaga en una pierna. Estos Padres de ahora están pecando, con su ir y venir cómodamente en las obras de Dios. Por lo mismo que ya no puedo andar de prisa, debo andar más.

Y hablando así, seguían camino por entre la maleza, cuyas ramas iba sujetando con gracia Ramona, para que no quedara cerrado el paso al Padre detrás de ella. Al fin salieron de la mostaza.

—Allí está Felipe, dijo Ramona riendo, allí en los sauces. Le dije que venía a encontrarlo a Ud., y se burló: ahora verá que fue verdad.

Al oír Felipe voces, miró, no sin asombro, y vio a Ramona y el

Padre que se le acercaban. Dejó caer el cuchillo con que había estado cortando los sauces, fue a buen paso a su encuentro, y como Ramona, se arrodilló ante el Padre, a que lo bendijese. Al verlo allí de rodillas, desordenado con el aire el cabello, vueltos hacia el anciano sus grandes ojos pardos, y pintada en el rostro la cariñosa bienvenida, Ramona se dijo, como desde que floreció su alma se había dicho muchas veces:

—»¡Qué hermoso es Felipe! ¡Con razón la Señora lo quiere tanto! Si yo hubiera sido así de hermosa ¿quién sabe si a mí también me hubiese querido?» Nunca mujer alguna desconoció con tanto candor su propia belleza. Cuanto cariño o pasión solían expresarle los ojos ajenos, lo atribuía ella a favor y benevolencia. Su cara, tal como se la revelaba el espejo, no la tenía contenta. Sus cejas sombrías y espesas le parecían de rara fealdad, comparadas con aquellas de fino dibujo de Felipe. La misma apacible expresión de su rostro le parecía lerda y vulgar cuando pensaba en Felipe, cuyas facciones móviles no conocían reposo. «No hay nadie como Felipe.» Y cuando él ponía en ella aquellos ojos pardos con el regalo y abandono que solía, Ramona lo miraba con una especie de ansiedad intensa, que de tal modo turbaba a Felipe, que sólo esa manera de mirarlo sujetó en su lengua aquellas tiernas cosas de que su corazón estaba lleno desde que pudo sentir penas de amores. Cuando niño, todas se las dijo; pero ya de hombre, le entró miedo. «¿En qué piensa cuando me mira así?», decía. ¡Ay de Felipe!: ¡niña que mira así, no quiere como novia! En esto nada más pensaba: en que los ojos pardos son más hermosos que los ojos azules. Pero ¿cuándo ve un enamorado lo que debe ver?: Felipe sentía un freno, y una razón de duda, en aquel modo con que Ramona lo miraba. Ya al llegar a la casa, vio Ramona en la puerta del jardín a Margarita, que mirando a algo que tenía a sus pies, lloraba que era una lástima. Al ver a Ramona, corrió hacia ella, pero al instante se detuvo, haciéndole señales de súplica y angustia. De todas las criadas, Margarita era la preferida de Ramona: ella, aunque casi de su misma edad, la había cuidado de niña: con ella había jugado, había crecido, había llegado a mujer, como amiga más que como señora, aunque siempre llamó a Ramona «Señorita».

—Dispénseme, Padre, dijo Ramona: creo que a Margarita le pasa algo: ya Felipe lo lleva a la casa: yo voy en seguida.–Le besó las manos, y como en alas corrió al encuentro de Margarita.

—¿Qué es eso, Margarita mía?

Por toda respuesta, se quitó Margarita la mano de los ojos, y con un gesto de desesperación le señaló un lienzo arrugado. Los sollozos la ahogaban, y se cubrió la cara con las manos.

Con gran cuidado levantó Ramona una punta del lienzo, y al ver lo que era, dejó escapar un leve grito de terror, con lo que redobló sus sollozos Margarita: «Sí, Señorita, sí, echado a perder. ¡Ya nadie lo puede arreglar, y se necesita para la misa de mañana! Cuando la vi que venía con el Padre, le pedí a la Virgen de todo corazón la muerte. ¡Cuándo va a perdonarme la Señora!»

El paño blanco del altar; el paño fino, todo de encaje, que con sus propias manos había tejido la Señora, como se teje en México, que es sacando unos hilos, y uniendo los que quedan en mil caprichosas y difíciles figuras; el paño que nunca había faltado en las misas solemnes, desde que tenían Ramona y Margarita uso de razón, allí estaba, rasgado, manchado, cual si lo hubiesen arrastrado por zarzas lodosas. En silencio, aterrada, lo abrió Ramona y lo miró a la luz. «Pero, Margarita», dijo en un suspiro, mirando hacia la casa con espanto: «¿cómo ha sido?».

—¡Oh, nunca, nunca va a perdonarme la Señora!, decía temblando Margarita.

—No llores, repuso Ramona con firmeza, y dime. No está tan mal como parece. Yo creo que puedo arreglarlo.

—¡Los Santos me la bendigan!, dijo Margarita, levantando los ojos por primera vez. ¿Pero de veras? Si la Señorita arregla ese encaje, la serviré de rodillas toda mi vida.

Ramona se echó a reír a pesar suyo.

—En tus pies me servirás mejor, respondió alegremente a su criada, que ya entre las lágrimas también reía.

—¡Pero, Señorita,¾y el llanto le corrió de nuevo,–si no hay tiempo! Tengo que lavarlo y plancharlo esta noche para la misa de mañana, y que servir la comida. Anita y Rosa están en cama, y María fue estos días a visita. ¿Qué va a ser de mí, pues? Ahora iba a plancharlo, y vine, y ese bruto de Capitán lo había estado arrastrando por los troncos del año pasado, aquí en las alcachofas.

—¿En las alcachofas? ¿Y cómo vino ahí el encaje?

—¡Ah, por eso, por eso digo yo que la Señora no va nunca a perdonarme! Mil veces me ha dicho que no ponga nada a secar en la cerca. Nada habría pasado si yo lo hubiese lavado hace dos días, cuando ella me lo dijo; pero lo olvidé hasta esta tarde, y no había sol en el patio, y aquí sí, y lo tendí aquí sobre un lienzo fuerte para que la cerca no rompiese el encaje, y me tardé media hora no más, porque no había aire, hablando con Pedro, y yo creo que los Santos lo bajaron de la cerca para castigar mi desobediencia.

Durante esta explicación, Ramona había extendido cuidadosamente las partes rotas.

—De veras, Margarita: no está tan malo como parece. Yo te lo arreglaré lo mejor que pueda, da modo que no se vea para mañana, y cuando el Padre se vaya, lo dejamos como nuevo. Creo que puedo zurcirlo y lavarlo antes que sea de noche.–Y miró el sol.–¡Oh!, sí, tres horas todavía. Puedo. Ten las planchas calientes, para plancharlo en cuanto esté un poco seco. No va a verse nada.

—¿Lo sabrá la Señora?, preguntó Margarita, aún con miedo mortal.

De lleno la miró Ramona.

—¿No ganas nada con engañarla, no?, dijo gravemente.

—Sí, pero, ¿después de que esté compuesto? ¿Y si no se ha de ver?

—Se lo diré yo misma, después de que esté compuesto.

—¡Ay!, dijo Margarita en tono suplicante: es que la Señorita no sabe lo que es un enojo de la Señora.

—Mejor es no dar razón de enojo.

Y Ramona siguió hacia la casa a paso ligero, con el encaje escondido, mientras que Margarita, sin dar con nadie, por su dicha, volvió a la cocina consolada.

En los escalones del colgadizo había recibido al Padre la Señora, y a los pocos momentos estaba ya hablando a solas con él largamente: ¡lo que tenía que decirle, para que le diera su ayuda y consejo! ¡Lo que tenía que preguntarle, de las cosas de la Iglesia y de su pobre patria!

A Felipe le había faltado tiempo para ir en busca de Juan Can, a ver si estaba listo todo para empezar la esquila al día siguiente, en cuanto llegasen los esquiladores, que a la puesta del sol debían llegar, porque Felipe encontró manera de decir al propio por cuenta suya que avivasen el paso, que la lana ardía, y todos los esperaban ya en la hacienda.

Mucho hizo la Señora con acceder a que saliese el propio sin tener aún del Padre noticias seguras; pero ella misma empezaba ya a ver que la esquila no podía dilatarse «hasta la eternidad», como decía Juan Canito. Podía suceder que el Padre estuviese enfermo, y con los malos caminos, tardarían entonces semanas en saber de él. Vaya, pues, el propio a Temecula a buscar a los indios, que la Señora se queda rogando a Dios mañana y tarde, y en cuanto instante se ve sola con su rosario, para que el Padre llegue antes que los esquiladores. ¡No en vano le rebosaba la alegría cuando lo vio venir por el jardín, apoyado en el brazo de Felipe, como había estado pidiendo a los santos!

En la cocina era grande el bullicio, como siempre que llegaba algún visitante, aunque fuera el buen Padre Salvatierra, quien según Marta, nunca supo cuándo la sopa tenía o no chorizo. «¡Vean que no saber! Pero, si no come, añadía Marta, mira»: y eso le volvía el gusto para disponer en honor del Padre sus guisos vistosos. Esta col no era buena: esa hoja amarilla amarga el caldo: «ya este arroz, Margarita, no sirve, porque pusiste una cebolla. Para el Padre dos siempre, que le gustan mucho».

El comedor estaba al otro lado del patio, de modo que era un ir y venir incesante de los chiquitines, muy orondos con traer y llevar platos en toda ocasión, pero más cuando por la puerta del comedor, que caía al colgadizo, podían ojear la ceremonia de una comida de visita. Entre cuidar a aquel enjambre de revueltos sirvientes, ayudar en la cocina y la mesa, y pensar en la angustia del encaje roto, estaba Margarita casi fuera de juicio, aunque no tanto que se hubiese olvidado de encender una vela al San Francisco que tenía en su alcoba, y rezarle de prisa una oración para que el encaje saliese de manos de Ramona como nuevo. En cuanto creía estar desocupada un instante, volaba al San Francisco, y vuelta al rezo. ¡Orar! ¿quién sabe? Pero inspira piedad el que no ora: porque sin aquella idea de la vela encendida a los pies de su santo, mal hubiera podido la pobre criatura salir bien con su pena de tanta fatiga.

Anunciaron, por fin, la comida. Lucía en el centro de la mesa una espaciosa fuente de carne estofada, con su golpe de coles: en la sopera humeaba el caldo, con su chorizo y sus pimientos rojos: rebosaban, cada uno en su cazuela, el arroz con cebollas y los ricos frijoles: en fuentes de cristal hacían de postres las peras y membrillos en dulce, la jalea de uva, y pastelitos azucarados; y de la tetera de plata se escapaba el fragante vapor del té famoso, que era el único vicio de la Señora.

—¿Y Ramona?, preguntó sorprendida y descontenta, al entrar en el comedor.- Margarita, ve a decir a la Señorita que la estamos esperando.

«¡Mi señor San Francisco!», se decía Margarita al ir andando hacia la puerta: «¡sálvanos, Santo!».

—Espérate, dijo Felipe: no llames a la Señorita. Mi madre, Ramona no puede venir. No está en la casa. Está en un quehacer para mañana.¾Y mirando a su madre como prometiéndole la explicación para después, añadió: Comeremos sin ella.

Toda asombrada, iba sentándose la Señora en la cabecera de la mesa: –»Pero...» Felipe, viendo llover preguntas, les puso fin de antemano: «Acabo de verla, no puede venir.» Y entró en gran plática con el Padre Salvatierra, dejando a la Señora muy poco agradada.

Margarita miraba a Felipe con ojos de agradecimiento, que él no hubiera sabido entender, por no haberle aún contado Ramona los particulares del desastre. No había hecho más que llamarlo, al verle pasar por la ventana, y decirle quedito: «Felipe, ¿me podría librar de bajar a comer? El paño del altar está perdido, y tengo que zurcirlo y lavarlo antes que sea de noche. Haz que no me llamen, porque tengo que ir al arroyo, y si no me encuentran, tu madre se enoja.»

El paño estaba salvado, por supuesto: lo roto no había sido tanto: habría sol hasta las últimas puntadas. Ya la luz del poniente caía como en raudales por las ramas de los sauces del jardín, cuando Ramona, atravesándolo de prisa, llegó al arroyo, y arrodillándose en la yerba, hundió con esmero el lienzo en el agua.

El coser apresuradamente y la ansiedad le tenían encendidas las mejillas. En la carrera por el jardín se le cayó la peineta, y le inundó el cabello las espaldas. Sólo se detuvo a recoger la peineta, y siguió aún más de prisa, porque los instantes le hacían falta para lavar mancha a mancha el encaje. Suelta la cabellera, recogidas al descuido las mangas al hombro, animado su rostro con el atareo, allí estaba, inclinada sobre las piedras, paseando por la corriente el encaje zurcido, tendiéndolo a las últimas luces, hundiéndolo otra vez en el arroyo.

Los rayos de la puesta circundaban su cabellera como de una aureola: todo a su alrededor era luz roja: encendía su rostro soberana hermosura. Oyó un ruido, y miró. Valle abajo venía destacándose sobre el horizonte de oro vivo un grupo de hombres de color de sombra: los esquiladores: los indios de Temecula. Tomaron la izquierda, hacia los corrales y las casas. Pero a uno de ellos no había visto

Ramona, a uno que por algunos minutos se estuvo oculto detrás de un gran sauce, a pocos pasos de donde ella estaba de rodillas. Era Alejandro, hijo de Pablo de Asís, el capitán de los esquiladores. Venía andando delante de su gente, cuando una luz viva, como el reflejo del sol en un cristal, le dio en los ojos. Era el reflejo de la luz de puesta sobre el recodo del arroyo donde estaba Ramona. Vio a Ramona.

Se detuvo, cual se detienen siempre al ruido las criaturas de los bosques: miró despacio: se separó sin más consejo de su gente, que siguió andando sin notar su falta. Se acercó con cautela algunos pasos, protegido por un nudoso sauce viejo, tras del cual contemplaba sin ser visto la aparición hermosa. Y parecía que le iban dejando sus sentidos, hasta que al fin, sin saber que hablaba, dijo en alta voz: «¡Jesús me valga!»

¡Yo soy Alejandro!

El cuarto reservado siempre al Padre en casa de la Señora tenía una ventana al Este y otra al Sur, de modo que en cuanto amanecía, se iluminaba como por un hermoso incendio; mas rara vez hallaba el sol dormido al Padre, que ya a aquellas horas solía estar aguardándole con rezos. No bien daba en la ventana el primer rayo, la abría de par en par el Padre, se asomaba a ella con la cabeza desnuda, y entonaba aquel canto de la mañana con que en México era costumbre saludar el día en las haciendas de dueños devotos. Con el primer albor se levantaba el de más años en la casa, y entonaba el cántico que todos conocían: cuantos lo oían saltaban de la cama, o desde ella coreaban el cantar: parecía como cuando al alba rompen en música los pájaros del bosque. Solían ser los cantos invocaciones a la Virgen o al santo del día, siempre con música sentida y suave.

Aquella mañana tenía el alba otro celoso vigilante, a más del Padre Salvatierra. Era Alejandro, que despertó a la medianoche inquieto, y acabó sus paseos sentándose bajo los sauces del jardín, allí donde había visto a Ramona. Desde la otra esquila conocía él la costumbre del canto, y el cuarto del Padre, que alcanzaba a ver de su asiento en el arroyo: veía también el bajo horizonte del oriente, donde fogueaba un borde de luz. El cielo era ámbar: brillaban en el cenit, ya como al ocultarse, las últimas estrellas: no se oía el menor ruido. ¿Cómo hubiera podido creer el sencillo Alejandro, al contemplar con deleite aquellas serenas y majestuosas hermosuras, que sin violencia ni fragor giraba en aquel instante la tierra como encadenada mariposa en torno al sol que salía? Con la ingenua grandeza de los pueblos niños, creía él ver venir a paso radiante el sol sobre la tierra. Sus ojos iban de la línea de luz del horizonte a las ventanas de la casa, aún oscura y dormida. «¿Cuál será su ventana? ¿La abrirá cuando empiece el canto? ¿Será de este lado de la casa? ¡Ay!, ¿quién será ella? Ella no estuvo aquí el año pasado. ¿Vieron los santos una cosa más linda?» Así decía Alejandro.

Por fin inundó el valle la luz apetecida. Alejandro saltó sobre sus pies. El Padre abrió la ventana del Sur, sacó por ella la cabeza canosa, desamparada de la cogulla, y con voz débil, mas no ingrata, comenzó a cantar:

¡Santa María,
Reina de los cielos!

Ya al segundo verso le acompañaban como unas seis voces: la Señora desde su cuarto al Oeste del colgadizo, cerca de sus almizcles y geranios; Felipe, del cuarto de al lado; Ramona, desde el suyo, que era el que le seguía; y Margarita y otra de las criadas, que andaban ya por el patio y la cocina.

El canto despertó a los canarios y pinzones, y a los pardillos que tenían sus nidos en las cañas donde reposaba el tejado del colgadizo. A decenas, a cientos anidaban allí los pardillos, mansos como palomas, y su breve gorjeo era como si a un tiempo se acordaran miríadas de violines.

Cantores del aire
Que cantan el alba,
Venid y cantemos
La alegre mañana.

Y los pájaros venían, con sus mil trinos. Pronto eran ya voces de hombres, Juan, Pedro, una docena más, que salían a paso lento de los corrales. ¿Cuál no sabía allí el romance de memoria?:

Venid, pecadores,
Venid y cantemos
Los himnos más dulces
A nuestro consuelo.

Así cerraba el coro cada estrofa. Alejandro también conocía el canto. Su padre, Pablo, dirigió el coro en la Misión de San Luis Rey cuando el buen tiempo, y trajo a la casa lo mejor de la música, mucha de ella escrita de su propia mano en pergamino; y no sólo cantaba, sino que era maestro en el violín, tanto que no había por aquellos contornos músicos de cuerda que sacasen ventaja a los de San Luis: el Padre Peyri, apasionado de la música, gozaba en enseñarla a los que parecían venir con ella de la naturaleza. Pablo, al extinguirse las Misiones, se fue a vivir a Temecula con algunos de sus indios; y allá en su capillita siguió alabando a Dios con su violín y con sus cantos. Por allí eran famosos los indios músicos de Temecula.

¿Qué himno de aquéllos no sabía Alejandro, que era de los que nacen con la melodía? Este «¡Oh, Santa María!» le pareció siempre de los más hermosos: así que no pudo oírlo sin unirse al coro.

A las primeras notas de aquella rica voz desconocida suspendió la suya Ramona, y se asomó a la ventana buscando al cantor. Alejandro la vio. Y cesó de cantar.

—¿Será que he soñado?, pensó Ramona, desapareciendo de la ventana, y reanudando el canto.

Pero al otro coro las mismas nobles notas llegaron a su oído. Parecían cernerse sobre todas las demás y arrastrarlas, como una ola pujante arrastra un esquife. Nunca había oído Ramona una voz semejante. Felipe no hacía un mal tenor, y ella gozaba en cantar con él, y en oírlo: pero esta voz de ahora debía ser cosa de otro mundo. Cada nota penetraba en su alma tan profundamente que era casi una pena. Cuando acabó el himno, todavía siguió escuchando, con la esperanza de que, según solía, entonara el Padre otro. Pero no fue así aquella mañana: había mucho que hacer: a todos les hervían las manos por empezar la esquila: todo era cerrar ventanas y abrir puertas, mandar, preguntar, responder. El sol, rey ya del valle, lo llenaba de luz.

Margarita corrió a abrir la capilla, cuyo altar ostentaba el paño zurcido, como si fuera nuevo: ¡cuántas gracias a San Francisco y a Ramona! «¡Nuevito, nuevito!»

Ya venían camino de la capilla los indios y los pastores, y los peones todos de la hacienda. Con Felipe a su lado bajaba del colgadizo la Señora, atado a la frente su mejor pañuelo de seda negra, con las puntas caídas a los lados, lo que le daba aire de sacerdotisa asiria. El Padre estaba en la capilla, antes de que Ramona se dejase ver, o se moviera Alejandro de su puesto de mira bajo los sauces viejos.

Apareció Ramona al fin, cargando con cuidado una gran jarra de plata llena de helechos. Semanas había estado atesorándolos. De aquéllos había pocos, y nada más que en una cuchilla de un cañón lejano.

Conforme ella venía del colgadizo, Alejandro subió por el jardín, dándole el rostro. Se cruzaron sus miradas, y sin saber por qué, pensó Ramona: «Ése debe ser el indio que canta.» Siguió por la derecha y entró en la capilla, junto a cuya puerta se arrodilló Alejandro, para verla de cerca a la salida. De allí la vio cruzar la nave, poner junto al misal la jarra de plata, y arrodillarse al pie del altar, al lado de Felipe que se volvió hacia ella sonriendo, y como si quisiera decirle algo.

—¡Ah! el Señor Felipe se ha casado: es su mujer,–pensó Alejandro con extraño dolor. Dolor inexplicable para él mismo. No tenía más que veintiún años, y en mujeres había pensado poco. Decían los de Temecula que era frío y callado, lo que le vendría de leer, por supuesto: ¡el leer trae males! ¡Pablo se había empeñado en criar a su hijo como un blanco! De seguro que si hubiera aún Misiones, Alejandro estaría con los Padres, como Pablo: Pablo había sido la mano derecha del Padre Peyri: él, las cuentas del ganado; él, la paga a la gente; él, el que iba y venía con los miles en oro que pasaban cada mes por la Misión. Pero eso fue «en tiempos del Rey», no ahora: los americanos no querían que los indios hiciesen más que trabajar la tierra y criar ganado: ¡para eso no se necesita saber leer y escribir!

A Pablo mismo le ocurrió algunas veces que había hecho mal en enseñar su poca ciencia al hijo. Para indio Pablo iba muy lejos: él vio a tiempo los peligros que de todas partes venían sobre su raza. El Padre, al salir del país, le dijo: «Pablo, a tu gente te la llevarán como ovejas al matadero, si no los tienes juntos. Que se quieran: que vivan en pueblos: que trabajen: que tengan paz con los blancos. Perdidos si no, Pablo.»

Aquellas palabras fueron su evangelio. Él daba a los indios ejemplo de laboriosidad, cultivando su vega y cuidando sus rebaños con esmero. Él hizo la capillita del lugar, y siguió el culto en ella. Él iba de casa en casa, cuando había rumor de guerra con los blancos, persuadiendo, calmando, mandando. Él, una vez que se alzaron unas tribus del Sur, y amenazaba una gran guerra india, se llevó a lo más de su gente con sus bueyes y ovejas a los Ángeles, y acampó allí unos días, para que en caso de pelea no los tuvieran por enemigos de los blancos.

Pero ¿a qué tanto esfuerzo? Cada día adelantaba el blanco, y el indio perdía tierra, y era más viva la ansiedad de Pablo. El mexicano que era dueño de todo aquel valle de Temecula, y buen amigo de Pablo y del Padre, estaba en México, adonde fue huyendo de la injusticia de California, al borde de la muerte: la promesa de aquel agonizante, que le ofreció dejarlo vivir siempre en el valle con sus indios, era el único título de Pablo a aquellos lugares. Eso entonces bastaba. Se midió el terreno, y quedó como de los indios en el plano. Jamás volvió un mexicano sobre su palabra, ni quitó a los indios la tierra que les había dado.

Pero ya Pablo venía oyendo que todo aquello era letra muerta para los nuevos compradores. ¡Perdidos, pues, como le dijo el Padre Peyri!: ¡sin sus tierras, sin su pueblo, sin su capilla, sin sus casas!: ¡no era suyo lo suyo! Contaba todas sus angustias a su hijo, con quien hablaba largas horas, ya en tristes paseos por las siembras, que comenzaban a hablarle la lengua del adiós, ya sentados meditando en lo que habrían de hacer, frente a su casa de adobe. Y se paraba siempre en lo mismo: en suspirar, y en «¡Esperemos, no podemos hacer nada!»

No en balde parecía Alejandro a los mozos y mozas de su pueblo, más ignorantes que él, tan frío y callado. El pensar le dobló los años: el corazón le ardía de penas que ellos no sospechaban. Con que los trigos rindiesen bien, y no hubiera seca, y abundase en los cerros el pasto para sus caballos y ovejas, ya los de Temecula estaban contentos, iban día a día a su sosegada faena, y les quedaba gusto para sus juegos a la puesta del sol, y salud para dormir en paz toda la noche. Pero Pablo y Alejandro miraban a lo lejos: por eso había pensado Alejandro hasta entonces muy poco en amores, y por aquella natural distancia que la mejor educación ponía entre él y las doncellas del lugar. En cuanto le nacía una afición, sin saber cómo se curaba de ella. Para bailar, para los juegos, para charlar de amigos, ya buscando bellotas por el monte, ya recogiendo por los pantanos yerbas y carrizos, Alejandro estaba siempre a mano, a la par de sus compañeros: pero jamás pensó en mujer de Temecula para esposa. En otras cosas pensaba, que no dan tiempo para amores: en ocupar bien el puesto de su padre, que estaba ya cansado y viejo: ¡en el destierro próximo y la ruina!

Pensando venía en eso la noche antes, cuando vio a Ramona arrodillada al borde del arroyo. ¿Qué milagro le había sucedido? ¿Dónde los miedos y los pensamientos de ayer tarde? Una imagen tenaz los había reemplazado; y le asombraba aquella dulce inquietud que le llenaba el pecho, y era a la vez pesar, placer y maravilla. Con más cultura, bien hubiera sabido lo que era; pero él no era hombre culto, y se dejaba ir con abandono a sus simples impulsos y fuegos primitivos. Si Ramona hubiera sido india como él, india de Temecula, como acero al imán habría ido a ella; pero aunque osara pensar en amores, tan distante le parecía Ramona de él como la estrella amiga a cuya luz estuvo aguardando bajo el sauce a que se asomase a la ventana. No pensaba en amores. Se echó allí de rodillas, dejando a los labios el cuidado de repetir por hábito los rezos, para aguardar, como el que aguarda la luz, a que saliese Ramona. Para él, era sin duda la mujer de Felipe: pero de todos modos, allí quería estar arrodillado, para verla pasar. En eso habían parado sus meditaciones todas: en no desear más que volver a verla. La misa ¡qué larga! Casi olvidó cantar; hasta que ya al concluir el himno volvió en sí de repente, y aquella voz clara y lujosa rompió en notas, llevándose consigo las del coro, como empuja y levanta el agua de la superficie la acometida de la ola.

Desde la primera nota, volvió Ramona a sentirse estremecida. Como Alejandro, Ramona traía la música de la naturaleza; así que al levantarse, dijo en voz baja a Felipe:

—Felipe: pregunta cuál de los indios tiene esa voz tan hermosa. Nunca he oído otra igual.

—¡Ah! ése es Alejandro, un excelente muchacho. Pero ¿no lo oíste hace dos años?

—Yo no estaba aquí.

—Es verdad. Él estuvo. Le hicieron capataz de la cuadrilla, aunque no tenía más que veinte años, y manejó muy bien su gente: ¡con decirte que se llevaron ahorrado a sus casas lo que ganaron en la esquila! Es verdad que el Padre estaba también, y pudo aconsejarlos; pero yo creo que fue cosa de Alejandro. ¡Ojalá hubiera traído su violín, porque toca muy bien! Su padre dirigía la orquesta de San Luis.

—¿Y a tu madre le gustará que toque?, dijo Ramona, anticipándose al placer.

Con la cabeza baja dijo que sí Felipe:—»Yo le diré que vaya esta noche al colgadizo.»

En eso ya estaba la capilla vacía, y cada cual preparándose para su faena. Hasta que lo llamó Juan Can no se movió Alejandro de la puerta.

—¿Qué mira, don Alejandro? Vamos, a mover la gente, que esto empieza tarde, y hay que andar vivo. ¿Te trajiste a los buenos?

—Su ciento de ovejas puede esquilar cada uno de mis hombres al día. En todo San Diego no hay cuadrilla mejor: y esquilamos sin sacar sangre, y sin un arañazo.

—¡Hum! ¡Valiente esquilador el que saca sangre!, repuso Juan Can. Miles he esquilado yo, y ni una gota en las tijeras. ¡Pero los mexicanos tenemos fama de buenos esquiladores!

Bien notó Alejandro con qué empacho dijo Juan Can lo de mexicanos.

—Y los indios también, respondió sin asomos de rencor: ¡pero esos americanos! El otro día vi esquilar a uno, a ese Lómax, que vive cerca de Temecula, y era una matazón. Las pobres criaturas iban manando sangre cuando salían de las tijeras.

Lo de ver juntos en la celebración a mexicanos e indios no dejó a Juan contento; pero mordiéndose la lengua, como para castigarla por no hallar respuesta propia, echó a andar, con otro «¡Hum!», y tan de prisa que no notó que Alejandro se quedaba sonriendo, lo que le hubiera aún más mortificado.

En los corrales y en el cobertizo de esquilar todo era movimiento y ruido. El cobertizo, todo techo y puntales, tendría sesenta pies de largo y la mitad de ancho: los pilares, de troncos delgados y sin cepillar, sostenían el techo, que no era más que unos cuantos tablones, puestos a la buena de Dios sobre las vigas, también rústicas. A tres de los cuatro lados del cobertizo abrían los corrales, llenos de ovejas y corderos.

Pocas varas había de allí a los barracones, techados de sauce fresco, donde comía y descansaba la cuadrilla. Junto a ellos levantaron los indios dos chozas cubiertas de ramas; pero los más dormían sin duda al libre amor del cielo, sin más cama que la tierra, ni más abrigo que sus frazadas. El viento revoltoso arrollaba las alas alegres del pintado molino, por el cual venía el agua al tanque con tal fuerza, que salpicaba de veras a los que allí andaban humedeciendo y afilando sus cuchillos, y se empujaban riendo unos a otros, para que el agua les cayese encima.

Al pie del cobertizo había unos cuatro postes, de donde colgaba, sujeto por cuerdas, uno de los grandes sacos en que se empacaba la lana; y en el suelo un rimero de sacos vacíos. Juan los miraba, como quien se ríe de adversarios vencidos. «Éstos nos los comemos hoy, Señor. Felipe.» Juan estaba en sus glorias en la esquila, que era el premio de su tarea monótona del año. No había para sus ojos fiesta como la de ver en hilera las pacas de lana, con la marca de Moreno, listas para la limpia en los batanes. «¡Vaya pues: lo que es lana, no falta este año!» Si la cosecha era pingue, tenía dicha Juan para seis meses; pero cuando había escaseado el rendimiento, callaba, hablaba a solas con los santos, a quienes pedía suerte mejor, y no salía aquel año de entre las ovejas, como si con el deseo les alargase los vellones.

Por los medios escalones clavados a uno de los puntales del cobertizo subió Felipe al techo, ligero como un acróbata, para ir recibiendo y apretando en el saco el vellón que de abajo le echaban. Pedro, con un zurrón de cuero al cuello, cargado de monedas de a medio real, tomó puesto en el centro del cobertizo. Cada uno de los treinta esquiladores entraba en los corrales, sacaba su oveja, la sujetaba entre sus rodillas, vencida e inmóvil, y ya no se oía más que el golpe rápido de las tijeras. Una vez empezada la esquila, no había descanso, fuera de la hora del mediodía, hasta que no quedaban libres de su carga las ocho mil ovejas. Todo era balido, abrir y cerrar, tijeretear, echar el vellón al techo, apretarlo de firme en las pacas. Un drama no es más interesante. Tan pronto como quedaba una oveja a cercén, corría el esquilador con el vellón a Pedro, lo echaba sobre la mesa, tomaba su moneda, volaba al corral, salía con otra oveja, y a los cinco minutos ya estaba con otro vellón delante de Pedro. Los animales, una vez esquilados, entraban saltando de gozo en el corral de enfrente, vacilaban, como sintiendo la falta de peso, y a coces y cabriolas mostraban su alegría.

El calor era grande: entorpecía el aire el polvo de la lana, y el que alzaba el continuo combate con las ovejas. Según iba el sol enseñoreándose del cielo, el sudor corría por aquellos rostros afanados. Felipe, a quien el sol daba de recio sin amparo, pronto sintió que no le había vuelto aún todo el vigor. Por puro orgullo, y por lo que había dicho Juan Can a su madre, no bajó de su puesto antes del mediodía, a que siguiera el viejo con la ensaca. Tenía el rostro rojo, y le azotaba la sangre las sienes; pero no pensaba en confesarse vencido. Cuando el saco está a medio llenar, el empacador entra en él, y con todo su peso va apretando a saltos la lana en el fondo, conforme sigue echándole los nuevos vellones. Ya para esto no tenía fuerzas Felipe: en cuanto le llegó a la cabeza, cortándole el aliento, el polvo sofocante, perdió la vista; «Juan, estoy malo», dijo, y sin sentido cayó sobre la lana. Al grito de Juan Can, todos lo vieron: la cabeza de Felipe colgaba, como sin vida, del borde del saco, sin que Juan, que ya estaba a su lado, hallara pie para poderlo alzar de entre los vellones. Los esquiladores aterrados, que uno tras otro habían subido al techo, proponían medios vanos de socorro. Pedro corrió a avisar a la casa. La Señora había ido con el Padre a una visita en las cercanías; pero estaba Ramona, que tomando consigo cuanto pudiera reanimar a Felipe, echó a correr detrás de Pedro, seguida de las criadas de la casa.

—¿A dónde está?, dijo al llegar Ramona.–Y lo vio, con la cabeza caída en las manos de Juan Can.–¿Oh, quién me lo sacará de ahí?

—Yo, Señora, dijo Alejandro, adelantándose a hablarla desde el techo. No tenga miedo; yo lo saco.

Bajó, corrió a las chozas, y vino con los brazos llenos de frazadas. Vuelto al techo, unió las frazadas con nudos firmes, y atándoselas por la mitad a la cintura, echó los dos cabos a sus hombres, diciéndoles en su lengua que los tuvieran bien sujetos.

«¿Qué va a hacer?» Pronto lo entendió Ramona, al ver a los indios echarse hacia atrás, sujetando las frazadas, y a Alejandro andando sobre uno de los tablones de que, de poste a poste, colgaba el saco. Felipe es fino de cuerpo; Alejandro mucho más fuerte y alto: pero, ¿cómo podrá un hombre llevar en salvo a otro por aquel puente estrechísimo? Volvió Ramona la cabeza, como para no ver el horror que esperaba. Pasaron unos minutos: una eternidad pasó para ella; pero el rumor de las voces le dijo que podía ya mirar sin miedo; y vio a Felipe, desmayado sobre el techo, el rostro mortal, cerrados los ojos. Las criadas lloraban y gemían: «¡Está muerto! ¡Está muerto! También lo creía Ramona, inmóvil y sin habla, pensando en la Señora. «¡Que no es más que un desmayo!», dijo Juan Canito, con la mano sobre el pecho desnudo de Felipe: «¿quién dice que está muerto?».

Por fin, entonces, pudo llorar Ramona, mirando con desconsuelo a aquella frágil escalera por donde con tanta holgura vio bajar y subir a Alejandro. «¡Si yo pudiera subir!», dijo, mirando a uno y a otro: «Yo creo que puedo». Y puso el pie en el primer escalón.

—¡Virgen santa!, gritó Juan. No, por Dios, Señorita. Ni nosotros podemos subir bien. Ya vuelve el Señor Felipe: ya está volviendo.

«¿Señorita?» Alejandro oyó bien a Juan Can. En el terror y confusión de aquella escena, su corazón había oído «¡Señorita!». Ramona no era, pues, mujer de Felipe, ni la mujer de nadie. Pero Alejandro recordó que le había dicho «Señora» sin que mostrase sorpresa. Saliendo al frente del grupo, dijo hablando a Ramona: «¡Señorita!»... ¿Qué había en aquella simple palabra para que se estremeciese Ramona? «No me costará nada bajar por la escalera al señor Felipe. Como los corderitos que están allá abajo lo llevo en mis brazos. Yo se lo llevo, en cuanto se ponga bien. No fue más que el calor.» Y como el rostro de Ramona no revelase más tranquilidad: «¿No tiene confianza en mí la Señorita?» Sonrió Ramona en medio de sus lágrimas: «Sí; sí tengo confianza en ti. ¿Tú eres Alejandro, no?»

—Sí, Señorita, respondió él, muy sorprendido: yo soy Alejandro.

Capataz

No tiene por qué acabar bien lo que empieza mal. Los herejes hubieran dicho que todo aquello pasaba por encapricharse la Señora en demorar la esquila hasta que llegara un fraile viejo; pero ella decía que, puesto que el mal iba a suceder, era gran bondad de Dios tener el Padre al lado. A medio sol el primer día, se desmayó Felipe en la lana; y el tercero, a poco más de las doce, Juan Canito, que no sin júbilo secreto había sucedido a Felipe en la ensaca, cayó del tablón al suelo, y se rompió malamente la pierna derecha por cerca de la rodilla. ¡A muleta, pues, para toda la vida, porque ya no era fácil soldar bien aquellos huesos viejos! Perdió Juan la fe en los santos y se hubiera espantado la Señora de oír sus denuestos y blasfemias.

—Y ¿para eso le compré toda una caja de velas este mes, y se la tuve encendida en la capilla para esta misma esquila? Lo que es por mí, bien se puede quedar sin luces San Francisco hasta el fin de los siglos. ¿Para qué son los santos, pues, sino para librarnos de mal? Se acabaron los rezos. ¡Con razón se burlan de nosotros los americanos!

Y como el dolor le quitaba el sueño, y estaba murmurando sin cesar, llegó Margarita, su enfermera, a decir que la Santa Virgen misma se cansaría de cuidar a Juan Canito. «Los diablos, como él dice, lo empujaron de veras del tablón. ¿Qué han de hacer los santos por quien habla tan mal de ellos?» Poco a poco empezaron las criadas a creer que ya estaba Juan en tratos con el diablo mismo, con lo que le fueron dejando cada vez más solo, hasta que al fin ya no asomaba por sus alrededores ninguno de los que en los primeros días vinieron a distraerle del pesar, y a decirle por dónde iba la esquila. «En tres meses no podrá Juan dejar la cama», había dicho el médico. «Pues muerta o loca quedo», dijo Margarita, cuya alma sencilla tenía ya miedos mortales de todo trato con Juan Canito.

Harto ocupada estaba la Señora con Felipe para pensar mucho en Juan Can. La fiebre había reaparecido, con delirios y sueños fatigosos, siempre de aquella fatal lana.

—¡Más, más aprisa! ¡Éste es bueno! ¡Tonelada redonda en cada paca! ¡Juan, Alejandro, Capitán! ¡El sol me quema la cabeza!

Llamaba a Alejandro con tanto empeño, que el Padre creyó oportuno traerlo al cuarto, por si al verle daba Felipe salida a alguna idea que le agitase. Vino, y lo miró con aquellos ojos vagos con que miraba a los demás, aunque diciendo: «Alejandro... Alejandro...»

—Tal vez quiere, dijo Ramona en su angustia, que Alejandro toque el violín. Me había dicho que tocaba muy bien, y que lo iba a llevar al colgadizo por la noche.

—Tal vez, dijo el Padre. ¿Tienes aquí tu violín?

—¡Ay, no, Padre!: no lo traje.

—¿Y por qué no le cantas entonces? El también celebraba tu voz.

—¡Oh, sí, sí!, dijo la Señora: canta algo bajo y dulce.

Alejandro se retiró a la ventana, que estaba abierta, y allí entonó un aire llano de una de las misas. Desde la primera nota, se pudo ver que Felipe escuchaba: el placer le animó el rostro: volvió de un lado la cabeza, colocó una mano bajo la mejilla, y cerró los ojos.

—¡Es milagro de Dios!, dijo el Padre. Ya duerme.

—Eso era lo que quería, murmuró Ramona.

La Señora no habló; hundió el rostro un instante en la cama de su hijo, y lo volvió luego hacia el indio, como si le orase a un santo. Él también había notado el cambio en Felipe, y cantaba cada vez más bajo, hasta que pareció que las notas venían desde lejos, y se extinguían luego en la distancia. No bien cesó la voz, Felipe abrió los ojos.

—¡Oh sigue, sigue!–suplicó ansiosamente la Señora. ¡No pares!

Repitió Alejandro el mismo aire sereno y solemne: le temblaba la voz: como que el aire del cuarto le ahogaba, a pesar de la ventana abierta: tenía como miedo de ver a Felipe dormirse al influjo de su canto. Ya el enfermo respiraba sin angustia: ya dormía. Calló Alejandro, y no despertó Felipe.

—¿Puedo irme?, preguntó Alejandro en voz baja.

—No, no, dijo la Señora con impaciencia: puede despertar a cada instante.

Alejandro parecía inquieto; pero inclinó la cabeza y se estuvo de pie junto a la ventana. El Padre estaba arrodillado, a un lado de la cama; la Señora al otro, y Ramona a los pies, todos pidiendo a Dios por la vida de Felipe: podían oírse en el silencio las cuentas de los rosarios. A la cabecera estaba en un nicho una imagen de la Virgen, y junto a ella una estampa de Santa Bárbara, cada una con sus velas encendidas. Los pabilos, al extinguirse, chisporroteaban; y despedían llama nueva al caer sobre la cera derretida. La Señora tenía los ojos puestos en la Virgen: el Padre oraba con ellos cerrados: a Ramona, que no apartaba de Felipe los suyos, le caían por el rostro las lágrimas, mientras repasaba como sin darse cuenta su rosario.

—Es su novia: sí es, pensó Alejandro. Los santos no lo dejarán morir.–Y rezó él también. Pero, agitado con aquella escena, saltó, apoyándose en la mano, al otro lado de la ventana, diciendo a Ramona, que se volvió al ruido: «No me voy, Señorita: aquí me quedo al pie de la ventana, por si se despierta.»

Ya en el aire libre, lo aspiró con afán, y miró con asombro en torno suyo, como el que vuelve de un desmayo. Y se tendió por tierra al pie de la ventana, con el rostro al cielo. Vino allí Capitán, y se echó junto a él, gruñendo, afligido con la pena de la casa.

Tres horas pasaron, sin que en el cuarto de Felipe se notase ruido. Alejandro miró por la ventana: todavía estaban rezando arrodillados la Señora y el Padre: Ramona, cediendo a la fatiga, se había dormido sobre sus rodillas, apoyada en la cama. El llanto le tenía el rostro hinchado y sin color, y revelaban su cansancio las hondas ojeras. Tres días con sus noches llevaba ya en pie, atendiendo a todo: ya a Felipe, ya a Juan Can, ya a las cosas de la casa, ya a su mucha pena. ¡Morirse Felipe! Nunca, hasta que lo vio febril, delirante, moribundo, según creía, conoció cuán ligadas estaban sus dos vidas. Desfallecía sólo de pensar en vivir sin él. «Nunca, nunca podré vivir aquí sola: le diré al Padre que me lleve.» Estar con la Señora, ¿no era estar sola?

Allí estaba Alejandro en la ventana, cruzados los brazos, reclinado en el poyo, sin apartar los ojos de Ramona. Sólo al amor podía la niña parecer entonces bella; pero Alejandro la encontraba más hermosa que la misma estampa de Santa Bárbara. «¡Se muere si él se muere!» Y se tendió otra vez en tierra, con la espalda vuelta al cielo. No supo si había estado allí un día o una hora cuando oyó que lo llamaba el Padre Salvatierra. El anciano estaba en la ventana, llorando de gozo.

—¡Alabado sea Dios!, dijo: el Señor Felipe se nos pondrá bueno. Ya suda, y cuando despierte estará en su juicio. Pero la Señora no quiere que te vayas, Alejandro: ¿no puede irse tu gente sin ti? Te quedarás de capataz hasta que Juan Can esté bueno. La Señora te da su mismo salario. ¿Tú no vas a ganar más en otra parte estos tres meses?

Contendían tumultuosamente en el pecho de Alejandro, al oír al Padre, diversos impulsos. «¡Vete!» «¡Quédate!» «¡Hay peligro en quedarte!» «¡Te salvas huyendo!» Ni para quedarse ni para irse sentía él valor.

—Les prometí a los Ortegas, Padre, esquilar en su rancho. Ya nos maltratan porque no estamos allí. No estaría bien faltar a la promesa.

—No, hijo mío, dijo el Padre desconsolado: ¿pero no puede ir alguno en tu lugar?"

Ramona, oyéndolos, vino a la ventana.

—¿De qué hablan?, dijo: ¿de que Alejandro se vaya? Alejandro no se va.

Salió del cuarto, atravesó el colgadizo, y en un instante estuvo al lado de Alejandro. Le suplicaba con la mirada y con la voz. ¿Cómo se iba a ir? La Señora pagaría a otro para que fuese con los esquiladores. «No nos digas que tienes que irte, hasta que Juan Can se ponga bueno. ¿Quién le cantará a Felipe, si tú te vas? ¿No puedes quedarte?»

—Sí puedo, Señorita, respondió Alejandro, con su voz bella y grave: puedo quedarme hasta que la Señorita me necesite.

—¿Oh, de veras? ¡Gracias! Tú eres bueno, Alejandro. Ya verás como no pierdes nada:–y corrió hacia la casa.

—No es por el salario, Señorita...

Pero ya Ramona no oía a Alejandro humillado.

—Padre, dijo él volviéndose al anciano: no quiero que la Señorita crea que me quedo por dinero: por dinero no dejo yo a mi cuadrilla; sino porque la casa tiene pena, Padre.

—Te entiendo, hijo, te entiendo, replicó el buen fraile, que conocía a Alejandro desde su niñez, cuando en la Misión de San Luis lo mimaban todos los hermanos.- La Señora sabe que con dinero no se pagan esas cosas. Ya ves que están en pena, las dos mujeres solas, y yo tengo que ir pronto viaje al Norte.

—¿Es seguro que el Señor Felipe se pondrá bien?

—Creo. Después del sudor y el sueño, ninguno muere. Pero lleva cama para muchos días, y a Juan Can, ya lo ves. Tengo que hablarle, porque dicen que está tratando muy mal a los santos.

—Sí; pues: dice que los santos dejaron que los diablos lo echaran del tablón, y que no quiere saber de ellos. Yo le dije, Padre, que no hablara así.

Iban andando juntos Alejandro y el Padre.

—Los tiempos, hijo, los tiempos. Se nos ha llenado la tierra de herejes. ¿Todavía tienen Uds. cura en su capilla?

—Dos veces al año nada más, y en los entierros, si hay con qué pagar la misa. Pero mi padre tiene la capilla abierta, y entra a rezar la gente, y lo que sabemos de misa se canta todos los domingos.

—¡Conque pagar! ¡Siempre pagar! ¡Vergüenza! Dejáranme, y yo iría a Temecula cada tres meses; pero esos otros Padres persiguen a nuestra Orden.

—¡Ay, Padre, si fuera! Todos los días me habla mi padre de la Iglesia de antes, que no era como la de ahora. Mi padre está muy triste; y con mucho miedo por el pueblo. Dicen que los americanos, cuando les compren las tierras a los mexicanos, nos echarán a los indios como a perros. Dicen que no tenemos derecho a nuestras tierras, donde nacimos y vivimos, y que los dueños nos dieron para siempre.

Alejandro buscaba con ansia la respuesta en el rostro del Padre, que al fin dijo:

—¿No ha llamado a tu padre ningún juez? ¿No le han hablado del título de las tierras?

—No, Padre.

—Pues tienen que llamarle antes de echarlo del pueblo. Esto se hace por ley. Mientras no le llamen no corre peligro.

—Pero, Padre, ¿qué ley puede haber para quitarnos la tierra que el Señor Valdés nos dio para siempre?

—¿Les dio algún papel escrito donde lo diga?

—No, papel no: está marcado en el plano: José Ramírez lo marcó, cuando sacó medidas de la hacienda. Lo vi marcar yo mismo. El Señor Valdés, Ramírez y el que medía durmieron en mi casa. Yo fui con ellos, porque quería aprender, pero José me dijo que para medir con aquellos parales y cadenas, había que estudiar años. Medir con piedras me parece mejor, como lo hacemos nosotros. Pero en el mapa está, y mi padre lo entiende, y yo oí cuando Ramírez y el Señor Valdés le dijeron apuntando en el plano: «Todo esto es tuyo, Pablo, para siempre.» ¿Debemos tener miedo, Padre?

—No creo, hijo; pero ya ves las Misiones. Yo no tengo fe en la honradez de los americanos. ¡Abarcar, abarcar! Mucho le han hecho perder a nuestra Iglesia.

—Eso dice mi padre, que de San Luis, que tenía antes treinta mil ovejas, no queda más que la huerta y las flores. ¡Ay, Padre!: si la Iglesia no pudo ¿cómo podremos nosotros?

—Verdad; verdad, hijo mío, dijo el Padre, ya a la puerta de Juan Can, que no sabía si desearlo o temerlo.- Nadie nos defiende, Alejandro. Son dueños del país, y hacen las leyes. No hay más que decir: «¡Hágase la voluntad de Dios!» Y cruzando los brazos con devoción, «¡Hágase la voluntad de Dios!», dijo otra vez.

También se cruzó de brazos Alejandro, criado en el respeto de la Iglesia. «Pero no puede ser–se dijo, cuando ya iba andando solo hacia el cobertizo de esquilar: ¡no puede ser la voluntad de Dios que un hombre robe a otro! Y ¿cómo sucede, si no es la voluntad de Dios?»

En el cobertizo halló Alejandro descontenta a la cuadrilla. ¿Por qué, si la esquila había acabado a las diez, no estaban ya en camino para el rancho de Ortega? Tiempo era, porque el avaro de Juan Can les contaba por horas la comida, y hoy ya, ni carne ni frijoles. ¡Y su capitán allí tendido debajo de la ventana del Señor Felipe, con la cara en la tierra, sin responder a los que iban a hablarle!

Pero Alejandro les anunció sin miedo su determinación de quedarse en la hacienda. «Y para que no tengan que padecer, elijan aquí mismo otro capitán para el resto del año.

—¡Para este año, y para el que viene!, le respondieron: ¿que así se deja la cuadrilla de los esquiladores?

—Como quieran, pues, dijo Alejandro. Yo aquí me quedo. El Padre me lo manda.

«¡Ah, si el Padre lo manda, es diferente!» «¡Ya eso es otra cosa!» ¡Alejandro tiene razón!» ¿Qué indio de Temecula hubiera desconocido la autoridad de los Padres? Pero la rebelión retoñó cuando supieron que Alejandro se quedaría hasta que Juan Can sanase: ¿todo el verano, pues?: y ¿qué San Juan iba a haber en Temecula sin Alejandro? Alejandro, es verdad, no se había acordado de la fiesta de San Juan cuando prometió a Ramona quedarse mientras ella lo necesitara. ¿Qué haría Pablo sin él en la fiesta? Iban al pueblo mil indios, y mucho blanco bribón, que les vendía aguardiente y los alborotaba. Por supuesto que Alejandro debía estar para el San Juan en Temecula.

—Haré por estar, dijo; aunque no haya acabado aquí, iré al pueblo para la fiesta.

Para capitán, sólo había uno bueno, y era el viejo Fernando, que lo había sido muchos años antes, pero en los dos veranos últimos quiso que Alejandro mandase la cuadrilla. Ya tenía mucha edad para levantarse a medianoche, a ver si los esquiladores estaban jugando el dinero: más le gustaba envolverse en su frazada a la puesta del sol y dormir hasta la aurora. Por unas semanas consintió en mandar Fernando: «pero Alejandro, dijo, es el que manda siempre: ahora se queda, porque se debe quedar: ¿conque ese mal pago iban a dar a su buena amiga la Señora los indios de Temecula, a quienes ella defendía siempre, y llamaba todos los veranos a esquilar?». A todos pareció que hablaba bien el viejo. Doblaron sus frazadas; aprontaron las monturas; las estaban ya echando a sus ponies,–cuando a todo correr vieron venir hacia ellos de la casa a Ramona y Margarita.

—¡Alejandro!, dijo aún desde lejos Ramona, casi sin aliento: ¿conque no alcanzó hoy para tu gente la comida? Diles que eso ha sido por los trastornos de la casa. Creían que se iban esta mañana. Diles que tienen que comer antes de irse. Ya está haciéndose. Diles que esperen.

Los indios que entendían castellano tradujeron a sus compañeros lo que decía Ramona; y todos los labios se llenaron de alabanzas. Muy buena, la Señorita. Por supuesto que esperarían la comida. Ya no tenían semejante prisa de ir al rancho de Ortega.

—Hay seis horas de aquí a lo de Ortega, les decía Alejandro: si no salen en seguida llegan tarde.

—En una hora está lista la comida. ¿Qué importa una hora?, decía Ramona.

—Serán dos más que una, Señorita; pero se hará como Ud. quiera, y gracias por haberlo pensado.

—¡Oh!, no fui yo, fue Margarita que vino y me lo dijo. Es una vergüenza que tu gente saliera del rancho con hambre. Muriéndose deben estar, sin nada más que el almuerzo en todo el día.

—Eso no es mucho, Señorita. Yo mismo me paso los días enteros sin comer.

—¡Días enteros!: pero ¿por qué, Alejandro?–Pensando en todo de pronto: «¡Oh! qué loca pregunta, se dijo: pero ¿serán tan pobres, tan pobres?» Y para que Alejandro no tuviera que responderle, echó a andar hacia la casa diciendo: «Margarita, ven, ven, que tenemos que ayudar para que esté pronto la comida.»

—¿La Señorita quiere que yo también ayude?, preguntó Alejandro, maravillado de su atrevimiento: si hay algo que pueda yo hacer...

—Oh no, no hay; pero sí: tú puedes traer la, comida a la gente, porque en la casa son pocos ahora. Juan está en cama: Pedro fue a buscar el médico a Ventura. Tú y algunos de la cuadrilla pueden traer la comida. Yo te llamaré cuando esté lista.

La cuadrilla aguardó la hora, contenta, sentada en coro, fumando, charlando y riendo. Alejandro iba y venía de la cocina al cobertizo. Todo se oía de afuera, choque de platos, retintín de cucharas, freír, verter agua en las ollas. Gratos olores anunciaron pronto que Marta quería hacerse perdonar el descuido de aquella mañana. También Juan Can, desde su cama, olía y oía: «¡El diablo me lleve si esa pícara vieja no está preparando un festín para esos bestias de indios! Ahí hay carneros, y cebollas, y pimientos hervidos, y papas, y la casa entera, ¡para pordioseros que no comen en su pueblo más que trigo tostado o potaje de bellotas! Al cabo lo irán diciendo, y esa fama más tendrá la casa. Está por ver que Margarita me deje probar de ese guisado. ¡Y bien que huele! ¡Margarita! ¡Margarita!»

Pero Margarita estaba muy ocupaba en la cocina para oír a Juan Can. ¿No le llevó su buena taza de caldo al caer del sol, cuando mandó el médico? ¡Pues ya tenía para esta noche! Y luego, Margarita andaba algo desasosegada. Para el gallardo Alejandro eran casi todos sus pensamientos de amor, desde que en la esquila pasada la sacó a bailar y le dijo esas cosas galanas que a las muchachas suelen decir en la paz de la noche los mozos: ¿qué era, pues, que ahora la veía como si fuese una sombra transparente, y quisiera ver el cielo detrás de ella, y a ella no, que se moría porque la viese? Sí, sin duda: el mal del Señor Felipe, la pena de la casa, eso era lo que le traía desmemoriado: pero ya el Señor Felipe iba a mejorar, y Alejandro a quedarse: ¡de seguro que le volvía la memoria! Y a cada una de sus vueltas y revueltas, recreaba los ojos en la apuesta figura que se paseaba, esperando a ser llamada, en lo oscuro, afuera.

Alejandro no la veía. Nada veía Alejandro. Miraba al sol poniente, y escuchaba. Ramona había dicho: «Yo te llamaré cuando esté lista.» Pero no lo llamó, sino dijo a Margarita que lo llamase. «Corre, ve si está ahí Alejandro. Dile que venga a llevarse las cosas.» Fue, pues, la voz de Margarita, no la de Ramona, la que dijo: «¡Alejandro, Alejandro! ¡La comida está lista!»

Pero fue Ramona la que, al llegar Alejandro a la puerta, tenía en las manos una fuente humeante del guiso que había ido a turbar la soledad del pobre Juan Can; Ramona fue la que le dijo, al poner en sus manos la fuente: «Ten cuidado, Alejandro, que está muy llena y se va a vaciar la salsa: tú no estás hecho a servir a la mesa.» Y dijo esto con dulce sonrisa, una sonrisa tierna y benévola, que en Alejandro hizo impresión tal, que por poco caen allí a los pies de Ramona, carnero, fuente, salsa y todo.

Los esquiladores comieron bien y pronto: no había pasado en verdad más de una hora, cuando estaban ya al pie de sus caballos, hartos y felices. Alejandro llamó aparte a uno de ellos:

—José, ¿qué caballo es más ligero, el tuyo o el de Antonio?

—El mío, por supuesto. Se lo juego al de Antonio el día que quiera.

Que el más ligero era el de José lo sabía Alejandro. Pero el ingenio se le estaba aguzando mucho en aquellos días, y no le era nueva la diplomacia. Necesitaba que alguien fuera a escape a traerle un encargo de Temecula: sabía que con el caballo de José podía apostarse contra el viento; sabía también que, por lo de sus caballos, José y Antonio eran constantes rivales: con elegir a José era seguro que el mozo volaba, por dar en cara a Antonio.

—¿Quieres ir? Yo te pagaré el tiempo que pierdas.

—¿Ir?, dijo José entusiasmado. Ya estoy de vuelta. Con la puesta de mañana vuelvo.

—¿Con la puesta? Pensé que al mediodía.

—¡Pues al mediodía! Mi caballo puede.

—¡Mucho cuidado!, recomendó Alejandro.

—¡Mucho!-Montó, hincó a su pony con las dos rodillas, y partió a galope.

—He mandado a José con un encargo a Temecula, dijo Alejandro a Fernando. Mañana al mediodía vuelve, y pasado lo tendrás en lo de Ortega.

—¡Como no mate su caballo!

—Así dijo, replicó Alejandro, como al descuido.

—Pues en menos hubiera ido yo, dijo Antonio, acercándose en su yegua oscura. El de José no es quién para la mía, ni lo fue nunca. ¿Por qué no me mandaste a mí, Alejandro?

—¿Conque tu yegua es más ligera que el caballo de José? Siento no haberte mandado. Otra vez te mando.

Los Celos Enemigos

Fue curioso ver con qué sencillez y naturalidad se acomodó Alejandro a sus nuevas funciones en la casa. Sin alarde se veía bajo su mano desaparecer las dificultades y desenredarse lo revuelto. Por fortuna, Juan Can lo quería bien, y se alegró de que fuera Alejandro quien lo reemplazara en su enfermedad, y no otro, no cierto mexicano a quien él conocía, que bailando una vez con Anita se dejó decir que, en cuanto Juan desocupara el puesto, él iba a ser el capataz de la Señora. Pero de Alejandro no le ocurría tener celos. ¿Celos de un indio? ¡La Señora no había de pensar en darle a un indio para siempre un puesto tan serio! Desde el primer día trató, pues, con amistad a Alejandro, y lo tenía en su cuarto horas, explicándole con mucha ceremonia esto y aquello de la hacienda, y lo que había que hacer, sin ver que Alejandro pudiera ser holgadamente maestro suyo en toda aquella faena.

Por veinte años había tenido el padre de Alejandro a su cuidado los rebaños de San Luis Rey: pocos le aventajaban en el manejo de una hacienda, y él mismo era dueño de casi tanta oveja como la Señora Moreno. Pero esto no lo sabía Juan, ni que Alejandro, como hijo del cacique Pablo, tenía situación propia, no exenta de dignidad y de poder. Para Juan, un indio era «¡un indio!»: aquel trato suave de Alejandro, aquel decoro y gentileza suyos, achacábalos Juan a natural bondad del mozo: ignoraba Juan que Felipe mismo no había sido educado acaso por la Señora en mayor honestidad y hábitos de cortesía que Alejandro por su padre el cacique. Muy distinto era el puesto en el mundo de ambos padres; pero, según los resultados, no toda la ventaja fue de la Señora. Por supuesto que Felipe sabía mucho que era para Alejandro letra muerta; pero mucho era también lo que

Alejandro hubiese podido enseñar a Felipe; y en las cosas del alma y del honor, la palma era del indio. Felipe no era menos honrado y justo que lo que se tiene por tal entre los hombres; pero las conveniencias y oportunidades hubieran logrado de él lo que jamás lograran de Alejandro. Felipe pudiera mentir: Alejandro no. Felipe había sido criado corno fiel católico: Alejandro estaba por naturaleza lleno de veneración e instinto religioso. Pero ambos eran francos, generosos y sencillos, y el raro caso que los trajo a vivir en compañía, había de unirlos con amistad poderosa.

Desde aquel día del canto, no le volvió a Felipe el delirio. Al despertar del largo sueño estaba en su razón, como predijo el Padre, aunque tardó algún tiempo su cerebro agitado en recobrar la calma por entero. Solía, al despertarse, divagar un poco; y era seguro entonces que llamaba a Alejandro, y quería oír música. Recordaba la mañana del canto: «Yo no estaba, les dijo, tan loco como creían. Yo oí a Ramona pedirle a Alejandro que cantara; y cuando empezó a cantar, me acuerdo que pensé que la Virgen había bajado del cielo, y me ponía la mano en la cabeza, y me la refrescaba.»

En la segunda noche, la primera después de la partida de la cuadrilla, Alejandro, viendo a Ramona en el colgadizo, se acercó a los escalones a decirle:

—Señorita, ¿querrá el Señor Felipe que yo le toque en el violín esta noche?

—¡En el violín! ¿Y qué violín tienes tú?, respondió Ramona asombrada.

—El mío, Señorita.

—¡El tuyo! ¿No dijiste que no lo habías traído'?

—Verdad, Señorita; pero lo mandé a buscar a Temecula, y ya está aquí.

—¿A Temecula, y vuelta?

—Sí, Señorita: nuestros ponies son fuertes y ligeros. Andan cien millas al día, y no les hace daño. José lo trajo, y ya está en el rancho de Ortega.

Había más luz en los ojos de Ramona.

—Hubiera querido darle gracias. Debiste decírmelo. Le hubiéramos debido pagar por ir.

—Yo le pagué, Señorita: yo lo mandé a buscar, dijo Alejandro, no sin el tono del orgullo herido, que Ramona hirió más, sin entenderlo.

—Pero lo mandaste a buscar para nosotros: la Señora querrá pagarle ella.

—Yo le pagué, Señorita. Si el Señor Felipe quiere que toque, tocaré.–Y se alejó del colgadizo a pasos lentos.

Ramona lo miraba: por la primera vez lo miraba sin pensar en que era indio. Por el color no debía pensar en eso, porque el de ella era poco más claro que el de él; pero la soberbia de raza es tanta, que hasta aquel momento no lo había olvidado. «¡Qué hermosa cabeza, y qué modo de andar!», pensó: y luego, mirándolo más atentamente: «Anda como si estuviera ofendido. Se enojó porque le ofrecí pagar por el recado. Es que quiso hacerlo él, por cariño a Felipe. Yo se lo diré a Felipe, y cuando se vaya, le haremos un regalo.»

—¿No es verdad que es muy galán, Señorita?¾dijo casi al oído de Ramona la risueña Margarita:–¡es tan galán!: y no sabe cómo baila: yo bailé con él el año pasado todas las noches, y tan alto como es y tan fuerte, parece que tiene alas en los pies.

Sin saber por qué, aquella presumida confianza de su criada desagradó sobremanera a Ramona. Apartándose de ella, «No está bien», le dijo, en un tono seco que jamás había tenido para Margarita, «no está bien hablar así de hombres mozos. La Señora te regañará si te oye». Y se alejó a pasos rápidos, dejando a Margarita azorada y perpleja.

Miró a Ramona. Miró a Alejandro. Los acababa de ver hablando juntos. Llena de confusión, allí quedó sin moverse, meditando: al fin echó a correr, como para borrar de la memoria las ásperas palabras: «Alejandro, pensaba, debe haber enojado a la Señorita.» Pero en vano trató de olvidar la escena, que cada vez se le representaba más extraña y oscura: era una imperceptible semilla, de nombre para ella nuevo, caída en un suelo donde habría de crecer; semilla amarga en suelo ardiente, que al abrirse a la luz iba a dar a Ramona una enemiga.

Sin saber qué pasaba en su corazón ni en el de Margarita, siguió Ramona al cuarto de Felipe. Felipe dormía, y allí estaba a su lado la Señora, que no dejaba el asiento de día ni de noche, aunque con las horas se la veía enflaquecer y acabarse: hasta parecía que el cabello blanquísimo se había vuelto aún más blanco: la misma voz se la tenían cambiada la debilidad y la pena.

—Mi Señora, le dijo Ramona: ¿por qué no sale un poco al jardín ahora que duerme? Vaya, yo lo cuido. El sol está ahora frente al colgadizo. ¡Se enferma si no sale al aire!

La Señora sacudió la cabeza: «Éste es mi puesto», dijo, en voz seca y dura. La simpatía le era odiosa, y ni la sentía, ni la aceptaba. «No me separo de él: no necesito el aire.»

Ramona tenía en la mano una flor de campanilla, que en aquel mes caían del tejado del colgadizo, cubierto de ellas, como un fleco de alamares de oro: era la flor que prefería Felipe. Inclinándose a él Ramona, se la puso en la almohada: «Le gustará verla cuando se despierte», dijo.

Pero la Señora tomó la flor, y la lanzó a un rincón del cuarto: «¡Llévatela, llévatela! ¿No te he dicho que las flores son un veneno para los enfermos?»

—No, Señora, le respondió Ramona mansamente, volviendo sin querer los ojos a un plato con flores de almizcle que la Señora tenía a la cabecera de Felipe.

—El almizcle es diferente, dijo la Señora notando la mirada: es medicina, y da vida.

Nunca hubiera osado Ramona decir lo que sabía, que el almizcle era odioso a Felipe: se lo dijo él mil veces, pero su madre tenía tal pasión por la planta que el colgadizo y la casa estaban llenos de ella: a Ramona también le hacía tal daño que muchas veces le dio el olor desmayos mortales. «¡Capricho!», hubiera dicho la Señora.

—¿Me quedo?, preguntó Ramona con dulzura.

—Como quieras.

La mera presencia de Ramona despertaba ahora en la anciana un sentimiento de que le era mejor no darse cuenta. Era esto: «¿Por qué está esa criatura buena y fuerte, y mi hijo aquí muriendo? Si él se me muere, no quiero verla más. ¿Quién es ella, para que la respeten los santos?»

Eso se dijo cuantas veces la veía entrar, cuantas veces ayudaba Ramona a atender a Felipe. No quería ella que más manos que las suyas sirviesen a su hijo, y hasta las lágrimas de Ramona la irritaban. «¿Qué sabe ella de quererlo? ¡Él no es nada suyo!»–¡sin saber la Señora que el cariño ata más que la sangre! ¡sin saber que si hubiera visto qué puesto era el suyo junto al de Ramona en el corazón de Felipe, o habría muerto de celos, o Ramona habría muerto a sus manos! Pero ni del mismo cielo hubiera creído ella mensaje semejante: así son de tupidos los velos que tienen siempre alzados manos invisibles entre los que viven en más íntima compañía.

Aquella tarde volvió a estar Felipe inquieto y febricitante; no había dormido en paz, sino a retazos. «Llamen a Alejandro, dijo: quiero que me cante.»

—Si tú quieres, puede tocar: ya trajo su violín.–Y Ramona contó el viaje de José en una noche y medio día.–Le dije a Alejandro que la Señora le pagaría el propio pero creo que se ofendió. «Yo lo he pagado», me dijo: y se echó a andar.

—No has podido ofenderlo más: ¡qué pena! Ese Alejandro es todo orgullo. Su padre ¿sabes? es el cacique de su pueblo, y de otros pueblos más, el «general», como les dicen ahora, desde que vinieron los americanos. En la misión del Padre Peyri, lo hacía Pablo todo: cajas de oro le daba el Padre a Pablo para que pagase a los indios. Pablo sabe leer y escribir, y es rico: creo que tiene tantas ovejas como nosotros.

—¿Sí?, exclamó Ramona: ¡si parecen tan pobres!

—Pobres son, dijo Felipe, comparados con nosotros; pero es que los indios todo lo parten entre sí: dicen que Pablo mantiene a medio pueblo: mientras en su casa hay un frijol, ningún indio tiene hambre.

—¡Pero entonces son mejores que nosotros, Felipe!

—Siempre lo he dicho. Los indios son la gente más generosa del mundo. Por supuesto que aprendieron mucho de nosotros; pero ya eran así antes de que los Padres vinieran. Pregúntale al Padre: él ha leído las memorias del Padre Junípero y el Padre Crespi, y cuenta que era maravilla cómo los indios salvajes partían con los necesitados el alimento.

—¡Felipe, hablas mucho!, dijo la Señora, apareciendo por la puerta.–Y miró a Ramona como si le dijese: «Ya ves como no debo salir de aquí; como no puedo confiarte el cuidado de Felipe.» Ramona, algo culpable a sus propios ojos, recibió en el alma el reproche.

—¡Oh, Felipe, te habrá hecho mal hablar! Pero no, Señora: habló un poco no más, y muy bajo.

—Ramona, llama a Alejandro, ¿quieres? Dile que traiga su violín: yo creo que dormiré bien si toca.

¿Dónde estaba Alejandro? Todos lo acababan, de ver; pero nadie sabía dónde estaba. En vano lo buscó Ramona en la cocina, en el corral, en las viñas, en los frutales. Al fin, mirando al jardín desde los escalones del colgadizo, le pareció ver que más de una persona se movía allá en los lavaderos, bajo los sauces. «¿Estará allí? ¿Qué puede estar haciendo allí? ¿Quién está con él?» Y adelantando por el jardín, llamó: «¡Alejandro, Alejandro!» A la primera voz, se apartó Alejandro de su compañera, y ya a la segunda estaba al lado de Ramona.

—Aquí estoy, Señorita. ¿Me llama el Señor Felipe? Aquí tengo el violín. Pensé que querría, tal vez que le tocase, ahora que entra la noche.

—Sí, quiere que toques: te he estado buscando por todas partes.– Y sin querer, miraba hacia los sauces, como para adivinar quién se movía junto al arroyo.

Alejandro le leía a Ramona el pensamiento.

—Es Margarita. ¿Quiere la Señorita que la llame? ¿Corro y la llamo?

—No, respondió Ramona, desagradada otra vez como en el colgadizo, mas sin saber por qué, ni darse cuenta de su descontento. No: ¿qué está haciendo?

—Lavando.

«¿Lavando a esta hora?», pensó Ramona: «ése es pretexto. Esto no ha de gustarle a la Señora. Tengo que vigilar a Margarita». Y volviendo a la casa, con Alejandro al lado, iba pensando en si hablaría o no a Margarita la mañana siguiente sobre el suceso.

En aquellos mismos instantes, estaba Margarita entretenida en no menores ni gratas reflexiones. «Bueno, pues»,–se decía, paseando sus delantales por el agua: «¡es curioso! no hago más que hablar con él una palabra, y ya viene ella llamándolo: y él, en cuanto la oye, sale como una flecha. Quisiera yo saber qué le ha pasado a este hombre, que está tan diferente. Como platique con él media hora sola, yo sabré qué le pasa. ¡ Pero me mira, me mira como si quisiera atravesarme! Bueno: es un indio, pero a mí no me importa. Es más galán mil veces que el Señor Felipe. Y Juan José, días pasados, dijo que si el Señor le pone atención, verá que hace mejor capataz que Juan Canito: no sé cómo no lo va a ver el Señor, cuando Alejandro ha de estar aquí todo el verano». Así iba Margarita forjándose ilusiones: ¡los dos casados, y una linda casita, y sus hijos jugando en el sol, donde las alcachofas, y ella siempre trabajando en la casa! «La Señorita se casará con el Señor Felipe», añadía, ya con más duda: «el besa donde ella pisa: aunque quién sabe la Señora no quiera: pero el Señor Felipe se ha de casar.» ¡Inocente y poético castillo, levantado con dulces y naturales deseos, de que doncella ninguna, rica o pobre, se debe avergonzar; pero tan sobre arena e inseguro, que torrentes y vientos, no soñados jamás por Margarita, iban a echarlo abajo!

Con distintos propósitos comenzaron al otro día sus quehaceres Margarita y Ramona. Margarita estaba decidida, por buenas o por malas, a conversar tendido con Alejandro antes del anochecer: «No puede ser que no me quiera: el año pasado, bien que bailó conmigo y que me platicaba. Pero con Juan Can que lo llama a hablar de esto y de lo otro, y con el Señor Felipe, a que le toque el violín para dormir, y con todo el cuidado de las ovejas, el pobre debe estar fuera de juicio. ¡Con media hora, yo me arreglo! Yo sé como son los hombres.» En lo que, para ser justos, no mentía, porque en ese saber, a campo llano y con buena salida, podía apostarse sobre seguro a que, entre todas las mozas de su edad y condición, sacaba Margarita la ventaja. ¡Así empezó para ella aquel día que no debía olvidar jamás!

Ramona, por su parte, determinó, después de madura reflexión, no decir a la Señora que había visto a Margarita con Alejandro bajo los sauces; «aunque la vigilaría, por supuesto, por si seguía aquel abuso». Pero a la Señora no le diría nada, porque Margarita era su compañera, y un enojo de la Señora era cosa mortal: ni ella quería que la Señora supiese nada que dejara en mala luz a Alejandro. «¿Qué culpa tiene él de que una loca le ande detrás con sus caprichos? Lo vio en los sauces, y allí se fue a buscarlo, con el pretexto de lavar los delantales. Bien sabe él que a esa hora no se lava. A mí no me parece que él sea amigo de loquear con criadas. Creo que es tan formal como el mismo Padre Salvatierra. No: si veo hoy algo feo en Margarita, le hablo yo misma, con cariño, pero seria, y le digo que se deje de coqueterías.» Y de allí, como la otra, y a veces con las mismas palabras, dejó Ramona volar el pensamiento: «Yo nunca he visto ojos como los de Alejandro: no sé de veras cómo se atreve con él Margarita: hasta yo misma, cuando me mira, siento como vergüenza. Hay algo en sus ojos como en los de los santos, tan serios, tan dulces: estoy segura de que él es muy bueno.»

Así abrió el día: y si por el valle hubiera andado, enredando los hilos de la vecindad, un demonio maléfico, no los hubiera enredado mejor. Las diez aún no serían cuando Ramona, puesta a su bordado en el colgadizo, medio oculta detrás de las enredaderas, vio a Alejandro, con la hoz en la mano, ir hacia las alcachofas, que estaban al pie de los almendros. «¿Qué irá a hacer?», pensó: no va a cortar los sauces»: hasta que lo vio desaparecer por la arboleda.

—¡Ahora es la mía!, se dijo al mismo tiempo Margarita, que espiaba a Alejandro desde la ventana del Padre Salvatierra: se echó por la cabeza, no sin gracia, un rebozo blanco, y fue a paso ligero hacia donde había visto ir a Alejandro. Ramona oyó los pasos, y entendió de una sola ojeada. ¡Nada tenía que hacer por allí Margarita! Mucha era la indignación, mucha, que le estaba encendiendo las mejillas. «Puede ser que la Señora la haya mandado a llamar a Alejandro.» Fue al cuarto de Felipe. Desde la puerta vio a la Señora junto a la cama, y a Felipe dormido. «¿Margarita está aquí?», preguntó quedo. Más quedo aún le dijo la Señora: «En el cuarto del Padre, o ayudando a Marta.» Se dio Ramona por entendida, y volvió a su bordado. ¿Qué haría? Se levantó de nuevo, y fue al cuarto del Padre. El cuarto estaba a medio hacer. Mucha era la indignación de Ramona, mucha. Con singular claridad lo adivinaba todo. «Lo vio de la ventana, y salió detrás de él. ¡ Qué vergüenza! Es necesario que yo vaya y la haga volver, para que vea que lo sé todo. Es tiempo ya de que esto acabe.»

Pero volvió al colgadizo y a su silla: le repugnaba aparecer como si hubiese espiado. «La esperaré aquí hasta que vuelva.» Y tomó, en vano, el bordado: no apartaba los ojos de los almendros, por donde desaparecieron Alejandro y Margarita. No pudo más al fin. Media hora pasaría; ¡pero «con media hora, yo me arreglo!»: media hora, cuando Ramona apareció de pronto en la entrada de la huerta. «¡Margarita!», dijo con voz severa: «te llaman en la casa». Alejandro, en pie contra la cerca, con la hoz casi olvidada en la mano derecha, tenía la izquierda en la mano de Margarita, que le miraba entre picaresca y amorosa. Lo peor fue que en cuanto Alejandro vio a Ramona, hurtó su mano a Margarita, y puso en ella tales ojos de desdén y disgusto que lo notó Ramona misma, aun en el fuego de su cólera: ¡cómo no había Margarita de notarlo! Lo vio, lo sintió, como sólo una mujer desdeñada en presencia de otra siente. Tres veces más dura el decirlo que el suceso. Antes que Alejandro entendiera a derechas lo que había pasado, ya iban por la espalera del jardín Margarita y Ramona, ésta delante erguida y en silencio; Margarita detrás, confusa, a paso torpe, pero con el remolino de la rabia en el alma. Margarita, Alejandro, vieron claro en aquel abrir y cerrar de ojos.

—»¡Y la Señorita va a pensar ahora que yo estoy cortejando a esa moza!: ¡a un perro no se mira como ella me ha mirado!: ¡como si nadie que la ha visto a ella puede pensar en ninguna otra mujer!: ¡y nunca, nunca podré yo decírselo!: ¿quién me quita este peso?» Y con tal fuerza despidió la hoz, que quedó hundida hasta el mango en el tronco de un lejano olivo. Muerto quería verse: huir ¿cómo iba a poder ya nunca ver a la Señorita cara a cara?

Más clara aún era la pena para Margarita. Un instante antes que Alejandro, vio ella a Ramona; y no creyendo que hubiese mal en ello, fuera de la vergüenza de ser hallada con él a solas,–y se lo iba a decir todo más tarde,-no desasió la mano de Alejandro. ¡Pero nunca podría olvidar ella la mirada de Alejandro, un instante después!: ¿para qué vivía, si habían de mirarla de ese modo? En cuanto él vio a Ramona, toda la sangre del cuerpo pareció subirle al rostro, libró su mano de la de Margarita,–porque fue ella quien le había tomado la suya, no él la de ella,-libró su mano, y la echó lejos de sí, de modo que por poco cae por tierra. ¡Si hubiera sido miedo de la Señorita! ¡Ay, pero Margarita sabía que no era miedo! Como un rayo de luz fue para ella aquella mirada de agonía, rápida, suplicante, avergonzada, reverente, de Alejandro a Ramona. Mejor que Alejandro sabía ya su secreto Margarita. No se paró en su ira a considerar la diferencia entre Ramona y ella, ni entre Ramona y Alejandro. Sus celos los veían a todos iguales. Perdida la cabeza, era insolencia todo en el modo con que dijo: «¿La Señorita me llamaba?» Ramona se volvió a ella prontamente, y la miró de lleno:

—Te vi ir a los almendros, y sabía a lo que ibas. Anoche estuviste en el arroyo con Alejandro. Lo que te quiero decir es que si vuelve a suceder se lo diré a la Señora.

—No veo mal en eso, respondió como con desafío: no sé lo que quiere decir la Señorita.

—Muy bien que lo sabes, replicó Ramona. Ya sabes que la Señora no lo sufre. Cuidado con lo que haces.

Y ambas volvieron, Ramona al colgadizo, y Margarita a sus quehaceres olvidados. Ni en uno ni en otro corazón había más que ira y pena, y más hubieran sido las de Margarita, a oír lo que poco después se decía en el colgadizo.

Repuesto Alejandro de su primer arrebato, logró convencerse pronto de que, como criado de la casa, de la Señora y de la Señorita, era deber suyo explicar a la Señorita por qué le había visto de la mano de su criada. Lo que iba a decir no lo sabía aún; pero no lo acababa de pensar, y ya estaba en camino hacia el colgadizo, donde cosía Ramona cuando no acompañaba a Felipe.

Al verlo venir, Ramona bajó los ojos, muy ocupada en su bordado. Los pasos se detuvieron. Lo sabía sin mirar: Alejandro estaba en los mismos escalones. Pero ella no levantaría la cabeza, y él se iría, por supuesto. ¡No conocía ella ni al indio ni a los enamorados! Al fin, desasosegada con su presencia, alzó la vista, y sorprendió en los ojos de Alejandro, fijos en ella con ahínco durante el largo silencio, una mirada donde todo su amor brillaba recogido, como un cristal recoge los rayos del sol. Ramona, dejando escapar un ligero grito, se puso en pie.

—¿Qué, la asusté, Señorita? Perdóneme. ¡He estado esperando aquí tanto tiempo! Quería decirle...–Pero Alejandro descubrió de pronto que no sabía lo que quería decir. Y Ramona, de pronto también, descubrió que ella sí lo sabía. No le hablaba: no hacía más que mirarlo, como quien pregunta.

—Lo que quiero decir es que yo nunca faltaré a mi deber con la Señora, y con Ud.

—Te creo, Alejandro, te creo. No necesitas decir más.

«¡Te creo! ¡Alejandro!» La alegría radiante le inundó el rostro. Él no esperaba tanto. Sintió, más que oyó, que Ramona lo entendía: sintió por la primera vez algo de íntimo entre él y ella. «¡Está bien! ¡Está bien!»: e inclinando la cabeza con respeto, se alejó del colgadizo. Margarita, que andaba aún desenredando penas en el cuarto del Padre, oyó la voz de Alejandro, se asomó a la ventana, y percibió lo que acababa de decir, la mirada mansa y profunda con que lo decía, el modo con que Ramona lo escuchaba. Margarita se apretó las dos manos. La semilla acababa de salir a luz. Ramona tenía una enemiga.–»¡Ah, que bueno que ya se fue el Padre! Ya no tengo que confesarme en un año. ¡Mucho puede suceder en un año! «–De veras: ¡mucho!

Amigos

La recaída de Felipe duraba más que su primera enfermedad. No sentía dolor, sino una debilidad que casi lo era. Apenas hubo día en que no quisiese oír cantar o tocar a Alejandro, única cosa que parecía levantarlo de aquella postración. A veces, hablando con Alejandro de asuntos de la hacienda, parecía animarse por algunos momentos; pero en seguida, vencido por la fatiga, decía, cerrando los ojos: «Hablaremos luego, Alejandro: voy a dormirme: canta.»

Viendo a Felipe tan complacido con el hijo de Pablo Asís, llegó la Señora, ya prendada de su moderación en el hablar, a sentir por él sincero afecto: no había para ella recomendación mayor que ser medido en las acciones y parco de palabras: tenía como parentesco instintivo con todo lo que fuera silencio, misterio y represión en la naturaleza humana: mientras más observaba a Alejandro, más la satisfacía. Juan Can, por su dicha, no sabía los nuevos cariños en que andaba la Señora, y a saberlo, de los dedos de la mano hubiera hecho para Alejandro lanzas: por lo contrario, temeroso siempre del mexicano aquel del baile, no perdía ocasión de alabar al indio en sus pláticas con la Señora.

—De verdad, Señora, le decía, que no sé dónde el mozo ha aprendido tanto con sus pocos años: en todo lo de ovejas, le digo que es un viejo. Y no en ovejas sólo: lo mismo en bueyes. Juan José no ha podido dar con un remedio que él no sepa. Y tan callado, luego. Lo que es como él, serán pocos los indios.

Y la Señora, como sin pensar:

—Sí, pocos: su padre es hombre de razón, y ha criado bien a su hijo.

—Y con las herramientas, no le digo, es como un carpintero: me ha hecho para mi pierna una tablilla, blanda como un guante. Hay que quererlo, Señora, hay que quererlo.

Todo lo cual iba labrando en el ánimo de la Señora, de modo que aquello mismo que Juan quería evitar–que otro tomara en la hacienda su puesto–era lo que a ella a cada paso le ocurría, pensando en Alejandro. ¿No sería bien dejar de capataz a aquel mozo robusto, servicial y activo? Ni pensó siquiera que un indio de su nacimiento y calidad pudiese negarse a entrar a su servicio. Se estudiaría a Alejandro más, y se hablaría a Felipe. Un día, pues, dijo así:

—Felipe, ¡qué bonita voz tiene Alejandro! ¿no crees que lo extrañaremos de veras cuando se vaya?

—¡Pero él no se va!–exclamó Felipe, sobresaltado.

—¡Oh no, no ahora! Él se comprometió a quedarse hasta que Juan curase; pero Juan en seis u ocho semanas ya está bueno. ¡Ay mi hijo! ¡tú te olvidas de este mes de angustia que con tu mal tengo pasado!

—¿Un mes de veras?

—Juan Can me dice que no conoce mozo más dispuesto, y que sabe de bueyes tanto como de ovejas, y de todo como el mejor de los pastores. Y es muy formal y muy respetuoso. Yo no he visto un indio igual.

—Yo sí, madre. Así es Pablo el cacique: hay muchos así: eso nace con ellos.

-No quiero pensar en que Alejandro tenga que irse. Pero ya para entonces estarás tú bueno. ¿Tú no lo extrañarás entonces?

—Sí, mi madre, sí lo extrañaré.–Y dobló la cabeza, como un niño.–Me gusta tener cerca a Alejandro. Doce mozos no valen lo que él. Pero yo no creo que por el dinero del mundo se quede él en una hacienda.

—Y ¿tú piensas de veras en que se quede?, dijo la Señora como asombrada. No dudo yo que él se quedaría si tú quisieses. Él pobre es, porque si no, no trabajaría con los esquiladores.

—Tú no entiendes, mi madre: tú no has vivido entre ellos: ellos son tan orgullosos como nosotros: tú no conoces a Pablo: esquilan por dinero como nosotros vendemos la lana por dinero: no veo mucha diferencia. La cuadrilla obedece a Alejandro, y a Pablo todo el pueblo, como a mí me obedecen mis mozos. ¡Y a ellos, más!–dijo Felipe riendo.–Tú no lo entiendes, mi madre; pero yo no creo que Alejandro consintiera en quedarse por ningún dinero.

Con un mohín de desdén decía ciertamente la Señora:

—Por supuesto que no lo entiendo. ¡Vaya unos señorones, para que le hagan ascos a mi casa! Desnudos los encontraron hace cien años, y sin nosotros, todavía andarían desnudos. Esa gente ha nacido para criados. Los Padres eso querían hacer de ellos, cristianos fieles, y buenos trabajadores. Alejandro, es verdad, no es como todos. Pero no sé yo que él se niegue a quedarse si tú le ofreces el mismo salario de Juan Canito.

—Bueno, mi madre, veré. Yo bien lo quisiera, porque le tengo mucho cariño. Veré, mi madre.

Que era todo lo que la Señora se proponía por el momento.

En esta conversación entró Ramona; y al oír que hablaban de Alejandro, se sentó a la ventana, mirando hacia afuera, pero con el oído adentro. El mes, sin que uno ni otro lo notasen, no había pasado en vano entre Alejandro y Ramona. Ella sabía cuándo él estaba cerca. Ella tenía confianza en él. Ella nunca pensaba en que Alejandro era indio, como no pensaba nunca en que era mexicano Felipe. Y un tanto más: puesto que habiendo visto muchas veces juntos a Felipe y Alejandro, tuvo que confesarse, como se lo había confesado antes Margarita, que de los dos, Alejandro era con mucho el más bello. No era que le agradase reconocerlo: pero ¿qué hacer con lo que le declaraban los ojos? «Ojalá–se había dicho muchas veces–que Felipe fuera tan alto y tan fuerte como Alejandro. No sé cómo la Señora no ve que Alejandro es mucho más hermoso que Felipe.»

Bien vio Felipe que, al afirmar él que no creía a Alejandro Asís dispuesto a quedarse en la hacienda, Ramona abrió los labios, como para decir algo. Pero él, como ella, que más de una vez disgustó a la Señora por mezclarse en sus conversaciones con Felipe, creyó cuerdo esperar a que su madre saliese para saber lo que quiso decir Ramona.

—¿Qué ibas a decir, Ramona?

Ella se sonrojó. ¡Mejor no decirlo!

—Dime, dime: yo sé que tú ibas a decir algo cuando hablamos de que Alejandro no querría quedarse.

Ramona callaba, confusa por primera vez en su vida delante de Felipe.

—¿No te parece bien Alejandro?

—¡Oh, sí!, repuso Ramona, no sin ímpetu. No es eso. Me parece muy bien. –Y no decía más.

—¿Y qué es entonces? ¿Dice algo la gente contra que él se quede?

—¡Oh, no, ni una palabra! Todos están en que él se va cuando cure Juan Canito. Pero tú dijiste que creías que él no querría quedarse por ningún dinero.

—Sí, lo dije: y ¿tú no lo crees?

—Yo creo que él querría quedarse, dijo Ramona como dudosa: eso era lo que iba yo a decir.

—¿Y por qué lo crees?

—No sé, respondió ella, ya más vacilante.

Lo dijo, y se arrepentía. Felipe la miraba con curiosidad. É nunca había visto vacilaciones, ni dudas, ni aquellos miedos de hablar en Ramona. Sin ser sospecha ni celos, porque los hubiera echado de sí, algo a ellos semejante turbó el pensamiento de Felipe. ¡Imposible, que estuviera él celoso de un esquilador indio! Pero aquello que entró en sus cavilaciones, no salió ya de ellas. Vigilaría a Ramona, le contaría los pasos y las palabras, se cosería a su sombra. Ya eran tres para espiarla: Alejandro, por amor; Margarita, por la ira de sus celos; Felipe, por su amor y por sus dudas: sólo descuidaba observarla la Señora. Y la Señora era muy perspicaz, diestra en sorprender el engaño, y entendida en leer los pensamientos; pero fuera de alimentarla y vestirla conforme al rango de la casa, no se reconocía ella lazo íntimo alguno, ni afecto de madre, ni parentesco de amistad siquiera, con la niña que recibió de brazos de su hermana. «¡No era culpa suya, si no le tenía afecto!» Años atrás la llamó a juicio el Padre: «¿Pero qué más puedo hacer por la criatura? ¿le falta algo?» No, no le faltaba nada. «Pero tú no la quieres, hija.» –»No. No la quiero. No puedo. No se manda al cariño.»¾»Es verdad, hija, pero se le cultiva.»¾»Cuando lo hay, Padre. Yo nunca querré a Ramona. La recogí porque Ud. me lo mandó y por sacar a mi hermana de pena: y lo que prometí, lo cumpliré.» Mover a aquella alma por donde no quería ir era como hacer volar los montes: lo que el Padre pudo, eso hizo, y fue querer a Ramona con todo el corazón, y más cada año; aunque en eso no había especial merecimiento, porque nunca hubo más noble y afectuosa criatura que aquella pobre niña abandonada.

Para espiarla, ya eran tres. Con más cuidado de ella, acaso no la aguardara tanto mal: ¿pero qué sabía ella de cuidarse, sin más escuela que un año con las monjas, ni más conocimiento que Felipe, su hermano desde los cinco años? Ella, del mundo, conocía la hacienda, la mostaza silvestre, el cielo, los pájaros. Felipe, si quería alegrías, se iba a buscarlas por la vecindad; pero ella, nunca: nunca se había atrevido a solicitar de la Señora que le permitiese acompañarla a donde hubiese querido ir, a Santa Bárbara, a los Ángeles, a Monterrey. Le parecía que acababa de salir del convento. Lo poco que había leído, con placer de la fantasía, no turbó la niñez de su alma; y esa paz de la mente y su benevolencia la mantuvieron feliz en aquella vida triste. De ella había sido el cuidar los pájaros, el atender las flores, el tener siempre en orden la capilla, el ayudar en el quehacer ligero de la casa, el bordar, el cantar, y el rezar mucho, para que estuviese contento el Padre Salvatierra.

Por vías diversas ella y Alejandro se habían visto libres de amor y matrimonio; ella en el sol del colgadizo, él en los paseos tristes del valle; él con la pena grave de su pueblo, ella con la faena de la casa y sus juegos de niña, apacibles y castos como los manantiales.

Alejandro tenía una idea atrevida:–Juan Can, aquel aire del cuarto del Señor Felipe me ahoga: gigantes se morirían en ese aire: ¿se enojará la Señora si le pido que me deje poner al Señor Felipe en una cama que yo le quiero hacer, en el colgadizo? Mi vida apuesto a que en una semana se levanta.»

—Haz pues, haz pues, y pídele luego a la Señora la mitad de la hacienda, que te la da, Alejandro. –Y como la sangre le subió a Alejandro al rostro, de ver que le tomaban su nobleza a interés: –Pero no, tenga, señor, la sangre tan viva: no digo que tú quieras que te paguen el cariño; sino que la Señora te traerá en palmas si le levantas a Felipe. Ella no vive más que por él: y si él muere, no sé yo a quién irá a parar la hacienda.

—¿No será a la Señorita?

Juan Can se echó a reír, con risa mala.

—Con que le dé de la hacienda para pan, dijo, ya le dará mucho la Señora. Si no lo cuentas, Alejandro, yo te diré la historia de la Señorita. Tú sabes que ella no es sangre de Moreno, ni pariente.

—Margarita me ha dicho que es ahijada de la Señora.

—¡Ahijada! Hay algo ahí que yo no he podido saber nunca; porque cuando estuve en Monterrey, no había nadie en la casa de Orteña: pero la Señora Orteña fue quien tuvo a la niña primero, y cuentan quién sabe qué de su mala cuna.

No pudieron los ojos cansados de Juan Can ver en los de Alejandro un relámpago.

—Del entierro de la Señora Orteña volvió la Señora con la niña, y te digo que miraba a la criatura muchas veces como si quisiera verla muerta, lo que era maldad, digo, porque niña mejor, no la vieron los santos. Pero trae mal a una casa la mancha en la sangre, y saber sé, que la madre era india, porque en la capilla se lo oí yo a la Señora, que le decía al Padre: «¡Si fuera blanca de padre y madre!: ¡pero yo odio estos cruzados de indios!»

¡Aún más quieto se estaba Alejandro! Y dijo en voz baja:

—¿Y cómo sabe que era su madre la india?

—¿Que no le veo la cara de Orteña? A aquel bribón, ni para saludarlo lo miraba una mujer decente.

—Pero ¿no era la Señora Orteña la que tenía primero a la Señorita?, preguntó Alejandro, ya ahogado el aliento.

—Hay santas en el mundo: aunque si hubiera recogido todo lo que tenía el Señor fuera de casa, ya pudo abrir iglesia.Pero anda un cuento de que se apareció un hombre con la niña en el cuarto de la Señora Orteña; y ella le tomó amor a la criatura desde que se la vio en los brazos. Luego, la trajo acá la Señora, pero ha de ser no más porque quiso picar a Orteña, que si no, no hubiese querido ver la niña viva.

—¿Y la Señora no la ha tratado bien?, preguntó Alejandro, con la voz velada.

—¿Qué piensa el mozo, que bajo el techo de la Señora se trata mal a nadie? Como al Señor Felipe mismo han tratado siempre a la Señorita.

—¿Y la Señorita sabe todo eso?

—¡El santo me ampare! Todavía me acordaré después de muerto de lo que me sucedió por hablar de eso cuando ella era criatura. Me oyó, y fue con preguntas a la Señora. «¡Juan Can, vino a decirme la Señora, aquí has estado muchos años; pero si aquí, o lejos, o donde te oiga un pájaro vuelves a decir algo de la Señorita, ese día dejas mi casa!» Alejandro, por los santos, no vayas con el cuento. ¡La cama me da lengua!

—Juan Can puede estar tranquilo. No iré con el cuento. –Y echó a andar despacio.

—¡Ea! ¡Ea! ¿Y lo de la cama que iba a hacer para el Señor Felipe? ¿Va a ser de cuero?

—De cuero, que da vida. Mi padre Pablo dice que los Padres nunca dormían en otra. La tierra me gusta a mí más: pero mi padre siempre duerme en cuero. ¿No se enojará si le hablo la Señora?

—Mejor dile a Felipe, que es quien manda, ¡cuando ayer todavía lo bailaba yo en las rodillas!: ¡a los viejos, mozo, contra el muro!

¿A dónde iría Alejandro con sus pensamientos? Los entretuvo hablando con Juan Canito:

—No es así en mi pueblo, Juan Can. Mi padre Pablo es de más edad, y todos le obedecen. Hay un viejo en el pueblo que tiene muchos, muchos años más que mi padre: ¡como que puso piedras en la Misión de San Diego!: ya no ve, y es como un niño, pero todos cuidamos de él, como si fuéramos sus hijos: y cuando hay consejo, lo llevamos en brazos, y lo sentamos al lado de mi padre: dice sueños muchas veces, pero mi padre Pablo no deja nunca que lo interrumpan, porque los viejos hablan con el cielo. –Y digo yo, Juan Can, pensando en el Señor Felipe, que no podré hablarle a él, porque no lo veo más que cuando quiere dormir, y voy a cantarle o tocarle. Pero me duele el corazón de verlo allí muriendo, cuando lo que le hace falta es aire y luz.

—Háblale a la Señorita: él ve por sus ojos.

¿Por qué desagradó a Alejandro, que lo oyó sin responder, este consejo de hablar a Ramona de su plan para curar a Felipe? No, no hablaría de eso a Ramona.

—Hablaré a la Señora, dijo. –Y la Señora que venía a ver a Juan, apareció en aquel instante en la puerta. No tuvo a mal lo de la cama de cuero: ella también, cuando joven, oyó contar sus virtudes, y aun durmió alguna vez en ellas.

—Ayer mismo se me quejó Felipe de su cama, una de esas camas traidoras de los americanos, hondas y vanas, que cuestan un mundo, y él compró para mí: y ahora dice que no se siente reposar, y que la cama lo salta y lo vuelca: ¡cosa de los americanos!

—Ahí hay cueros en pila bien curtidos, dijo Juan, y no muy recios. Uno de ésos te vale, porque no ha de estar muy seco.

—El más fresco será el mejor, dijo Alejandro, para que no tenga humedad. ¿Me deja la Señora hacer la cama en el colgadizo, al aire bueno? El aire cerrado mata, mi Señora. Nosotros no nos ponemos en lo oscuro más que para morir.

Vaciló la Señora, que no tenía la fe de Alejandro en el aire libre:

—¿Pero de noche también? No puede ser bueno dormir afuera en la noche.

—Es la vida, Señora. Déjeme tentar: y si mañana el Señor Felipe no está mejor, dígame la Señora mentiroso.

—Mentiroso, no: equivocado.–Aquel que ella creía celo por Felipe avivaba su afecto a Alejandro. «Cuando me muera, se había dicho ya más de una vez, será un consuelo para mí dejarlo con tan buen criado».–Bueno, Alejandro, haz la cama, hazla ahora mismo.

Caía ya el sol por el oeste cuando Ramona, que bordaba a la sombra de las enredaderas, vio venir a Alejandro seguido de dos mozos, cargados con la cama de cuero.

—¿Alguna invención tuya, Alejandro?

—Es una cama para el Señor Felipe, dijo salvando de un salto los escalones. La Señora me dio licencia de tenderla en el colgadizo, para que el Señor Felipe se esté aquí día y noche. Y verá la Señorita cómo sana. Él no tiene mal, sino ese aire negro que lo ahoga.

—Verdad, Alejandro. Cuando estoy una hora en su cuarto, la cabeza me duele: y aquí se me cura. Pero ¿no le hará daño dormir aquí en la noche?

—¿Por qué, Señorita?

—No sé: así dicen.

—No dice así mi pueblo. Allí, si no hace frío, se duerme al aire libre. Es bueno mirar al cielo de noche, Señorita.

—Sí ha de ser, Alejandro. Nunca he pensado en eso. ¡Me gustaría mirarlo!

Si Alejandro, ocupado ya en acomodar la cama en una esquina abrigada del colgadizo, hubiera alzado en aquel instante la cabeza, la expresión de sus ojos habría sorprendido aún más a Ramona que aquella luz que vio brillar en ellos el día de los almendros. Confusos, precipitados e intensos habían sido durante todo el día los pensamientos de Alejandro. Por todos ellos iban y venían, coloreándolos y encendiéndolos, unas mismas ideas: «La Señorita Ramona está sola. La Señora no la quiere. ¡Sangre india!» En estas palabras hubiera podido él poner todos sus pensamientos; pero no los ponía en palabras. Trabajaba los troncos rústicos para la cama de Felipe, martilleaba, ensamblaba, tendía el cuero liso y firme, clavando y golpeando con renovada fuerza, como si a su vista se hubieran de repente revelado un mundo nuevo y unos nuevos cielos.

Y cuando oyó decir a Ramona, como con natural arranque del alma: «Sí ha de ser. Nunca he pensado en eso. ¡Me gustaría mirarlo!», aquellos pensamientos revueltos del día, aquel exceso y rebose de su fuerza, se trocaron de súbito a sus ojos en una visión espléndida: el cielo arriba, hablándoles con todas sus estrellas, y los dos, Ramona y él, mirándolo! Pero alzó la cabeza; y sólo dijo: –¡Ya está, Señorita! ¡Bien firme!... Si el Señor Felipe quiere que lo traiga a esta cama, dormirá como desde su mal no ha dormido.

Corrió Ramona a avisar a Felipe.–Ya está lista tu cama en el colgadizo: ¿quieres que Alejandro te lleve?

Felipe la miró con asombro. La Señora volvió a ella los ojos con aquel modo suyo de resignado disgusto que hería más que la cólera a la sensible niña.–Todavía no le he dicho a Felipe, Ramona. Creí que Alejandro me avisaría cuando tuviese la cama pronta. Siento que hayas entrado así. Ya ves que está muy débil.

—¿Pero qué es, qué es?, preguntaba Felipe impaciente. Fue imposible contenerlo en cuanto se le dijo:

—¡Eso era lo que yo necesitaba! ¡Esta cama me come los huesos!– Y saludó a Alejandro, que llegó en aquel instante a la puerta, con un: «Dios te bendiga, Alejandro. Ven, ven y llévame. Ya estoy mejor de pensarlo.»

Como a un niño lo levantó Alejandro en sus brazos: ¡ni aquel cuerpo, consumido por la fiebre, era carga pesada para brazos tales!

Ramona, ofendida y triste, iba delante, cargando las almohadas y frazadas; y no bien con tierno esmero comenzó a tenderlas, se las quitó de las manos la Señora: «Yo tenderé la cama.»

Así era todos los días, sin que Ramona dejase conocer la herida; pero en aquél, la ofensa la halló inquieta, y si al primer desaire lo contuvo, al segundo, alejándose rápidamente, se le saltó el llanto. Alejandro lo vio: lo vio Felipe. Felipe, habituado a aquellas durezas de su madre con Ramona se dijo sólo: «¡Qué pena que mi madre no la quiera!» Pero Alejandro temblaba de tal modo al poner a Felipe en la cama, que éste, casi con susto, le dijo sonriendo:–¿Todavía peso tanto, Alejandro?

—No es su peso, Señor Felipe,–le respondió, temblando todavía, y siguiendo con la mirada a Ramona.

Bien lo vio Felipe. Las miradas de ambos se encontraron. Alejandro bajó la suya. Felipe no apartó la suya de Alejandro.

—¿Te sientes bien, hijo?, preguntó la Señora, que nada había notado.

—Es el primer momento en que me siento bien, mi madre. Alejandro, quédate: quiero hablarte después de que repose.

—Sí, señor. –Y se sentó en los escalones.

—Si te vas a quedar, Alejandro, dijo la Señora, iré a un quehacer allá adentro. Contigo tengo a Felipe seguro. ¿Estarás hasta que yo vuelva?

—Sí, señora, respondió Alejandro, con la misma frialdad con que la Señora habló a Ramona.

Ya no se sentía en el alma criado de la Señora Moreno: antes meditaba en aquel mismo instante el modo de salir de la hacienda sin aguardar al plazo prometido.

Tanto tardó Felipe en abrir los ojos, que Alejandro creyó que dormía, cuando en realidad le estaba estudiando el rostro. Lo llamó al fin, y Alejandro fue a él, sin saber qué vendría de sus labios, seguro de que Felipe le había leído en el alma, y preparado a todo.

—Mi madre me ha hablado de que te quedes con nosotros para siempre. El pobre Juan está muy viejo, y ya no podrá andar sino con muletas. ¿Querrías tú tomar el puesto de Juan?–Y al hablar así, escudriñaba Felipe el rostro de Alejandro, donde, entre expresiones rápidas y varias, predominaba la de la sorpresa. –Ya le dije yo a mi madre que tú no pensabas en eso, y que te habías quedado con nosotros porque nos veías en pena.

Alejandro inclinó la cabeza agradecido. Le fue grata aquella justicia de Felipe.

—Así ha sido, señor: el Padre Salvatierra sabe que no me quedé por el salario. Pero mi padre y yo necesitamos trabajar en todo, porque nuestra gente está muy pobre, señor. Si mi padre quiere que me quede, me quedaré.

—¿Y si él quiere?

—Si él quiere, respondió Alejandro, mirando a Felipe con noble firmeza, si el Señor Felipe está seguro de que me quiere tener, será para mí un gusto ayudarlo.

¡Y hacía sólo unos pocos momentos que Alejandro revolvía en la mente el modo de salir antes de tiempo del servicio de la Señora Moreno! Pero no era capricho, sino impulso del deseo apasionado de vivir cerca de Ramona, y dulce gratitud al comprender que Felipe era su amigo. No se engañaba Alejandro

La Mala Semilla

Cuando volvió la Señora, Felipe dormía. Alejandro, que estaba a los pies de la cama, cruzado de brazos, sintió de nuevo, al tener cerca a la anciana, el arrebato de odio que se apoderó de él al oírla hablar con crueldad a Ramona. Bajó los ojos, y esperó a que lo despidiera.

—Ya puedes irte, Alejandro: yo estaré aquí: pero ¿de veras crees que no le hará mal dormir aquí esta noche?

—Se curará en pocas noches, dijo sin alzar los ojos, y volviéndose como para irse.–Espérate. –Se esperó.–Pero no se puede quedar aquí solo por la noche, Alejandro.

Ya lo tenía pensado él, y mucho, porque si dormía en el colgadizo con Felipe ¡dormiría también bajo la ventana de Ramona!

—No, señora: yo había pensado quedarme con él, si la Señora quiere.

Ramona, que sólo para Felipe había notado ternura en la voz de la anciana, se hubiera sorprendido de aquellas «Gracias» expresivas que dio a Alejandro: Gracias: eres muy bueno: te prepararán aquí una cama.

—¡Oh, no!: en cama yo no podría dormir: con un cuero como el del Señor Felipe y una frazada, tengo.

«De veras, se dijo la Señora Moreno: le hace olvidar a uno que es indio.»–Pero el piso no es como la tierra, Alejandro.

—¡Todo uno, señora!: y esta noche no duermo, por si hay viento o el Señor me llama.

—Yo lo velaré hasta la medianoche, para irme más tranquila.

Era la noche un bálsamo, y tan quieta como si no hubiera vivos en la tierra virgen. Daba sobre el jardín la luna llena, y sobre el frente blanco de la capilla, oculta entre los árboles. Ramona, desde su ventana, veía a Alejandro paseándose por la vereda. Antes le vio tender su cuero junto a la cama de Felipe, y a la Señora sentarse a velar en una de las anchas sillas de talla. Le maravillaba que los dos velasen, que la Señora nunca le hubiera permitido velar a Felipe.

«A nadie le sirvo», se decía con tristeza. Ni se atrevió a preguntar lo dispuesto para aquella noche. En la cena le habló la Señora con la misma frialdad y reserva que la tenían siempre amedrentada y muda. Ni un instante pudo ver a Felipe a solas en el día. Margarita, que en otros tiempos ¡tiempos muy lejanos! la consoló más de lo que Ramona entonces imaginaba; Margarita, ahora áspera y hostil, parecía huir de intento su presencia, y la miraba de manera que la hacía temblar: «Me odia: me odia desde aquella mañana.»

Había sido aquél un día muy largo y triste para Ramona: y al ver desde su asiento en la ventana, apoyada la frente en el postigo, a Alejandro paseándose por el jardín, sintió por la primera vez, sin resistirlo ni ocultárselo, placer de que la amase. Mas, no: no era su mente ingenua como la de Margarita, desenvuelta en el trato libre de los hombres; pero allí en su ventana, mirando al jardín iluminado por la luna, sintió tierna y sincera alegría porque Alejandro la amaba.

La luna se había ya escondido, y el jardín, la capilla, los árboles, las enredaderas, estaban envueltos en oscuridad impenetrable, cuando se despertó Ramona, se sentó en la cama, y escuchó: por la ventana abierta se oía en el silencio la respiración tranquila de Felipe. Se levantó, fue a la ventana, y entreabrió las cortinas, todo calladamente, mas no tanto que engañara el oído de Alejandro cuidadoso, que saltó sobre sus pies, vuelto hacia la ventana de Ramona.

—Aquí estoy, Señorita, dijo muy bajo. ¿Quiere algo?

—¿Ha dormido así toda la noche?, dijo ella, tan bajo como él.

—Sí, Señorita: ni se ha movido.

—¡Qué bueno, qué bueno!

Y no se apartó de la ventana. Quería hablar otra vez a Alejandro, quería oírle hablar otra vez, pero el pensamiento no venía en su ayuda: y, enojada consigo, suspiró ligeramente.

Alejandro dio un paso hacia la ventana:–¡Los santos la bendigan, Señorita!, dijo con toda el alma.

—Gracias, Alejandro, murmuró Ramona, y volvió a su cama, aunque no al sueño. Ya no faltaba mucho para el alba, y a su primer claror, oyó Ramona a la Señora, que abría su ventana. «¡Oh, no irá a cantar ahora!», se dijo, temerosa de que el canto despertara a Felipe. No cantó: cambió con Alejandro algunas palabras en voz baja. «La Virgen, pensó Ramona, no ha de agradecer un canto que pueda hacer mal a Felipe: yo le rezaré una oración para que no se enoje»: y puesta de rodillas a la cabecera de su cama, comenzó en voz queda su rezo. Pero aquel que velaba en el colgadizo hubiera oído volar el pensamiento en el cuarto de Ramona. Al susurro, volvió a ponerse en pie, sin apartar de la ventana los ojos: y en la luz de madrugada se dibujaba su arrogante cuerpo. Más que lo vio, lo sintió Ramona, e interrumpió la oración. Alejandro estaba seguro de haberla oído.

—¿Habló la Señorita?, dijo en un murmullo, casi junto el rostro a la cortina.

Asustada Ramona, dejó caer el rosario.

—No, no, Alejandro: no hablé.–Y sin saber por qué, se estremeció. El ruido de las cuentas al caer explicó a Alejandro el rumor.

—Estaba rezando,–se dijo avergonzado. –Perdóneme, Señorita: pensé que llamaba.–Atravesó el colgadizo, y se sentó en la baranda: dormir, ya no podía. Ramona, arrodillada aún, lo veía a través de la cortina transparente por donde entraba el alba. Desatendida de todo, allí se estaba de rodillas, mirándolo; El rosario, olvidado, yacía a sus pies. Ramona aquel día no acabó su rezo, pero su corazón, henchido de agradecimiento y júbilo, entonó a la Virgen una plegaria más ardiente y bella que cuantas enseña libro alguno.

Había salido el sol, y los canarios, pinzones y pardillos lo saludaban con trinos y vuelos, cuando Felipe no abría aún los ojos. La Señora, impaciente, estuvo dos veces en el colgadizo a ver si despertaba. Ramona, andando de puntillas, sin saludar a Alejandro más que con una rápida sonrisa, llegó hasta la cama de Felipe, y se inclinó a verlo dormir, sujetando el aliento.

—¿Pero debe dormir tanto?, preguntó.

—Hasta el mediodía tal vez, y cuando despierte, le saldrá la salud a los ojos.

Y así fue. Felipe, se despertó riendo de gozo, el gozo de la luz, del aire vivo, de los canarios, de las enredaderas. Y viendo a Alejandro en los escalones le dijo en voz más alta que la que se le había oído hasta entonces:–¡Alejandro, eres un gran médico! Ese verdugo de Ventura, con todo su saber, me entierra: tú me has sacado del otro mundo. ¡El almuerzo, Alejandro! ¡Trae de cuanto haya en la cocina!

Cuando la Señora vio a su hijo sentado en la cama, clara la mirada, fresco el color, regalándose en el almuerzo, se detuvo, inmóvil como una estatua; con sollozos en la voz se volvió a Alejandro para decirle «¡Dios te lo pague!»; y entró bruscamente en su cuarto: cuando salió de él, por aquellos ojos habían pasado lágrimas. Todo lo hizo aquel día con inconcebible dulzura. Hasta a Ramona le habló bondadosamente. Se sentía como resucitada.

Empezó entonces para todos una nueva vida. La cama de Felipe en el colgadizo era el término de constantes peregrinaciones: la hacienda entera venía allí, a ver al Señor Felipe desde el jardín, a desearle salud al Señor Felipe. El primer paseo solemne de Juan Can, ayudado de las recias muletas que Alejandro le hizo de madera de manzanita, allí fue, a ver al Señor, «a echar con él su plática». Allí, en la silla de talla, con aquel sacerdotal pañuelo de seda negro ceñido a las sienes, pasaba hora sobre hora la Señora, sin apartar los ojos de Felipe más que para volverlos al cielo. Ramona vivía allí también, con su bordado o su libro, sentada sobre un cojín en una esquina del colgadizo, o a los pies de la cama de Felipe, pero siempre de modo que lo pudiera ver sin tropezar de lleno con los ojos en la silla de la Señora, aun cuando no estuviese allí ella. Lo cual nadie notaba.

Allí también venía Alejandro muchas veces al día, unas por su voluntad, y porque lo llamaban otras. Cuando tocaba o cantaba era su asiento el escalón más alto de los que llevaban al jardín. También tenía él su secreto, suyo sólo, sobre el lugar de sentarse, el cual siempre era, cuando Ramona estaba allí, aquel donde se la pudiese ver mejor. Pero el secreto no era sólo suyo, sino que Felipe lo sabía: Felipe, a quien en aquellos días nada se ocultaba. Si la tierra se hubiese abierto a sus pies, no habría causado más asombro a aquel grupo apacible, a la Señora, a Ramona, a Alejandro, que el conocimiento súbito de lo que en aquellos días, mirándolos alegremente desde su cama de convalecer, meditaba Felipe.

Acaso, si lo hubiese sorprendido en plena salud, la novedad de aquel amor de Alejandro, y de que Ramona pudiera pagárselo, lo hubiera llenado de celos. ¡Para otro, no para él, aquella que desde niño quería él para sí! Pero la existencia de aquel amor se reveló a él cuando, postrado y débil, apenas pensaba ya más que en morir, en que le era imposible recobrar su antigua fuerza, en lo que iba a ser entonces de la pobre Ramona. Bien sabía él que, después de su muerte, aquel corazón solo no podría vivir al lado de su madre; de su madre, adorada por él, pero implacable para Ramona.

Y con la debilidad se le afinaba el juicio. Ya Ramona no era para él un misterio; ya no se preguntaba la razón de aquellas miradas tenaces y curiosas; ya sabía que le estaba diciendo con ellas que como hermana toda el alma era para él, pero ¡no más que como hermana!

¿Cómo, se decía, esto no me da más pena? Era una tristeza dulce, y como una ternura de luto por ella. ¡Sí, sería porque él se iba a morir! Y discernió entonces en su amor como un nuevo elemento, como el retorno suave a aquel cariño fraternal con que la quiso cuando ambos eran niños, y después se volvió fuego en su alma. Sintió Felipe extraña paz cuando tuvo aclarados aquellos pensamientos dolorosos. Acaso le auxiliaron en aquella abnegación, sin darse cuenta de ello, las razones medrosas de quien se siente con pocas fuerzas para una lucha formidable; acaso temió la cólera de su madre más de lo que se confesaba; acaso le había mortificado a veces vivamente el infeliz origen de Ramona. Pero ya todo aquello era pasado: Ramona era su hermana: él era su hermano: ¿qué sería lo mejor para Alejandro y para ella? Mucho antes de que el indio y la huérfana soñasen en que podrían unir sus vidas, ya Felipe había pasado levantando castillos sendas horas. Por primera vez estaba a oscuras sobre lo que haría su madre. Por la felicidad de Ramona, nada, bien lo sabía él: ¡bien podía la infeliz dejar la hacienda de la mano de un mendigo, que a su madre no se le movería el corazón! Pero Ramona era la hija adoptiva de la Señora Orteña, llevaba el nombre de Orteña, se había criado en la casa como la ahijada de la Señora. ¿Y le permitiría casarse con un indio?

Mientras más lo pensaba, lo dudaba más; y mientras más observaba, más cerca veía el riesgo. Urdía, allá en su activa imaginación, plan sobre plan, para precaver el conflicto, para preparar a su madre; pero la voluntad iba en él más despacio que el cariño: con la debilidad se aumentaba su natural indolencia: corrían los días: le era grato vivir en aquella paz blanda, entre los pájaros alegres, al aire lleno de aroma, a la media luz de las enredaderas. Ramona apenas se apartaba de él. A su madre nunca la había visto menos triste. También estaba allí Alejandro, pronto a cualquier servicio, en el campo o en la casa: su música era un deleite, su fuerza y fidelidad un motivo de reposo, su presencia siempre grata. «¡Si a mi madre le ocurriese que lo mejor, en fin de cuentas, sería casarlos a los dos, y dejar a Alejandro en la hacienda!: ¡quién sabe si se le ocurre para cuando acabe el verano!»

Y el verano delicioso, lánguido, casi tropical, se cernía sobre el valle. Los albaricoques eran ya oro: relucían los duraznos: las uvas, duras y repletas, colgaban en espesos racimos cual esmeraldas opacas, de los frondosos emparrados. Amarilleaba el jardín, y se habían caído ya todas las rosas; pero había flor en el naranjo, en los claveles, en las amapolas, en los lirios, en los tiestos de geranio, en los canteros de almizcle: poseía la Señora como poder de maga para tener en flor el almizcle todo el año: gustaban de él los colibríes, las mariposas y las abejas: henchía él el aire. El colgadizo estaba más tranquilo hacia el mediar de la estación: los pardillos habían anidado, y los canarios y pinzones, y la Señora se pasaba los días alimentando a las madres en los nidos. Tan tupidas estaban las enredaderas que no hacía falta ya para amparar a Felipe del sol la manta de alegres colores que Alejandro prendió los primeros días frente a la cama. ¿Cómo contar el tiempo en aquel recodo venturoso? «Mañana, se decía Felipe, le hablaré a mi madre.» Y todos los días se decía: «Mañana.»

Pero el colgadizo tenía otro vigilante en quien no pensaba Felipe. Jamás iba Margarita de un lado a otro sin observar dónde estaba Ramona, dónde Alejandro. Esperaba su hora. Cómo se vengaría, no lo sabía aún bien: fuera de este o aquel modo, estaba segura de que había de ser. Cuando, como sucedió a menudo, veía al grupo del colgadizo suspenso del violín o el canto de Alejandro, y a Alejandro mismo tan bien hallado y suelto en la compañía de los señores como si hubiese pasado entre ellos la vida, le rebosaba a Margarita la cólera. «¿Como uno de tantos, pues? ¡Lo mismo que un señor! ¿No es novedad que el capataz se pase las horas con los dueños, y se siente delante de ellos, como una visita de la casa? ¡Vamos a ver, vamos a ver lo que sucede!» Y no sabía si odiaba más a Alejandro o a Ramona.

Desde aquella mañana de la plática bajo los olivos no había hablado a Alejandro, y, en vez de solicitarla, esquivaba su presencia, lo que causó al principio pena al mozo. En cuanto se aseguró de que Ramona no pensaba mal de él, no supo cómo hacerse perdonar por Margarita la rudeza con que la apartó de sí y sacó de la suya la mano que le tuvo primero abandonada. Pero la que sufría de amor celoso no quería saber de excusas ni generosidades. «¡Que se vaya, que se vaya con su Señorita!» E imitaba con amarga burla el tono en que había dicho «¡Señorita!» Alejandro. «Los tontos no más no ven que ella está que se muere por el indio. Si esto sigue, ella misma se le brinda. Conque '¿no está bien hablar así de los mozos, Margarita?' Lo que es ahora no me lo volverá a decir. ¿Y para qué lo ha de querer, sino para volverlo loco?» La verdad es que nunca pensó ella que entre Ramona y Alejandro se llegase a bodas: a su juicio, aquello sería a lo más un amorío, un noviazgo oculto, como lo que ella misma había tenido más de una vez con los pastores. ¡Pero nunca boda!

Margarita, como un fantasma, siempre aparecía, ojeando de cerca o de lejos, por donde Ramona y Alejandro estuviesen. «Tú ves con toda la cabeza», le decía su madre. Estaba a la vez aquí, allá, por todas partes. Y con la espuela de la pasión, cobró mayor viveza aquel natural suyo. Fácil como era el espionaje en la casa ancha y abierta, sólo los celos podían tener informada a Margarita de lo que, con toda su vigilancia, había escapado a los ojos cuidadosos del mismo Felipe.

—En los primeros días, mucho contó a Felipe la ingenua Ramona. Le contó cómo, al verla Alejandro rociando unos helechos mortecinos que tenía de adorno en el altar, le dijo: «No los rocíe la Señorita, que están muertos: yo le traeré otros»: y a la mañana siguiente encontró Ramona junto a la puerta de la capilla un haz de helechos maravillosos y gigantes,–la pluma de avestruz, tamaña como un hombre, el cabello de doncella, ligero y plumoso, y el helecho de oro y el de plata, dos veces más altos de los que ella había visto jamás. Los puso en lindos jarrones alrededor de los candelabros, y nunca le pareció la capilla tan hermosa.

Alejandro fue también quien recogió en el cantero de alcachofas, las pocas semillas que dejó enteras el ganado, y trajo una a Ramona, preguntándole con timidez si no le parecía más bella que las flores de papel pintado. «En Temecula hacemos con ellas coronas.» Por supuesto que no había flor de papel que pudiera compararse a aquellos blandos discos de hebras unidas y sedosas, con su aureola de púas, suaves como el raso, y de un amable color de crema. ¡Cosa más rara que no se hubiera fijado nadie hasta entonces en aquella hermosura! Y Ramona hizo una corona para el Señor San José, y un ramo para la mano derecha de la Virgen María, tan lindo todo que cuando lo vio la Señora creyó que eran flores de raso y de seda.

Y Alejandro le había traído bonitas cestas de las que hacen a mano las indias de Pala, y una de los Tulares, más fina que todas, tejida alrededor en fajas encarnadas y amarillas, y con plumas vistosas mezcladas con la palma.

Y una taza de piedra le trajo también Alejandro, de un negro brillante que parecía esmaltado, una taza que compró para él un amigo en la isla Catalina. Casi no hubo días de las primeras semanas en que Alejandro no diera nuevas pruebas de su previsión y excelente voluntad. A cada paso tenía Ramona que contar algo que le había oído a Alejandro: cuentos de las Misiones que sabía por su padre, historias de los santos y de los misioneros fundadores, más divinos que humanos: del Padre Junípero, que se quemaba las carnes y se daba con una piedra sobre el pecho, exhortando a los indios a despreciar el dolor y poner la esperanza en la eternidad y su justicia: del Padre Crespi, el amigo de Junípero, que contó su bondad, sus jornadas heroicas, sus llantos cuando se le escapaba un bautizante, su gloriosa muerte. Con sus propios ojos había visto el abuelo de Alejandro los milagros que hizo el Padre Crespi, como aquel del pocillo donde el Padre tomaba chocolate, que iba siempre en su caja muy guardado, como único lujo del piadoso varón, y un día apareció roto, con espanto de todos: «No os aflijáis, hijos, no os aflijáis, que yo lo enmendaré»: y tomó con sus manos ambos pedazos, los apretó mientras rezaba una oración, y allí quedó el pocillo tan campante, sin que se le conociese en todo el viaje la juntura.

Pero de sí propia, no hablaba sobre Alejandro, Ramona. A lo que solía preguntarle de él con maña Felipe, respondía poco, y mudaba de asunto. Raras veces fijaba en él los ojos. Cuando Alejandro hablaba con los demás, tenía ella siempre los ojos bajos: si le hablaba a ella, los alzaba un instante vivamente, y los dejaba caer en seguida sobre su costura. Todo lo cual, lo mismo que Felipe, observó y entendió Alejandro que ya sabía de cuán distinto modo miraban aquellos ojos en los breves momentos en que podían fijarse en los suyos sin testigos. Aunque de un testigo jamás se pudieron librar: de Margarita.

Más de una vez sucedió que Alejandro se encontrase con Ramona allá en el arroyo, debajo de los sauces, donde corría el agua ligera. La primer vez, fue casualidad: después no lo fue nunca, porque Alejandro volvía allí con la esperanza de encontrarla. Y si Ramona no se confesaba que iba al arroyo por verlo, ya sabía tal vez que guiaba sus pasos el recuerdo de que allí lo había visto. Era un grato rincón, fresco y con sombra, aun al mediodía, y con el agua clara llena de dulce música. Solía Ramona ir allí por las mañanas a lavar un encaje o un pañuelo, y con trabajo reprimía Alejandro el deseo de acercarse a ella. Surgía entonces ante él, cada vez con gloria nueva, aquella visión de la tarde dotada en que la vio primero, en tal beldad que le pareció apenas mortal criatura. Como a santa la miraba siempre, pero ¡ya sabía él que era una santa viva! Allí volvió Alejandro noche sobre noche, y tendido en la yerba, hundía la mano en el agua del arroyo, y jugaba con ella como en sueños, diciéndose, con pensamientos parecidos a sonrisas: «¿Dónde habrán ido las gotas que tocó ella con sus manos? ¡Esas gotas no se juntarán nunca con las del mar! Yo quiero a esta agua.»

Allí lo había visto tendido Margarita, que por instinto adivinó aquella contemplación, sin entender su poética delicadeza: «¡Ahí se está, pues, esperando a que su Señorita venga a verlo! ¡Lindo lugar, el lavadero, para que una señora le dé cita a su novio! ¡Arroyo es, pero con el agua de él no me lava sus culpas la Señorita, el día que la encuentre allí coqueteando con el indio la Señora! ¡Con que le suceda eso, me muero contenta!» Y habría de suceder, porque debajo de los sauces era precisamente donde se veían con más frecuencia Ramona y Alejandro, cada vez por más tiempo, cada vez costándoles más el despedirse, según observaba Margarita con satisfacción maligna. Ya muchas tardes, al acercarse la hora de comer, Margarita comenzaba a dar vueltas, con un ojo en el jardín, por cerca de la Señora, como tentándola a que la mandase llamar a Ramona a la mesa. «¡Ah, si pudiese yo ponérmeles delante de repente, y decirle como ella me dijo: '¡La llaman en la casa!' Y que yo lo diré de modo que lo sientan como una bofetada. ¡Y será! ¡Ya va a ser! ¡En una de estas pláticas me les aparezco no más! ¡Ya me llega la hora!»

Noche Amarga

Llegó la hora, más cruel que la que Margarita preparaba, pero no por su mano, sino por las mismas de la Señora Moreno.

En cuanto estuvo Felipe más fuerte, y capaz de andar sin ayuda por el jardín y la casa, volvió la Señora a su antigua costumbre de darse por la hacienda largos paseos: «Ni una hebra de yerba se le pasa», decían los mozos. Ahora la llevaba además el pensamiento de ver si podía vender a los Ortega un recodo de pastos lindante con el de ellos, en cuya compra parecían muy interesados. Estaba el pastal más lejos de lo que la Señora calculó, y en el viaje y la vista voló el tiempo; de modo que era ya puesta de sol cuando volviendo de prisa, dejó el camino real para entrarse por el paso donde Ramona encontró al Padre Salvatierra. Ya la mostaza no tupía el camino como antes, cuando rompía en flor la primavera, sino que estaba seca y enjuta, y pisoteada que era un dolor por el ganado. Cuando llegó a los sauces, tan oscuro era ya que apenas veía: sus pasos, siempre ligeros, no resonaban sobre la senda blanda; de pronto se vio cara a cara con un hombre y una mujer, allí, ante sus ojos, abrazados. Se detuvo, echó el pie atrás, dio un grito de sorpresa; y conoció a los que, mudos de terror, desapartados ya los brazos trémulos, la miraban con espanto.

—Señora... –empezó a decir Ramona, a quien el miedo por Alejandro devolvía las palabras.

—¡Cállate, indigna criatura! ¡No te atrevas a hablarme! ¡Vete a tu cuarto!

No se movió Ramona.

—¡Y tú,–continuó la Señora, volviéndose a Alejandro, tú... –

»ahora mismo sales de mi servicio» iba a decir; pero dominándose a tiempo, sólo dijo:–...tú le responderás de esto al Señor Felipe! ¡Fuera de mi vista–!Y arrebatada, una vez al fin, por la cólera, dio con el pie en el suelo. -¡Fuera de mi vista, digo!

Alejandro tampoco se movía, sino para preguntar con los ojos a Ramona. Haría, lo que quisiera ella que hiciese.

—Ve, Alejandro, dijo Ramona serenamente, mirando a la Señora sin miedo en plena cara. Desde que oyó «Ve», se echó a andar.

Pero aquella calma de Ramona, aquel esperar de Alejandro por otra orden que no era la suya antes de moverse de su sitio, encendieron a la Señora Moreno en ciega ira. Y al abrir Ramona los labios otra vez, al decir «Señora», sin meditar en su acto vergonzoso le dio una bofetada en la boca.

—¡No me hables!–le gritó; y sujetándola por el brazo, más la empujó que la arrastró por el sendero del jardín.

—Señora, me lastima, le dijo Ramona, con la voz aún serena. No necesita sujetarme. Yo iré con usted. No tengo miedo.

¿Era aquélla Ramona? La anciana, ya abochornada, le soltó el brazo, y le miró de lleno el rostro, donde aun en lo oscuro de la tarde se podía leer una suprema paz, y una resolución poco creíble en tan sumisa criatura. «¡Bribona, hipócrita! ¿Qué quiere decir esto?» pensaba la anciana, débil aún de la ira: y le volvió a asir el brazo. Así, como a una prisionera, la llevó hasta su cuarto, el cuarto donde en aquella noche de prueba para Felipe oró por él, y se le cayó el rosario al suelo: cerró la puerta con violencia, y corrió por fuera la llave.

Todo lo había visto Margarita. ¿Cómo habían de tener cita en los sauces sin que ella lo supiera? Pasó la tarde impaciente y ansiosa. ¡Aquella Señora, que no acababa de llegar! Más de una vez, con interés fingido, preguntó a Felipe si no quería que pusiese la cena para él y la Señorita. «No: hasta que mi madre vuelva», le respondió Felipe que sabía dónde era la cita aquella vez. Él no esperaba a su madre hasta tarde; pero no pensó que pudiera venir por el paso del arroyo, que a pensarlo, habría hallado modo de llamar a Ramona.

Cuando Margarita vio a la pobre niña empujada adentro de su cuarto por la Señora, pálida y temblorosa; cuando vio a la Señora correr la llave, sacarla de la cerradura, dejarla caer en su bolsillo, se cubrió la cabeza con el delantal, y corrió hacia el colgadizo del fondo, oprimida como por un remordimiento. Recordó en un instante todos los cariños de Ramona para ella, las veces que la libró de regaños y castigos, el encaje del altar, cosido y lavado por sus manos: «¡Virgen Santa, qué le van a hacer ahora!» No había ella previsto desenlace semejante: que lo supiesen, que la avergonzasen, que pusieran fin a sus amoríos con Alejandro, pero ¡ay, aquello no! ¡si parecía que la Señora iba a matar a Ramona! «Que la odia en su corazón lo sé yo; pero matarla de hambre no la matará, porque aquí estoy yo, que no la dejaré. ¿Qué vería la Señora que se ha enojado así? Y los celos vencían la generosidad. «¡Lo que merece, pues, no más que lo que merece, por quitarles a las mozas la proporción de Alejandro, que es un mozo honrado!»

Y la Señora con su cultura, y con su ignorancia Margarita, incapaces ambas por su enemistad de imaginar la belleza de aquel cariño, creían firmemente que entre Ramona y Alejandro no había más que un desvergonzado enredo.

Quiso la mala fortuna, aunque no fue mala acaso, que Felipe viera también lo que pasaba en el jardín. Oyó voces, miró por la ventana, y dudando de sus propios sentidos, vio como venía su madre empujando a Ramona por el brazo, vio el rostro de Ramona, pálido y singularmente sereno, vio el de su madre, descompuesto por la furia. «Necio de mí», se dijo, dándose una palmada en la frente, «que he dado tiempo a que la sorprenda: ahora jamás la perdonará, ¡jamás!» Y se echó de bruces sobre la cama, pensando en lo que podría hacer. De pronto oyó a su madre que lo llamaba, con voz aún alterada; pero no respondió, seguro de que vendría a buscarlo al cuarto.

—¿Qué? ¿que te sientes mal, Felipe?, le dijo al verlo acostado, yendo hacia él apresuradamente.

—No, mi madre: un poco cansado me siento esta noche.–Y cuando ella se inclinaba sobre él, alarmada y ansiosa, le echó Felipe los brazos por el cuello, y la besó con ternura: «¡Ay, mi madre!, le dijo amorosamente: ¿qué haría yo sin ti?» No calma más pronto el aceite las aguas agitadas que aquellos besos el inquieto corazón de la Señora: ¿qué le importaba lo demás, si vivía para quererla aquel idolatrado hijo? Mañana, mañana, le hablaría de ese bochornoso asunto de Alejandro. Le mandaría al cuarto la cena para que no echase a Ramona tan de menos. «No te levantes, no: yo te mandaré la cena.» Le dio un beso, y salió para el comedor, donde aguardaba, pronta a servir la mesa, Margarita, tratando en vano de aparecer como si nada se le alcanzase de lo sucedido. ¿Pero es ésta la misma Señora que acaba de encerrar a la Señorita, temblando de rabia? ¿Qué le pasa, que viene ahora a decirle suavemente: «Llévale al Señor Felipe la cena a su cuarto: está cansado: no va a levantarse.» Margarita la miraba inmóvil, con la boca abierta.

—¿Qué miras, muchacha? dijo la Señora con tal tono que la criada dio un salto.

—Yo nada, yo nada, Señora. ¿Y la Señorita no viene a la cena? ¿La llamo?

La miró la anciana de pies a cabeza. ¿Habrá visto? ¿De dónde pudo ver? La Señora volvió a sus sentidos: mientras Ramona estuviera bajo su techo, tratárala ella como la tratase, ningún criado habría de mirarla sin respeto.

—La Señorita no está bien,–dijo fríamente.–Está en su cuarto. Yo le llevaré luego de cenar, si quiere. No vayas a molestarla.–Y volvió al cuarto de Felipe.

«Poco apetito», se decía Margarita regocijada levantando la mesa, «poco apetito va a tener mi Señorita; y el Señor Alejandro tampoco tendrá mucho: quiero yo ver qué se hace ahora el Señor Alejandro».

Lo cual no pudo ver; porque Alejandro no apareció en toda aquella noche por la cocina. Ya había cenado el último peón, y él no daba cuenta de sí. En vano se echó a buscarlo Margarita, que conocía bien sus lugares preferidos. Una vez pasó rozando junto a su escondite, que era el recodo de geranios que había a la puerta de la capilla: desde allí, sentado sobre el suelo, hincada entre las rodillas la barba, vigilaba Alejandro el cuarto de Ramona: allí decidió quedarse toda la noche: si Ramona necesitaba de él, por la ventana de su cuarto podría llamarlo, o por el jardín bajaría al arroyo: de todos modos, de allí la vería.

En tumulto se sucedían en su pecho el ansia mortal y el gozo loco. Ramona lo quería: se lo había dicho: le había dicho que se iría con él sin miedo, que sería su esposa: acababa de decírselo, en aquel infeliz instante en que apareció ante ellos la Señora. ¿Qué no sería capaz de hacer la Señora? ¿Por qué, por qué los miró a los dos con aquel desprecio odioso? Si ella sabía que era india la madre de Ramona ¿por qué extrañaba tanto que se casase con un indio? No le ocurría que la Señora pudiese pensar nada más por haberlos visto uno en brazos de otro. Pero él ¿qué iba a darle a Ramona? ¿Podría ella vivir como vivía él, como vivían las mujeres de Temecula? Tendría que salir de su pueblo, ir a las ciudades, hacer cosas nuevas y desconocidas, ganar más para ella. ¡Ramona en miseria!: aquel miedo le envenenaba todo el júbilo. Él no había pensado en estas dificultades: dejó que los poseyese aquel amor profundo y doloroso, y soñaba, y esperaba, más como nube que como pensamiento fijo. Y ahora cambiaba todo en un instante: había hablado ella, había hablado él, de esos decires no se vuelve atrás un hombre, él la tuvo en sus brazos, él la sintió reclinada sobre su hombro, ¡él le dio un beso! Sí, él, Alejandro, había dado un beso a la Señorita Ramona, y ella no lo tuvo a mal, y lo besó una vez en la boca, como niña ninguna besa a un hombre sino para decirle que le da toda su vida, ¡su vida a él, a Alejandro! No era maravilla que su cerebro hirviese y vacilase, allí oculto en la sombra, sobrecogido, desamparado, medroso, privado de su amor en el instante de su primer beso, echado del suelo que pisaba su amada ¡por aquel que tenía derecho a echarlo! ¡Ah, Felipe, es verdad! ¿Le querría ayudar Felipe? Como sabe la codorniz silvestre donde esconderá mejor su cría, así adivinaba Alejandro que Felipe era su amigo: pero ¿qué podría su amigo con aquella terrible Señora? ¡Ay!, ¿qué sería de ellos?

Y tal como en el instante de perecer ahogados se dice que en un segundo milagroso pasa ante los agonizantes el espectáculo entero de su vida, así en aquel supremo momento del amor de Alejandro cruzó por su mente, en fúlgidas imágenes, el recuerdo de todas las palabras y actos de Ramona. Recordaba aquel modo de decirle, el día del desmayo de Felipe: «¿Tú eres Alejandro, no?» Volvía a oír, como aquella noche en el colgadizo, su rezo ahogado, ya al despuntar el alba. Pensaba, no sin horror, en aquella tierna compasión suya por los esquiladores, la tarde en que los dejaron sin comida: «¡Todo un día sin comer, Alejandro!»: «¡ay, mi Dios! ¿tendremos qué comer todos los días, cuando esté ella a mi lado?»: ¡mejor sería alejarse de ella para siempre! Y evocó luego, una a una, sus palabras y miradas en la conversación de aquella misma tarde, cuando le dijo él que la quería, y se sintió el corazón alegre y fuerte. Ella le respondió: «Sé que me quieres, Alejandro, y me da alegría»: y lo miró con todo el amor con que pueden mirar ojos de mujer; y cuando él la ciñó con sus brazos, ella se abandonó sin miedo en ellos, y reclinó sobre su hombro la cabeza, ¡y volvió hacia él el rostro!... Pues ¿qué importa todo lo demás? ¡Ése es el mundo entero! ¿Qué desdicha ha de haber con ese amor? Con que él la quiera, ella tiene bastante: y con que lo quiera ella ¿qué Moreno, ni qué Ortega, ni qué americano tiene hacienda mejor?

Y era verdad, aunque ni la Señora ni Margarita lo hubieran creído: aquéllas habían sido las primeras palabras de amor entre Ramona y Alejandro, la primera caricia, el primer momento de abandono. Vinieron, como vienen siempre las primeras confesiones amorosas, sin más anuncio que el que da para abrirse una flor. Alejandro había estado hablando a Ramona de la conversación que tuvo con él Felipe sobre su empleo en la hacienda:

—Lo sé, dijo ella: yo oí cuando la Señora hablaba de eso con Felipe.

—¿Y ella no quiere que me quede?, preguntó él vivamente.

—Creo que sí quiere. Nunca se sabe bien lo que ella quiere, sino luego. Felipe fue quien lo propuso.

—»¿Sino luego?» No entiendo, Señorita.

—Es que la Señora nunca enseña lo que quiere: siempre dice que Felipe dirá o que dirá el Padre; pero creo yo que lo que dicen ellos es siempre lo que quiere ella. Alejandro: ¿no crees tú que es extraordinaria la Señora?

—Quiere mucho al Señor Felipe, fue la respuesta evasiva de Alejandro.

—¡Oh, tú no sabes cómo lo quiere! Felipe es su cariño en el mundo. Si él hubiera muerto, ella se muere con él. Por eso te quiere a ti tanto, Alejandro, porque cree que tú le salvaste a Felipe. Es una de las cosas por que te quiere,–añadió en seguida sonriendo, y mirando como con fe a Alejandro, que sonrió también, aunque no por orgullo sino por honrado agradecimiento de que Ramona lo juzgase digno de la consideración de la Señora.

—No sé por qué me parece a mí que no me quiere. De veras creo que no quiere a nadie la Señora. No se parece a nadie que yo conozca, Señorita.

—No, Alejandro, le respondió Ramona, cavilosa. A nadie se parece. ¡Le tengo tanto miedo, si supieras! Desde niñita le tengo miedo, Alejandro. Entonces yo creí que me tenía odio; pero ahora ni odio ni cariño, con tal de no tenerme delante de los ojos.

Y Ramona decía esto lentamente, fija la mirada en el agua que corría a sus pies. Si en aquel instante hubiera alzado los ojos, si hubiera visto lo que en los de Alejandro había, allí habría sucedido lo que sucedió luego; pero no los alzó, y siguió hablando como consigo misma, sin pensar en la pena de Alejandro.

—Muchas veces he venido yo a este arroyo, y me he quedado viéndolo, y deseando que fuese un gran río, para poder echarme en él, y que me llevase al mar, muerta. Pero el Padre dice que matarse es pecado mortal; y cuando por la mañana volvía a salir el sol, y cantaban los pájaros, me alegraba de verme viva. ¿Tú has tenido nunca tanta pena, Alejandro?

—No, Señorita, nunca, y entre nosotros matarse es deshonra. Yo no sé que me pudiera matar. Pero es mucho dolor pensar que la Señorita vive tan triste. ¿Y va a ser siempre así? ¿Y tendrá que estar siempre aquí?

—¡Ah!, pero yo no estoy siempre triste, dijo en seguida ella, con aquella risa suya que parecía un rayo de sol:–yo estoy muchas veces alegre. El Padre dice que el que es bueno vive dichoso, y que no es pecado ponerse contento con el sol, y con el cielo, y con el quehacer, que nunca se acaban.–Sí, dijo de pronto, con el rostro nublado: creo que estaré siempre aquí: yo no tengo otra casa: tú sabes que la hermana de la Señora me tomó por hija, pero era yo muy niña cuando ella murió, y la Señora me trajo a su lado. El Padre dice que yo debo agradecerle lo que ha hecho por mí, y yo hago por agradecérselo.

Alejandro no quitaba de ella los ojos. ¡Cuánto hubiera dado por atreverse a revelar lo que le contó Juan Canito!, por decirle en un grito del alma: «¡Te desprecian, Señorita mía: tú no estás entre ellos en tu casa: tú tienes sangre de indio en las venas: ven conmigo, ven conmigo, que te cubriré de amor!» Pero ¿cómo atreverse a decirlo?

Parecía que algún encanto le había quitado a Ramona aquella noche las trabas de la lengua. ¿Qué impulso le mandaba contarle a Alejandro su historia?

—Lo peor, Alejandro, es que no me quiere decir quién es mi madre, ni si está viva o muerta, ni nada de ella. Le pregunté una vez, y me mandó que no le preguntase nunca, que ella me diría. Nada me ha dicho.

El secreto pedía la salida en los labios de Alejandro. Nunca le había parecido Ramona tan cerca de él, tan cariñosa, tan confiada. ¿Y si le decía la verdad? ¿Se acercaría más a él, o se le alejaría?

—¿La Señorita no le ha vuelto a preguntar?

Ramona le miró con asombro:–¡Alejandro!–Nadie ha desobedecido nunca a la Señora.

—¡Yo la hubiera desobedecido!

—No, no podrías. Se quiere y no se puede. Yo le pregunté una vez al Padre.

—¿Y dijo?...

—Dijo que no le volviera a decir nada a la Señora, que cuando llegara la hora ella me diría. Y la hora no llega. ¿Qué querrán decir con eso, Alejandro?

—De la gente de mi pueblo, yo sé lo que quieren decir: de ésta no. Yo no sé por qué hacen muchas cosas. Quién sabe no sepan quién fue la madre de la Señorita.

—¡Oh sí, saben! ¡saben!–dijo ella en voz baja, y como si le arrebataran las palabras de los labios.–Pero no hablemos de cosas tristes, Alejandro: hablemos de cosas alegres: de que te quedas tú en la hacienda.

—Y ¿será de veras una alegría para la Señorita que yo me quede?

—Tú sabes que sí, contestó Ramona sin hipocresía, pero con un ligero temblor en la voz, que bien percibió Alejandro.–Sin ti no sé qué vamos a hacernos. Felipe dice que no te dejara ir.

Resplandecía la cara del mozo.–Será como mi padre diga, Señorita. El propio que vino de Temecula salió de vuelta ayer con la carta en que le pido que me mande cómo he de responder al Señor Felipe. Mí padre es muy viejo, Señorita, y yo no sé cómo podrá él estar sin mí, porque no tiene más hijo que yo, y mi madre murió hace años. En nuestra casa vivimos los dos no más, y cuando estoy de viaje se siente muy solo. Pero va a decir que me quede, porque el pueblo está muy pobre, y necesitan mi salario. Lo que trabajan no les alcanza más que para comer al día, y mi padre Pablo no quisiera morir sin verlos felices. É está muy triste ahora, desde que andan por los alrededores los americanos. Quiere cercar la tierra, para que sepan lo que es nuestro; ero la gente trabaja tan recio que no les queda tiempo para el cercado. De veras que éstos son tiempos malos para los indios, Señorita. ¿La Señorita no ha estado nunca en Temecula?

—No. ¿Es un pueblo muy grande?

Suspiró Alejandro:–Mi Señorita!: ni pueblo es, sino un caserío como de veinte casas, y muchas no más de tule. Hay una capillita, y un cementerio. El año pasado le pusimos al cementerio un muro de adobe. Mi padre Pablo dijo que era preciso hacer el muro para los muertos antes que cercar la tierra.

—¿Y vive mucha gente en el caserío?

—Como doscientos, cuando están allí todos, pero lo más del año están fuera, por donde les dan trabajo: van a ayudar a las haciendas, o a abrir zanjas, o de pastores, y muchos se llevan a la mujer y a los hijos. Yo no creo que la Señorita ha visto nunca gente muy pobre.

—¡Oh sí, sí Alejandro!: en Santa Bárbara. Hay muchos pobres allí, y las Hermanas les dan de comer una vez por semana.

—¿Indios?

Las mejillas de Ramona se llenaron de color.–Sí, dijo, algunos son indios, pero no como los de tu cuadrilla, Alejandro. Aquéllos da espanto verlos, y no saben leer ni escribir, ni parece que deseen ya nada.

—¡Ay sí, así es, así es también en mi pueblo! «¿Para qué?», le dicen a mi padre Pablo, que se desespera con ellos. Les da cuanto tiene, pero no les luce. Sólo tres sabemos leer y escribir en Temecula: mi padre Pablo, otro más, y yo. Mi padre quiere enseñarlos, y ellos no aprenden. «¿Cuándo?», dice uno. «¿Para qué?», dicen todos. ¿Quién no tiene sus penas, Señorita?

Todo aquello lo había oído Ramona con la tristeza pintada en el semblante. Aquello era un mundo nuevo. Nunca, hasta aquella noche, habían hablado de sí mismos, Alejandro y Ramona.

—Ésas son penas de veras: a las mías no les digas después de eso penas: ¿qué podría yo hacer, Alejandro, para ayudar a tu pueblo? Si estuvieran cerca, yo les podría enseñar ¿verdad?: yo les enseñaría a leer. ¿Y tú no tienes más parientes que tu padre? ¿Tú no... tú no quieres a nadie en tu pueblo, Alejandro?

Las penas de Temecula tenían en aquel instante tan preocupado al mozo que no entendió el alcance que la vacilación misma daba a la pregunta de Ramona.

—Oh, sí, los quiero a todos: todos son como mis hermanos y hermanas. Pensando en ellos no tengo día tranquilo.

Durante todo este coloquio tenía inquieta a Ramona un pensamiento tenaz y callado. Mientras más le hablaba el indio de su padre y del pueblo, más claro veía que estaba tan ligado a ellos que no le dejarían quedarse mucho tiempo en la hacienda. De pensar sólo que Alejandro se había de ir, se le llenaba el corazón de muerte. Y le dijo de pronto, dando un paso hacia él:–Alejandro, tengo miedo de que tu padre no quiera que te quedes.

—Yo también, Señorita, contestó él con tristeza.

—Y ¿tú no te quedarás si él no te da licencia, por supuesto?

—¿Cómo había de quedarme, Señorita?

—Verdad, verdad, dijo ella. Y al decirlo, se le llenaron los ojos de lágrimas.

Alejandro le vio las lágrimas. El mundo cambió para él en un segundo.–Señorita, Señorita Ramona, ¿qué tiene que llora? ¡Oh, dígame que no se enoja si le digo que la quiero!–Y se quedó Alejandro temblando, del terror y delicia de haber dicho aquello.

Ni a sus mismos sentidos quería creer que eran palabras reales aquellas rápidas y firmes que le dijeron en respuesta, aunque tan bajas que casi no se oían:–»Yo sé que tú me quieres, Alejandro, y me da alegría.» ¡Eso, eso era lo que le estaba diciendo Ramona! Y cuando él, sin querer decir su esperanza ni su miedo, dijo uno y otro a medias palabras:–»Pero la Señorita no quiere... no puede...»,–la misma voz firme, la misma voz baja, le dijo:–»¡Sí, Alejandro, sí quiero: te quiero!» Y entonces él la ciñó con sus brazos, y le dio un beso, y le dijo con sollozos más que con palabras:–»Pero, mi Señorita, ¿que usted quiere irse conmigo para siempre, que quiere ser para mí?: ¡no quiere irse conmigo!» Y la llenaba de besos.¾»¡Sí, Alejandro, sí quiero ir contigo», le respondió Ramona en su susurro: y con sus manos en los hombros fuertes, le devolvió un beso, y le volvió a decir: «¡Quiero ir contigo! ¡te quiero!» En aquel instante, en aquel mismo instante fue cuando oyeron el paso y el grito, y al alcance de sus brazos vieron ante sí a la Señora, terrible e iracunda.

¡Oh, qué hora aquélla, la que pasó Alejandro, con la barba hincada entre las rodillas, revolviendo en la sombra tantos recuerdos! Pero el fuego de sus emociones no quitaba la perspicacia usual a sus sentidos. Como cuando iba de caza de venados, no se le escapaba ni el caer de una hoja. Parecía dormir todo. No había luz en ninguno de los cuartos: ni en el de la Señora, ni en el de Ramona: en el comedor, donde de seguro no tenían cena, hubo luz un momento, mas la apagaron luego: sólo por debajo de la puerta de Felipe se percibía una vaga claridad, que iluminaba confusamente aquella parte del colgadizo. Alejandro oía la voz de la Señora y de Felipe, no la de Ramona. Lleno de pena miraba a su ventana abierta, pero con las cortinas corridas: ni un movimiento, ni el más leve ruido. ¿Dónde estaba Ramona? ¿Qué le hacían a su amor? Indio cauto y paciente necesitó Alejandro ser, para no ir a llamar a su ventana; pero ¿había él de poner aun a Ramona en más peligro? Esperaría, aunque fuese hasta el alba, a que su amada le hiciese una señal. Felipe, además, saldría al fin a dormir afuera, como siempre: allí le hablaría. Era ya cerca de la media noche cuando se abrió la puerta del cuarto de Felipe, y él y su madre salieron al colgadizo, hablando en voz baja. Se echó el hijo en su cama, y la Señora, después de despedirse con un beso, entró en su cuarto.

Desde que mejoró claramente Felipe, no dormía Alejandro junto a él en el colgadizo: pero él sabía que aquella noche Alejandro andaba cerca, por lo que no se sorprendió al oír de entre las enredaderas, momentos después de desaparecer la Señora, una voz que le decía: «¡Señor Felipe!»

—¡Psht, Alejandro: no te muevas! Espérame mañana bien temprano detrás del corral chico. Aquí no.

—¿Dónde está la Señorita?, preguntó en un aliento.

—En su cuarto.

—¿Está buena?

—Sí, dijo Felipe, no muy seguro de lo que decía.

Y ése fue el consuelo único de aquella noche de angustiosa vela. Mas no el único, no, porque cerca de él tenían su nido dos torcazas, que de tiempo en tiempo, con largos descansos entre uno y otro arrullo, se decían claramente, con aquel canto de ellas tan suave y misterioso: «¡Aquí!» «¡amor!»: «¡Aquí!» «¡amor!»

—¡A eso, a eso es a lo que mi Ramona se parece: a la torcaza mansa! Así le va a decir mi pueblo cuando sea mi mujer:–¡su Majel, su Torcaza!

La Sangre India

No se despidió la Señora de Felipe con ánimo de recogerse, sino que, en cuanto cerró su puerta, se sentó a pensar qué haría con Ramona. Ya le costó mucho pasar la noche junto a Felipe sin hablarle del suceso, por no amargar su reposo con la conversación desagradable. Ni sabía la Señora qué hacer con Alejandro. Si, como tenía meditado, mandaba otra vez a Ramona con las monjas, ¿a qué despedir al mozo? Cuando lo sorprendió, sin duda lo hubiese despedido, cegada por la ira: pero la verdad es que no le era grato verlo ir de la hacienda. Así, hecha a mandar, no le veía a su plan obstáculos, ni imaginaba que ocurriera a nadie resistirlo.

Con las monjas se iría otra vez Ramona, a purgar su culpa sirviéndoles de criada por lo que le quedase de vida. Así se vería por fin libre de ella para siempre. No había de querer el Padre que mantuviera bajo su techo a tan desvergonzada criatura. Su hermana la de Orteña previó bien este caso. Se llegó la Señora a una imagen de cuerpo entero de Santa Catalina, y de un secreto que había en la pared detrás de ella, sacó una caja de hierro, abollada y mohosa con los años, y la puso sobre la cama. Tanto tiempo había estado sin abrirse, que tardó en ceder a la llave la cerradura. Sólo la Señora sabía de aquella caja. Muchas veces hubiera podido sacar de angustias a la apurada casa de Moreno el valor de lo que aquella caja mohosa contenía; pero para la Señora aquel tesoro era como si lo tuviesen bajo su custodia ángeles con espadas de fuego. Allí yacían, brillando aún a la vaga luz de la vela, rubíes, esmeraldas, perlas, diamantes amarillos. «¡Linda dote, se decía la Señora frunciendo los labios, para una criatura como ésa! Bien lo decía yo: mala madre, mala hija. En la sangre lo tiene. Gracias a Dios, que me ha librado de ella a Felipe.» «Aquí lo dice mi hermana: Estas prendas son para que se las des a Ramona, el día que se case con honor y con tu consentimiento: pero si por desgracia se extravía, estas joyas, y todo lo que le dejo de valor, se lo darás a la Iglesia.»

«No dice qué he de hacer con Ramona si se extravía; pero en el convento está bien, para que no acabe de perderse. ¡Ojalá Angus se la hubiera dado a la Iglesia como quería, o la hubiese dejado con la india su madre!» Al levantarse la Señora inquieta, para pasearse por el cuarto, cayó al suelo el papel de su hermana, que barrió de aquí para allá con los bajos del vestido. Detuvo el paso, recogió el papel, y lo leyó de nuevo sin que acudiese a suavizar su encono el menor recuerdo de lo mucho que quiso su hermana a aquella criatura. «¡Extraviada!»: ¡era lo menos que podía decirse de Ramona! Sí, pues: ida Ramona, ella y Felipe vivirían en paz. Felipe, por supuesto, se casaría algún día: ¿con quién? ¿quién merece a Felipe? Pero él se ha de casar y tendrá hijos, y nadie pensará en Ramona.

La Señora no se daba cuenta de la hora. «Ahora mismo iré a decírselo: ¡ahora sabrá quién es su madre.» Y acordándose, por un singular impulso de justicia, de que Ramona estaba aún sin cenar, fue a la cocina, sacó pan y leche, y, dando vuelta a la llave del cuarto sin ruido para que no la oyese Felipe, se entró como una sombra por la puerta abierta. ¡La cama vacía! ¡abierta la ventana! Temblaba la Señora: «¡Se ha ido, se ha ido con Alejandro! ¡oh, qué vergüenza!» Pero en seguida oyó una respiración regular y débil, como al otro lado de la cama. Fue hacia allí, con la luz en alto, y lo que vio habría conmovido un corazón que no fuese de piedra: allí estaba Ramona dormida en el suelo, lleno el rostro de lágrimas, con la cabeza en una almohada, a las plantas de la Virgen, la mano izquierda bajo la mejilla, el brazo derecho ceñido en torno al pie de la imagen. ¡Ni en el sueño segura, se había amparado de la Virgen Santa! Cuando sintió que el sueño la vencía, «Al pie de la Virgen no me irá a hacer mal, se dijo. Y dejaré abierta la ventana, para que Felipe oiga si llamo. Y Alejandro estará cerca.» Y se durmió, con el rezo en los labios.

Felipe, más que la Virgen, la libró de oír aquella noche su desdicha. La Señora la miraba; miraba a la ventana abierta; daba suelta a todas sus sospechas indignas; por allí, en toda la enfermedad de Felipe, habían podido verse Ramona y Alejandro. «¡Y puede dormir esta desvergonzada!» Dejó, ya saliendo del cuarto, el pan y la leche sobre una mesa. Pero volvió de pronto sobre sus pasos, levantó el cobertor de la cama, y cubrió con él a Ramona cuidadosamente. Salió entonces, y cerró la puerta.

Todo lo oyó y adivinó Felipe, sin dar señas de que estuviese despierto. «Mi pobre madre no le ha hablado para no despertarme. ¿Qué va a ser de nosotros mañana?» Y en vano llamaba al sueño ausente, que apenas le había cerrado los ojos, cuando abrió su ventana la Señora, cantando el primer verso del himno del sol: Ramona, despierta, siguió el canto al momento: a la primera nota de su voz, unió la suya el vigilante Alejandro: Margarita también, que desde antes del alba andaba en pie, escurriéndose, atisbando, considerando, agitada a la vez por los celos y el temor, coreó el himno; Felipe mismo juntó a las de ellos su voz débil, y el himno robusto subió por el aire, como si en vez de odio, confusión y pena, estuvieran llenas de paz y armonía todas aquellas almas. Y ¿cuál, en verdad, no se sintió más serena después del himno? A todos hizo bien: y más que a todos, a Ramona y Alejandro. «¡Alabado sea Dios!», dijo Alejandro: «¡ésa es la voz de mi Majela!» «Alejandro estaba cerca: ha velado toda la noche: me alegro de que me quiera», dijo Ramona. «Pero ¿cómo pueden cantar?», dijo la Señora: «tal vez no será tanto como he pensado». En cuanto acabó el canto, corrió Alejandro al corral, donde Felipe le había dicho que lo esperase. Los minutos iban a parecerle años.

Ramona despertó con menos miedo, al verse abrigada con el cobertor, y en la mesa el pan y la leche. Nadie más que la Señora podía haber entrado en el cuarto: Ramona la oyó correr la llave y sacarla después, cuando la trajo del jardín: a nadie, bien lo sabía ella, dejaría la Señora entender que la tenía allí en castigo. Le supieron a gloria el pan y la leche. Arregló el cuarto, dijo sus oraciones, y se sentó a esperar. ¿A esperar qué? Ni lo sabía, ni se impacientaba por saberlo. ¡Ramona tenía el alma ahora donde la Señora ya no ejercía imperio! ¿Ni qué había de temer? Con Felipe allí, la Señora no le haría mal, y ella se iría en seguida con Alejandro. ¡De pensarlo sólo se le llenaba el corazón de paz y libertad! El esplendor de aquellas emociones fue lo primero que notó en el rostro de Ramona la Señora, cuando al volver al cuarto y cerrar la puerta tras sí, sin quitar de la niña los ojos se dirigió hacia ella lentamente. Entonces, como en el jardín, irritó aquella calma a la anciana. Sentóse frente a Ramona, pero en lo más lejos del cuarto, y con desdén insultante le dijo:

—¿Qué tienes que decirme que te excuse?

Con no menor firmeza le devolvió Ramona la mirada: con la misma serenidad le habló que la tarde antes en el jardín, y en el arroyo.

—Anoche le quise decir, Señora; pero Ud. no quiso oírme. Si me oyese, no hubiera tenido que enojarse así. Ni Alejandro ni yo hemos hecho nada que deba darnos vergüenza, Señora. Nos queremos los dos, y nos vamos a casar, y a irnos. Gracias, Señora, por todo lo que Ud. ha hecho por mí: y yo sé que Ud. vivirá mucho más contenta cuando yo me vaya. –Y con inocente malicia, pero sin rencor, miró a la Señora, cuyo rostro estaba alterado y sombrío.– Usted ha hecho mucho, Señora, por una niña que usted no quería. Gracias por el pan y la leche de anoche. Yo no sé lo que querrá Alejandro, si querrá que nos vayamos hoy. Acabábamos de hablar de eso, Señora, cuando Ud. nos vio anoche.

Muda de asombro la había oído la anciana. Como relámpagos se pintaban en su cara las emociones diversas. Al alivio de saber que la falta no era aquella que imaginó, sucedió una ira, si menos desdeñosa, más profunda que la primera.

—¡Casarte! ¡Casarte con ese indio!, pudo decir por fin. ¿Estás loca? ¡Jamás he de permitirlo!

Ramona la miró con ansiedad.–Nunca la desobedecí, Señora; pero esto no es como todo lo demás: usted no es mi madre: yo le he prometido a Alejandro casarme con él.

Engañada por aquel tono respetuoso, la Señora contestó fríamente:

—No soy tu madre; pero estoy aquí en el lugar de madre tuya. Tú eres hija adoptiva de mi hermana, y mando en ti como hija mía. Yo te prohíbo que vuelvas a hablar de casarte con el indio.

Aquél fue el instante en que se reveló a la Señora el temple del alma de la criatura dócil y amorosa que en resignada soledad había vivido catorce años a su lado. Se puso Ramona en pie súbitamente, y atravesando el cuarto a paso vivo hasta ponerse enfrente de la Señora, que también se había levantado del asiento, díjole, en voz más alta y firme:–Prohíbamelo cuanto quiera, Señora: el mundo entero no puede hacer que yo no me case con Alejandro. Lo quiero. Se lo he prometido. Le cumpliré mi palabra.–Y caídos los brazos por los dos costados, echada atrás la cabeza, en pleno rostro lanzó Ramona a la Señora una mirada de soberano desafío. ¡Era el primer instante libre que había gozado jamás su alma! Sentía como si se la llevasen en alas por el aire. Como una manta que se le cayese de los hombros venía a tierra todo su miedo a la Señora.

—Hablas como una loca; le respondió la anciana con desdén, divertida a pesar de su ira por aquel arrebato que le pareció pasajero.–¿No sabes que, si quiero, puedo encerrarte mañana en el convento?

—No, no puede Ud.

—¿Quién me lo impedirá?

—¡Alejandro!

—¡Alejandro, un indio pordiosero, a quien cuando yo lo mande, le echarán los perros mis criados!

Aquel tono de escarnio de la Señora exasperó a Ramona, que en mal hora le dijo:–No, no puede Ud. Felipe no lo permitirá.

—¡Felipe!, exclamó la anciana, con voz penetrante: ¿Cómo te atreves a pronunciar el nombre de Felipe? Jamás volverá a hablarte. Yo le prohibiré que te hable. Él no querrá poner en ti los ojos cuando oiga la verdad.

—No, Señora, replicó la niña, con más mansedumbre.–Felipe es amigo de Alejandro, y... mío.

—¡Tu amigo! ¡Conque la Señorita lo puede todo en la casa de Moreno! Veremos, veremos. ¡Ven conmigo!–Abrió la puerta, salió, y miró hacia atrás:–¡Ven conmigo!, repitió ásperamente, notando que Ramona vacilaba. Ramona fue tras ella, por el pasillo que iba al comedor, del comedor al colgadizo, por el colgadizo todo, hasta el cuarto de la Señora Moreno: la Señora a paso vivo y agitado, distinto del suyo usual leve y despacioso; Ramona más lentamente de lo que acostumbraba, y con los ojos bajos. Al pasar por la puerta del comedor, Margarita, que estaba en él, echó una vengativa mirada a su Señorita, que recibió Ramona con un miedo que no había logrado inspirarle la Señora:–»Ella la ayudará en todo el mal que me haga.»

Cerró la Señora las ventanas de su cuarto, que estaban abiertas, corrió las cortinas, y echó llave por dentro a la puerta.

—Siéntate en esa silla, dijo, señalando una que estaba cerca de la chimenea. Ramona se sintió poseída de súbito terror.

—Mejor estoy en pie, Señora.

—Siéntate en esa silla, repitió con la voz descompuesta. Ramona obedeció. Era una silla de brazos, ancha y baja, y sintió como si al caer en ella se le fuera la vida: reclinó la cabeza en el espaldar, y cerró los ojos: el cuarto le daba vueltas: la reanimaron a un tiempo las fuertes sales que usaba la Señora, y la mofa con que le dijo: «¡Conque no parece la Señorita ya tan fuerte como hace unos momentos!»

Ramona trataba de convencerse de que no podía sucederle mal alguno, allí en el cuarto, a la vista de la casa entera: pero la dominó un inexplicable espanto, y cuando vio a la Señora poner con rostro burlón la mano en la imagen de Santa Catalina, cuando vio girar la imagen, y aparecer la puerta en la pared, con una llave en la cerradura que la Señora empezó a abrir, Ramona, aterrada, recordó lo que había leído de vivos sepultados en las paredes, y muertos allí de hambre. Con el horror en los ojos seguía los movimientos de la Señora Moreno que, sin notar su miedo, con cada ademán se lo aumentaba. Sacó primero la caja de hierro, y la puso en una mesa: luego, arrodillándose, retiró del rincón más escondido del secreto una maleta de cuero, y la llevó a rastras hasta los pies de Ramona. No hablaba. La expresión cruel del rostro le crecía por instantes. El espíritu maligno se había entrado aquella mañana por su alma. Corazones más bravos que el de la niña hubiesen temblado de hallarse a solas con tal carcelera. Cerró el secreto, y lo cubrió con la imagen: Ramona respiró más libremente: «No va, pues, a encerrarme en el muro. «¿Qué serían aquellas cajas? Todo aquello ¿qué era?.

—Ahora te explicaré, Ramona Orteña,–dijo la Señora, sentándose junto a la mesa donde puso la caja de hierro,–por qué no te casarás con el indio Alejandro.

A estas palabras, a este nombre, volvió a Ramona toda su energía: ya no era, no, la niña de antes, era la esposa prometida de Alejandro. El nombre de él en los labios de su enemiga le dio fuerzas. Se disiparon sus miedos. Miró a la Señora primero, luego a la ventana que tenía más cerca. De un salto, si las cosas iban mal, se escaparía por la ventana, y saldría huyendo, dando voces por Alejandro.

—Yo me casaré con el indio Alejandro, Señora, dijo en tono tan fiero como el mismo en que le habló la Señora.

—No me interrumpas: tengo mucho que decirte-Y abrió la caja, y fue sacando de ella y colocando sobre la mesa estuche tras estuche de joyas: del fondo de la caja tomó el papel escrito.–¿Ves este papel, Ramona?, le preguntó, enseñándoselo en la mano levantada. Ramona dijo que sí con la cabeza.–Este papel lo escribió mi hermana cuando te tomó de hija y te dio el nombre. Aquí está lo que ella me manda hacer con todo lo que te deja.

De asombro se abrieron los labios de Ramona. Inclinada hacia adelante y como sin aliento oyó a la Señora, que leía el papel pausadamente. Todas las penas calladas de su vida, la duda, el miedo con que desde la niñez pensaba en el misterio de su cuna, allí de una vez brotaron. Escuchaba, como quien espera de lo que escucha la vida o la muerte. Olvidó a Alejandro: no miró a las joyas: el rostro de la Señora era lo que no cesaba de mirar: de la Señora, que al acabar de leer le dijo secamente:–Ya sabes, pues, como mi hermana me deja dueña de disponer de todo lo que te pertenece.

—¡Pero no dice quién es mi madre!, exclamó Ramona: ¿y eso es todo lo que dice el papel?

La Señora la miró estupefacta. ¿Fingía aquella criatura? ¿Nada le importaba perder para siempre todas las joyas que tenía delante, casi una fortuna?

—¿Quién fue tu madre?, respondió con desprecio.–Eso no había necesidad de escribirlo. Tu madre fue una india. Todo el mundo lo sabe.

—Al oír «india», se le escapó a Ramona un leve grito, que no supo entender la Señora Moreno.

—India te digo, una india baja. A mi hermana se lo dije cuando te tomó, que la sangre india que tienes en las venas iba a enseñarse algún día, y ya se ha enseñado.

Se le encendieron las mejillas a Ramona. Le chispeaban los ojos:–Sí, Señora Moreno, dijo poniéndose arrebatadamente en pie: hoy se enseña la sangre india que tengo en las venas. Ahora entiendo lo que nunca entendí. ¿Por eso me ha odiado Ud. siempre, porque soy india?

—Tú no eres india, y yo nunca te he odiado.

Ramona hablaba sin oírla:–Y si soy india, ¿por qué no quiere que me case con Alejandro? ¡Oh, cómo me alegro de ser india!.–A torrentes le salían de los labios las palabras, y cada vez estaba más cerca de la Señora.–Ud. es una mujer cruel, le dijo. Yo no lo supe antes, pero ahora lo sé. Si sabía que yo era india también ¿qué derecho tuvo para maltratarme como me maltrató anoche, cuando me vio con Alejandro? Ud. me ha odiado siempre. ¿Dónde vive mi madre? ¡Dígame si está viva, y yo me iré hoy con ella! ¡dígamelo, por Dios! ¡ella se alegrará de que Alejandro me quiera!

Con su tono y mirada más crueles le contestó la Señora:–Ni sé quién fue tu madre, ni si está viva todavía. Nadie sabe nada de ella:

sería alguna bribona con quien se casó tu padre estando fuera de sentido, como tú ahora cuando hablas de matrimonio con Alejandro.

—¿Con quién se casó mi padre?... ¿Cómo sabe Ud. que mi padre se casó?

Hasta ese consuelo hubiera querido la Señora negarle, pero al fin dijo:–Me lo contó mi hermana.

—¿Y cómo se llamaba mi padre?

—Phail, Angus Phail,–dijo la Señora, como si hablase contra su voluntad. Aquel ímpetu de Ramona en preguntar la tenía en confusión y desconcierto. ¿Cómo sufría en Ramona aquel imperio? Le pareció que Ramona crecía, y que era allí la dueña, al verla en pie ante sí, lanzándole una sobre otra sus apasionadas preguntas. Se volvió la Señora hacia la maleta, la abrió, y con manos inseguras fue sacando de ella las ricas telas sepultadas allí durante tantos años: había chales y encajes, había vestidos de terciopelo y rebozos de seda. Cuando estuvieron sobre las sillas, eran de veras una riqueza tentadora; cachemiras y persias, puntillas y damascos, mantas como la leche y rebozos de color de oro. La niña paseaba los ojos por aquella hermosura.

—¿Y la Señora Orteña se ponía todo esto, preguntó, levantando en su mano una punta exquisita, y mirándola a la luz con señas claras de admiración.

La Señora, como con el grito, volvió a equivocarse. No le pareció aquella criatura insensible al valor y belleza de aquel encaje fino. Acaso por allí podría domarla.

—Todo eso será tuyo, Ramona, el día de tu boda, si te casas con quien debas, y con mi permiso.-La voz de la anciana pareció ser aquí menos dura.–¿Entendiste bien lo que leí?

No le respondió la niña, que tenía en la mano un pañuelo gastado de seda carmesí con muchos nudos, que halló en un rincón de la caja de joyas.

—Ese pañuelo está lleno de perlas, dijo la Señora: eso vino con lo que tu padre le mandó a mi hermana poco antes de morir.

Los ojos de la niña resplandecieron. Empezó a deshacer los nudos. El pañuelo era viejo, y los nudos muy fuertes, como hechos de muchos años. Cuando llegó al último, en que ya se sentían las perlas cerca, se detuvo:–¿Conque esto era de mi padre? dijo.

—Sí,–contestó la Señora Moreno desdeñosamente, creyendo que acababa de descubrir en Ramona una nueva bajeza. ¡Ya le iba a reclamar sin duda todo lo que había sido de su padre!-Eran de tu padre, y todos esos rubíes, y todos esos diamantes amarillos,–dijo, echando hacia ella el estuche donde relucían las piedras.

Ramona había deshecho ya el último nudo. Tomó el pañuelo por las puntas, y volcó con cuidado las perlas sobre la bandeja. Al abrirse la seda, tanto tiempo guardada, exhaló un extraño aroma. Las perlas cayeron en desorden por entre los rubíes, que parecían más rojos y brillantes por el contraste con aquella nevada blancura.

—Me quedaré con este pañuelo,-dijo, guardándoselo con un movimiento rápido en el seno, sin esperar más respuesta:–Me alegro mucho de tener este recuerdo de mi padre. Las joyas, Señora, se las puede dar a la Iglesia, si el Padre cree que así está bien. Yo me casaré con Alejandro.–Y con la mano todavía en el seno, como apretando allí el pañuelo querido, se apartó de la mesa y volvió a sentarse en su silla.

¡El Padre! Como una lanzada sintió la Señora al oír a Ramona aquel nombre. Tan fuera de sí había estado en las últimas veinticuatro horas, que ni pensó en pedir al Padre Salvatierra mandato o consejo. Con todo, hasta con su devoción y respeto de toda la vida, había arrastrado su cólera contra Ramona. El pensarlo le daba ahora verdadero espanto.

—¡El Padre! tartamudeó: el Padre nada tiene que hacer con esto.

Pero Ramona vio bien cómo se demudaba el rostro de la Señora.–El Padre tiene que hacer con todo, dijo osadamente. Él conoce a Alejandro: él no me prohibirá que me case con él; y si me lo prohíbe...–Se detuvo asustada ante la idea de desobedecer al Padre Salvatierra.

—¿Y si te lo prohíbe?–la Señora clavó en ella los ojos:–¿le desobedecerás?

—Sí.

—Yo le diré al Padre Salvatierra lo que dices, para ahorrarle la humillación de que te mande lo que no has de cumplir.

¡Ésa sí fue tortura para Ramona! ¡eso sí que le trajo las lágrimas a los ojos! Desde que tuvo uso de razón quería mucho al buen Padre. La censura de la Señora podía inspirarle miedo; pero ¡la del Padre sí que le iba a dar dolor!

—¡Oh, Señora, sea buena! dijo, levantando en súplica las dos manos juntas: ¡no le diga eso al Padre!

—Yo tengo que decirle al Padre todo lo que pasa en mi familia. Él dirá como yo que tu desobediencia merece el castigo más grande. ¡Todo se lo diré!–Y comenzó a poner los estuches de joyas en la caja.

—Pero Ud. no se lo dirá como es, Señora. Se lo diré yo misma.

—¿Tú? ¡tú no lo verás! ¡Ya cuidaré yo de eso!, replicó la Señora con tal encono que hizo temblar a Ramona.–Todavía te doy una oportunidad, dijo en seguida, deteniéndose en el instante de plegar uno de los vestidos de damasco:–¿Me obedecerás? ¿me prometes no tener nada más que hacer con ese indio?

—¡Nunca, Señora! ¡no lo prometo! ¡nunca!

—¡Pues lo que venga caerá sobre tu cabeza! ¡Vete a tu cuarto! ¡Y oye!: ¡te prohibo que hables de esto a Felipe! ¿Oyes?

Ramona bajo la cabeza. «Oigo», dijo. Y deslizándose fuera de la habitación, cerró la puerta tras sí, y en vez de ir a su cuarto, echó a correr como criatura de la selva perseguida en la caza, por el colgadizo, por los escalones, por el jardín, diciendo sin cesar, aunque en voz baja:–¡Felipe! ¡Felipe! ¿Dónde estás, oh Felipe?

LA RED DE LA ARAÑA

El corral chico estaba más allá del cantero de alcachofas, en la costanilla, rica en sol, que tentó a Margarita a poner allí a secar el paño de encaje. Caía muy hacia el Sur la extensa pendiente, de modo que las ovejas que estaban al pie de ella no se veían desde la casa. Por eso Felipe dio cita allí a Alejandro.

Cuando Ramona llegó al término de la espalera del jardín, miró con sorpresa a uno y otro lado: no había nadie: ¡pero ella había visto ir por allí a Felipe, cuando la llevaba a su cuarto la Señora!: le vio ir por la izquierda, que llevaba al corral chico. «¿Qué haré?» se preguntaba, sin apartar de la senda los ojos ansiosos: «¡Si los santos quisieran decirme dónde está Felipe!» Y temblaba, esperando a cada instante que la llamase la Señora. ¡Al fin, arroyo arriba, venía subiendo Felipe! Voló a él:–¡Oh, Felipe, Felipe...!

—Sí, mi Ramona, lo sé todo. ¡Alejandro me lo ha dicho todo!

—¡Y me ha prohibido que te hable, Felipe!: pero ¿qué voy yo a hacer?: ¿dónde está Alejandro?

—¡Te ha prohibido que me hables! ¿Ay, Ramona, cómo la desobedeces? ¡Entra, por Dios, en tu cuarto! Si nos ve juntos, va a enojarse más. Déjamelo, déjamelo todo a mí. Yo haré todo lo que pueda.

—¡Pero, Felipe...!–Y se retorcía las manos.

—Sí, yo sé, yo sé, pero que mi madre no tenga por qué enojarse mas. No sé qué querrá hacer hasta que no hable con ella. ¡Entra en tu cuarto! ¿No te dijo que te quedases allí?

—¡Ay, sí, pero no puedo!–y Ramona sollozaba:–¡Tengo tanto miedo, Felipe! ¡Ayúdanos! ¿Qué crees tú que hará? Tú no dejarás que me encierre en el convento, ¿verdad, Felipe? ¡Ay, dónde está Alejandro! ¡Por Dios, dime dónde está! ¡Yo me voy con él ahora mismo!

—¡Al convento! ¿Tú al convento? ¡Ay, Ramona: vete a tu cuarto! ¡Ve pronto, por tu vida! ¡Ve! ¿Qué podré yo hacer por ti si nos ve hablando?–Y se echó a andar él mismo colina abajo.

Ramona se sintió en aquel momento sola de veras en el mundo. ¡Volver a aquella casa! Meditaba mil planes de fuga, mientras andaba como sin saber a dónde por los senderos del jardín. ¿Dónde, dónde estaba Alejandro? ¿Cómo no se aparecía allí a salvarla? Le faltaron los ánimos, y al entrar en su cuarto por fin, se dejó caer al suelo, llorando. ¡Si hubiera sabido que ya Alejandro estaba a más de media jornada del camino de Temecula, alejándose cada vez más de ella a galope desesperado, entonces sí se hubiera creído sola en el mundo!

Eso fue lo que en la cita del corral chico le aconsejó Felipe hacer, alarmado por lo que Alejandro le decía, con fogosa viveza, de la ira y las amenazas de su madre al verlo con Ramona en el arroyo. Nunca había visto a su madre como Alejandro se la estaba pintando. Mientras más le hablaba el indio, más creía que lo mejor era que saliese de la hacienda hasta que la ira de la Señora se calmase. «Le diré que fuiste a un mandado mío, para que no tome el viaje a falta. Vuelve de aquí a cuatro días, que lo que se haya de hacer, ya estará entonces arreglado.» Bien entendió Alejandro, aun antes de oír la exclamación de sorpresa con que respondió Felipe a su deseo, que era locura pretender ver a Ramona antes de irse.

—¡Pero usted se lo dirá todo, Señor–Felipe! ¡Ud. le dirá que me voy por su bien!–Y al decir esto miraba a Felipe el pobre mozo como si quisiese dejarle toda el alma.

—Se lo diré, Alejandro, se lo diré.–Y Felipe le tendió la mano, como a su igual y amigo.–Cree de veras que yo haré cuando pueda por Ramona y por ti.

—Dios me lo bendiga, Señor Felipe, contestó Alejandro gravemente, conociéndosele por el de la voz el temblor del corazón.

«¡Noble mozo!», se decía Felipe, viendo a Alejandro saltar sobre su caballo, que tuvo toda la noche con la silla puesta muy cerca del corral: «¡noble mozo!: no hay entre todos mis amigos uno que hubiera sido tan franco y bravo como él en este caso triste. ¡No es extraño que Ramona lo quiera! Pero ¿qué haré yo? ¿qué podré hacer?»

Nunca hasta entonces hubo desavenencia grave entre su madre y él. !Ahora sí, ahora la habría! No creía que su influjo sobre su madre fuese tal que alcanzase a conmoverla. Aquella amenaza de encerrar a Ramona en el convento le tenía aterrado. ¿Podría hacerlo su madre? No sabía si podía. Ella creería que sí, porque si no, no la hubiera amenazado. Y a esa injusticia se rebelaba el alma entera de Felipe. «¡Como si fuese pecado que la pobre criatura quiera al indio! Pues si a malas vamos, yo mismo les ayudo a escaparse.» Así anduvo Felipe, hilando ideas, yendo y viniendo de una parte a otra, hasta que lo alto del sol le obligó a buscar refugio en algún sombrío cercano. Se echó a la sombra de los sauces viejos. Su natural repulsión a lo desagradable y su hábito de dejarlo todo para después le retenían, hora sobre hora, lejos de la casa. ¿Cómo empezaría la conversación con la Señora? ¿Debería siquiera empezarla? En esto oyó su nombre. Margarita era, que lo llamaba a comer. «¿A comer ya?», dijo poniéndose en pie de un salto.

—Sí, Señor, ya. –Y Margarita lo miraba de pies a cabeza. Ella lo vio hablando con Alejandro, vio a Alejandro luego salir a galope por el camino del río, vio mucho también en los ojos de la Señora y de Ramona cuando iban al cuarto. De aquella súbita tragedia, Margarita, ignorante en apariencia, lo sabía casi todo: le aceleraban el pulso las conjeturas y cavilaciones sobre lo que iba a suceder en la casa de Moreno.

Callada y violenta fue aquella comida. So pretexto de enfermedad, Ramona faltaba de la mesa. Felipe no se mostraba a sus anchas, como solía: apenas decía palabra la Señora, colérica y perpleja. Con ver a Felipe, adivinó que Ramona le había hablado: ¿cómo?, ¿cuándo?; porque pocos momentos después de salir Ramona del cuarto fue en su busca la Señora, y hallándola en su habitación, volvió a dejarla cerrada bajo llave: y en la mañana no pudo ser, porque la Señora la pasó entera en el colgadizo, cerca de la cautiva. ¿Dónde le había hablado, pues? Con los pensamientos le crecía a la Señora la ira: verse burlada le dolía aún más que verse desobedecida: ¡ya no veía lo que pasaba ante sus mismos ojos! Contra Felipe mismo estaba airada y le punzaba en los oídos aquel «Felipe no lo permitirá» que en mal hora le dijo Ramona. ¿Qué pudo haber hecho Felipe para que aquella criatura pensase que se pondría de su lado? ¿Conque ya a la Señora la desafiaban en su propia casa los criados y los hijos?

En tono de serio desagrado dijo a Felipe al levantarse de la mesa:

—Hijo, quisiera hablar contigo en mi cuarto, si no tienes qué hacer.

—Nada, mi madre, contestó el joven, contento de que la Señora hubiera así abierto la plática, que él no se sentía con valor para empezar. Y siguió tras ella tan de cerca, que intentó, como hacía con frecuencia, rodear con el brazo su cintura. Lo rechazó la Señora suavemente, pero arrepentida al punto, lo tomó ella misma del brazo, diciéndole, mientras se apoyaba en él más de lo usual:–Así es mejor, hijo. Cada día tengo yo que apoyarme más en ti. ¿No ves que he envejecido mucho, Felipe, desde hace un año?

—No, mi madre, no veo: para mí está Ud. hoy como hace diez años.–En lo que decía verdad; porque para él en aquel rostro no había mudanza alguna; porque lo que aquel rostro le decía, ¡sólo a él lo decía, sólo para él se encendía y transfiguraba!

Suspiró la Señora al contestarle:–Eso es porque me quieres mucho, Felipe; pero bien noto yo cómo cambio. Ya las penas me pueden más que antes. Y de ayer acá, hijo, me parece que llevo encima un mundo de años:–lo cual decía sentándose en la misma silla de brazos donde poco antes había perdido Ramona el conocimiento. Felipe se estuvo de pie, mirándola con ternura, pero sin hablarle.

—¡Veo que Ramona te lo ha dicho todo!, dijo la Señora, en voz más seca, con aquella habilidad suya para poner las cosas como le convenía.

—No, mi madre, no fue Ramona, Alejandro fue quien me habló esta mañana temprano.–Felipe quería alejar pronto de Ramona la conversación.–Alejandro vino a hablarme anoche, cuando ya estaba yo acostado, y le dije que por la mañana me dijera lo que quisiese.

—¡Ah!, dijo la Señora, satisfecha. Felipe seguía callado.–¿Y qué te dijo Alejandro?

—Todo.

—¡Todo! ¿Y de veras crees que no le quedó nada por decirte?

—Me dijo que Ud. le había mandado salir de su vista, y que creía que debía irse. Le dije que en seguida se fuera; porque pensé que Ud. no querría volver a verlo.

—¡Ah!, exclamó la Señora, entre orgullosa de que Felipe la hubiera secundado, y contrariada por la partida de Alejandro:–No sabía yo si te parecería mejor despedirlo de una vez o no: lo que le dije fue que debía responderte de su falta. Pensé yo que tal vez imaginaras algún medio de que se quedase en la hacienda.

¡Cómo! ¿Oía bien Felipe? Eso no era lo que esperaba él oír decir a su madre de Alejandro. ¿Habría soñado Ramona? Sin pensar en que el que Alejandro se quedase en la hacienda no traía de necesidad bien a Ramona, dijo gozosamente, con aquel ímpetu suyo irreflexivo que todo lo daba por hecho a la primera esperanza:–¡Ah, mi madre! pues si así puede ser, todo queda arreglado.–Y sin pararse a estudiar el rostro de su madre, le entregó sin reserva todo su pensamiento.

—Eso mismo es lo que he estado yo deseando desde que vi que él y Ramona se empezaron a querer. Él es un mozo excelente, mi madre, y la mano mejor que hemos tenido en la hacienda. La gente toda lo quiere, y creo yo que para capataz será magnífico: y si le damos el cuidado de la hacienda, ya entonces no hay razón para que no se case con Ramona. Así podrían vivir los dos bien aquí con nosotros.

—¡Basta!, gritó la Señora, con voz tan honda y extraña que a Felipe le pareció del otro mundo. Cesó él de hablar, no sin una exclamación de asombro. A sus primeras palabras, clavó la Señora los ojos en el suelo, como siempre que quería escuchar atentamente; pero ahora miraba de lleno a Felipe, con expresión tal que ni su amor de hijo pudo perdonársela. Casi le miraba con el mismo desprecio que a Ramona. A Felipe le sacó los colores a la cara.

—¿Por qué me mira así, mi madre? ¿Qué mal he hecho?

Ella hizo con la mano un gesto imperioso.–¡Basta, digo! No hables más. Déjame pensar unos momentos.–Y volvió a clavar en el suelo los ojos.

Entonces sí la estudiaba Felipe. Nunca se hubiera sospechado capaz de la rebelión que le apuntaba en el alma. Allí comenzó a entender el terror que su madre inspiraba a Ramona. «¡Pobrecita!» pensó. Era deshecha tormenta, en tanto, el corazón de la anciana, y sobre todas sus emociones imperaba el odio hacia la infeliz criatura: ¡Ramona, pues, era también la causa de que Felipe la hubiera hecho encolerizar, por la primer vez de su vida! Pero ¿qué ira podía durar entre ella y Felipe? Como una corriente de lava nueva se precipita sobre la que la precede, así su amor se echó sobre su cólera: cuando levantó los ojos, los tenía llenos de lágrimas. Lo miraba, y le corrían a hilos por las mejillas.

—Perdóname, hijo: nunca pensé que pudiera enojarme así contigo. ¡Es esa descarada criatura, que nos está costando demasiado! Debe desaparecer de nuestra casa.

El corazón le dio a Felipe un vuelco. ¡Ah, no había soñado

Ramona! Le llenaba de vergüenza la crueldad de su madre, pero sus lágrimas lo enternecían, por lo que con voz afable, y aun suplicante, le replicó:

—No veo, mi madre, por qué llama a Ramona descarada. ¿Qué mal hay en que quiera a Alejandro?

—¡Los he visto abrazados!

—Lo sé, mi madre. Alejandro me ha contado que en ese mismo momento acababa de decirle que la quería, y ella de decírselo a él, y de ofrecerle que se casaría con él, cuando usted se les apareció en el arroyo.

—¡Bah! Y ¿crees tú que el indio se habría atrevido a hablar de amores a la señorita de la casa, si ella no lo hubiera tentado con su desvergüenza? Ni siquiera entiendo por qué necesitó él hablarle de casarse.

—¡Madre, madre!–fue todo lo que pudo decir Felipe. La miraba espantado. Le leía todos los crueles pensamientos.–¡Madre!–volvió a decirle, en un tono que ahorraba todo discurso.

—Como lo digo, hijo. No entiendo por qué no se la llevó lo mismo que a cualquier moza de su casta, sin mucha ceremonia de matrimonio.

—Alejandro no hará con ninguna mujer, mi madre, sino lo mismo que yo haría.–Y añadió con valor:–Es Ud injusta con Alejandro:–»Y con Ramona» iba a decir, pero temió exasperarla.

—A Alejandro no le hago injusticia. Con lo que ella se le ha ofrecido, ya sé que pocos hubieran obrado tan bien como él. ¡De ésa es toda la culpa!

Aquí perdió Felipe la paciencia: aquí fue cuando supo cómo se le había entrado por el corazón aquella apacible y pura niña que quiso como a hermana desde la niñez, y poco menos que como amante al sentirse hombre. ¡Eso sí no lo oiría él en calma!

—¡Madre! volvió a exclamar, en un tono que llenó de asombro a la Señora: sentiré darle pena, pero lo que debo decir, lo digo. ¡No puedo yo soportar que Ud. diga eso de Ramona! Yo he estado viendo, desde que empezaron a quererse, cómo Alejandro hubiera besado con locura el mismo suelo donde ella pisaba: ¿cómo no lo había de ver Ramona? ¿cómo no lo había de querer, madre? ¡ojalá me quisiesen a mí algún día como quiere ella a Alejandro! Lo que yo pienso es que se deben casar con todo honor, que debemos dar a Alejandro el manejo de la hacienda, que deben vivir aquí en paz con nosotros. Yo no veo en eso ni sombra de deshonra. Para mí, eso es lo más natural del mundo. No es lo mismo que si Ramona fuera de nuestra sangre, mi madre: Ramona es hija de india.

Y sin poner mientes en la exclamación de desprecio con que quiso interrumpirle la Señora, continuó Felipe en su defensa, ya porque le arrastraba su propia generosidad, ya por miedo de oír lo que su madre después de aquel arrebato le diría.

—Yo he pensado muchas veces en lo que iba a ser de Ramona. Hija de india como es, pocos habrá que se quieran casar con ella: ¿me hubiera Ud. dejado casar a mí con ella?–De horror más que desprecio fue esta vez la exclamación de la Señora.

—No, pues: ya lo sabía yo: porque lo sabía no la he querido como a novia; ¡porque criatura más dulce, mi madre, no la he conocido yo en la tierra!

Y Felipe, desesperado, seguía arguyendo, sin perdonar arma ni golpe. ¡Si esto no la convence, aquello la convencerá!

—Mi madre, usted nunca le tuvo amor, ni simpatía creo que le tuvo Ud. nunca. ¿Que desde niñito no vi yo que me quería Ud. más que a ella? Y yo nunca lo pude entender. Pero ahora sí que es Ud. con ella injusta: yo la he estado vigilando todo este verano: yo los he visto casi siempre cuando han estado juntos. Ud. bien sabe que él ha vivido con nosotros en el colgadizo como si fuera de la casa. Yo creía que Ud. lo estaba viendo lo mismo que yo. Yo no creo que Alejandro haya hecho más que lo que en su lugar hubiera hecho yo. Yo no creo, mi madre, que Ramona haya hecho más que lo mismo que hubiera yo querido que una hermana mía hiciese.

Aquí, desahogado de toda su armadura, cual pobre estratégico que en el primer encuentro empeña todas sus fuerzas, se detuvo por fin el bravo mozo, no hecho a tomar por asalto duras peñas.

Con tal fuego había hablado, que el aliento pareció faltarle al concluir, y la Señora, entre ojeadas de inquietud maternal, le decía en tono compuesto:–¿Conque Ramona no ha hecho más que lo mismo que hubieras tú querido que una hermana tuya hiciese? ¿Hubieras tú querido que una hermana tuya se casase con Alejandro?

¡Ah diestra Señora! Mientras Felipe le hablaba, determinó con superior sosiego la manera de atraerlo a su voluntad sin parecer que le contrariaba la propia, y de esquivar en la conversación los puntos en que claramente se veía vencida. ¿Qué bien pudiera venirle de oponerse a Felipe de lleno? Verle a él enojado con ella, no podía soportarlo: ni nada hubiera lastimado tanto su dominio real sobre él, como el que llegara a imaginar que por mero capricho le contrariaba sus deseos. Aquella voluntad domaba hasta la furia. No más querella entre la madre y el hijo. Felipe debía seguir creyendo que, aun en este caso apurado, era él quien mandaba en la casa de Moreno.

A aquel acerado ataque, más fino que la mejor templada hoja; a aquella pregunta que la Señora, dueña por fin de sus sentidos, le repetía pausadamente con su más insinuante voz; a aquella frase puesta de manera que no parecía que la dictase la pasión, sino que la Señora iba midiendo y pesando, Felipe, notando con embarazo que su madre ya le guiaba, sólo tuvo una respuesta:–No, mi madre, no hubiera querido; pero...

—Los peros luego, hijo, interrumpió la Señora, sonriendo con un cariño en que Felipe no dejó de ver razón de temo:–Ya sabía yo tu respuesta. ¡Muerta hubieras tú querido mejor ver a tu hermana que casada con un indio!

—No, no, eso no, dijo Felipe apresuradamente.

—Espera, espera: cada cosa a su tiempo. Yo te veo el buen corazón, y he de decirte que nunca he estado más contenta de ti que ahora que me hacías esa defensa tan viva de Ramona. Tal vez, hijo, seas tú el que pienses bien sobre su conducta y sobre ella. Pero no es eso lo que tenemos que discutir ahora, Felipe. Sea buena o mala Ramona, lo que hay que ver es esto: ¿Deberás tú permitirle que haga lo que no permitirías que tu propia hermana hiciese?–Dejó de hablar unos instantes la Señora, regocijándose en la perplejidad en que sus palabras ponían visiblemente a Felipe. Y todavía con más blandura le siguió diciendo :-De seguro que no piensas tú que eso sería justo, ¿verdad, hijo?

—No, mi madre; pero...

—Bien sabía yo que el hijo de mi sangre no me podía dar otra respuesta.–Y siguió hablando, porque no quería dar a Felipe tiempo más que para ir respondiendo a sus preguntas.–Por supuesto que no sería justo que le permitiésemos hacer a Ramona lo que no le permitiríamos si fuese de nuestra propia familia. Así es como he entendido yo siempre mi obligación con ella. Mi hermana la quiso criar como hija, y le dio su nombre, y al morir me la dio para que la tuviese conmigo como la hubiera tenido ella. ¿Crees tú que si mi hermana viviese ahora le permitiría casarse con un indio?: ¿lo crees tú?

Bajo y con poca voluntad, como antes, respondió Felipe:

—No, supongo que no.

—Bien, pues, hijo. Ésa es una doble obligación para nosotros. No sólo no podemos dejarle hacer lo que a nuestra sangre no le dejaríamos, sino que no podemos faltar a la confianza que puso en nosotros la única persona en el mundo que tenía autoridad sobre ella. ¿No es así, Felipe?

—Sí, mi madre, así es,–dijo el desconsolado joven, que se esforzaba en vano por salir de entre aquella red en que su madre lo iba envolviendo. Algo había falso, bien lo entreveía él, en aquel raciocinio; pero no acertaba a aclarárselo su pensamiento confuso. Una cosa sí veía clara después de todas aquellas razones, y era que Ramona debía casarse con Alejandro. Con el consentimiento de su madre, estaba viendo que no sería jamás. «Ni con el mío a las claras tampoco, según pone ella las cosas. Y ¡yo que le tengo prometido a Alejandro hacer por él! ¡Valía más que nunca se nos hubiera aparecido por la hacienda!»

—Siempre me estaré condenando, decía la Señora, por no haber visto a tiempo lo que sucedía. Verdad es que Alejandro estuvo mucho con nosotros en todo tu mal, con la música, y el canto, y una cosa y otra; pero ¿cómo iba yo a pensar, hijo, que pudiera Ramona mirar al indio como novio? Yo no sé qué podemos hacer, ahora que ya ha sucedido.

—¡Pues eso digo, mi madre, eso!: ya ve Ud. que es demasiado tarde.

Como si no le oyese continuó la Señora:–Supongo yo que no te ha de agradar que se quede la hacienda sin Alejandro, sobre todo cuando le tienes tu palabra empeñada, porque tú fuiste quien le hablaste para que tomara el empleo. Por supuesto, con lo que ha sucedido, a Ramona le tiene que ser muy penoso quedarse aquí, y estarlo viendo a cada instante, por lo menos hasta que se le hayan muerto estos malos amores: que no duran, hijo: esos quereres repentinos pasan pronto.– Y aquí dejó caer la Señora la grave pregunta:–¿Qué te parecería, Felipe, si la mandáramos otra vez con las Hermanas por algún tiempo? Ella vivía allí muy feliz.

La Señora había ido demasiado lejos. Felipe, descuidando toda reserva, habló con el mismo ímpetu con que había defendido antes a Ramona. Ya no sentía miedo. Ya le parecía tener delante a Ramona misma, cuando le decía sollozando en el camino del corral: «¡Oh Felipe, tú no dejarás que me encierren en el convento!»

—Madre, dijo Felipe, eso no querrá Ud. hacerlo nunca: ¡Ud. no encerrará en el convento a la pobre criatura!

—¿Quién habla de encerrarla?–le respondió su madre levantando las cejas, como llena de asombro.–Ramona estuvo con las Hermanas a colegio, y a colegio puede volver ahora, que no son sus años tantos que no esté aún para aprender. Y que para lo que ella tiene, no hay mejor cura que mudar de lugar y de quehaceres. ¿Se te ocurre a ti algo mejor, hijo? ¿Qué me aconsejarías tú hacer?

Y en ésta, como en sus dos preguntas de antes, volvió a detenerse la Señora. Aquel preguntar y detenerse de la Señora a nada se parecía tanto como a aquellas pausas que hace la araña, apartándose un poco, cuando ya tiene casi cubierta con sus redes a la presa que aún se juzga libre, mientras que su perseguidora, preparándose en el descanso, ve cómo se agita y aletea su víctima. Rara vez dejaba la Señora de conseguir con sus preguntas hábiles lo que pretendía. La pregunta no se veía de fina: daba como innegable lo mismo que se resistían a concederle: argüía tomando por resueltos los puntos de la discusión que iban lejos de estarlo: era como el centellear de una armadura ágil y brillante.

—¡Qué aconsejaría yo!, exclamó Felipe: ¡pues que Ramona se case con Alejandro! Me parece verdad todo eso de nuestras obligaciones con Ramona; pero como Ud. las pone, mi madre, será muy difícil salir de este paso.

—Sí, hijo, difícil para ti que eres el dueño de la casa. No sé yo cómo vas a hacer frente a esta dificultad.

—Por mí no pienso hacerle frente. Nada quiero tener que hacer en eso, mi madre. ¡Si ella quiere, pues que se vaya con Alejandro!

—¿Sin nuestro consentimiento?, dijo la Señora afablemente.

—Pues sí, si no lo podemos dar. Yo no veo por lo que Ud. me dice que nos caiga culpa alguna por dejarla casar con Alejandro. ¡Pero, por Dios, mi madre, déjela ir! Ella se ha de ir de todos modos. Ud. no sabe cómo quiere al indio, ni cómo el indio la quiere. ¡Mi madre, déjela ir!

La Señora, ansiosa, dijo:–Pero ¿crees de veras que se huiría, que se huiría con el indio si le negamos el consentimiento?

—Sí lo creo.

—¿Conque lo que tú piensas es que debemos lavarnos las manos, y no hacer nada más, y dejarla que haga lo que quiera?

—Eso pienso, mi madre,–dijo Felipe como si con estas palabras se le quitara de sobre el corazón un peso. -Eso es lo que han de hacer al fin: más vale que les digamos nosotros que lo hagan.

—¿Pero entonces Alejandro tendrá que irse de la hacienda? Aquí no se pueden quedar.

—No veo por qué, replicó ansioso Felipe.

—Piensa, y verás por qué, hijo. ¿No ves que si se quedan aquí casados, ha de parecer que el matrimonio fue con nuestro consentimiento?

Bajó el hijo los ojos.–¿Ni casarse podrán aquí, pues?

—¿Y qué más hubiéramos hecho entonces si el casamiento fuera a nuestro gusto?

—¡Verdad, madre!–Y Felipe se dio una palmada en la frente.– Pero ¿entonces los obligamos a salir huidos?

—¡Ah, no!, dijo la Señora fríamente. Si se van, se van por su voluntad. Dios quiera que se arrepientan. Algo nos tocará siempre de culpa por haberlos dejado ir, pero si crees que no hay otro remedio ¿qué hemos de hacerle, hijo?

Felipe no hablaba: se sentía descontento: le parecía que había sido traidor a Alejandro, y a Ramona, a su hermana. Todo aquello se le figuraba poco firme. No veía qué más pudiera él, ni se pudiera, pedir a su madre: pero tampoco veía que a Alejandro y a Ramona pudiera concederse menos. Estaba colérico, perplejo, cansado.

Su madre, que no le quitaba los ojos, le dijo con ternura:–No me pareces satisfecho, mi hijo: ¿Ni cómo lo has de estar en este paso sin salida? ¿Le ves tú alguna otra salida, Felipe?

—No, dijo él con amargura:–¡pero eso es como echar a Ramona de la casa!

—¡Ay, Felipe, qué injusto eres contigo! Bien sabes tú que eso no eres capaz de hacerlo: tú sabes que en ella está seguir viviendo aquí como hija, lo mismo que ha vivido siempre. Pero si quiere abandonarnos, Felipe, ¿es culpa nuestra? Que la compasión no te haga ser injusto contigo, y con tu madre. ¡Echar a Ramona de la casa! Como hija le prometí a mi hermana que se la criaría, y a mi muerte, como hija mía te la hubiera dejado. Mientras haya techo, Felipe, en la casa de Moreno, aquí, siempre que lo quiera, tendrá Ramona su techo. No es justo, Felipe, no es justo eso que me dices.–Y tenía la Señora los ojos llenos de lágrimas.

—Perdóneme, mi madre querida. ¡Todavía le doy más penas de las que tiene! Es verdad, esto me tiene como loco, y no puedo ver nada como es. ¡Ay, madre, cuándo habremos salido de esto!

—Gracias, mi hijo, por estos cariños. Piensa bien que sin ti ya me hubieran acabado las penas, aunque ninguna ha sido como ésta, porque me siento, y siento mi casa, deshonrada. Sea, pues. Yo también, como tú dices, quisiera haber salido de esto. Mejor que le digamos a Ramona ahora mismo. Ella también estará ansiosa. Aquí mismo la veremos.

Bien hubiera querido Felipe verla a solas; pero no vio cómo lograrlo, y asintió a lo que su madre decía.

Salió la Señora, atravesó el pasillo, abrió el cuarto de Ramona, y de la puerta le dijo:–Ramona, hazme el favor de venir: Felipe y yo tenemos algo que decirte.

Ramona la siguió sobresaltada: «Felipe y yo» no le anunciaba cosa buena.–»La Señora le ha cambiado a Felipe el pensamiento: ¡ay!, ¿qué va a ser de mí?»–Y al entrar en la habitación detrás de la Señora, echó sobre Felipe a hurtadillas una mirada de súplica y reproche. Él le sonrió, como tranquilizándola. Pero la tranquilidad había de durar poco.

—Ramona Orteña..., empezó a decir la Señora. «¿Qué tono es ése?», se preguntó Felipe estremecido. Él no sabía que su madre pudiera hablar de esa manera. ¡Le hablaba a Ramona como al mayor desconocido! ¡Tan de lejos venían las palabras, tan duras, tan frías!

—Ramona Orteña..., volvió a decir la Señora, mi hijo y yo hemos estado pensando lo que debemos hacer en la vergüenza en que nos ponen tus relaciones con el indio Alejandro. Tú sabes, por supuesto, o debes saber, que jamás se ha de hacer con nuestro consentimiento un matrimonio semejante, porque sería deshonrar el nombre de nuestra familia, y faltar a un encargo sagrado.

Ramona oía, dilatados los ojos, las mejillas sin color, los labios abiertos, pero sin palabras. Miró a Felipe, a Felipe que tenía los ojos bajos y aire de embarazo e ira, y se sintió vendida, sola, abandonada. Oh, ¿dónde estaba Alejandro? Juntando las manos, dejó escapar un leve grito, un grito que sacudió el alma de Felipe. ¿No era aquella, aquella criatura que padecía a sus propios ojos, la que en sus sueños vio como su esposa en sus primeros años de hombre? Las punzadas de aquel amor volvía a sentir al verla allí padecer. ¿Cómo no volaba a su lado, según le decía el alma que volase? ¿no la escudaba con su cuerpo? ¿no desafiaba a su madre? De toda su voluntad necesitó para dominar estas emociones. Callar era ahora mejor. Ramona lo entendería después.

Pero el grito de la niña, que en Felipe tales tormentos levantaba, no contuvo las fáciles y frías palabras de la anciana.

—Mi hijo me dice que, a pesar de nuestra prohibición, te has de ir de todos modos con el indio. Debe ser, porque tú misma me dijiste que te irías con él, aunque te lo prohibiese el Padre Salvatierra. Pues lo quieres así, nada podemos hacer. Si te pusiese en el convento, que es lo que yo sé que mi hermana haría ahora contigo si estuviera viva, ya encontrarías manera de escaparte de allí, y traer todavía más escándalo sobre nosotros. Felipe dice que no vale la pena empeñarse en traerte a razón. Pero yo quiero que sepas que mi hijo, como cabeza de la casa, y yo, como hermana de la que te adoptó, te miramos como a un miembro de nuestra familia. Mientras haya aquí casa para nosotros, esta casa es la tuya, como ha sido siempre. Pero si prefieres abandonarla, y deshonrarte y deshonrarnos a todos casándote con un indio, no lo podemos remediar.

La Señora se detuvo. Ramona no habló. Tenía clavados los ojos en la Señora, como para leerle lo último del pensamiento; de aquel pensamiento en que ya nada le era oscuro, desde que el amor, que todo lo revela y esclarece, había aguzado sus instintos.

—¿No tienes nada que decirme, ni a mí ni a mi hijo?

—No, Señora. No tengo que decir más que lo que dije esta mañana. ¡Aunque sí, sí tengo! Tal vez, Señora, no vuelva a verla antes de que me vaya. Tengo que darle gracias otra vez por la casa en que me ha dejado vivir tantos años. Y a Felipe también...–dijo, volviéndose a Felipe, con muy distinta expresión en el rostro, y dejando salir a los ojos llorosos todo el cariño ahogado y la pena de su alma...–¡tú has sido siempre tan bueno para mí! ¡yo te querré toda mi vida!–Y le tendió las dos manos. Felipe las apretó entre las suyas, ya iba a hablar, cuando la Señora, que no gustaba de ver ternuras entre su hijo y Ramona, dijo como cortándole las palabras:

—¿Es que te estás ya despidiendo de nosotros? ¿Te vas ahora mismo?

—No sé, Señora, tartamudeó Ramona. No he visto a Alejandro. No sé de... Alejandro...

Y miró con angustia a Felipe, que le respondió, como con piedad:

—Alejandro se ha ido.

—¡Ido!, gimió Ramona: ¡oh no, Felipe, no se ha ido!

—Por cuatro días no más, Ramona. Por cuatro días no más. Se fue a Temecula. Yo pensé que era mejor que se estuviese lejos uno o dos días. Pero vuelve en seguida. Pasado mañana debe estar de vuelta.

—Y ¿quería él irse? ¿para qué se fue? ¿por qué no me dejaste ir con él? ¡Ay, por qué, por qué se fue!, decía la niña llorando.

—Se fue porque mi hijo le mandó que se fuera, dijo la Señora Moreno, airada con la escena, y con la simpatía que en vano hubieran querido ocultar los ojos de Felipe.–Mi hijo pensó muy bien que su vista era más de lo que podía yo sufrir ahora: le mandó que se fuese, y Alejandro obedeció lo que le mandaron.

Con brusco movimiento se desasió Ramona de las manos de Felipe, y encarándose con la Señora, atrevida y resuelta la mirada en medio de su llanto, le dijo, con la mano derecha levantada hacia el cielo:

—¡Ud. ha sido cruel: Dios la castigará!

Y sin esperar el efecto que producían sus palabras, sin mirar siquiera a Felipe, salió rápidamente del cuarto.

—¡Ya ves, ya ves cómo nos desafía!, dijo la Señora.

—Está desesperada, mi madre. Siento haber mandado a Alejandro.

—No, mi hijo, tuviste razón, como la tienes siempre. Eso puede volverla a sus sentidos, el meditar en la soledad unos cuantos días.

—¡En la soledad! Pero, mi madre: ¿Ud. no va a tenerla todo este tiempo encerrada, no?

La Señora se volvió hacia él, fingiendo gran sorpresa. –¿No te parece eso lo mejor, pues? ¿No dijimos que todo lo que podíamos hacer era dejarla ir por donde quisiera, y lavar en esto, hasta donde se pueda, nuestras manos?

—Así dije, mi madre, pero...–No sabía Felipe lo que deseaba decir. Su madre lo envolvió en una tierna mirada, llena de solicitud y de ansiedad profunda:–¿Que es, mi hijo? ¿qué crees tú, que hay algo más que yo deba decir o hacer?

—¡Es que no entiendo lo que quiere usted hacer!

—Nada, Felipe. Tú me has convencido de que no puede hacerse nada. No haré absolutamente nada.

—Entonces, ¿mientras Ramona esté con nosotros, todo será lo mismo que siempre?

La Señora sonrió con tristeza.

—¿Pero, mi hijo, crees eso posible? Una criatura que nos desafía a ti y a mí, y al mismo Padre Salvatierra; que va a traer el deshonor sobre el nombre de Orteña y el de Moreno, ¿cómo hemos de tenerla en nuestra casa, Felipe, lo mismo que la teníamos antes? ¿cómo hemos de sentir lo mismo por ella?

—Bien, bien, eso no: yo no hablo de sentir, dijo Felipe impaciente. Pero en lo que se ve, mi madre ¿será todo como antes?

—Supongo, dijo la Señora: ¿no es eso lo que tú quieres? Creo que eso debemos hacer: ¿no crees tú?

—Sí, suspiró Felipe: ¡si podemos!

Planes: Meditaciones

Nunca se vio tan contrariada la Señora como en este asunto de Ramona y Alejandro. ¡Cuánto distaba lo que había quedado dispuesto en su conversación con Felipe de lo que se propuso sacar de ella! Ni Alejandro se iba a quedar de capataz; ni Ramona iría al convento, sino que se casaba con Alejandro: y las joyas... bueno, pues: que el Padre dijera lo que se debía hacer con las joyas. Con toda su entereza, no se atrevía a obrar sin consejo en aquel asunto: eso sí, a Felipe no había que hablarle del legado, porque de seguro opinaba que todo aquello no tenía más dueño que Ramona. Probable era que el Padre también pensase así; y entonces no habría más remedio que deshacerse del tesoro. Hasta del Padre lo hubiera escondido la Señora, a no ser porque a la muerte de la hermana se le enteró de todo. ¡Pero de aquí a que el Padre venga, falta un año!. Como lo ha guardado hasta aquí Santa Catalina, puedo seguirlo guardando. Cuando Ramona se haya ido, la Señora sabrá lo que le escribe al Padre, y le dirá que todo lo deja para lo que él mande a su vuelta. Y con estos proyectos y estrategias se consolaba de su parcial derrota.

Nada es tan hábil para defenderse como la soberbia. No hay pérdida que no consuele con las más ingeniosas represalias; y con ser grande la agudeza con que las imagina, es mayor su felicidad para engañarse. En esto excede la soberbia mil veces a la vanidad; porque el vanidoso herido, sale cojeando y sin máscara del encuentro desdichado; pero el soberbio jamás desampara la bandera: si en una acción lo vencen, salta a otra y despliega sus colores; y a otra, si en ésa también cae; y a otra, hasta la muerte. No se puede prescindir de admirar esta especie del orgullo, porque si es cruel el que lo padece con los que se lo lastiman, también lo es consigo mismo cuando su pasión se lo demanda. ¡Esa pasión ha sostenido mucha esperanza muerta, y ha ganado muchas difíciles coronas!

No cerraba aún la noche cuando ya la Señora tenía recompuesto en su mente lo futuro; su contrariedad, apaciguada; su placidez, de vuelta; y el ánimo libre, y dispuesto a sus quehaceres ordinarios. Con Ramona, no haría nada: ¡sólo ella sabía todo lo que eso significaba de pena y amargura!: ¡ojalá Felipe también se decidiera a «no hacer nada»! Pero no estaba segura de lo que haría Felipe: con sus hilos y tramas lo había ido enredando, hasta que pareció que los deseos de la madre eran los del hijo; pero lo que él realmente pensaba, ya lo sabía ella. Él quería a Ramona: él tenía cariño por Alejandro. Sin aquel argumento del honor de la familia, que a él no le hubiera ocurrido, ni le haría fuerza si no cuidase ella de avivarlo, claro es que Felipe hubiese querido tener casados en la hacienda a Alejandro y Ramona. Y eso le volvería a ocurrir, de seguro, si lo dejaba a sus propios pensamientos. Pero no volvería a hablar con él de esto ni a permitir que él le hablase: lo mejor para sus fines era estar a lo dicho, a que nada debían hacer. No harían nada. Esperarían a lo que quisiese hacer Ramona: soportarían cuanta pena y deshonra quisiese echar sobre la casa que la había abrigado desde niña.

¡Nada! Ramona seguiría siendo en la casa, aparentemente, lo mismo que antes. Iría y vendría en entera libertad. Nadie la vigilaría: en la mesa a comer, en su cuarto a dormir, al alba levantarse: nada, en fin, que Felipe pudiera tomar como provocación que la estimulase a la fuga. Pero Ramona había de sentir en todo instante que aquella casa ya no era la suya, que aquellos corazones le estaban cerrados, que puesto que de un extraño quería ser, se la miraba como extraña. Y todo eso, bien sabía la Señora cómo había de hacerse. Eso era lo único que podía volver a Ramona a sus sentidos. La Señora no conocía el alma de la niña, ni su profundo afecto por el indio. «Y si se arrepiente, si me pide perdón»,–y este pensamiento hacía a la Señora generosa,– »si deja el matrimonio y sigue fiel a la casa», se la querrá más, se le dará un premio, se le enseñará un poco el mundo, se la llevará a Los Ángeles y a Monterrey, donde puede ser que encuentre un buen marido. ¡Ya ve Felipe que no se la quiere mal, y que lo que se hace con ella no es más que por su bien!

Ramona no pudo impedir que en la exclamación y en el rostro se le conociese la sorpresa con que vio entrar en su cuarto a la Señora, preguntándole en su tono usual por los pimientos que habían puesto a secar en el colgadizo. Hizo la Señora como que no notaba aquel asombro: los pimientos, pues; los «chiles,» que han de estar bien secos; y el sol, que pica; y las uvas, que vienen: lo mismo de que, a vivir en paz, le hubiera hablado una semana antes; pero con tal propósito y manera que a las pocas frases entendió Ramona con qué arte e intentos iba a ser humillada. La sorpresa, mezclada de agradecimiento, se cambió en nueva amargura: «¡Así es como me va a tratar para que me arrepienta! No me arrepentiré. Todo lo sufriré estos cuatro días. En cuanto venga Alejandro, me voy con él.» Y estos pensamientos, que se le iban leyendo en el rostro, exasperaron a la Señora. Guerra, pues. No se rinde. Bien está. Ella lo quiere.

La cabeza de Margarita era a todo esto una devanadera. ¿Qué quería aquello decir? Sus ansias la llevaron hasta ir de puntillas a escuchar la conversación de la Señora y Felipe con Ramona: por poco la ve Ramona al salir, cuando abrió la puerta de pronto, después de decir «¡Dios la castigará!»–»¡Virgen Santísima! se dijo Margarita.– ¡Cómo se atreve a decirle eso a la Señora!» Ramona no la vio; pero sí la Señora que le dijo: «¿Cómo es que estás barriendo a esta hora el pasadizo, Margarita?» Sólo el diablo le pudo poner en los labios aquella respuesta:–»Es que tuve que hacerle temprano el almuerzo a Alejandro, Señora, que se iba de prisa, porque mi madre no estaba levantada.» La mirada de Felipe le hizo mudar el color: Felipe sabía que aquello era mentira; porque cuando él hablaba con Alejandro, vio a Margarita curioseando desde los sauces, y luego vio que Alejandro se detuvo a hablar con ella un momento, y azuzando a su *pony* en seguida, echó a galope, valle abajo. ¿Por qué había mentido Margarita?

Pero Felipe se olvidó pronto de eso. La moza habría dicho lo que le ocurrió primero para librarse del regaño, que casi era lo cierto, salvo la punta de malicia que dejaba ver contra Alejandro; la cual no era nueva, porque de Margarita habían nacido los celos que de días atrás dejaban ver los criados, envidiosos del indio: «del indio, que vive acá como un señor», decía a cada momento Margarita, donde los criados la oyeran: y les contaba un cuento, y les exageraba otro. ¡Vaya con aquel novísimo caballero! Cuando el Señor Felipe estaba con el mal, santo y bueno que Alejandro entrara y saliera, como hacen los médicos, pero ya que el Señor está en pie, ¿qué quieren decir esas amistades? Y allá en el otro colgadizo, en el del Norte, donde al entrar la noche se iban reuniendo los peones y criados, ésta era la usual comidilla, mientras bajo las enredaderas, de los dueños resonaba el dulce violín o se elevaba la voz serena de Alejandro.

«Como que no nos haría mal de vez en cuando un tantico de música». refunfuñaba Juan Can; «pero por este lado de la casa no la desperdicia el mozo». «¡Oh, decía Margarita, no somos quién para el caballero! No sé por qué dice el refrán: tal amo, tal criado. Y por el colgadizo pasan cosas ¡vaya si pasan! que no son sólo música». Y Margarita fruncía la boca con aire de consumado misterio y hondísima sabiduría, que ocasionaba una verdadera granizada de preguntas. ¿Qué era, pues? Entre los suyos se debe decir lo que se debe. Pero Margarita callaba, bien segura de que nadie le oiría en paz murmuración alguna contra Ramona. Ni hombres ni mujeres, ni de la hacienda ni de la casa, se lo hubieran sufrido. Desde que casi en brazos vino la niña a la hacienda, se prendaron de ella todos, y la mimaron primero, y la quisieron después con toda el alma. ¿Quién no le debía allí algún cariño?: ella los cuidaba, ella les daba ánimos, ella recordaba siempre con alguna terneza los días de su santo y de su cumpleaños. Sólo a su madre se había atrevido a decir Margarita sus sospechas. «¡Cuidado, le respondió Marta, cuidado como te oiga yo hablar de eso con nadie! Eso no es verdad. Eso te lo hacen ver los celos. ¡Y lo que estaremos aquí las dos, en cuanto la Señora sepa que le andas desacreditando a la Señorita! ¡Con el indio! ¿estás loca?» Y cuando Margarita vino en tono triunfante a decirle que la Señora había traído a Ramona por el brazo, del jardín, y encerrádola en el cuarto, porque la encontró hablando con el indio en los lavaderos, Marta, atontada, se cruzó de brazos, y la premió con dos bofetadas excelentes. «¡Te mato si te lo vuelvo a oír decir! En cuarenta años que tengo bajo este techo, no le he visto levantar la mano a la Señora. ¡Se me vuelve loca esta hija!» Y miraba con miedo hacia el cuarto. «Ya verán si estoy loca», replicó Margarita, volviéndose en un salto al comedor.

Mientras la Señora y Felipe comían en silencio aquella tarde, Marta se dejó ir hasta la puerta del cuarto de Ramona, y la oyó sollozar hondamente, como si la estuviera abandonando el alma. ¿Conque era verdad lo que le dijo Margarita? ¡Pero como ella se lo dijo, no podía ser! ¿La Señorita Ramona caer en aquel pecado? ¡Nunca, nunca! Y arrodillándose para poder hablar por el agujero de la llave, le dijo en voz muy baja:–»¡Ay, mi vida!, ¿qué es?–» Pero Ramona no la oyó, ni Marta volvió a hablarle, porque era grande el peligro de que la viesen allí, y a ella no la dejaban correr las rodillas enfermas. Se puso en pie con esfuerzo, y volvió a la cocina, más airada con Margarita aún que antes. Todo lo que iba pasando al otro día confirmaba sin embargo la historia, y más que todo la ida de Alejandro. Se fue como un fantasma: Juan Canito y Pedro se hacían cruces: ni un recado les dejó el indio: el Señor Felipe le dijo a Juan Can como al descuido, después del almuerzo:

—Juan, tendrás que cuidar de todo unos cuantos días. Alejandro ha ido a Temecula.

—¿Días dijeron?, contestó Margarita, cuando le llevaron el cuento. Si Alejandro Asís vuelve a enseñar por aquí la cara, que me quemen viva. Como que ya no vuelve a haber música en el colgadizo: eso se los apuesto.

Pero cuando a la hora de cenar oyó Marta a la Señora decir en su voz de siempre, al pasar por la puerta de la Señorita: «¿Estás lista para la cena, Ramona?»; cuando vio a Ramona salir de su cuarto y seguir a la Señora en silencio, como estaba ella usualmente al lado de la anciana, Marta, que andaba por el patio sin quitar ojo del pasadizo, aunque muy ocupada al parecer en echar maíz a las gallinas, se consoló de esta manera: «Fue un enojo no más. En las casas siempre hay sus enojos. Pero no es cuenta nuestra, y ya se ha acabado.» Y a Margarita, con toda su astucia, le pareció que había vivido en sueños cuando, llegado el momento de sentarse a la mesa, los vio entrar a todos como de costumbre, sin mudanza aparente en el rostro: ¡la Señora! ¡Felipe! ¡Ramona!

Pero las apariencias engañan, y ven poco los ojos. La verdad es que alcanza el ojo humano menos de lo que debiera, con toda la finura y delicadeza de su mecanismo. Nuestra soberbia nos hace decir «ciegos como un murciélago»; pero va sobre seguro el que afirme que no hay en el reino animal murciélago o criatura alguna más ciega en lo que le rodea e interesa, que la gran mayoría de los seres humanos con lo que pasa en sus propias familias. Los corazones se rompen y se curan, los caracteres se agrian y reponen, las fuerzas se consumen y están a punto de rendirse, ¡y los que viven entre estos tormentos, los mismos que los causan, no los notan!

Ya a los diez días de la noche del arroyo había vuelto a tal calma la casa de Moreno, que personas de más seso que Margarita hubieran podido con justicia dudar de que allí viviera algún ser desdichado. Felipe iba y venía en sus faenas de siempre, fumando cigarrillos; o dormitaba, cuando se sentía con fatiga, en su cama de cuero. La Señora daba sus vueltas por la casa, echaba alpiste a los pájaros, hablaba a todos con la voz tranquila; o sentada en la silla de talla en el colgadizo, con las manos cruzadas, miraba al cielo azul del Sur. Ramona atendía a sus usuales quehaceres, limpiaba la capilla, ponía flores frescas a las imágenes, y cuando no tenía ocupación, tomaba el bordado. De mucho tiempo atrás venía trabajando un lindísimo paño de altar para la capilla, que estaba al acabarse, y era un regalo que pensaba hacer a la Señora. Cuando, vuelta a su bastidor, lo alzó Ramona para ver a la luz lo fino del encaje, dejó escapar un suspiro. Meses enteros se había estado diciendo: «A ella no le va a gustar, como que yo lo he hecho; pero el Padre Salvatierra se pondrá contento cuando, lo vea.» Ahora, mientras repulgaba y abría aquellas hebras sutiles, iba pensando: «Ella no va a querer que lo pongan nunca en el altar. Si yo pudiera mandárselo al Padre a Santa Bárbara, de veras que se lo daba a él. Le preguntaré a Alejandro. ¡Yo aquí no lo dejo!»

Pero otras ideas le desarrugaban pronto el ceño: «Cuatro días nada más: yo tendré valor para todo estos en cuatro días.» Y el dulce pensamiento aparecía tenaz por todos los rincones de su mente, iluminándola y calmándola, como los tonos de una música conocida que vuelven por. fiados a la memoria y no quieren estarse quietos. A las constantes miradas de ansia de Felipe, respondía con sonrisas apacibles. Claro estaba que la Señora no quería que hubiese conversación alguna entre Ramona y su hijo. Ni ¿qué más hubieran podido decirse?: ella, nada: y Felipe, creía haber dispuesto lo mejor cuando aconsejó a Alejandro que estuviese lejos mientras se le calmaba la ira a la Señora. Ramona misma pensaba ya que eso había sido lo más cuerdo: así vendría Alejandro preparado para llevársela: ella no le preguntaría cómo ni a dónde: ¡donde él quisiera!: ni adiós tal vez le diría a la Señora: ¿cómo iba a ser su salida?: ¿cuánto no tendrían que viajar antes de encontrar un Padre que los casase? De veras que era triste salir así de una casa, sin bodas, sin traje de novia, sin amigos, e ir por los campos buscando Padre que los case. «Pero la culpa no es mía», se decía Ramona, «sino de ella. Ella me obliga. Si hay mal en eso, es ella. Si ella mandara a buscar al Padre Salvatierra, muy contento que vendría a casarnos aquí el Padre. Quién sabe si podamos ir donde está él, Alejandro y yo. Yo no tengo miedo de ir tan lejos a caballo: en dos días llegamos.» Eso, sí, eso era lo más natural. «Él estará de nuestra parte, de seguro: él me quiere: él quiere a Alejandro.» En la Señora apenas pensaba Ramona, y eso, con poca amargura: tenía el alma demasiado llena de Alejandro y de su nueva vida: y así como desde la niñez había acatado sumisa la frialdad de la Señora para con ella, así ahora se resignaba a su oposición injusta como inmutable suceso en el curso de las cosas.

En aquellas inquietas horas de tumultuosas ideas, de recuerdos atropellados, de imaginaciones radiantes o sombrías, nada de lo que le agitaba el corazón salía al rostro de aquella niña serena, sentada en el colgadizo, trabajando con manos ligeras en el bastidor de encaje. Felipe mismo, engañado por aquella calma, se preguntaba si, como le dijo su madre, no estaría ya Ramona «volviendo a sus sentidos». Porque tampoco se le alcanzaba a Felipe el temple de aquella naturaleza, ni la enérgica unión de su alma con la de Alejandro. ¿Cómo, se decía él, han podido llegar a quererse de este modo? Él había asistido a casi todas sus entrevistas: nada menos parecido que todo aquello a la corte vulgar de los enamorados: ni crisis locas, ni aquellas escenas que para el triunfo del amor parecían a Felipe indispensables, como a todos los que no han padecido del amor verdadero, cuyas cadenas gratas revelan pronto a sus cautivos que no son de esas que nacen hechas del calor de un día, ni de barras de una pieza, más fuertes tal vez a la vista y formidables, sino como aquellos cables macizos que sustentan los puentes, hechos de millares de alambres finísimos, cada uno tan frágil y delgado que apenas serviría a un niño para guiar su cometa por el viento: de cientos de miles de hebras de acero retorcidas y trenzadas se hacen los cables poderosos, que, firmes como la misma tierra, soportan sin temblar ni quebrantarse el tráfico incesante de dos grandes ciudades. ¡Jamás se quiebran estos cables de hilos!

Ramona misma no hubiera sabido decir por qué quería así a Alejandro, ni cómo llegó a tanto: no había sido por súbita adoración, como la que él sintió por ella, sino que de la complacencia en que comenzó, había llegado a ser amor tan vigoroso e inmutable como el de Alejandro mismo. Las ásperas palabras de la Señora lo precipitaron, como precipita el florecimiento de los capullos el aire fogoso del invernadero. Y el saber de pronto que era hija de india, le pareció como una revelación que le señalaba claramente la vía de su destino. Se estremecía de gozo imaginando el júbilo y sorpresa con que oiría aquello Alejandro. Mil veces compuso con la generosa fantasía la ocasión, lugar y palabras con que le iba a decir: «¡Alejandro, soy india!» En cuanto lo viera se lo diría: era lo primero que iba a decirle: pero no: en ese momento todo va a ser inquietud y extrañeza: después, después, cuando estén solos en el bosque, cuando estén lejos: entonces se volvería a él, y le diría: «¡Alejandro, soy india!» O esperaría con el secreto guardado hasta que hubiesen llegado a Temecula, y empezado allí la vida, cuando Alejandro se asombrase de ver cómo se acomodaba con gusto y de prisa a las costumbres de su pueblo, y entonces, cuando se lo estuviera diciendo él, ella le diría tranquilamente: «¡Pero Alejandro, yo también soy india!» Tristes y extraños sueños para novia, pero que henchían de júbilo su corazón apasionado.

«¡Milagro!»

Pasó un día, y se acercaba ya la noche del segundo, sin que Ramona y Felipe se hubiesen hablado más que cuando estaban delante de la Señora. A no haber en aquello tal crueldad, hubiese sido verdadera delicia observar con qué fino tacto iba logrando su objeto la Señora. Felipe padecía con la prohibición más que Ramona, distraída con sus esperanzas. De él la tortura de pensar que no la defendió como debía; la vergüenza de que ella pudiera creerlo desleal; la incertidumbre de lo que bajo aquella calma venturosa pudiera estar cavilando. En fiebre tenía la mente; lo cual veía bien la Señora, que redoblaba su vigilancia.

Pensó Felipe que tal vez podría hablar con Ramona en la noche por la ventana: pero con los calores del encendido Agosto todos dormían a hojas abiertas; y si su madre, que tenía el sueño vivo, los sorprendía hablando a hurtadillas, pudiera aumentarle el enojo. Lo intentó, sin embargo. Se echó afuera con tiento de la cama de cuero. Al poner el pie en el piso: «¿Qué tienes, hijo? ¿te sientes mal? ¿quieres algo?» ¡Ni se había dormido siquiera la Señora! No era para los ánimos de Felipe volver a aquella prueba.

Ya en esta tarde del segundo día revolvía Felipe airado, tendido en su cuero, sus vanos ardides para hablar a Ramona, que estaba en su silla de bordar a los pies de la cama, cogiendo los últimos hilos del paño de encaje. La Señora dormitaba, reclinada en el espaldar tallado. El calor era sofocante. Todo el día había soplado un recio sudeste, cargado con el polvo del desierto; y árboles, animales y hombres padecían, rendidos.

Al ver cerrados los ojos de su madre, se le iluminó la mente a Felipe. Sacó de su chaqueta un cuaderno de notas, y escribió en una hoja de prisa. Miró a Ramona, y con los ojos le dio a entender que escribía para ella. Ramona volvió en seguida la mirada temerosa hacia la anciana, que dormía. Felipe, con la esquela doblada oculta en la mano, se levantó, y fue hasta la ventana de Ramona, que lo miraba con espanto. Al ruido de los pasos despertó la Señora: «¡Qué! ¿he dormido? ¿he dormido?» «Como un minuto, madre», respondió Felipe, apoyado de espaldas en el quicio de la ventana de Ramona con las manos atrás. Tendió los brazos luego, cerrándolos y abriéndolos dos o tres veces, como quien se despereza: «De veras, dijo, que este calor es insoportable.» Y bajándose con calma por los escalones, se sentó en el jardín, en un banco cercano, bajo la espalera.

La esquela, por supuesto, estaba ya en el cuarto de Ramona. Ella temblaba. ¿Podría recogerla sin ser vista? ¿Y si la Señora entraba antes que ella en el cuarto? Pero la fortuna no favorece siempre a los tiranos. La Señora, segura de que Felipe no estaba a punto de hablar con Ramona, se rindió otra vez al sueño. Ya iba Ramona entrando por su puerta, cuando la Señora abrió los ojos: «¡Bueno, pues: todavía más lejos de Felipe!»

—¿Vas a tu cuarto, Ramona?

—Sí, Señora, dijo ella alarmada. ¿Quiere que me quede aquí?

—No –Y volvió a cerrar los ojos.

Ya la esquela estaba en las manos de Ramona: «Estoy fuera de mí por no poder hablar contigo a solas. Quiero explicártelo todo. Creo que no lo entiendes bien. No tengas miedo. Alejandro vuelve en cuatro días. Yo te ayudo en cuanto puedo; pero tú sabes que no puedo mucho. Nadie se opondrá a que hagas lo que quieras; ¡pero yo quisiera, mi Ramona, que no te separases de nosotros!»

Rota en pedazos pequeñísimos se guardó Ramona la esquela en el seno, para hacerla desaparecer más tarde. Y como la Señora no se había despertado, aprovechó su sueño contestando a Felipe, aunque no veía cómo iba a llegarle la respuesta. «Gracias, hermano Felipe. No tengas penas: yo no tengo miedo. Lo entiendo todo. Pero debo irme en cuanto venga Alejandro.» Se guardó también en el seno su nota, y volvió al colgadizo. Felipe echó a andar hacia los escalones. Ramona, cobrando valor, se inclinó y puso su respuesta en el segundo de ellos. Cuando despertó la Señora, que no dormiría más de cinco minutos, Ramona estaba en su labor, y Felipe venía subiendo por los peldaños del colgadizo, con el dedo en la boca, como para invitar cariñosamente al reposo a su madre. «Todo va bien», se dijo la Señora; y cabeceó de nuevo. ¡Jamás podría recobrar lo perdido en aquella breve siesta!: en aquella hurtada correspondencia se habían conjurado, conjurado contra ella para siempre, Ramona y Felipe. Suelen los tiranos, grandes y pequeños, desatender ocasiones como ésta, y olvidar la importancia que el suceso más trivial adquiere cuando, fuera de las relaciones naturales, lo agigantan el misterio y la violencia. De la gente más honrada hace la tiranía traidores y mentirosos; y el mundo compadece a los que engañan y mienten, y se vuelve contra los tiranos.

Vino el cuarto día, que pareció mucho más largo que los demás. Ramona vigilaba, escuchaba. Se asombraba Felipe de no haber visto llegar a Alejandro la noche antes. Era un ala el caballo en que se había ido, y en dos días pudo haber hecho el viaje. Tal vez había tenido mucho quehacer en Temecula. De seguro venía preparado a llevarse a Ramona. «¡Ay!», pensaba Felipe: «¿que va a ser de ella?» Él había estado en Temecula, y conocía su pobreza: ni pensar quería en que pudiera vivir allí Ramona, ni concebía él, hecho al bienestar y la molicie, que el amor más firme pudiera convertir a la Señorita de una hacienda en mujer contenta de un desamparado campesino: ¡sabía Felipe de amor poco!

El sol se puso, y no venía Alejandro. Mientras se pudo ver, Ramona lo esperó, sentada al pie de los sauces: cuando se extinguió la luz del día, escuchaba. También la Señora, silenciosa e inquieta, decidida a no cejar, tenía el oído atento. Era noche de luna llena, y cuando asomó su luz por la corona de la colina, plateando el jardín y el frente de la capilla como en aquella primera noche en que veló Alejandro, Ramona apoyó el rostro contra los cristales, y miró hacia el jardín ansiosamente. A cada movimiento de las sombras le parecía ver acercarse un hombre. Lo veía aparecer, adelantar, subir. Morían las brisas, se aquietaban las ramas, y volaba la sombra. Triste y cansada se acostó por fin sin sueño, ya cerca de la aurora: de su cama escuchaba y veía, como desde los cristales. Nunca le había ocurrido que Alejandro pudiera no volver; y ahora que no venía, se llenaba de desmedido e infundado espanto. No cesaba de decirse: «Tal vez no viene: como lo despidieron, no viene por orgullo.» Y le volvía la fe de pronto: «¡Oh! él nunca, nunca me abandonará: él sabe que yo no tengo más que a él en el mundo: él sabe cómo yo lo quiero.» Imaginaba entonces las más varias razones para su demora; pero, al almuerzo del día siguiente, claro decía la aflicción de su rostro que tenía traspasada el alma. La simpatía con que lo notó Felipe dolió a la Señora: ¡que ella gima y suspire, está bien!, ¿pero qué tiene que ver con eso Felipe? Aún faltaban, pues, penas que no habían pasado por las mientes de la Señora.

Otro día, otra noche, un día más: una semana había pasado ya desde aquél en que Alejandro montó a caballo, después de dejarse atrás el corazón con el recado que le envió a Ramona por Felipe: «¡En cuatro días estoy aquí!' Los tres que con tan distintas emociones lo aguardaban, se miraban a hurtadillas, ansioso cada cual de sorprender al otro los pensamientos en el rostro.

Ramona estaba pálida, y se le veía el cansancio de las noches sin sueño. Creía firmemente que Alejandro había muerto. En los dos últimos días fue por las tardes muy adentro del camino del río, por donde había él de venir; cruzó los prados, tomó la vereda, salió al camino real, esforzando a cada paso los ojos llorosos, que en vano preguntaban por el ausente al horizonte cruel, desierto, callado. Volvía después del oscurecer, mucho más pálida. Hasta Margarita se apiadaba de ella, viéndola sentada a la mesa sin poder llevarse la cena a los labios, bebiendo sólo uno tras otro vaso de leche con sed febril. Se apiadaban todos de ella, menos la Señora. ¡Bueno, pues!: ¡que el indio no volviese nunca! A Ramona se le curaría el amor primero, y luego la mortificación. ¿Cómo dejaba ver Ramona así su pena? ¡Ella se hubiera dejado morir antes que ir enseñando por la casa entera aquella cara de lástimas!

Ya a los ocho días, Ramona, desesperada, le salió al paso a Felipe que iba bajando del colgadizo. La Señora los veía desde el jardín; pero Ramona no se paró en ello.

—¡Felipe: tengo, tengo que hablarte! ¿Tú crees que Alejandro está muerto? ¿Por qué no viene, si no está muerto?–Tenía secos los labios, como escarlata las mejillas, velada la voz.

—¡No, niña, no!, le dijo Felipe lleno de cariño.–Mil cosas lo pueden tener demorado.

—¡Ninguna, Felipe, lo demoraría! Tiene que estar muerto. ¡Ay! ¿no podrías tú mandar un propio?

La Señora, que estaba ya cerca, oyó estas últimas palabras.–Me parece, Felipe,–dijo como si no tuviera a Ramona delante-que eso no iría bien con nuestra dignidad. ¿Qué te parece a ti? Si quieres, podremos mandar un peón cuando se acabe la vendimia.

Ramona se apartó de ellos. La vendimia tardaría en acabarse una semana: viñedos había que aún estaban sin tocar: todos los mozos tenían la labor al cuello, éstos cogiendo la uva, aquellos pisándola en las artesas, los otros vaciando el licor en los cueros colgantes de las vigas de un largo cobertizo. En el alambique del sauzal estaba el brandy en pleno hervor. Un hombre era menester para cuidarlo, que esta vez fue Juan Can, enamorado siempre de aquella faena por razones propias: y diciéndose en sus adentros que no había mal sin su bien, pues la pierna de menos le tenía ahora donde le gustaba, tendido a la sombra, perdido en el humo de su tabaco, aspiraba con gozo el fiero aroma de la artesa, donde rugía el brandy.

Cuando Ramona pisaba ya su cuarto, puso la mano la Señora en el hombro de Felipe.–No parece en buena salud. No sé qué vamos a hacer. ¡De seguro no podemos echarnos a buscar a un enamorado que no quiere casarse!: ¿verdad? Caso más apurado, hijo, no lo he visto. ¿Qué hacemos, Felipe?

De nuevo aquella arte casi diabólica ponía al hijo en la mente lo que la madre quería que pensase.–No, madre: no podemos echarnos a buscarlo–dijo colérico Felipe.–¡Digo que ojalá no hubiera puesto el pie en la hacienda! La pena de Ramona me da miedo. Yo creo que se muere.

—Yo no puedo decir lo que dices de Alejandro, mi hijo, porque le debo tu vida, y él no tiene culpa de lo que hace Ramona. De que se muera, no temas. Tal vez se enferme; pero nadie se muere de un amor como el suyo por Alejandro.

—¿Pues de cuál se muere entonces, madre?

La Señora lo miró como apenada:–De ninguno a menudo, Felipe; pero seguramente no se muere nadie de un cariño repentino por una persona que le es inferior en posición, en educación, y en todo lo esencial para la semejanza de los gustos y la paz del matrimonio.

Hablaba tranquilamente, como si discutiese un caso general, con tal persuasión y llaneza que Felipe llegaba a creer por momentos, al oírla en aquella vena, que Ramona era culpable de veras en querer así a Alejandro. Pero ¿era cierto aquel abismo de que la Señora hablaba? Alejandro, por de contado, era inferior a Ramona en posición y cultura, y en todo lo externo de la vida; ¡pero no en la nobleza real del alma, no en dones naturales! Ni en esto, ni en su fuerza de amor, tenía superiores el indio. Aquel amor de Alejandro, soberano e intenso, llenó a Felipe muchas veces de sorpresa cuando, con las últimas penas de sus celos, lo veía nacer desde la cama del colgadizo. Pero ahora tenía su madre razón: ¿mandar un propio a preguntar por qué Alejandro no volvía?: ¡ni aunque hubiera sido el matrimonio público y consentido hubiera hecho eso Felipe! Ramona, a la verdad, debía tenerse en más estima. Y así se lo dijo Felipe, aunque con mucha ternura, cuando volvió a hablar con ella aquella tarde. Ella no lo entendió al principio; pero le contestó al fin, muy lentamente:–» ¿De modo que tú crees que no se debe mandar a preguntar si Alejandro está muerto, porque parecerá que yo quiero casarme con él aunque él no quiera?» Y al decirlo miraba a Felipe, con expresión que no podía él penetrar.

—Sí, Ramona, sí, algo así pues, aunque no tan desnudo como tú lo dices.

—¿Pero no es eso lo que quieres decir?

—Bueno, sí, es eso.

Ramona, después de un breve silencio, volvió a decir, aún con más lentitud:–Pues si así sientes tú, mejor es que no volvamos a hablar nunca de Alejandro. Yo supongo que no es posible que tú sepas, como yo sé, que sólo muerto dejaría de venir Alejandro. Gracias, Felipe.– Y no volvió a hablarle de Alejandro.

Pasó otra semana, y la vendimia con ella. «Ahora, decía la Señora, volverá a pedir que mandemos el propio a Temecula»: la Señora misma sentía ya piedad: ¿quién no la hubiera sentido al ver aquella pobre niña, demacrada y sin colores, sentada en silencio, con las manos cruzadas sobre la falda, sin apartar de los sauces los ojos? El paño de encaje, doblado con esmero, esperaba como ella, porque no era ya, no, para la capilla de Moreno, sino para el Padre Salvatierra: Ramona tenía determinado ir a ver al Padre: si él, pobre viejo, venía a pie de Santa Bárbara a la hacienda, ella también podría ir a pie a Santa Bárbara. Estaba segura de no extraviarse: los caminos no eran muchos, y preguntaría: el convento, que de tal modo la aterró cuando la amenazó con encerrarla en él la Señora, ahora le parecía el refugio dispuesto por el cielo. Allá tenían una escuela para huérfanos: el Padre la dejaría ir allá, y pasaría el resto de su vida rezando y enseñando. Tan vivamente se lo pintaba todo, que iba viviendo de veras aquella existencia imaginada. Ya se veía entrada en edad: ya veía la procesión de las monjas, yendo a vísperas, con los niños de la mano: aquella viejecita de cabellos blancos que veía pasar era ella, ella misma, paseando entre dos niños. Con aquellas imágenes se le serenaba la mente. Sí: en cuanto se fortaleciese un poco, se pondría en camino: ahora no podía, estaba muy débil, le temblaban los pies con sólo dar unos cuantos pasos por el jardín. No había duda de que Alejandro estaba muerto. Lo habrían enterrado en el cementerio de Temecula; aquél a que acababan de ponerle muro. A veces pensaba en ir al pueblo, a ver la sepultura de Alejandro: ¡el pobre viejo se alegraría tanto de verla! Tal vez allí estaba su deber: en el pueblo de Alejandro.

Pero para eso no le alcanzaba el valor: abrigo y descanso era lo que ella necesitaba, la bendición del padre, el rumor de los rezos en la iglesia. Lo mejor era el convento.

Segura como creía estar de la muerte de Alejandro, aguardaba, velaba, se iba por las tardes al camino del río, y allí esperaba sentada hasta el anochecer. Por fin llegó un día en que no pudo ir, en que no pudo levantarse de la cama.–»No, Señora, no, no creo que estoy mala»,–respondió a la Señora que se lo preguntaba secamente:–»no me duele nada, pero no me puedo levantar: mañana estaré mejor.»–»Te mandaré buen caldo y un remedio», dijo la Señora; y envió con ellos a la misma Margarita, cuyos celos quedaron desarmados en cuanto vio el rostro de Ramona sobre la almohada, pálido y como sin vida.

—¡Oh, Señorita, Señorita!, exclamó traspasada de pena:–¡no se me vaya a morir! ¡perdóneme! ¡perdóneme!

—No tengo por qué perdonarte, Margarita, respondió Ramona levantándose sobre el codo, y mirando a la criada con cariño, mientras recibía de sus manos el caldo:–no sé por qué me pides perdón.

Margarita se echó de rodillas al borde de la cama, en un ahogo de llanto:–¡Oh, sí sabe, Señorita, sí sabe! ¡Perdóneme!

—No sé nada, y si sé, todo está perdonado. No me voy a morir, Margarita: –y después de una pausa breve añadió– me voy de la casa.– El instinto le decía que podía ahora confiar en Margarita; que Margarita, muerto ya Alejandro, podría tal vez ayudarla.– Me voy en cuanto esté un poco más fuerte: me voy a un convento; pero la Señora no lo sabe: ¡no se lo vayas a decir!

—No, Señorita –murmuró la criada, diciendo para sí: «¡Se va, sí;

pero es con los ángeles!»–No se lo diré, dijo en voz alta: yo no hago más que lo que Ud. quiera que haga.

—Gracias, Margarita mía,–respondió Ramona, hundiendo la cabeza en la almohada, y tan parecida, con los ojos cerrados, a la muerte, que Margarita redobló su llanto, y corrió a decirle a su madre entre sollozos:

—Mi madre, la Señorita se nos muere: se muere de veras: está más blanca que el Señor Felipe cuando tuvo el mal.

—¡Sí lo vi! ¡si lo he dicho toda esta semana!: ¡si creo que se deja morir de hambre!

—De verdad, mi madre: desde aquel día no come.–¡Madre e hija sabían bien cuál era el día!

—Juan Can dice que aquél no vuelve por acá, dijo Margarita.

—¡Así lo quieran los santos!, contestó Marta calurosamente: digo yo, si por su culpa está penando la Señorita. Porque le doy vueltas y vueltas al pensar, y lo más que veo es que en esta pena anda él.

—Pues yo sé:-dijo Margarita, con asomos aún de su rencor pasado–pero no he de decir, ahora que la veo moribunda: verla no más le parte a uno el corazón: todavía le tengo que pedir perdón por todo lo que he dicho, y a San Francisco también, que la tendrá pronto a su lado: se va, mi madre, se va.

—No,–dijo la madre, con la ciencia de los años:–son los ánimos los que se le han ido, pero ésos le vuelven: también yo tuve el mal, muchacha, cuando era yo moza.

—Pues yo moza soy, replicó Margarita, y a mí no me da eso.

—Al freír será el reír,-contestó Marta sentenciosamente:–y hay aquel refrán que dice: «Al principio son las glorias.»

La verdad es que Marta nunca había estado muy complacida con aquella hija suya, que a cada paso dejaba ver lo mucho que tenía de su pícaro padre, con quien el matrimonio no había sido rosas: y como ni el cariño materno bastaba a disimular aquel constante desagrado, no había acto o palabra de Margarita a que, con razón o sin ella, no hallase Marta falta.

—Si digo yo que parece mi enemiga, porque siempre me salta como con puñales,-pensó Margarita ;-pero no le he de decir lo que la Señorita me dijo: no se lo digo hasta que se vaya.

Asaltó a Margarita una repentina sospecha, y se fue a meditarla al banco del colgadizo. «¿Y si no es al convento donde se va, sino con

Alejandro? Pero ya se hubiera ido. No sé que las mozas que se van con sus novios tengan la cara como la de la Señorita.»

Mas el cariño que volvía a sentir por Ramona no era tal que pudiese soportar un nuevo arrebato de sus celos. Eran muy tiernos y dolorosos los recuerdos que tenía de Alejandro para que no le punzasen en el alma las muestras del amor del indio a su Señorita. Ahora no sentía más que piedad por Ramona postrada, sola, mísera: pero ¿si Alejandro volvía a levantarse entre ellas? Así, al quebrarse, saltan de punta algunas cañas frágiles sobre los que se apoyan en ellas.

Estaba el sol poniéndose, el día en que tenía ya ocho de ausente Alejandro. Cuatro días de cama llevaba Ramona, y tan débil se sentía que no creía la muerte lejos. Ni pensaba: ni lamentaba la muerte de Alejandro. Parecían igualmente entorpecidos el alma y el cuerpo. De esas postraciones se vale, como descansos forzados, la naturaleza, para poder sobrellevar sin morir las penas que la agobian.

Estaba Ramona aquella noche en ese oscuro sopor, ni dormida ni despierta, cuando la sacudió de pronto una vívida impresión, que ni era sonido ni era vista. Estaba sola: la casa toda era mortal silencio: caía afuera sobre el valle callado el crepúsculo caluroso de Setiembre. Ramona se sentó en la cama, atenta, asustada, alegre, llena de asombro, viva. ¿Qué había sucedido? Nada se oía: nada se movía: la noche se venía encima de prisa: ni un soplo agitaba el aire. Gradualmente fueron despertando del largo estupor sus sentidos confusos: miró por todo el cuarto: hasta los muros le parecían resucitados: juntó las dos manos, como el que ora, y saltó de la cama.

—¡Alejandro no está muerto! -dijo en voz alta; y rompió en risa histérica:–¡No está muerto! repitió: ¡No está muerto! ¡Está cerca!

Se vistió con las manos temblorosas, y salió a hurtadillas de la casa. ¿Qué era aquello, que en pocos segundos acababa de recobrar todas sus fuerzas? No temblaba. No se le iba el suelo bajo los pies. «¡Milagro!», decía al bajar rápidamente por el jardín: «¡Milagro! ¡Alejandro está cerca!» Tan viva era su impresión que cuando llegó a los sauces y halló el lugar silencioso y vacío, como la última vez que se sentó allí desesperada, se le llenó el corazón de desconsuelo. «¡No está aquí!», dijo: «¡no está aquí!» y se estremeció de miedo: «¿Estaré yo loca?» Pero la sangre, joven y fuerte, le inundaba las venas: no era locura, sino un nuevo poder, la plenitud del sentido, una revelación... Alejandro estaba cerca.

Siguió andando de prisa por el camino del río, y a cada paso se sentía más esperanzada y segura. A Temecula hubiera llegado de aquella manera sin cansarse, en la certidumbre de que cada paso la acercaba a Alejandro. ¿Quién es aquel que está recostado contra el tronco de un árbol, en otro grupo de sauces que dista como una milla del primero? Ramona se detuvo. No podía ser Alejandro. ¿Cómo iba Alejandro a detenerse allí, sin volar a donde ella lo esperaba? Le dio miedo seguir. Era muy tarde para encontrarse en aquella soledad con un desconocido. Y la quietud de aquel hombre era tal, que hubo un instante en que no le pareció persona, sino fantasma del crepúsculo. Anduvo unos pocos pasos, y volvió a detenerse: también el hombre adelantó unos cuantos pasos, y cesó de andar. Ya al salir de la sombra de los árboles, vio que el hombre tenía la estatura de Alejandro. Anduvo más de prisa, y se detuvo otra vez. ¿Qué era aquello? ¡Alejandro no podía ser! Se retorcía las manos de angustia. El instinto le mandaba seguir: el terror la retenía. Pasó algunos minutos de pie en el camino sin saber qué hacer, y al fin se volvió hacia la casa, diciéndose: «No debo exponerme a tropezar con un extraño. Si es él, él vendrá.»

Pero los pies parecían negarse a obedecer el pensamiento. Anduvo poco, cada vez más despacio, y se volvió de nuevo: también el hombre había vuelto a su primer lugar, y estaba allí, contra el árbol. «¡Será algún propio: será que le ha dicho que no llegue a la casa sino después de anochecer!» Ya no dudó. Su paso era casi carrera. Momentos después estaba tan cerca del hombre que lo veía de lleno: ¡Era, sí, era Alejandro! Él no la veía: tenía la cara vuelta, y se apoyaba pesadamente en el tronco: ¡oh, debía estar enfermo! Voló Ramona a él. Un instante más, y ya Alejandro oyó los pies ligeros: se volvió, vio a Ramona, saltó hacia ella, dando un grito, y antes de verse cara a cara estaban en brazos uno de otro. Ella habló primero. Desligándose suavemente de él, y levantando el rostro: «¡Alejandro!...», empezó a decir; pero tembló al verlo. ¿Era aquél Alejandro? ¿aquel hombre demacrado, macilento, mudo, que la miraba con los ojos vacíos, llenos de desdicha, sin gozo? «¡Jesús!», exclamó Ramona: «¿estás enfermo? ¿Has estado enfermo? ¿Por Dios, Alejandro, qué es?»

Alejandro se pasó la mano con lentitud penosa por la frente, como tratando de recoger sus pensamientos, sin apartar de Ramona la angustiosa mirada, y reteniéndole la mano en las suyas convulsas.

—¡Señorita, mi Señorita!...–Y calló. La lengua le desobedecía. Pero esa voz extraña, dura, sin eco, ¿de quién es? ¡no es la voz de Alejandro!

—¡Mi Señorita!, volvió a decir:–no podía irme sin volver a verla; pero cuando llegué aquí, no tuve valor para seguir hasta la casa. ¡Si no viene, me tengo que ir sin verla!

Oyó Ramona aquello con indescriptible terror: su asombro pareció sugerir a Alejandro una idea nueva:–¿Pero es posible, Señorita, que no sepa? ¿no sabe lo que ha sucedido?

—No, mi Alejandro, no: nada sé desde que tú te fuiste: por diez días te he llorado por muerto; pero esta noche algo me dijo que estabas cerca ¡y vine!

Alejandro, que tenía otra vez en sus brazos a Ramona, tembló al oírse llamar: «mi Alejandro».–¡Ay, mi Señorita!–dijo con voz que casi no se oía:–¿cómo se lo podré contar?

—¡Cuéntame, cuéntame! Yo no tengo miedo a nada, ahora que estás tú aquí, y no muerto: ¡yo creí que estabas muerto!

Pero Alejandro no hablaba. Por fin, apretando aún más a Ramona contra su pecho, exclamó: –¡Mi Señorita del alma!: ¡me debiera morir antes que decírselo! Yo no tengo casa: mi padre se ha muerto: a toda mi gente me la han echado de Temecula: ¡ya no soy más que un pordiosero, mi Señorita, un pordiosero como los que le recibían la limosna en el convento de los Ángeles!–Y al decir esto casi se caía, y tuvo que apoyarse contra el árbol:–No estoy fuerte, mi Señorita: no hemos tenido qué llevar a la boca.

Aun en lo oscuro pudo notar que el rostro de Ramona expresaba incrédulo horror, que él no supo entender.

—No vine más que a verla otra vez–continuó:–Ya me voy. ¡Que los santos la tengan siempre bajo su amparo! La Virgen me la mandó esta noche: si no ¿cómo la veo?

Mientras decía esto él, Ramona tenía escondida la cara en su pecho. La levantó, y le dijo:–¿Y tú querías que yo creyese que te habías muerto, Alejandro?

—Yo pensé que habrían venido a decirle lo de Temecula, y sabría que ya mi casa se perdió, y yo no iba a venir a recordarle la promesa. Bien poco tenía yo antes: ni sé cómo me atreví a pensar que podría venir conmigo: ¡pero la quería ya tanto! Y ahora,–añadió bajando la voz,–creo que es que los santos me castigan por haber pensado en dejar a mi gente, y llevarme lo mío para los dos solos. No me han dejado nada, nada.

—¿Quién? ¿Hubo pelea? ¿Han matado a tu padre?–Ramona temblaba de espanto.

—Pelea no. Yo quise: mi padre Pablo no quiso: por Dios me pidió que no peleásemos: el alcalde también me rogó que le ayudara a tener la gente tranquila. Se le veía el pesar al hombre: Rothsaker es bueno, mi Señorita, Rothsaker de San Diego, que nos quiere a los indios, y nos da labor en su rancho de trigo: millas y millas de trigo le hemos segado. A mí me dijo: «Alejandro, mejor quisiera estar muerto que hacer esto que hago; pero si tu pueblo se rebela, ya ves los veinte hombres que traigo: tengo que decirles que hagan fuego.» Venían preparados, mi Señorita: ¡ay! ¡echar como a zorros a un pueblo entero de sus casas, a las mujeres, a los hijitos! Si no hubiera sido el Señor Rothsaker ¡lo mato, mi Señorita!: pero si él, que nos quiere, decía que habíamos de irnos ¿qué ayuda nos queda?

—Pero ¿quién se lo mandó a hacer, Alejandro? ¿quién tiene tu tierra?

—¡Americanos!–respondió Alejandro, henchida la voz de cólera y desprecio:–ocho o diez americanos: pusieron pleito por la tierra en San Francisco, y la ley se la dio: ¡dice el Señor Rothsaker que nadie puede ir contra la ley!

—Ay, Alejandro; así le quitaron también, en San Francisco, a la Señora, leguas y leguas, que fueron del General toda la vida. Dicen que eran del gobierno americano.

—¡No hay uno que no sea ladrón, no hay uno! Toda la tierra se la van a robar: mejor fuera echarnos ya al mar ¡a que nos ahogue! Bien me lo decía mi padre: ¡bien está mi padre muerto! Yo no: yo no creía que hubiera hombres tan malos. Pero de eso sí les doy gracias: de que mi padre esté muerto. Una noche creí que iba a vivir, y le pedí a la Virgen que no me lo sanase: ¡yo no quería que viviese! Desde que lo sacaron de su casa, se le murió el juicio, Señorita. Fue antes de que yo llegara. Yo lo encontré afuera, afuera, sentado sobre la yerba. Decían que el sol lo había vuelto loco: no, no fue el sol: ¡era la pena! No quería salir de su casa, y lo cargaron, lo sacaron a la fuerza, lo echaron sobre la yerba: y mueble a mueble le vaciaron la casa delante de los ojos: y cuando la vio vacía, se apretaba la cabeza con las manos, y me llamaba: «¡Alejandro! ¡Alejandro!» ¡Y yo no estaba allí, mi Señorita! Dicen que hasta los muertos lo debieron oír cuando me llamaba, y que nadie le pudo calmar las voces: la noche, el día, se los pasó llamándome: ¿cómo no me morí cuando me lo dijeron? Cuando llegué, mi Señorita, lo tenían a una sombra de tule, para quitarle el sol de la cabeza: ya no me llamaba: pedía agua, agua. Lo cuidaron, sí lo cuidaron, tanto como se pudo en aquel dolor: ¡todos, todos a los caminos!: tenían prisa los hombres: en dos días, ¡limpio de indios el pueblo! Nadie andaba: todos corrían. En pilas en la tierra estaba lo que había en las casas. La gente arrancaba los techos, porque son de tule y vuelven a servir. ¡Ay, no me pida que le diga más!: ¡es como la muerte!: ¡no puedo!

Ramona lloraba. No sabía qué decir. ¿Qué valía su amor en aquella calamidad? ¿Qué tenía ella que dar a aquel hombre aterrado?

—No llore, Señorita,–dijo Alejandro casi hoscamente: Llorar mata.

—¿Hasta cuándo vivió tu padre?, le preguntó Ramona, ciñéndole con los brazos el cuello.

Estaban los dos sentados sobre la yerba; y Ramona, más erguida que Alejandro, como si ella fuera allí la enérgica y él el necesitado de amparo, le había traído la cabeza a su seno, y lo acariciaba como si fuera su esposa de muchos años. Nada revelaba más claramente la postración y terror del indio, que el modo con que recibía las caricias que en distinto estado del alma le hubieran arrebatado de gozo: descansaba sobre el pecho de Ramona como hubiera descansado un niño.

—Cuatro días: se murió hace cuatro días. Me esperé a verlo enterrado. Vine luego. Tres días he estado en el camino. Mi animal, casi está muerto como yo. Los americanos se llevaron mi caballo.

—¡Tu caballo! ¿Los caballos también les da la ley?

—También. El Señor Rothsaker dijo que el juez le mandó llevarse vacas y caballos para pagar las costas del pleito en San Francisco. Y no ponían las vacas por su precio: ¡dicen que ahora las vacas se venden por nada! Con todas las del pueblo no les alcanzó para pagarse, y completaron con caballos: el mío les pareció bueno: se llevaron el mío. ¡No estaba yo allí!,–dijo, levantando un momento la cabeza: si no, ¡mato a Benito de un balazo, para que no lo monte ningún americano! Yo estaba,–continuó reclinándose de nuevo en el seno de Ramona–yo estaba en Pachanga con mi padre. No quería dar un paso sin mí: yo fui con él todo el camino. Y se enfermó al llegar: ¿dónde había de estar yo sino con él? No me volvió a conocer: no volvió a recordar. Yo le hice una casita de tule, y en el suelo se acostó, y se murió en el suelo. Cuando lo enterré, me alegré.

—¿Lo enterraste en Temecula?–preguntó Ramona.

—¿En Temecula?,–respondió él con fiereza:–¡Yo creo que no me entiende, Señorita! Ya en Temecula no tenemos nada, ¡ni el cementerio! El alcalde nos dijo que era mejor que no volviésemos por allí, porque la gente nueva es mala, y matarán al indio que les pise sus terrenos.

—¡Sus terrenos!

—Suyos. La ley les dio papeles. Así decía siempre mi padre: ¡si el Señor Valdés le hubiera dado un papel! Pero entonces no era uso. Esta ley americana es otra.

—¡Ésta es ley de ladrones!

—¡Y de asesinos! ¿A mi padre Pablo no me lo han asesinado?: ¡asesinado lo mismo que con un fusil! ¡allí, llorando, sin casa, sobre la yerba!... ¡Y José, Señorita! ¿se acuerda de José, el que trajo el violín? Pero la mato, la mato si le cuento. ¡Mejor que no lo diga!

—¡Todo, Alejandro, todo! Tú no tienes pena que no sea mía. ¡Dime lo de José! exclamó Ramona, con el espanto en el aliento.

—¡Si parte el corazón, mi Señorita! Hace un año no más que se casó José, y tenía la casa mejor de Temecula, después de la de mi padre: no había en el pueblo otra casa de tejas: y tenía un buen corral, y aquel lindo caballo, y sus bueyes, y su rebaño de ovejas. Casi todos los hombres estaban fuera del pueblo, cogiendo la uva: pero José se quedó, porque el hijito recién nacido se le iba muriendo, y le faltó el ánimo para dejarlo. Él fue el primero que vio venir al alcalde, con los hombres armados: sabía a lo que venían, porque mi padre habló antes con él muchas veces: José se volvió loco, y cayó al suelo echando espuma por la boca. Él tuvo antes un arrebato así, y el médico dijo que si le volvía era para morir: pero no se murió: se puso bueno. El Señor Rothsaker dice que nadie trabajó más que él en la mudada el primer día. Los otros, como muertos, no querían ver: se tapaban los ojos: no querían hablar: estaban sentados en la yerba, entre las mujeres. José no, José trabajaba: lo primero que hizo, Señorita, fue llevar a la tienda, donde la Señora Hartsel, el violín de mi padre Pablo, que vale dinero, para que nos lo escondiese. Y al otro día, a lo alto del sol, le dio el arrebato, y se quedó muerto, muerto delante de su misma puerta, cuando iba sacando la cunita del hijo: y cuando Carmen, Carmen su mujer, lo vio morir, no volvió a hablar, Señorita: se columpiaba no más, sentada, en la yerba, con el hijo en los brazos. Después fue con nosotros a Pachanga, cuando llevé yo a mi padre. Íbamos muchos, muchos.

—¿Dónde está Pachanga?, preguntó Ramona.

—Está como en un cañón, a una legua de Temecula. Yo le dije a la gente que era mejor irse allí, porque la tierra no tiene amo, y quién sabe allí puedan vivir. Pero lo triste es que no hay agua corriente, sino un arroyo, y un pozo que abrió la gente en cuanto llegamos, y eso es para beber no más. Yo vi que Carmen iba medio muerta por el camino, y me puse el hijito al brazo, y con el otro llevaba a mi padre; pero el hijito se echó a llorar por ella, y se lo di: yo no creí que llegaría a la noche la criatura; pero la mañana después, la mañana del día en que murió mi padre, estaba vivo. Cuando mi padre iba acabando, vino Carmen con el niñito envuelto en el rebozo, y se me sentó al lado en el suelo, y no me hablaba. Yo le dije: «¿Cómo está tu hijo, Carmen?» Ella abrió el rebozo, y me lo enseñó, muerto. «¡Bueno, Carmen!», le dije: «¡bueno! También mi padre se está muriendo: los enterraremos juntos». Y toda la mañana se estuvo a mi lado, y por la noche me ayudó a abrir la tierra. Yo quería enterrar al niño en brazos de mi padre; pero ella no quiso, no; quiso que tuviera el niño su tumbita. Abrió la tierra ella misma, y los enterramos. Nunca habló, nunca. Estaba sentada junto a la sepultura cuando yo fui, antes de ponerme en viaje, a clavar una cruz que hice con dos troncos de arbolitos tiernos. Con esos dos muertos, Señorita, ha empezado el cementerio nuevo, con el más viejo y con el recién nacido, ¡que tuvieron la dicha de morirse! ¿Por qué yo no me muero?

—¡Ay! Y ¿dónde enterraron a José?

—En Temecula. El Señor Rothsaker hizo que dos de aquellos hombres lo enterraran en el cementerio viejo. Pero yo creo que Carmen va a ir allí de noche, y a llevarse su muerto. ¡Yo me lo llevaría! Pero, mi Señorita: ¡ya es tan oscuro que ni en sus ojos me puedo ver! ya no debe estar más: ya me voy, Señorita: ¿podré acompañarla hasta el arroyo, ¡hasta el arroyo! sin que me vean? ¡Que los santos le den su bendición, porque quiso venir a verme! Si no la hubiera vuelto a ver, no sé si quedo vivo.

Y se puso en pie, como aguardando a que Ramona se moviera. Ramona no se movía: pensaba en lo que había de hacer. El alma entera le decía: ¡vete con Alejandro! Pero Alejandro al parecer no pensaba en llevársela. ¿Se le ofrecería ella a ir? ¿Y si el infeliz no tenía dónde ir con ella? ¿Le iba a ayudar, o a estorbar? ¡A estorbar no!: ella se sentía fuerte, capaz, ágil: el trabajo no la amedrentaba: no sabía lo que eran privaciones, pero no les tenía miedo.

—¡Alejandro!–dijo al fin, en un tono que estremeció al indio.

—Mi Señorita!–dijo él tiernamente.

—Ni una vez me has querido decir Ramona.

—No puedo, Señorita!

—Por qué no?

—No sé. A veces, pensando, digo «Ramona»; pero no muchas veces. Cuando la pienso más, es con un nombre que nunca ha oído.

—Qué nombre?–exclamó Ramona con asombro.

-Un nombre indio, el nombre que yo más quiero, el nombre de la paloma a que se me parece, ¡de la torcaza! Así es como yo pensé que la hubieran llamado en Temecula, ¡cuando íbamos a ir a Temecula!: así: ¡Majel, mi Majel! Es lindo, Señorita, y se le parece.

Alejandro estaba aún en pie. Ramona sé levantó, se llegó a él, apoyó las dos manos en su pecho, y la cabeza en las manos, y le dijo:

—Alejandro, tengo una cosa que decirte: yo soy india, Alejandro: yo soy como tu gente.

El silencio de Alejandro la dejó atónita:–Yo pensé que te pondrías contento, dijo.

—El contento lo tengo desde que lo supe: ¡ya yo lo sabía!

—¡Lo sabías! Y ¿no me lo dijiste?

—No me atreví: Juan Canito me lo dijo.

—¡Juan Canito!,–dijo Ramona pensativa: ¿Y él cómo lo sabe? Entonces, en unas cuantas palabras, contó Ramona todo lo que la Señora le había dicho:–¿Es eso lo que te dijo Juan Can?

—Eso, respondió Alejandro, vacilante; pero el nombre del padre no me lo dijo.

—¿Quién te dijo que era mi padre?

Él no respondió.

—No importa, exclamó Ramona:–Juan Can no puede saber más que la Señora. Pero yo creo, Alejandro, que tengo más de mi madre que de mi padre.

—Sí, sí tiene más, mi Señorita,–dijo él con ternura:–si siempre dije yo cuando la veía, «¡si me parece de mi pueblo!»

—¿Y no te alegra, Alejandro?

—¿Que no me alegra?

¿Qué más tenía Ramona que decir? Allí estalló su corazón; y sin premeditarlo, sin decidirlo con el juicio, sin conocimiento casi de lo que hacía, se acogió al pecho de Alejandro y le dijo, llorando–¡Oh, Alejandro, llévame contigo! ¡llévame contigo! ¡Mejor me muero que dejarte ir!

¡Mi Majela!

A este grito del alma respondió Alejandro ciñendo con sus brazos a Ramona; más y más la estrechaba, hasta que casi el abrazo era dolor: ella le oía latir el corazón: él no le hablaba. Por fin dejó Alejandro caer los brazos, tomó una mano de Ramona, se la llevó a la frente con noble reverencia, y dijo, en voz tan velada y trémula que apenas le oía ella las palabras:

—Mi Señorita sabe que mi vida es suya. Si me dice que me eche al fuego o a la mar, me echo al fuego o a la mar, contento porque ella me lo manda: pero yo no puedo llevar a morir a mi Señorita. Mi Señorita es delicada: se me muere en esa vida: ella no puede dormir en la tierra: ella no sabe lo que es no tener qué comer. Mi Señorita no sabe lo que dice.

Aquel tono solemne; aquel modo de hablarle como si estuviese hablando de ella, y no con ella; como si en vez de hablar con ella, hablase con Dios mismo, calmaron y fortalecieron a Ramona, en vez de amedrentarla:–Yo soy fuerte: yo también puedo trabajar, Alejandro: tú no sabes: los dos podemos trabajar: a mí no me da miedo dormir en la tierra: Dios nos dará qué comer.

—¡Así pensaba yo antes! Cuando me fui aquella mañana, eso llevaba yo en el pensamiento: «si ella no tiene miedo, ¿por qué lo he de tener yo?: qué comer, siempre habrá, ¡y yo veré porque no tenga pena!» Pero los santos nos han vuelto la espalda, Señorita. Estos americanos van a acabar con nosotros. Nos matarán a bala o a veneno. A todos nos van a echar del país, como a los conejos y a las ardillas. ¿Qué les queda ya que hacer? De veras, Señorita: ¿no querría mejor estar muerta que como yo estoy ahora?

Cada palabra de Alejandro decidía más a Ramona a compartir su suerte:–Alejandro,–interrumpió:–¿en tu pueblo hay muchos hombres que tienen mujer, no?

—Sí, Señorita, hay–dijo él asombrado.

—Y ¿sus mujeres los han dejado solos, Alejandro, en esta pena?

—¡No, Señorita, no!–dijo él con más asombro aún:–¿cómo han de dejarlos solos?

—¿Se quedan con ellos, no, para ayudarlos, para que estén contentos? ¿se quedan, verdad?

—Se quedan, sí, respondió Alejandro, que ya alcanzaba la razón de aquellas preguntas, no menos diestras que las que solía hacer la Señora.

—Y ¿las mujeres de tu pueblo quieren a sus maridos mucho?

—Mucho, Señorita.

Callaron un momento. Era ya muy oscuro. Alejandro no podía ver cómo encendía la sangre precipitada el rostro de Ramona; cómo hasta el cuello se le tiñó de rubor cuando le dijo su última pregunta:

—¿Y tú crees que alguna de ellas quiere a su marido más de lo que yo te quiero, Alejandro?

Antes de oírle aquella frase entera, ya la tenían ceñida otra vez los brazos del indio. ¿A qué muerto no resucitarían palabras semejantes? Resucitarían a un muerto, sí; pero a Alejandro no lo harían egoísta. No respondía Alejandro.

—¡Tú sabes que no hay una sola!–dijo Ramona impetuosamente.

—¡Ay, esto es mucho, es mucho!–exclamó él, echando atrás en desesperado ademán los brazos. Y trayéndola de nuevo sobre su corazón, habló así a Ramona, con las palabras sordas y aceleradas:–Mi Señorita, me lleva a las puertas del cielo; pero yo no me atrevo a entrar. Se me muere, se me muere, si me la llevo a aquella vida: la vida que yo llevo me la mata: ¡déjeme, déjeme ir, mi Señorita! ¡Mejor que no me hubiera visto nunca!

—¿Tú sabes, Alejandro, lo que yo iba a hacer si no hubieras venido? Me iba a escapar, sola, Alejandro, y a ir a pie a Santa Bárbara, a pedirle al Padre Salvatierra que me pusiese en el convento de San Juan Bautista. Y eso haré, Alejandro, si tú no me llevas.

—¡Oh, no, no, Señorita, mi Señorita, no hará eso!–¡Mi Señorita tan hermosa en el convento! No, no!–decía él vivamente agitado.

—Sí: si no me dejas ir contigo, eso haré. Me iré mañana.

Y lo haría de seguro: él sabía que lo haría.

—¡Pero hasta eso sería mejor que vivir huyendo como una bestia feroz, mi Señorita!: ¡mejor es eso que venir conmigo!

—Cuando te creía muerto, Alejandro, el convento no me daba horror: allí me habrían dejado vivir en paz, y enseñar a los niños. Pero si sé que estás vivo ¿qué paz he de tener? ¡ni un minuto de paz, Alejandro! Mejor quiero morirme que estar donde tú no estés. ¡Llévame, Alejandro!

Alejandro estaba vencido:–La llevaré, mi Señorita de mi vida,–dijo gravemente, sin júbilo de enamorado, en su voz honda,–la llevaré. ¡Los santos tal vez tengan piedad de la Señorita, aunque ya no la tienen conmigo ni con mi pueblo!

—Mi Alejandro, tu pueblo es mi pueblo. Los santos son buenos con quien los quiere. Ya verás como somos felices; ya verás:–y reclinó en silencio solemne la cabeza por algunos instantes sobre el pecho de Alejandro como si hiciese un juramento. ¡Con razón deseaba Felipe ser querido por la mujer que lo amase, como Ramona quería a Alejandro! Cuando levantó la cabeza, le dijo tímidamente, segura ya de que la llevaría:–¿Conque te llevarás a tu Ramona, Alejandro?

—¡Mi Ramona estará conmigo hasta que yo me muera! –exclamó él apretándola en sus brazos, y apoyando la cabeza sobre la suya. Pero las lágrimas que había en sus ojos no eran de alegría, y su espantado corazón le dejaba oír aquella misma voz de alarma dolorosa en que prorrumpió al verla por primera vez: «¡Jesús me valga!»

No era fácil decidir lo que tenían que hacer. El hubiera querido ir de frente a la casa, ver a Felipe, ver a la Señora, si era necesario: pero sólo de oírselo decir tembló Ramona:–Tú no conoces a la Señora, Alejandro: tú no sabes cómo me ha estado tratando: me tiene tanto odio que, si se atreviera, me mataría: dice que me dejará ir, si quiero; pero yo creo que me echa al pozo en el último momento, antes que dejarme ir contigo.

—¿Y yo no la defiendo, mi Señorita? ¿Y el Señor Felipe?

—¡Felipe! Ella juega con Felipe como con la misma cera. En un minuto le hace cambiar cien veces el pensamiento. ¡Yo creo que tiene tratos con el enemigo, Alejandro! No vayas, no. Yo vendré aquí en cuanto estén todos dormidos. Debemos irnos en seguida, irnos.

Él, dominado por el terror de Ramona, consintió en esperarla. La esperaría allí mismo. Dos veces se volvió ella para darle otro abrazo.

—¡Prométeme, prométeme que no te mueves de aquí hasta que

yo venga! En dos horas vuelvo, o en tres a lo más. Ahora serán las nueve. ¡Prométemelo!

—Aquí estaré cuando venga, –respondió él.

Pero no reparó Ramona en que Alejandro no le había prometido no moverse de allí, sino estar allí cuando ella viniera. Él tenía por su parte algo que hacer para ayudar a aquella fuga súbita: él pensaba por ella, olvidada en su candor de las dificultades de aquel largo viaje. Cuando Alejandro salió para Temecula, iba pintándose en la mente su vuelta a la hacienda, a buscar a Ramona, él montado en Benito, en su fuerte y ligero Benito, y del cabestro la lindísima yegua castaña de Antonio, para que la montase ella. Dieciocho días no más hacía: y cuando eso iba él imaginando, levantó de repente la cabeza, vio a Antonio que venía hacia él en la yegua castaña a galope de loco, vio cubiertos de sangre por la espuela los ijares de la bestia, que era el cariño de su dueño, vio al animal detenerse ante él, resoplando como una máquina cansada, ahogado, jadeante. Antonio, al verle, dio un grito, se echó de la silla, vino de un salto a él, se lo dijo todo con palabras entrecortadas. Alejandro no podía recordar las palabras, sino que en cuanto las oyó cerró los dientes, dejó caer las riendas, se tendió sobre el cuello de Benito, le habló a Benito al oído, y Benito no paró el galope, no paró en todo el día, hasta llegar a Temecula. Allí Alejandro vio las casas sin techo, las carretas cargando, la gente corriendo, gimiendo las mujeres y los niños: le señalaron donde estaba su padre, acostado en la tierra bajo la sombra de tule: se desmontó de un salto, dejando ir a Benito, y no volvió a verlo más: ¡de eso hacía sólo dieciocho días! Y ahora estaba allí, debajo de aquellos mismos sauces desde donde vio por primera vez a Ramona: era noche, noche oscura, y Ramona había estado en sus brazos: Ramona era suya: Ramona iba a volver para irse con él... ¡Para irse! ¿A dónde? Él no tenía en todo este mundo grande una casita donde ampararla. Y aquel pobre animal que lo había traído ¿tendría fuerzas bastantes para llevarla? Alejandro creía que no: para aliviar a la buena bestia, había él hecho a pie más de la mitad del camino;–pero de no comer estaba el caballo moribundo: allá en Pachanga la yerba estaba toda quemada con el sol, y de los pocos caballos que salvaron, algunos se murieron.

Pero Alejandro, en los instantes mismos en que tenía abrazada a Ramona, maduraba un proyecto en silencio. Si Babá, el caballo de Ramona, estuviese en el corral, él podría sacarlo sin ruido. En eso no había culpa: y si la había, ¿qué hacer? Ramona tenía que ir a caballo, y Babá era el suyo, su caballo de siempre, que desde potro la seguía como un perro por dondequiera que ella iba, y no tuvo más doma que la de ella, que lo domó con pan y con miel. A todos los demás les resistía: pero Ramona podía guiarlo por donde quisiese, sin más rienda que una guedeja de sus sedosas crines. Alejandro tenía casi el mismo poder sobre él, porque durante el verano hizo costumbre de ir a acariciar a Babá cuando no podía ver a Ramona, por lo que pronto llegó el animal a quererlo como a su propia dueña. «¡Si no se lo han llevado del corral»...! Tan pronto como dejó de oír las pisadas de Ramona, echó a andar Alejandro, a paso cauto y vivo, rodeó por lo más hondo y oscuro la explanada de las alcachofas y los corrales, y volvió loma arriba, para entrar en el corral por lo más lejos. No había luz en ninguna de las casas de los pastores dormidos; y bien sabía Alejandro que los pastores tenían sueño pesado, porque muchas noches, cuando dormía en su compañía, saltó por entre ellos, echados sobre sus pieles, sin que ninguno le oyera ir y venir. «¡Con tal que Babá no relinche!» Inclinándose sobre la cerca del corral, silbó Alejandro tan bajo que él mismo apenas se oía. Los caballos estaban todos en un grupo, al otro extremo de la cerca: se notó entre ellos un leve movimiento, y uno de los animales dio uno o dos pasos hacia Alejandro. «¡Yo creo que ése es Babá!»: y silbó otra vez. El caballo salió andando, pero de pronto se detuvo, como si le asaltase el miedo de un peligro. «¡Babá!»–murmuró Alejandro. El sagaz animal conocía su nombre, y la voz de Alejandro; y pareció entender que se trataba de secreto, y que si Alejandro lo llamaba quedo, quedo debía él responderle: relinchó como para que no le oyeran, llegó a la cerca a largo trote, y reconoció con los belfos la cara de su amigo, mostrándole su gozo con caricias y relinchos suaves.–»¡Cállate, cállate, Babá!»–le dijo Alejandro, como si hablase con un ser humano;–y comenzó sigilosamente a quitar los palos de arriba de la cerca. El caballo lo entendió en seguida: en cuanto la cerca estuvo un poco baja, la salvó de un salto, y se estuvo sin moverse al lado de Alejandro, que mientras volvía a su puesto los maderos, sonreía a pesar de su angustia imaginando la fatiga que se daría Juan Canito al día siguiente para entender cómo Babá pudo saltar la cerca.

Todo eso ocupó pocos momentos. Alentado con su buena fortuna: «¿por qué, se dijo Alejandro, no he de poder sacar también el sillón?»

Sillas y arneses estaban colgados en clavijones de madera en un cobertizo abierto, como es de uso en la Baja California, sin más pared que los puntales de las cuatro esquinas. Alejandro cavilaba. Mientras más lo pensaba, más deseaba hacerse también del sillón. «Babá, si tú supieras lo que quiero de ti, te estarías aquí quieto hasta que yo sacara el sillón.» Pero no se atrevió a correr el riesgo: «¡Ven, Babá!» Y siguió loma abajo, con Babá detrás de él, que iba siguiéndolo sin ruido. Cuando llegó a lo bajo de la loma cambió el paso en carrera, con la mano entre las crines del animal, como si fueran de retozo, y a los pocos momentos estaban ya bajo los sauces, donde el mísero pony de Temecula aguardaba amarrado. Con el mismo lazo ató Alejandro a Babá, le acarició el cuello, le puso junto a los belfos la mejilla, y le dijo alto:–»Babá bueno: quédate aquí hasta que la Señorita venga.» Babá relinchó.–»¡Si yo creo que conoce el nombre de la Señorita!», pensó Alejandro, en camino otra vez para el corral. Se sentía fuerte, sentía en sí un nuevo hombre: en medio del terror, el júbilo le estremecía. Cuando llegó al corral, todo estaba aún callado: los caballos no se habían movido: Alejandro se tendió de pecho sobre tierra, y a rastras fue desde el corral al cobertizo, que no estaba tan cerca. Aquélla era la parte más peligrosa de la aventura: a cada instante se detenía, ponía el oído, se arrastraba unos cuantos pasos: al llegar a la esquina donde colgaban siempre el sillón de Ramona, le aumentó el sobresalto: en las noches calientes, Pedro venía a dormir al cobertizo: todo estaba perdido, si dormía allí aquella noche: escurriéndose a gachas en la oscuridad se enderezó al llegar al puesto, buscó el sillón a tientas dio con él, lo levantó de un solo esfuerzo, se echó a tierra con su presa; y con ella volvió a rastras por el mismo camino. Ni el más diestro de aquellos perros pastores lo había oído. Una hoja no es más leve. «¡Capitán: esta vez estás dormido!»

En cuanto llegó al pie de la loma, se echó a andar, con el sillón a las espaldas: mucho debía pesar el sillón a hombre tan debilitado, pero no sentía el peso, porque era menos que su regocijo. Ahora sí que iba a ir bien su Señorita, porque montar en Babá era como ir en una cuna: y si era mucha la necesidad, a los dos podía llevarlos Babá sin sentirlo; lo que tendría tal vez que ser, según pensaba Alejandro, arrodillado junto a su pobre pony, que de cansancio no podía alzarse del suelo: Babá, sobre sus pies, estaba al lado, mirando con desdeñoso asombro a aquel infeliz compañero.

«¡Alabado sea Dios!» se dijo Alejandro, sentándose a esperar: «¡parece que los santos no quieren dejar sola a mi Señorita!». Le hervían los pensamientos. ¿A dónde irían primero? ¿Qué sería lo mejor? ¿Saldrían a perseguirlos? ¿Dónde buscarían casa? Era vano pensar hasta que Ramona no viniese: ella había de decidir: lo primero era ir a San Diego, donde el padre, a que los casase: eso era tres recias jornadas, y con el pobre pony, lo menos cinco. Y en el camino ¿qué iban a comer? Alejandro pensó en el violín guardado en lo de los Hartsel: Hartsel le daría sobre él algún dinero: tal vez se lo compraría. Luego recordó su violín propio, en el que no había vuelto a pensar. Estaba en su caja sobre una mesa en el cuarto de Felipe cuando Alejandro salió para Temecula. ¿Sería posible? ¡no: no era posible que Ramona hubiese pensado en traerlo! ¿Qué traería Ramona? Cuanto debiera y pudiese: de eso estaba Alejandro seguro.

Y ¡cuán largas le parecieron las horas que pasó allí sentado, en planes y conjeturas! A cada hora que pasaba, daba gracias al cielo, nublado y oscuro: «Los santos me han traído en una noche sin luna»;– se decía sin cesar; y sencillo y devoto como era,–»los santos me la amparan», añadía: «los santos quieren que les cuide a mi Señorita».

Ramona andaba en pasos peligrosos, en un verdadero laberinto de dificultades. Llegó a su cuarto sin ser vista: así creía ella a lo menos. Por dicha suya, Margarita estaba en cama, postrada por una muela enemiga, que su madre aplacó con un fuerte calmante; lo que fue gran fortuna para Ramona, que de otro modo no hubiera podido salir de la hacienda, porque aquella espía se lo hubiese adivinado. Entró Ramona a la casa por el patio, no por el colgadizo, donde, como era temprano aún, estarían Felipe y su madre. Platicando estaban: los oyó al entrar en su cuarto. Cerró sin disimulo una de las ventanas para que supiesen que estaba allí, y se arrodilló a los pies de la Virgen diciéndole en rápida confesión cuanto iba a hacer, pidiéndole amparo y luz para Alejandro y para ella, rogándole que les guiara al fin de su viaje. «¡Dónde iremos, Santísima Virgen!» «Me dirá, sí; yo sé que me dirá», se repetía Ramona convencida, al acabar su plegaria. Se recostó sobre la cama, a esperar a que la Señora y Felipe se durmiesen. Tenía el entendimiento claro, firme. Sabía lo que quería. De dos semanas atrás lo tenía pensado todo, cuando esperaba a Alejandro hora tras hora.

A los principios del verano le había dado Alejandro, como curiosidades, dos grandes alforjas de red, de las que usan las indias para llevar toda especie de carga. Son de una fibra parecida al cáñamo, fuertes como el hierro, y de hilos tan distantes que su peso es liviano: se cierran por la boca, y están unidas por una faja de la misma fibra, que las indias se ponen por la frente: así se echan a la espalda pesos que no podrían cargar de otra manera. Hasta que Ramona pensó en las árganas, no sabía cómo llevar lo que le parecía tener derecho a tomar de la casa, que era poco en verdad: lo muy necesario: un vestido y sus mantas, el paño nuevo de encaje, dos mudas de ropa blanca. Eso no era demasiado, teniendo la Señora en su poder, como tenía, todas aquellas joyas: «Yo le diré al Padre Salvatierra todo lo que me llevo: el me dirá si ha sido mucho.» Le mortificaba el pensar que aquellas ropas que de fuerza había de llevar fueron pagadas con dinero de la Señora Moreno.

Y el violín de Alejandro. Cualquiera otra cosa dejaría; pero el violín no. ¿Qué sería de Alejandro sin su música? Y si iban a Los Ángeles, podría ganar, por supuesto, tocando en los bailes. Ya Ramona, dándole vueltas al pensamiento, tenía imaginados varios modos para ir levantando las arcas de la nueva casa: levantándolas los dos, ella y su marido.

Y comida para el camino. Y había de ser algo serio, y vino, para Alejandro. Se le oprimía cl corazón al recordar su desmayada apariencia. «Hambre» dice que tuvieron: ¡Santo Dios: hambre! ¡Y ella se había sentado mientras tanto a mesas repletas, y había visto echar a los perros verdaderos festines!

Tardó mucho la Señora en ir a su cuarto, y Felipe en rendirse completamente al sueño. Al fin Ramona se atrevió a salir. Todo estaba oscuro.

Con la red a la espalda,–»como buena india que soy», se dijo casi alegremente,–atravesó a hurtadillas el patio, dio la vuelta por el sudeste de la casa, y costeando el jardín llegó a los sauces, donde depositó su carga, para ir en busca de la otra.

Lo de ahora era lo más difícil. Vino estaba resuelta a llevar, y pan, y carne fría. No conocía los dominios de Marta tan bien como los suyos propios, ni se atrevía a encender luz. Tuvo que hacer varios viajes a la cocina y despensa, para completar sus provisiones. De vino, encontró por fortuna en el comedor dos botellas llenas; y un poco de leche; que echó en una vasija de cuero, colgada de la pared del colgadizo. Ahora sí estaba lista. Se asomó a la ventana, donde se detuvo oyendo la respiración de Felipe.

¿Cómo me voy a ir sin decirle adiós?–Y allí se estaba, sin saber qué hacer.

—¡Mi buen Felipe, tan bueno siempre para mí! ¡Si me atreviera a darle un beso! Voy a escribirle.

Tomó lápiz y papel, y una cerilla tan fina que hubiera sido difícil distinguirla en un cuarto, y volviendo al comedor, se arrodilló en el suelo detrás de la puerta, encendió la cerilla y escribió:

«Querido Felipe: Alejandro ha venido, y me voy con él esta noche. Cuida tú, si puedes, de que no nos pase nada. Yo no sé dónde vamos; tal vez vayamos donde el Padre Salvatierra: yo te querré siempre. Gracias por lo bueno que has sido conmigo.–Ramona.»

Fue cosa de un momento. Apagó la luz, y volvió a tientas a su cuarto. Tendían ahora la cama de Felipe junto a la pared, y Ramona desde su ventana alcanzaba a los pies de ella. Cautelosamente fue sacando el brazo hasta que dejó caer el papel sobre la colcha, a los pies mismos de Felipe. Había peligro, por supuesto, de que la Señora lo viese antes que él; pero Ramona se decidió a correr el riesgo.

—¡Adiós, Felipe, adiós!–murmuró en un aliento, apartándose ya de la ventana. La demora le había costado cara: el vigilante Capitán, que dormía en el patio, oyó y olió como entre sueños que pasaba algo extraño, y al poner Ramona el pie afuera, dio un ligero ladrido, y vino hacia ella saltando.

—¡Virgen santa! ¿qué va a ser de mí?–pensó Ramona: pero se encuclilló, abrió rápidamente la red, y al acercársele Capitán, ya le estaba dando un trozo de carne y haciéndole caricias. Mientras comía el perro meneando la cola, y demostrando mucho regocijo, se echó al hombro otra vez la carga, y acariciándolo siempre,–»Ven, Capitán»,–le dijo. Era su última oportunidad. Si ladraba otra vez, alguien se despertaría de seguro: si la seguía en silencio, podría escaparse. Al dar el primer paso, se le llenó de sudor frío la frente. Capitán la siguió. Apretó el paso Ramona, y él con ella, olisqueando la carne de la red. Al llegar a los sauces, Ramona se detuvo, preguntándose si sería mejor darle otro buen trozo de carne y tratar de escaparse mientras la comía, o dejarle que siguiera con ella. Se decidió por lo último, y recogiendo la otra alforja, siguió andando. Ya se sentía segura. Se volvió, y miró hacia la casa: todo estaba en silencio y oscuro: apenas se divisaba la casa en la sombra. Cuanto tenía de sentimiento se estremeció profundamente en ella: ella no había conocido más hogar que aquél: sus felicidades y sus penas allí habían sido todas,–Felipe, el Padre Salvatierra, los criados, los pájaros, el jardín, la capilla. ¡Ay, si hubiera podido volver a rezar en la capilla! ¿Y quién cambiaría ahora las flores y los helechos? Cómo la iba Felipe a echar de menos cuando se arrodillase solo ante el altar! ¡Catorce años hacía que se estaban arrodillando juntos! Y la Señora, ¡tan fría, tan dura! Ella sería la única que se alegrase. «A todos los demás les va a dar tristeza, a todos menos a ella. Ojalá les hubiera podido decir adiós a todos, y ellos a mí, y desearnos buena suerte.» Así pensó dando un suspiro la amable niña: y volviendo la espalda a su hogar, siguió adelante por la senda que había elegido. Se inclinó, y acarició a Capitán en la cabeza:–» ¿Quieres venir conmigo, Capitán?» le dijo:–y Capitán dio un salto de alegría, acompañado de dos o tres gruñidos:–»Sí, Capitán: ven.» «Me parecerá que tengo algo de la casa a mi lado mientras esté viendo a Capitán.»

Cuando Alejandro divisó en lo oscuro aquella figura que se venía acercando a él, no la conoció y se llenó de susto. ¿Qué persona extraña podía estar andando por allí a aquellas horas? Se apresuró a esconder los caballos más adentro de los sauces, y él mismo se ocultó detrás de un tronco, espiando. A los pocos momentos le pareció reconocer a Capitán que venía dando brincos en torno de aquella despaciosa y encorvada caminante. De seguro que era una pobre india que no podía con la carga que llevaba a cuestas. Pero ¿qué india podía tener un mastín tan hermoso como Capitán? Alejandro miraba con toda su alma. Al fin vio que la figura se detenía, y dejaba caer parte de su peso.

—¡Alejandro!, dijo una voz muy baja y dulce.

Alejandro saltó como un venado, exclamando:–¡Mi Señorita, mi Señorita! Por Dios, ¿cómo ha venido con todo ese peso?

Ramona se echó a reír.–¿Te acuerdas del día en que me enseñaste cómo las indias llevaban sus cargas? Yo no pensé llevarlas tan pronto. Pero la frente me duele, Alejandro, del peso no, sino del cordel: no hubiera podido llevarlas mucho tiempo más.

—¡Pero si no tiene la cesta de la cabeza!–respondió Alejandro, echándose las redes por los hombros como si hubieran sido plumas. Entonces sintió el violín:–¡El violín!–exclamó:–¿dónde lo encontró, mi vida?

—En la mesa del cuarto de Felipe. Yo sabía que eso era lo que tú querías que te trajese. No traigo casi nada, Alejandro: me pareció nada cuando lo cogí, pero de veras pesa mucho. ¿No será mucha carga para tu pobre caballo? Tú y yo podemos caminar. Y mira: mira a Capitán. Se despertó y tuve que traerlo para que se estuviera quieto. ¿No lo podremos llevar?

Capitán no cesaba de dar saltos y de subírsele a Alejandro al pecho, lamiéndole la cara, gruñendo, mostrando de mil modos afecto y alegría.

Alejandro rompió a reír, lo que asustó a Ramona, que sólo dos o tres veces lo había oído reír así:–¿De qué te ríes, Alejandro?

—De lo que tengo que enseñarle, mi Señorita. Mire.–Y volviéndose hacia los sauces dio dos o tres silbidos, al primero de los cuales salió Babá trotando de entre los árboles hasta donde se lo permitió el lazo, y comenzó a relinchar de júbilo en cuanto conoció a Ramona.

Ramona, sorprendida, no tuvo más respuesta que las lágrimas.

—¿Qué le ha puesto triste, mi Señorita? –dijo Alejandro asombrado:– ¿no es este caballo suyo? Si no quiere, lo llevo al corral. Mi pony puede llevarla, no yendo muy aprisa: pero yo creí que le daría gusto tener a Babá.

—¡Ay, sí, Alejandro! –respondió ella, con la cabeza apoyada sobre el cuello de Babá.– Es milagro, milagro... ¿Y cómo vino aquí? ¡Y la silla también! –dijo, reparando por primera vez en ella.– Alejandro –añadió en un murmullo de asombro:– ¿lo mandarían los santos? ¿lo encontraste aquí?

—Los santos han debido ayudarme. Yo lo llamé desde la cerca del corral, y él vino; ni Capitán salta la cerca más ligero: ¡ya está aquí!: ¿no nos lo llevamos?

—¡Oh, sí! ¡si es más mío que todo lo que tengo! Felipe me lo dio acabado de nacer, ya hace cinco años. ¡Babá, nunca me separaré de ti, nunca! –Y levantando una de las finas manos de Babá, apoyó contra ella amorosamente la mejilla.

Alejandro ya estaba colgando las redes a la cabeza del sillón. Las manos le temblaban.– Ahora vámonos pronto, mi Señorita. A lo primero tenemos que ir de prisa. Antes que sea de día, nos esconderemos a descansar en un seguro. Viajaremos de noche no más, no sea que nos persigan.

—No, Alejandro: no nos perseguirán: ¡si la Señora dijo que en esto nuestro no iba a hacer «nada», Alejandro! Felipe quiso que tú te quedases con nosotros; ¡pero ella dijo que no hacía «nada»! No nos perseguirán, no. Lo que quieren es no saber más de mí. La Señora quiere eso; Felipe no: Felipe es muy bueno, Alejandro.

Ya están listos. Ramona va en Babá, con las redes caídas a los lados del arzón de la montura. Alejandro va a pie, y lleva de la mano al pobre *pony*. Era una triste procesión de bodas; pero Ramona llevaba el corazón lleno de alegría.

—No sé qué es, Alejandro, –le decía ella,–pero no siento miedo: ningún miedo siento, Alejandro: ¿no es extraño?

—Sí,–dijo él solemnemente, poniendo, sin interrumpir el paso, su mano en la de Ramona:–es extraño. Yo sí tengo miedo, miedo por mi Señorita. Pero los santos la ayudarán. ¡Ya a mí ni a mi pueblo nos ayudan!

—Pero ¿que nunca me vas a decir más que «Señorita»? ¿nunca me vas a decir «tú»? Así es como me decía siempre la Señora cuando me regañaba: «¡Señorita!»

—¡Pues nunca lo volveré a decir! ¡sin lengua me quiero quedar antes que decirle como le decía ella!

—¿No me puedes decir «tú», decirme Ramona?

No sabía Alejandro explicar por qué le parecía difícil llamarle Ramona. El «tú» no: el «tú» se le salía del alma.

—¿Qué nombre es aquel con que dijiste que me pensabas llamar, el nombre indio, el nombre de la paloma?

—Majel, dijo él. Majel le digo en mis pensamientos desde la noche de aquel día en que me besó, que estuve yo de vela en el jardín, oyendo arrullarse a dos torcazas enamoradas. ¡La niña de mi vida se me parece a eso!,–dije yo,–a la torcaza: el canto de la torcaza tiene una música como la de su voz, y es el canto más dulce del mundo: y la torcaza es fiel toda la vida a su compañero...–Y al decir esto, cesó de andar.

—Como yo a ti, Alejandro,–dijo Ramona, inclinándose hacia él, y poniéndole la mano en el hombro.

Babá se detuvo: en el aire conocía él el menor deseo de su dueña: aquel viaje lo tenía muy sorprendido: nadie se había atrevido nunca a ir a pie a su lado cuando él sacaba a Ramona a paseo, ni le jugaba con las crines. ¡Si no fuera Alejandro...! Pero cuando su dueña estaba tranquila, así debía ser. ¡Y ahora su dueña le pone una mano a Alejandro en el hombro! ¿Querrá eso decir que se pare? A Babá le pareció así, y se paró, volviendo la cabeza para ver qué sucedía. ¡Alejandro abrazado a Ramona, juntas las dos cabezas, los labios también juntos!: ¿qué quería decir aquello? Travieso como un duende, dio Babá un salto a un lado, y separó a los dos amantes. Los dos se rieron, y siguieron camino a trote vivo: Alejandro corría: el pobre pony, animado con el ejemplo, tomó un paso que de días atrás no le dejaba tomar la fatiga.

—¿Majel es mi nombre, no?–dijo Ramona:–Majela es mejor, Alejandro, es más dulce: llámame Majela.

—Mejor, sí, porque así no se ha llamado nadie. ¡Te llamaré Majela!

Y dijo en seguida:–No sé por qué me costó siempre trabajo decir Ramona.

—Porque tú me debías dar un nombre nuevo. Ya Ramona se acabó. Así me decía la Señora también... ¡y Felipe!: ahora sí que no me conocería con mi nombre nuevo. Él, sí querría yo que me dijera Ramona siempre. ¡Pero para todo el mundo ya yo soy Majela, la Majel de Alejandro!

Fuga Peligrosa y Noche Celeste

A trote vivo habían andado ya como una milla por la calzada, cuando Alejandro tendió la mano de pronto, tomó a Babá por la rienda, y comenzó a hacerle dar vueltas en el camino. «No seguimos por el camino, dijo, para que no encuentren la huella: andaremos para atrás unos cuantos pasos.» El obediente Babá, cual si entendiera el ardid, retrocedía de espaldas lentamente, como quien va bailando: también el pony seguía a Alejandro en sus pasos y vueltas, y obedeciendo la mano hábil de su dueño, saltó de repente a una roca que estaba a un lado del camino, donde quedó esperando órdenes. Babá y Capitán saltaron tras él. Ya no podía la calzada denunciar por dónde habían tomado los fugitivos.

—Ahora pueden venir,–dijo Alejandro:–se dejarán ir por la calzada detrás de las huellas, y cuando noten que ya no sigue el paso, por más que busquen no sabrán dónde salimos del camino. Ahora sí que empieza la pena para mi Majela. El camino es muy malo. ¿Majela tiene miedo?

—¡Miedo!–dijo riendo Ramona:–¿con Babá y contigo?

Pero el camino era malo de veras. Alejandro había pensado pasar el día oculto en un cañón cercano, de donde iba una senda estrecha al mismo Temecula, una senda que sólo los indios conocían: ya en el cañón, nada tenían que temer. A pesar de la certidumbre de Ramona, Alejandro tenía por cierto que la Señora trataría de recobrar por lo menos el perro y el caballo. «¡Capaz es de decir que le he robado un caballo, y la creerán todos!»

La entrada al cañón no distaba más de dos millas del camino; pero la disimulaba un chaparral espeso, coronado de diverso matiz por los robles jóvenes que habían nacido en el corazón de la maleza. Alejandro nunca había ido por allí a caballo: entró una vez a pie por el lado de Temecula, y abriéndose paso por el matorral, vio con sorpresa que estaba cerca del camino. De aquel cañón llevó los maravillosos helechos que puso Ramona de adorno en la capilla: con lujo tropical crecían las bellas plantas como a una milla de donde estaban los viajeros ahora, y para llegar entonces a ellas tuvo Alejandro que dejarse ir por la profunda cortadura de la piedra. El cañón en la entrada era poco más que un tajo en la roca, y el arroyo que de allí nacía era en su cuna un manantial travieso.

Aquella agua preciosa, a más de lo inaccesible del lugar, decidió a Alejandro a ampararse a toda costa del escondite. Pero una valla de granito hubiera sido menos compacta que el tupido chaparral que iban costeando sin encontrar una abertura: le pareció a Alejandro que se había espesado más desde la primavera. Al fin comenzaron a bajar por otro cañón pequeño, que era como ala del grande: con poco que anduviesen cuesta abajo, nadie podría ya dar con ellos. Ya asomaba el encarnado del alba, y desde el orto hasta el cenit, el cielo era como un vellón carmesí de manchas vivas.

—¡Oh, qué lindo lugar!–exclamó Ramona. !Y decías que era malo el camino, Alejandro! ¿Es aquí donde vamos a quedarnos?

Alejandro volvió a ella la mirada compasiva.–»La torcaza no sabe de malos caminos. Esto no es más que empezar.»

Amarró el *pony* a un arbusto, y empezó a reconocer la maleza, desapareciendo por momentos cada vez que entraba entre los chaparros de un lado o de otro. Volvió por fin, y dijo a Ramona, que le leía en el rostro la pena:–¿Quiere Majela esperarme aquí un tantico? La senda es ahí; pero no puedo encontrarla sino a pie. No tardo, no. Yo sé que está cerca.

Los ojos de Ramona se llenaron de lágrimas. Lo único a que ella tenía miedo era a no ver a Alejandro:–Tengo que ir, Majela,–dijo él firmemente:–aquí hay peligro.

—Ve, Alejandro, ve: ¡pero no tardes mucho!

Cuando lo vio desaparecer en la espesura, quebrando y encorvando aquellas ramas recias, creyó otra vez que estaba sola en el mundo: también Capitán se fue detrás de él, desoyéndola cuando lo llamaba. Todo estaba en silencio. Ramona se reclinó sobre el cuello de Babá. Los instantes le parecían horas. Por fin, cuando ya la luz amarilla veteaba el celaje, y los vellones carmesíes en un segundo se volvieron de oro, oyó los pasos de Alejandro, vio asomar su cara por entre la maleza. Se le leía en la cara el gozo.

—¡La encontré!–dijo:–pero tenemos que volver hasta la entrada. Es muy estrecha. No me gusta.

Retrocedieron temerosos y trémulos cañón arriba hasta salir otra vez a lo claro, y galoparon como media milla al oeste, sin apartarse del chaparral más que lo muy preciso. Alejandro, que iba delante, se entró de repente por las matas, donde no parecía que hubiese abertura alguna; pero las ramas le abrían paso y se cerraban tras él, y su cabeza iba sobre ellas. El *pony* valeroso no daba muestras de fatiga. Babá denotaba con resoplidos su disgusto de verse en aquella erizada caminata. Las ramas recias y espinosas azotaban la cara de Ramona. Al fin quedaron presas en ellas las redes que colgaban de la silla, y tan bien las prendieron, que Babá empezó a echarse atrás y dar coces. Alejandro se apeó, cortó los cordeles, y aseguró las redes a la grupera de su *pony*. «Yo iré a pie,» dijo: «ya vamos a llegar. Yo guío a Babá donde esté muy estrecho.»

¡Estrecho de veras! De puro terror llevaba Ramona cerrados los ojos. La senda, que no le parecía más ancha que la mano, la senda pedregosa y desmoronada, bordeaba un profundo precipicio, por donde rodaban con eco misterioso las piedras que iban cayendo del camino, que iban cayendo: a cada paso de las bestias, más piedras caían. La yuca sólo, con sus afiladas hojas, prosperaba en aquel temible recinto. Yucas a miles vestían el abismo, y sus erguidos pedúnculos, coronados de capullos suaves y brillantes, resplandecían como cálices de raso al sol. Abajo, cientos de pies abajo, estaba el seno del cañón, que era otro espeso chaparral, que aparecía de arriba igual y blando como un lecho de césped: gigantes sicomoros se erguían a trechos entre los chaparros; y en el llano distante centelleaban las pozas del río, cuyas fuentes, apenas vistas por los hombres, habían de ser manantial de consuelo para aquellos afligidos.

Alejandro iba lleno de ánimos. La senda era para él juego de niños. Desde la primera pisada de Babá en las piedras inseguras, vio Alejandro que el caballo tenía la planta tan prudente como los ponies indios. Conocía él un sombrío de sicomoros con mucha agua corriente, clara como el cristal, fresca como una gloria, y pasto para dos o tres días, con que pudieran fortalecerse los caballos: en cuanto entraran por aquella senda, ni los duendes podían dar con ellos. Regocijado con estos pensamientos, miró hacia atrás, y vio a Ramona pálida, la agonía en los ojos, los labios por el espanto entreabiertos. Alejandro olvidaba que hasta entonces sólo había atravesado Ramona el valle y la llanura, donde la vio tan animosa que no pensó que le faltasen las fuerzas: ¡y allí estaba, asida con las dos manos a las crines de Babá, las riendas abandonadas sobre el cuello, medio caída de la silla! Por orgullo no se había echado a llorar, pero se la veía muerta de terror. Alejandro detuvo el paso tan de pronto que Babá, que casi le iba dando en la espalda con la cabeza, se paró de repente: y Ramona, viéndose ya en el fondo del abismo, dejó escapar un grito. Alejandro la miraba desolado: apeara allí era imposible, y más valor se necesitaba para seguir a pie que a caballo. Pero no parecía que Ramona pudiera mantenerse mucho tiempo en la silla.

—¡Carita! –dijo Alejandro,– yo tengo la culpa porque no te dije que el camino era estrecho; pero es seguro: yo lo paso corriendo: corriendo vine por esta senda ¿te acuerdas? cuando te llevé los helechos para el altar.

—¿Sí? –dijo a media voz Ramona, tranquilizada por el cambio súbito de sus pensamientos.– Pero da mucho miedo, Alejandro: ¡si me parece que voy andando por una cuerda! ¿Tú no crees que iría mejor de rodillas?

—Mi Majela, no me atrevo a hacerte bajar. ¡Me muero de verte sufrir! Pero iremos despacio. Mira, es seguro: por aquí vinimos todos cuando la esquila: por aquí vino a caballo Fernando el viejo.

—¿De veras?–preguntó ella, reanimada a cada una de aquellas palabras:–ya no vuelvo a tener miedo: ¿es muy lejos, Alejandro?

—No mucho por esta pendiente, Majela: una hora no más falta.

Pero antes de llegar al fondo del precipicio Ramona se reía ya de sus miedos, no sin temblar de vez en cuando al volver la cabeza y ver tras sí, como una hebra de hilo oscuro echada en zigzag sobre la roca, la senda estrechísima por donde había bajado.

En lo hondo del cañón todavía ocultaba el paisaje la sombra. Tarde llegaba la luz a aquel delicioso lugar, donde hasta el mediodía no penetraba el sol. La exclamación de gozo de Ramona al verse en aquel grato asilo llenó de júbilo a Alejandro.–»Sí,–dijo él: cuando yo vine aquí a buscar los helechos, pensé en ti muchas veces. Y en que tú también vinieras: yo no sé que haya un lugar más lindo que éste: ¡ésta es nuestra primera casa, mi Majela!»–Y hablando así con la voz casi solemne, la rodeó con sus brazos y la atrajo a su pecho, en aquella primera hora de plena alegría.

—Quisiera, dijo Ramona, vivir aquí siempre.

—¿De veras?

—¡De veras!

Él suspiró.–»La tierra es poca aquí, Majela, para vivir. Si hubiera tierra bastante, aquí viviríamos, aquí, ¡donde nunca volviéramos a ver cara de blanco!»–El instinto que guía al animal oteado y herido a buscar un escondite bullía ya en el indio...–»pero aquí no hay qué comer».–La exclamación de Ramona le dio sin embargo que pensar.–»¿Le gustaría a Majela quedarse acá unos tres días?: para tres días tienen yerba los caballos, y aquí estaremos mejor escondidos que por los caminos. ¿Tú no crees, Majela, que la Señora eche los mozos a buscar a Babá?»

—¡A Babá!–exclamó Ramona, desolada con la idea:–¡a mi caballo!: no, ella no ha de atreverse a decir que he robado a Babá: ¡Babá es mío!–Pero aunque así hablaba, el corazón le decía que la Señora se atrevería a todo. Bien sabía Ramona cómo se tomaba un robo de caballos por todo aquel país: con los ojos rebosando piedad le iba leyendo a Alejandro los pensamientos.

—Sí, Majela, sí: ¡quién sabe lo que harán, si manda hombres a buscar a Babá! No te valdrá decir que era tuyo: y si la Señora les ha dicho que me lleven, me llevarán, Majela, me llevarán a la cárcel de Ventura.

—¡Ay, sí!... Aquí nos quedamos, Alejandro: ¡una semana! ¿no podremos quedarnos una semana? Ya ella se habrá cansado de buscarnos.

—Tanto como una semana, no sé. No hay pasto bastante, y para nosotros, no tendremos más que lo que mate yo con mi escopeta, que en este tiempo no puede ser mucho.

—Pero ¿no traje yo carne y pan?, dijo Ramona ansiosa. Lo comemos poco a poco, y verás cómo dura.–Hablaba con el afán y sencillez de la infancia, agitada por el miedo de que la Señora intentase recobrar, como hubiera sido propio de ella, a Babá y a Capitán: Felipe, que fue quien le regaló a Babá, podría tratar de impedirlo, para que no se creyese que se arrepentía del regalo: Felipe era su única esperanza.

Si ella hubiese dicho a Alejandro que en la esquela a Felipe le indicó que iban tal vez en busca del Padre Salvatierra, la angustia habría sido menor, porque Alejandro hubiera entonces supuesto que los perseguidores iban río abajo hasta el mar, y de allí costa al norte. Pero hasta un día después apenas se acordó de eso Ramona. Alejandro le había explicado su plan, que era ir por el camino de Temecula a San Diego, a que los casase el Padre Gaspar, cura de aquella parroquia, y de allí seguir al pueblo de San Pascual, a unas cinco leguas de San Diego. El capitán de San Pascual era un primo de Alejandro, que muchas veces quiso llevárselo allá a vivir, a lo que Alejandro siempre se negó, porque creía deber suyo estar en Temecula con su padre Pablo. San Pascual era un pueblo de ley, fundado por unos cuantos indios de San Luis. Cuando acabó la Misión, el Gobernador de California lo autorizó con su decreto, y le dieron las tierras del valle de su nombre, con el documento donde constaba la donación, que quedó en manos del indio que hizo de primer alcalde. Este indio era hermano de Pablo, y al morir él, la alcaldía pasó a su hijo Isidro, el primo de quien Alejandro hablaba.

—Isidro tiene el papel, y cree que no le quitarán el pueblo. Puede ser. Pero los americanos están llegando a la boca del valle, y yo no sé, Majela, dónde se pueda ya vivir seguro. Por unos cuantos años, tal vez, podremos estar allí. Son como doscientos indios, y el pueblo es mucho mejor que Temecula, y la gente más rica; tienen mucho ganado, y mucho trigo. La casa de Isidro está debajo de una higuera, una higuera muy grande; dicen que es la más grande que hay en todo el país.

—Pero ¿por qué crees que el pueblo no está seguro, si Isidro tiene el papel?

—No sé,–replicó Alejandro:–Puede ser. Pero yo siento que no hay nada que valga contra los americanos. Yo no creo que respeten el papel.

—A la Señora no le respetaron los que tenía ella de sus tierras, dijo Ramona pensativa. Pero Felipe dice que era porque Pío Pico fue un mal hombre, y dio tierras que no podía dar.

—¿Y no pueden decir lo mismo del otro Gobernador, y más, ¿porque nos dio tierras a nosotros, a los indios? Si la Señora no pudo salvar sus tierras con toda la ayuda del Señor Felipe que sabe de leyes, y habla americano, ¿quién nos salvará a nosotros? Como las fieras vamos a tener que vivir, Majela mía. ¿Por qué, por qué viniste conmigo? ¿Por qué te dejé venir?

Y Alejandro se echó de bruces contra el suelo, sin que ni la voz de Ramona pudiera hacerle levantar la cabeza. Extraño fue que la delicada criatura, nueva en las privaciones y el peligro, no se aterrase ante aquellos fieros arrebatos y tenaces temores de su compañero. Pero salvada de lo único que temía sobre la tierra, segura de que Alejandro estaba vivo y no la había de abandonar, no había para ella miedos. Se debía esto en parte a su inexperiencia, que no le dejaba ver el horror que la imaginación de Alejandro presentía con colores sobrado verdaderos; pero debióse más a la inalterable lealtad y soberana bravura de su alma, cualidades hermosas aún en ella escondidas, que la habían de sacar salva después de muchos años de pesares.

Antes del anochecer de aquel primer día en la soledad, Alejandro compuso para Ramona una cama de gajos muy quebrados de manzanita y *ceanothus* que crecían en el cañón con gran abundancia. Sobre éstos tendió una capa de aterciopelados helechos, de cinco o seis pies de largo.–Y cuando estuvo acabada, ni la reina más arrogante hubiera necesitado cama mejor. Al sentarse en ella Ramona, «Ahora sí entiendo, dijo, qué bueno es descansar mirando a las estrellas por la noche. ¿Te acuerdas, Alejandro, de la noche en que pusiste la cama de Felipe en el colgadizo, cuando me dijiste «qué hermoso era dormir a la luz del cielo, mirando a las estrellas?».

¡Por supuesto que se acordaba Alejandro de aquella noche!–»Me acuerdo, mi Majela»–dijo lentamente, y poco después añadió:–»fue el día en que Juan Can me dijo que tu madre era india: fue la primera vez que pensé que tú podrías quererme».

—Pero ¿tú dónde vas a dormir?,–dijo Ramona, viendo que no había compuesto cama para él.

Alejandro se echó a reír.–A nosotros nos parece que dormimos en los brazos de nuestra madre cuando dormimos en la tierra. Es blando, Majela. Pero esta noche yo no voy a dormir: me quedaré velando, sentado contra este tronco.

—¿Por qué? ¿de qué tienes miedo?

—Tengo miedo de que haga tanto frío que tenga yo que encender fuego para mi Majela. En estos cañones suele hacer mucho frío a la madrugada: aquí me quedo más tranquilo velando.

Esto dijo, para no alarmar a Ramona; pero su razón real para velar era que le parecía haber visto por la orilla del arroyo unas huellas, aunque borradas y débiles, que podían ser de un león del monte. En cuanto fuera ya bastante oscuro para que no viesen de abajo la humarada, encendería una fogata, y a su calor se estaría vigilando toda la noche, escopeta en mano, no fuese a aparecer por allí la fiera.

—Pero te vas a morir, Alejandro, si no duermes. Tú no estás fuerte, dijo Ramona ansiosa.

—Yo sí estoy fuerte ahora, Majela!–Y en verdad que parecía ya un hombre nuevo, a despecho de su ansiedad y fatiga:–Mañana dormiré, y tú velarás.

—¿De veras? ¿Y descansarás en la cama entonces?

—En el suelo descansaría mejor, respondió el veraz Alejandro.

Ramona pareció desconsolada.–No es tan blanda,–dijo, esta cama de hojas, que se haga uno cobarde por dormir en ella. Pero ¡oh qué bien huele, qué bien huele!–añadió reclinándose en ella.

—Es que le puse yerba de olor donde va a poner la cabeza mi Majela.

—En Ramona era tanta la felicidad como el cansancio: durmió la noche entera: no oyó los pasos de Alejandro: no oyó crujir las ramas encendidas: no oyó ladrar a Capitán, que más de una vez, a pesar de todo el cuidado de Alejandro, estremeció los ecos del cañón con sus voces de alarma, apenas oía los pasos velados de las criaturas feroces por entre la arboleda. Hora tras hora durmió en paz Ramona: hora tras hora se estuvo Alejandro sentado contra el tronco de un fuerte sicómoro, sin apartar los ojos de ella. Cuando el reflejo fugaz de la fogata jugueteaba sobre aquel rostro querido, pensaba él en que jamás lo había visto tan bello. Aquella expresión de sereno reposo insensiblemente lo calmaba y fortalecía. Le parecía estar viendo a una santa: le parecía que era aquélla la santa que mandaba la Virgen, ¡para amparo y ayuda, a él y a su pueblo! Creció la oscuridad, hasta que todo en torno fue negrura: las llamas sólo la hendían de vez en cuando en fantásticas grietas, tal como el viento abre hondos surcos en las nubes tormentosas. Y con la oscuridad crecía el silencio. Babá y el pony hacían de pronto un movimiento, o Capitán daba un ladrido de alarma, y después parecía aún la calma más honda. Alejandro sentía como si Dios mismo estuviese en el cañón: muchas veces en su vida había visto correr la noche tendido sobre la tierra en el campo solitario; pero aquel éxtasis, que era a la vez dolor, él no lo había sentido jamás. ¿Qué iba a ser de ellos por la mañana, el otro día, el día después, la vida entera, sin amparo y lóbrega? ¿Qué iba a ser de aquella confiada y amante criatura, dormida en su cojín de yerbas olorosas, sin más guardián que él, que él, Alejandro, el desterrado, el fugitivo, el indio errante?

Antes del alba empezaron su música las tórtolas. En cada rama dormía una pareja. Cada arrullo tenía como un son propio. Le parecía a Alejandro oír que cada par se hablaba y respondía, como aquel que lo confortó en su amarga vela, en aquella que pasó oculto detrás de los geranios de la capilla: «¡Aquí, amor! ¡aquí, amor!» Todavía más lo confortaban ahora. «¡Tampoco las tórtolas tienen en el mundo a nadie más que a su compañero!»: y volvió sus ojos arrobados al rostro sereno de Ramona.

Ya en los llanos de afuera iba alta la mañana cuando la luz apenas se abría paso por entre la espesura del cañón; pero en las copas de los sicomoros los pájaros locuaces divisaban el día, y poblaban la sombra con sus trinos. Su canto, como aquél familiar de los pardales que anidaban en el colgadizo, despertó el oído vigilante de Ramona. «¿De día, de día ya y tan oscuro?» dijo sentándose asombrada: «Los pájaros ven más cielo que nosotros. Canta, Alejandro.»

Cantores del aire
Que cantan al alba,
Venid y cantemos
La alegre mañana.

Jamás de un rincón tan bello subió al cielo plegaria más sincera.

—No cantes alto, mi Majela,–le advirtió Alejandro, mientras la dulce voz, gorjeando como la de una calandria, revoloteaba por el aire puro–Puede haber cerca cazadores que nos oigan.–Y unió al rezo su voz baja y ahogada. Más dulcemente que antes cantó Ramona entonces:

Venid, pecadores,
Venid y cantemos
Canciones alegres
A nuestro consuelo.

—¡Ay, Majela, aquí no hay más pecador que yo!,–dijo Alejandro: ¡mi Majela es como la Santa Virgen!–Y ¿a quién parecería blasfemia el enamorado pensamiento, que viese a Ramona como la veía él, sentada en aquella trémula luz, realzado el rostro por el muro de roca gris vestido de helechos, la rica cabellera suelta por todo el talle, las mejillas encendidas, radiosa la expresión, los ojos levantados a la estrecha zona de cielo abierta sobre sus cabezas, donde el fino vapor se teñía de oro, con el fuego del sol invisible?

—Oh, no, no digas eso, que es pecado de veras: hasta el pensarlo, Alejandro, es pecado:

«Oh, Reina y Señora,
Princesa del cielo…»

y, sin cesar de cantar, tendió una mano a Alejandro, y con su ayuda se dejó caer sobre el suelo de rodillas, sacó su rosario, y comenzó la oración del nuevo día. Era el rosario de cuentas de oro fino, cinceladas con mucha labor, y el crucifijo de marfil, reliquia rara del tiempo feliz de las Misiones: fue primero del mismo Padre Peyri, que lo dio luego al Padre Salvatierra, y el buen anciano se lo regaló cuando la confirmación a «la niña bendita». Para la niña fue siempre como tesoro del cielo aquel santo regalo.

Cuando iba ya por las últimas palabras de su rezo, y sólo una cuenta le faltaba de las oraciones, un hilo de luz de sol se entró por la profunda cortadura que uno de los lados del cañón tenía en la cresta: por un segundo se entró nada más; pasó sobre el rosario, como una ráfaga de fuego, iluminando su oro, las cuentas de talla fina, la cabeza del Cristo de marfil, las manos de Ramona. Y desapareció. ¿Qué habían de creer Ramona y Alejandro, sino que aquél era un mensaje de la Virgen? ¿Qué mejor mensajero puede tener la Virgen que un rayo de sol? ¡Oh, sí, ella los va a sacar en bien de tanta pena! Acaso no había en aquel instante en todo el universo almas más arrobadas y felices que las de aquellas dos criaturas sin amigos que, de rodillas en la soledad, vieron resplandecer, casi espantados, el rosario de oro.

De Noche, con los Muertos

Ya a los dos días parecía a Ramona el cañón un hogar tan seguro que el pensar en abandonarlo le daba miedo. No hay prueba mayor del propósito de la naturaleza de favorecer a los humanos más de lo que la civilización arrogante le permite, que el modo rápido y seguro con que aquélla se adueña del corazón del hombre cuando la fatiga, el azar o las catástrofes lo devuelven, por un momento siquiera, a sus brazos. ¡Con qué celeridad se despoja el hombre de sus costumbres, de sus míseros alardes de preeminencia, de las cadenas del hábito, de sus ridículos adornos! No es verdad, en el sentido en que los hombres lo repiten, que los amados de los dioses mueren en la juventud. ¡Los que los dioses aman viven con la naturaleza, viven perpetuamente jóvenes!

Avivado por el del amor su natural instinto de indio, notó Alejandro cómo, hora por hora, aparecía en los ojos de Majela la expresión de quien reside en casa propia. Ella observaba las sombras: ella sabía lo que significaban: «Si nos quedamos aquí, dijo ella como regocijada, los murallones nos marcarán la hora ¿no, Alejandro? Esta piedra se ha puesto hoy oscura más temprano que ayer.»

Y «¡Cuántas, cuántas plantas crecen en este cañón! ¿Y todas tienen nombre, Alejandro? Ya yo me olvidé de los nombres raros que me enseñaban las monjas. Si viviéramos aquí les podríamos nombre nosotros, y serían como nuestros parientes.» «Me estaría, Alejandro, mirando sin cansarme un año al cielo. De veras no me parece que sea pecado estarse todo un año sin hacer nada, si se está de seguido mirando al cielo, Alejandro. Se debe vivir siempre serio y sin pena, pero sin mucha alegría, cuando no hay techo entre uno y el cielo, y los santos están siempre mirando.» «Alejandro, esta vida no me parece a mí nueva. ¡Si me parece que ésta es la única casa en que he vivido! Eso es porque soy india, Alejandro.» Y con ser ella la que se lo hablaba todo, no sentía que Alejandro no le hablaba, sino que la oculta conversación iba creciendo. Un sí de él, una mirada suya, decían más de lo que muchos en largos pláticas no dicen. Ella pensaba, pensaba. «Alejandro, tú hablas como hablan los árboles, y las piedras, y las flores, tú hablas sin palabras.» «Y tú, Majela», dijo Alejandro, henchido de deleite, «tú dices eso como los indios lo decimos: tú eres india, Majela». Oyendo lo cual fue mayor el deleite de ella que el de su enamorado.

Alejandro se había fortalecido como por milagro: ya no tenía apariencia de fiera perseguida, ni aquel rostro huesoso. Cuentan los celtas de una maga enamorada de un príncipe, que sin que nadie más que el príncipe la viera, se paseaba por el aire alrededor de él, y le cantaba canciones de amor, oídas con furia por los cortesanos, que evocaron para derrotar a la bruja invisible todas sus poderosas relaciones con el mundo celoso de la hechicería: y derrotarla pudieron, y echarla de la presencia del príncipe, pero ella le tiró al irse una manzana de oro hechizada, de la que el príncipe comió una vez, y ya no quiso catar otra comida: noche tras noche comía de su manzana de oro, que entera se estaba a pesar de tanto comerle, y muy sana y lustrosa, como si no le hubiese hincado el diente príncipe alguno: hasta que volvió la maga por allí, y el príncipe se fue con ella en su bote, sin que volviera a saberse de él en el reino. ¡Tan invisible y mágico era el alimento que devolvía a Alejandro las fuerzas, y tan fortificante y puro, como la manzana de oro del Príncipe Connla!

—¡Y yo que pensé aquella noche, Alejandro, que te ibas a morir! Ahora ya vuelves a estar fuerte: los ojos te brillan: tu mano no arde. Es el aire bendito, que te ha curado a ti, como curó de la fiebre a Felipe.

—¿El aire?...–Y la miró de modo que le dijo lo que no le decía.

Cuando al anochecer del día siguiente vio Ramona venir a Alejandro con Babá ya ensillado de la mano, le llenó el llanto los ojos. Al medio día Alejandro le había dicho: «Esta noche nos vamos, Majela. Ya aquí no hay más yerba para los caballos, y no los puedo poner a pastar más abajo del cañón, porque cerca hay un rancho: hoy encontré una vaca comiendo al lado de Babá.»

También Alejandro, afligido con el pesar de Ramona, sufría como quien sale echado de la patria. ¡Aquélla era otra vez la pena con que salió de Temecula! Allí estaba Ramona, sentada tristemente junto a las árganas, ya un tanto desprovistas. ¿A dónde iba a llevar a su Majela?

Pero Babá estaba de tan buen humor, que Ramona, a poco de acomodarse en el sillón, había olvidado su tristeza. Babá resoplaba, caracoleaba, se sacudía los flancos, piafaba impaciente: y Capitán, deseoso ya de ver ovejas, salía con igual gusto del cañón, muy fresco sí y de buen sombrío, pero de veras callado. De verle sólo el hocico tristón se había echado a reír Ramona muchas veces cuando, como interrogándola y reprendiéndola, le fijaba los ojos, meneando colérico la cola.

—Toda la noche tenemos que andar, Majela. Es lejos donde hemos de llegar mañana.

—¿Otro cañón, Alejandro?

—No, Majela, no es otro cañón; pero hay unos robles muy hermosos, donde cogemos la bellota para el invierno. Está en la cumbre de un cerro alto.

—¿Y de allí a dónde vamos?

—Temecula está cerca, Carita: a Temecula. Tengo que ver al Señor Hartsel. Él es bueno. Él me dará algo por el violín de mi padre. ¡Nunca iría, si no fuera por eso!

—¡Pero yo sí quiero ir, Alejandro!–dijo ella dulcemente.

—¡Ay, no, no, mejor no quieras! ¿Qué quieres ver, las casas vacías, las casas sin techo? Nada más que las de mi padre y José tienen techo, porque son de teja. La madre de Antonio echó abajo su casa: ¡con sus manos la echó abajo la viejita!

—¿Y no querrás ver otra vez el cementerio?, preguntó tímidamente Ramona.

—¡Dios no lo quiera!,-dijo él con la voz alterada:–si veo el cementerio otra vez, me vuelvo asesino. Si no hubiera pensado en ti, Majela, ¡al primer blanco lo mato! ¡No me hables de eso, no, que se me hiela la sangre, y me muero!

Y no volvieron a hablar de Temecula en todo el camino, que era de cerros bajos de mucha arboleda, hasta que de pronto salieron a un claro verde y pantanoso, por donde corría un arroyuelo en que saciaron la sed Capitán, Babá y el *pony*.

—Luces, Alejandro, luces!

—Luces, Majela: ésa es Temecula.–Saltó del pony, fue hacia

Ramona, y poniendo las dos manos sobre las suyas: «He venido pensando, Carita, qué debemos hacer ahora. Yo no sé. ¿Qué piensa Carita que haga? Si han mandado hombres a perseguirnos, estarán donde Hartsel, porque allí es la posada. Yo sí he de ir, pero tú no: si yo no voy, Majela, no tenemos dinero.

—Yo esperaré mientras tú vas,-dijo ella, con el corazón lleno de susto ante el negror, vasto como el mar, de aquella gran llanura.

—¿Ay, pero no tienes miedo? Tengo miedo por ti. Si no vuelvo, Majela, dale la rienda a Baba, él y Capitán te llevan a la casa.

—¡Si no vuelves! ¿Si no vuelves?–Lloraba al preguntárselo.

—Sí, si me prenden, por robar el caballo.

—¿Sin tener tú el caballo?

—¿Pues qué les da, Majela? Me prenden para que lo diga.

—Alejandro, yo sé lo que he de hacer. Yo te espero en el cementerio. Allí nadie va. ¿No estaré más segura?

—¡Virgen Santa! y ¿no te asustarán los muertos?

—Los muertos nos ayudarían, Alejandro, si pudiesen. Allí, allí te espero. Si en una hora no vuelves, yo voy donde Hartsel. Si la gente de la Señora está allí, no me tocarán, por miedo a Felipe. Yo no tengo miedo. Y si se quieren llevar a Babá, que se lo lleven, Alejandro: cuando el pony se canse, caminaremos.

—Mi tórtola tiene debajo de las alas el corazón del león del monte,–dijo Alejandro, que se sintió más alto en la sombra.–Vamos, como la tórtola dice. Mi tórtola sabe.

Y siguieron camino al cementerio.

Tenía el cementerio, cuando los indios, un muro de adobe y su portón de estacas. Y en cuanto Alejandro estuvo frente a él: «¡No hay puerta, Majela, se han llevado la puerta! ¡Leña para quemar, Majela! ¡Bien pudieron guardar a los muertos de que les pisen la tierra los animales!»

Ya habían pasado el portón, cuando una sombría figura se alzó de una de las tumbas.

—No te asustes, dijo Alejandro quedo: será uno de nosotros, un indio: así no estarás sola. Es Carmen, Carmen es, de seguro. Por ese lado enterraron a José. Yo le hablo: espera.–Y dejando junto a la entrada a Ramona, se fue hacia el bulto, al que dijo en indio:–¿Eres tú, Carmen? Soy yo, soy Alejandro.

Era Carmen. Casi loca de pena la pobre criatura, pasaba el día en

Pachanga sobre la sepultura de su hijo, y las noches las pasaba en Temecula, sobre el sepulcro de su esposo. De día no venía, por miedo a los americanos. Alejandro, después de cambiar con ella pocas palabras, volvió al portón, llevándola de la mano que le ardía, y poniéndosela en la de Ramona, «Majela, dijo, ya le hablé. No entiende el castellano, pero dice que está contenta de que hayas venido, y que te acompañará hasta que yo vuelva.»

Nada más que apretarle la mano febril podía Ramona para consolar a Carmen infeliz, pero en esa caricia puso toda el alma. La oscuridad dejaba ver aquellos ojos dolientes y vacíos, y las mejillas descarnadas. El dolor necesita menos de palabras que la alegría: todo su ser decía a Carmen que la recién venida la estaba compadeciendo: le tendió los brazos cariñosamente, como para ayudarla a bajarse de la silla. Ramona se inclinó, como para verla de lleno. Carmen con una mano la retuvo, y apuntó con la otra hacia el montón de tierra donde pasaba la noche. «Me quiere enseñar, pensó Ramona, la tumba de su marido. No quiere estar lejos de él. Yo voy con ella.»

Se apeó, engarzó en el brazo las bridas de Babá, asintió con un movimiento de cabeza, y echó a andar hacia la sepultura de José, sin soltar a Carmen de la mano. Las sepulturas eran muchas, esparcidas sin orden, y cada una con su cruz de palo. Carmen guiaba con el paso firme de quien conoce el terreno por pulgadas. Solía Ramona tropezar, y Babá daba muestras de no ir contento por aquel camino poco llano. Al llegar al rincón, vio Ramona la tierra floja de la tumba nueva. Con un gemido que le salió de las entrañas detuvo Carmen a Ramona a un lado de la sepultura, señaló a la tierra con la mano derecha, se puso las dos manos sobre el corazón, y miró a su amiga con ojos desolados. Majela se echó a llorar, y tomando la mano de Carmen otra vez, la atrajo sobre su corazón, para mostrarle simpatía. Carmen, para quien el llorar era ya poco, sintió como que la levantaba de sí misma aquel cariño de la dulce extranjera, como ella joven, pero ¡oh, sí! diferente de ella: ¡ya Carmen se la pintaba tan hermosa!: ¿se la habían dado los santos a Alejandro?: ¡lengua traidora, que no dejaba al agitado seno de la pobre india más modo de agradecer que apretar en silencio la mano de Ramona, y alguna vez apoyar la mejilla en su palma!

Pronto hizo Carmen señas de que volviesen al portón, porque en su noble pena no olvidaba que allí debía estar aguardándolas Alejandro: ¡Alejandro, que no las aguardaba!

Su propia casa, la casa que fue suya, estaba un poco a la derecha. Al acercarse a ella, vio luz en la ventana. Se paró, como herido de un balazo. «¡Una luz en la casa!,» dijo, y cerró los puños: «¡ya están viviendo en ella estos ladrones!». No hubiera conocido en aquel instante Ramona a Alejandro, demudado por la venganza. Llevó la mano a su cuchillo: ¿dónde se había quedado su cuchillo? La escopeta la dejó en el cementerio, sí ¡donde estaba Ramona esperándolo! Desvaneciéronse sus ideas de odio: ¡el mundo ya no tiene para él más que un deber, una esperanza, una pasión, Ramona! Pero quería ver al menos a los que estaban viviendo en la casa de su padre. Le quemaba el deseo de verles las caras. Acurrucado se escurrió a hurtadillas hasta la ventana donde se veía luz, y escuchó. Oyó voces de niños, una voz de mujer, de vez en cuando la voz de un hombre, áspera y brutal: oyó el ir y venir de la hora de la cena. Sí, estarían cenando. Y se fue enderezando hasta que pudo mirar de lleno por la hendija.

En el centro de la habitación había una mesa, y alrededor de ella una mujer, un hombre y dos niños. El menor, casi recién salido de los pañales, se movía impaciente en su sillita alta, pidiendo de cenar con sendos cucharazos. El cuarto era una Babel: las camas tendidas en el suelo, las cajas abiertas y a medio vaciar, los rincones llenos de sillas de montar y arreos. Acababan de llegar, pues. Por entre las hojas de la ventana, que no cerraban bien, veía Alejandro, rebosando amargura, el grupo de extranjeros. Parecía la mujer cansada y abatida: el rostro revelaba alma sensible, y era afable su voz; pero el hombre era una bestia: ¡menos, porque a las bestias se las degrada sin razón, suponiéndolas tipos de viles cualidades que ninguna de ellas posee!

Alejandro sabía su poco de inglés, e iba entendiendo lo que hablaban.–»¡Que todo me haya de venir de malas en el mundo!», decía la mujer: "¿cuando llegará el otro carro?".

—No sé,–gruñó el marido:–hubo un derrumbe en el cañón maldito, y se atascaron los carros. ¡Ya hay para días! Y tú ¿quieres más cachivaches de los que tienes aquí? Cuando esto esté en su lugar podrás saltar porque no llega lo otro.

—Pero, John, ¿dónde pongo esto, si no ha venido la cómoda, ni las camas?

—Poner no podrás, pero gruñir, ya veo que gruñes. Mujer habías de ser. Lo que es cama, de cuero había aquí una muy buena: ¡si ese Rothsaker no hubiera dejado que se lo llevasen todo esos perros indios!

La mujer volvió hacia él una mirada de reproche, pero tardó algunos instantes en contestar. Al fin, encendidas las mejillas, y como si no pudiese contener las palabras:–»Y mucho que me alegro, dijo, de que los infelices se hayan podido llevar sus muebles. Yo no hubiera podido pegar los ojos en su cama. ¡Me parece que es bastante con que les hayamos quitado sus casas!»

Estaba el hombre medio ebrio, condición que era en él muy temible. Entre indignada y temerosa lo miró ella, y atendiendo a los niños, empezó a servir de comer al menor. En ese instante alzó el otro los ojos, vio por la hendija el perfil de Alejandro, y gritó: «¡Un hombre! ¡en la ventana hay un hombre!»

Alejandro se tendió sobre el suelo, y sujetó la respiración. Aquel capricho de volver a ver su casa ¡quién sabe lo que iba a costar a Ramona! Echó el ebrio un voto, y desde afuera le oyó Alejandro decir: «¡Un indio perro, de seguro! Por aquí han estado de ronda todo el día. ¡Hasta que no dejemos en el sitio a dos o tres...!» Y mientras hablaba, descolgó la escopeta, y con ella echó a andar hacia la puerta.

'No tires, padre, no!–gritó la mujer. Vendrán de noche, y nos matarán dormidos. ¡No tires!–Y procuró sujetarlo por el brazo.

Con otro voto se desasió el hombre de ella; pasó el umbral; detúvose, escuchando; hacía por ver en lo oscuro. Le martilleaba a Alejandro el corazón en el pecho. ¡Oh, si no fuera por Ramona, cómo se echaría sobre el ladrón, le quitaría la escopeta, lo dejaría allí muerto!

—Yo creo que ahí no hubo hombre, padre. Son cosas de Pedro, que ve visiones. Vamos, padre, entre, que la sopa se enfría.

—Entro, pero ahí va el tiro, que sepan que aquí hay pólvora y bala!–Levantó al aire la escopeta, y con su mano insegura dejó caer el gatillo. La bala se hundió silbando en la sombra. Atisbó aquel rufián unos instantes, y como no oyó lamento alguno, «¡La erré esta vez!» dijo hipando. Y se volvió a su sopa.

Alejandro no osó moverse en largo tiempo. ¡Y Ramona, allá esperándolo, sola con los muertos! Se aventuró por fin, arrastrándose boca abajo como las serpientes, a irse apartando de la casa a trechos, hasta que ya a las pocas brazas se creyó en salvo, púsose en pie de un brinco, y echó a correr hacia la tienda de los Hartsel.

Lo de los Hartsel era a la vez tienda, taberna y sitio de crianza, como se ve a menudo en la Baja California. Cuanto iba o venía por el camino, había de parar para esto o aquello en lo de los Hartsel. A beber, comer, o dormir, acudían allí indios, viajantes y rancheros. En veinte millas no había otra posada; y mejor, no la había en muchas millas.

No era Hartsel por cierto mala persona, cuando no andaba bebido; pero como ese estado feliz no era en él tan frecuente como debía, venía Hartsel a ser, por la maldad del licor, muy mala persona de veras. Todos entonces se apartaban de él con miedo, mujer, hijos, viajantes, rancheros, todos. «¡Lo que es matar,–decían,–cualquier día mata Hartsel a alguien!» Pero en cuanto se le iban los vapores, quedaba el Hartsel de buen corazón, y hombre sincero: y de labia además, tanto que mucho caminante solía estarse cosido a su silla hasta muy cerca del canto del gallo, oyéndole a Hartsel hazañas e historias. Cómo vino de Alsacia a San Diego, ni él mismo lo hubiera podido explicar a derechas, por ser muchos los incidentes y estaciones del viaje; ¡pero de allí, de Temecula, no habían de salir sus huesos! Le parecía bueno el país, buena la vida, hasta los indios ¡alsaciano singular! le parecían buenos. A cada paso estaba diciendo bondades de la indiada, que por no parecer descorteses le oían en paz los caminantes incrédulos. «Lo que es a mí, no me han hecho perder los indios un centavo. Hasta cien pesos, les fío a algunos. Si este año no me pueden pagar, me pagan el que viene. Si se mueren, los parientes saldan la deuda poco a poco, hasta que la pagan toda. Pagan en trigo, o con un venado, o con cestos o esteras que les hacen sus mujeres, pero pagan. Más puntuales son ellos que los blancos de la tierra, que los blancos pobres, quiero decir.»

La vivienda de Hartsel era de adobe, larga y de poco puntal, con alas más bajas aún, donde estaban los cuartos de alquilar, la cocina y las despensas. La tienda era una casa aparte, de madera rústica, lo de beber abajo, y en un medio piso arriba el dormitorio, con mucha cama hecha al ras del suelo, sin más mueble ni adorno. La tienda y la casa de habitación, con unas seis casas más para este o aquel oficio, estaban cercadas por una estacada de pino, que daba al lugar cierto aire de respeto, a pesar de lo ingrato y descuidado del suelo de arena pura, matizada con uno que otro tufo de cizaña o de yerba silvestre. Míseras y polvosas, hacían por vivir unas cuantas plantas en sus tiestos o en tarros de lata, alineados a la puerta de la vivienda. Más que animar la casa, ponían tal vez de relieve su desolación; pero por ellas se veía a lo menos que allí andaba una mano de mujer, de mujer que anhelaba algo más que aquella vida solitaria y seca.

De la puerta de la tienda, abierta de par en par, salía una luz siniestra y pesada cuando Alejandro se fue llegando a ella cautelosamente. Oyó hablar y reír. La tienda estaba llena, y no se atrevió a entrar. Costeó la pared en sigilo, saltó la cerca, siguió hasta la casa de habitación, y abrió la puerta de la cocina: ya allí no tenía miedo: todos los criados de la de Hartsel eran indios. En la cocina no había más luz que la de una turbia vela; pero en la estufa silbaban y bullían sartenes y ollas: no se les preparaba a los de la tienda con tanto guiso un mal banquete.

Alejandro se sentó a esperar junto al fuego, y a poco apareció la de Hartsel, visiblemente atareada, y sin mostrar sorpresa, por ser frecuente el caso, al ver sentado junto al fuego a un indio; sólo que no conoció a Alejandro, inclinado hacia adelante con el rostro entre las manos, sino lo tomó por otro, por Ramón el viejo, que no salía de los alrededores, y ganaba su pan cargando o ayudando, pronto a cualquier faena.

—Corre, Ramón: tráeme más leña: este algodón seco se va como la yesca: no me alcanzo esta noche, con tanta cocina.–Y empezó a rebanar el pan, sin ver cuánto más alto y ágil que Ramón era el que se levantó de la silla y saltó a su mandado. Cuando Alejandro, con tal brazada de leña que el buen Ramón en tres viajes no la hubiera traído entró y le dijo, echándola en el rincón, «¿Tendrá con eso, Señora Hartsel?», la de Hartsel, sorprendida, dejó caer el cuchillo: «¡Eh! ¿quién?...» empezó a decir, pero regocijada al ver quién era, «¡Eres tú Alejandro!–dijo–: Yo creía que estabas en Pachanga.»

«¡En Pachanga!» Nadie, pues, había salido a seguirlos de casa de Moreno. Sintió Alejandro el corazón ligero, pero no dejó salir al rostro su alegría, y respondió sin levantar los ojos:–»En Pachanga estaba. Mi padre se ha muerto. Allí lo enterré.»

—¡Ay, Alejandro, se ha muerto!,–exclamó la buena mujer acercándose al indio, hasta que le puso la mano en el hombro:–Sí: oí que estaba malo.

Se detuvo: no sabía qué decir: sufrió tanto cuando echaron a los indios de Temecula, que quedó enferma. Dos días enteros tuvo echadas las cortinas y cerradas las puertas, por no ver lo que pasaba en el pueblo. No era mujer de muchas palabras, ni era india, aunque decían las gentes que con su sangre de mexicana le corría algo de india por las venas, lo que parecía más probable que nunca en aquel momento, cuando ella, de pie frente a Alejandro, con la mano en su hombro, le leía en el rostro cansado la tristeza. ¿Y era aquel Alejandro, el del cuerpo galán, el del paso ligero, el de andar arrogante, el de la cara hermosa, como ella se la vio en la primavera?

—¿Tú estuviste afuera todo el verano, Alejandro?–dijo por fin, volviendo a su tarea.

—Estuve en lo de la Señora Moreno.

—Dijeron, sí. ¿Casa grande que es, no? El hijo será ya un hombre hecho. Pasó muchacho por acá, con un golpe de ovejas.

—Sí, señora, hombre hecho.–Y volvió a hundir la cabeza en las manos.

—Con razón se calla,–dijo para sí la buena mujer:–lo dejaré con sus pensamientos.

Callado estuvo Alejandro largo rato, como presa de súbita apatía, hasta que al cabo, como con pena, dijo:–»Tengo que irme. Yo quería ver al Señor Hartsel, pero tiene gente en la tienda.»

—Gente de San Francisco, de la Compañía americana que viene ahora al valle: dos días hace que vinieron. ¡Ah, Alejandro!–exclamó, recordando de repente:–Hartsel tiene tu violín: José lo trajo.

—Sí, José me dijo. Por eso vine.

—Corro, y lo traigo.

—No,–dijo él con la voz baja y ronca:–¡si no lo quiero! Quiero que el Señor Hartsel, si lo puede comprar, me dé algo por él. No es el mío: es el de mi padre, que vale mucho más. Mi padre Pablo decía que valía mucho, y que era muy viejo.

—Sí que es. Un hombre ahí lo estuvo viendo anoche, y no le quiso creer a Hartsel que era de la Misión.

—¿Toca el hombre? ¿lo querrá comprar?

—No sé. Le pregunto a Hartsel.-Echó a andar, y a paso rápido llegó a la puerta de la tienda: –¡Hartsel, Hartsel!

Pero por esta vez Hartsel no podía responderle. Verlo ella, y pintársele en la cara el desafío y la repulsión, fue uno:–Borracho,–dijo, entrando de vuelta en la cocina: ahora no te entiende aunque le hables: espera a mañana: ¡borracho!

—¡A mañana!–Y a pesar de él, se le escapó un gemido:–No puedo. Tengo que irme esta noche.

—¿Irte, por qué irte?,–preguntó ella, asombrada. Por un instante pensó Alejandro decírselo todo; pero no: mientras menos sepan su secreto, mejor:–»Mañana debo estar en San Diego», dijo.

—¿Trabajo allí?

—Sí, en San Pascual: allí debía estar hace tres días.

Cavilaba la de Hartsel:–Esta noche, ¡borracho! Habla tú con el hombre. Quién sabe te compre el violín.

¡Hablar él con el hombre, con uno de aquellos americanos que «venían» a su valle! ¡Oh, no, no: sólo el pensarlo le causaba repugnancia invencible! Sacudió la cabeza. La de Hartsel entendió.

—Bueno, Alejandro: yo te daré esta noche lo que necesites, y si quieres, él venderá el violín mañana, y cuando vuelvas me pagas y te llevas el resto. Él no te hará mal trato, no, si el hombre quiere el violín. Hartsel, cuando está en su juicio, quiere mucho a tu gente, Alejandro.

—Lo sé, Señora: ¡es el único blanco en quien creo!

La buena de Hartsel fue sacando del hondo bolsillo de la enagua pieza tras pieza de oro:–Vaya, pues: más de lo que creí,–dijo:–ya sabía yo que él no llegaba a la noche con la cabeza para cobro, y he ido guardando lo del día.

¡Oro, para su Majela! Suspiró al oír contar a la de Hartsel una tras otra cuatro piezas de a cinco pesos.

—No más: no me atrevo a tomar más. ¿Y me fía todo eso? Vea que ya no tengo nada en el mundo, Señora Hartsel.

—Sí, Alejandro: ¡una infamia! Una infamia, Alejandro,–exclamó, nublados los ojos, la noble mujer.–No pensamos en otra cosa Hartsel y yo. ¡Se han de arruinar, oh sí, se han de arruinar! ¿Fiarte?: por supuesto que te fiamos, a ti y a tu padre, mientras nos quede un día de vida.

—¡Mi padre, está mejor muerto!–decía el indio, guardando lentamente en su pañuelo el oro.–¡Me lo asesinaron, Señora!

—¡Asesinos son, sí!,–replicó la de Hartsel con vehemencia: ¡asesinos no más!

Y aún tenía estas palabras en los labios, cuando con Hartsel tambaleando a la cabeza, se entró por la puerta de la cocina, levantándose y cayéndose, aquella turba de hombres.

—La cena, es ¡la cena!,–dijo entre hipos Hartsel:–¿qué anda usted haciendo aquí con este diablo de indio? ¡Allá voy a enseñarle a Ud. a cocinar el jamón!–Y ya iba a caer en un tambaleo sobre la estufa, cuando de atrás lo sujetaron. De arriba a abajo los miró de frente la brava mexicana, que no tenía en todo su cuerpo un nervio medroso.– En la mesa, Señores, les serviré en seguida la cena: ¡en la mesa! ¡Está lista la cena!

Uno o dos de los menos encendidos, avergonzados ante la entereza de aquella mujer, guiaron el resto mudo de la ondeante comitiva al comedor, donde en torno a la mesa se sentaron, dando sobre la tabla, contoneándose en las sillas, votando a todos los dioses, y cantando desvergüenzas.

—Vete, vete, Alejandro,–le dijo la de Hartsel con voz que él sólo oía, al notar con qué ojos de odio y desprecio miraba a la caterva de ebrios el indio:–vete: ¡quién sabe lo que se les ocurra hacer!

—¿Pero Ud. no tiene miedo?

—No: yo no: yo a Hartsel lo manejo: ya estoy acostumbrada. Y Ramón anda por ahí, y si me apuran, les echo los perros. No hay borrachos como éstos de San Francisco. Vete, vete, Alejandro.

Y Alejandro se fue a paso vivo hacia el cementerio:–»¡Y ésta, se decía por el camino, ésta es la gente que nos roba nuestras tierras, y me ha matado a mí padre, y a José, y al hijito de Carmen! Y el Padre Salvatierra dice que Dios es bueno: ¡será que ya no le piden por nosotros los santos!»

Mas cambiando de súbito de ideas, se llevó la mano al pecho, donde tenía el pañuelo con las cuatro monedas:–»Veinte pesos»–pensó: no es mucho: ¡pero con eso tengo con qué comprar de comer algunos días para Majela y Babá!»

Mar y Bodas

A no ser por la compañía de Carmen, Ramona no hubiera tenido valor para pasar aquella hora larga en el cementerio. Por dos veces estuvo decidida a salir al encuentro de Alejandro, que acaso habría caído en lo de Hartsel en manos de los hombres que la Señora hubiera echado a perseguirlo. En mal hora previó Alejandro ese riesgo, porque la imaginación inquieta de Ramona no cesó de forjarse, con tal dolor como si fueran reales, las escenas en que a tiro de piedra de donde estaba ella sentada, sola e impotente, podía estar padeciendo su pobre Alejandro: ya lo veía preso, amarrado, tratado como ladrón: ¿por qué ella, pues, no estaba allí para vindicarlo; para amedrentar a aquella gente hasta que lo dejasen libre? Pero cuando se puso en pie, dispuesta a ir a lo de Hartsel, y dijo a Carmen, en aquel tierno castellano cuyo sentido, ya que no sus palabras, Carmen entendía: «Me voy, Carmen. Ya tarda mucho. No puedo esperar aquí»,–Carmen se le asió de la mano, y le dijo en su lengua luiseña, cuyo sentido entendió bien Ramona, ya que no sus palabras, «¡Oh, mi linda Señora, no se vaya! Espere. Alejandro le dijo: ¡Espere! ¡Alejandro viene!» «¡Alejandro!»: esa palabra sí la entendía Ramona bien. Sí, él le había dicho que esperase. Esperaría, pues, aunque todo el valor le faltaba en cuanto no veía a Alejandro a su lado. ¡Ay! ¿no serán los suyos esos pasos que ya se oyen? Sí, sí son: «¡Alejandro, Alejandro!» dijo, corriendo hacia él, y dejando ir de su mano las riendas.

Suspiró Carmen al recoger las bridas abandonadas, mientras que, sin hallar palabras, se abrazaban los dos enamorados:–»¡Cómo quiere a Alejandro!», se decía; «pero ¿se lo dejarán vivo para que la quiera? ¡Mejor es no querer!» Y lo decía sin envidia, porque ella, como todos los de Temecula, tenía gran cariño por Alejandro: lo veían, después de Pablo, como la cabeza natural del pueblo, y en vez de celos por su superioridad, sentían orgullo.

—Tiemblas, Majela: pero ¿no estabas sola?, dijo él mirando hacia Carmen.

—No, no, Alejandro, pero ¡tanto tiempo! Tenía miedo de que te hubiesen prendido. ¿Estaban allí?

—No: nadie sabe nada. Creen que vengo de Pachanga.

—Si Carmen no me sujeta, hubiera ido a buscarte hace media hora. Pero ella me dijo que te esperase.

—¿Te dijo? ¿Y cómo la pudiste entender?

—¿Raro, verdad? Yo no sé: habló en tu lengua, pero yo creo que la entendí. Pregúntale si no fue eso lo que me dijo.

Alejandro lo preguntó a Carmen. Si, aquello fue.

—Tú ves; le dijo él: Majela entendió el luiseño: Majela es como nosotros.

—Sí, respondió Carmen, es como nosotros.–Y tomando una mano de Ramona con las dos suyas, para decirle adiós, añadió, en tono de lúgubre profecía: «¡Como nosotros, Alejandro, como nosotros!» Y cuando ya iba la pareja perdida por la sombra, aún se decía Carmen: «¡Como nosotros, como nosotros! Ya a mí me vino la pena: ella ahora va a buscarla.» Y se volvió a la tumba de su marido, junto a la que se dejó caer de cuclillas, esperando el día.

A seguir el camino derecho hubiera tenido Alejandro que pasar otra vez por frente a Hartsel, corriendo el riesgo de tropezar con la canalla; por lo que dio un largo rodeo, cerca de donde estuvo la casa de Antonio. Tomó Alejandro de la brida a Babá al llegar junto a ella, y guiándolo hasta el montón de ruinas: Aquí, Majela,» dijo: «aquí era la casa de Antonio. ¡El pueblo entero debió hacer lo que hizo la vieja Juana! Los americanos están viviendo en la casa de mi padre, Majela!»–y se le oía crecer la ira, aunque hablaba muy bajo: «Por eso, Majela, tardé tanto, porque estuve mirándolos por la ventana. Dime ¿no me he quedado loco? Si llego a tener mi escopeta ¡allí los mato!»

—¡Ay, Alejandro! ¿En tu casa? ¿Tú los viste?

—Sí: el hombre, la mujer, los dos hijos: y el hombre salió a la puerta con su escopeta, y disparó: creyó que por allí andaba un indio, y disparó.

Babá en aquel instante tropezó: siguió andando, y volvió a tropezar a los pocos pasos.–»Se le ha enredado algo en los pies, Alejandro, algo que corre.»

Saltó Alejandro de su *pony*, y tanteó de rodillas por el suelo:–»Es una estaca, Ramona, y la cuerda amarrada. ¡Virgen Santa, qué es esto!» Y echó a correr, y Babá detrás, y Capitán y el pony: ¡allí estaba un magnífico caballo negro, grande como Babá, y Alejandro cuchicheándole, y golpeándole suavemente en el hocico, para que no relinchara! Afuera la silla del *pony* infeliz: allá va la silla sobre el caballo negro: lo encincha Alejandro, lo aquieta, lo monta: casi en un sollozo dice Alejandro: «¡Es Benito, Majela, es mi Benito! ¿Tú ves cómo los santos nos ayudan? ¡A mi caballo estacármelo con esa estaca! ¡Un conejo la arranca de un tirón! ¡A galope ahora, Majela! ¡Más aprisa, más aprisa! ¡A salir pronto del valle maldito! ¡Y cuando lleguemos al cañón de Santa Margarita, allí sé yo una senda por donde no nos sigue nadie!»

Como el viento galopaba Benito: iba Alejandro casi tendido sobre su cuello, acariciándole la frente, hablando al oído al caballo, que le contestaba con relinchos de alegría: ¿cuál, el caballo o el hombre, iba más contento? Y crin a crin con Benito galopaba Babá. La tierra les volaba debajo de los pies. ¡Aquél sí era compañero para Babá, porque como él y Benito, no había otros dos en toda la Baja California! Alejandro era presa de tan desatentado júbilo, que Ramona le oía casi espantada hablándole sin cesar, sin cesar, a Benito. En una hora no recogió la rienda. Caballo y dueño conocían a palmos el camino. De pronto, al entrar en lo más hondo del cañón, torció Alejandro bridas a la izquierda y comenzaron a escalar el paredón: «¿Puedes seguirme, Majela?»

—¿Crees tú que Benito pueda hacer algo que no haga Babá?–Y Ramona se acercó aún más a Alejandro.

Pero a Babá no le iba gustando la subida, tanto que a no ser por emular a Benito hubiera dado quehacer a su dueña.

—El mal paso se va a acabar pronto, Carita,–dijo Alejandro volviéndose a ver cómo saltaba Babá un tronco caído que Benito había dejado atrás gallardamente:–»¡Bravo, Babá!»–añadió, al verlo dar el salto con la presteza de un venado:–»¡Bravo, Majela!» Llevamos los dos mejores caballos del país. Y se parecen. Ya verás en cuanto salga el sol cómo se parecen. Los dos van a hacer muy buen par.»

A poco andar por aquella cuesta aspérrima, salieron a la cumbre de la pared sur del cañón, que era un denso robledal casi libre de maleza.–»Ahora, dijo Alejandro, puedo ir de aquí a San Diego por caminos que nadie conoce. En los claros de la aurora estaremos al llegar.»

Ya allí les daba en el rostro el vivo aire salado que venía del mar, y aspiraba Ramona con deleite.–»Alejandro, me sabe a sal el aire.»

—Es el mar, Majela. Este cañón sale al mar. Lástima que no podamos seguir por la orilla, ¡porque es grande, Majela! y las olas vienen jugando, cuando hay calma, hasta los pies de los caballos; y el camino sigue con el agua clara a los pies y el peñón verde encima; y el aire del agua enciende la cabeza, Majela, como el vino.

—Y ¿por qué no vamos por la orilla?

—Por la gente, Carita. Siempre hay gente que va y viene, y pueden vernos.

—Pero otra vez vendremos, ¿no, Alejandro?, cuando estemos casados, y no haya peligro.

—Sí, Majela.–Pero para sí se dijo Alejandro:–»¿Y cuándo, cuándo será que no haya peligro?»

La playa del Pacífico, en muchas millas al Norte de San Diego, es una cadena de redondos promontorios, donde rematan los muchos cañones, por donde bajan al mar numerosos riachuelos. Lo hondo de estos cañones es fértil y muy cubierto de árboles, casi todos robles. Nacen los cañones en la tierra como pequeñas hendiduras, que se van luego ahondando y abriendo, hasta que al morir en sus bocas miden de ancho como la octava de una milla de playa reluciente, que cerca el tajo de muro a muro como una media luna. El cañón adonde Alejandro quería llegar antes del amanecer distaba menos de doce millas de la vieja ciudad de San Diego, y dominaba por uno de sus recodos más hermosos la bahía de afuera. La última vez que estuvo en él casi le cerraba el paso la abundancia de los robles nuevos. Allí podrían esconderse durante el día, y al caer de la noche seguirían a la ciudad, a la casa del cura, se casarían, y en la noche misma emprenderían camino a San Pascual.–»Desde el cañón podrá Majela estar viendo el mar todo el día; pero no se lo digo, porque pueden haber cortado los árboles, y entonces tendremos que quedarnos lejos.»

Apuntaba ya el sol cuando llegaron. No habían cortado los árboles, cuyas copas, vistas desde arriba, parecían por lo espeso un lecho de musgo. El cielo y el mar estaban rojos. Mirando Ramona de lo alto aquel camino verde claro que llevaba al mar ancho y brillante, pensó que Alejandro la había traído a un mundo de hadas.

—¡Qué hermosura!–exclamó; y acercándose tanto a Benito que pudo poner la mano sobre el hombro de su compañero, dijo solemnemente:–» ¿No crees, Alejandro, que podríamos vivir muy felices en esta hermosura? ¿No podríamos cantar aquí el canto al sol?»

Él ojeó alrededor. Estaban solos en el fresco claro. No era aún alba plena: por sobre las colinas de San Diego flotaban grandes nubes carmesíes: en el faro del promontorio que vigila la bahía interior centelleaba la lucerna: pero a los pocos momentos rompería ya el día.–»No, Majela, aquí no,» le contestó: «no podemos quedarnos aquí. En cuanto salga el sol, cualquiera ve de lejos en lo alto del perfil una figura de hombre o de caballo. Muy de prisa tenemos que ir bajando a escondernos entre los árboles».

Casa parecía, y no soledad campestre, el refugio en donde descansaron, bajo la techumbre natural de las copas de los robles, cuya espesura no penetraban los rayos del sol: corría aún, a pesar de la larga seca, una débil vena de agua, y con la poca yerba de sus orillas engañaron el hambre Babá y Benito en mansa compañía.

—Se quieren estos dos, dijo Ramona riendo:–van a ser buenos amigos.

—De veras,–contestó Alejandro, con una de sus raras sonrisas.– Los caballos se quieren y se odian, lo mismo que los hombres. A la yegua de Antonio no la podía ver nunca Benito sin dejarle ir una coz; y la yegua, cuando lo veía venir, temblaba.

—¿Conoces tú al cura de San Diego, Alejandro?

—No mucho, Majela. A Temecula él ha ido poco; pero nos quiere a los indios. Yo sé que él vino con la gente de San Diego cuando la pelea, que los blancos se morían de miedo; y dicen que si no es por el Padre Gaspar, no queda en Pala un blanco vivo. Mi padre había sacado del pueblo a toda su gente, porque él no quería que peleasen: ¿para qué? Desde entonces el Padre Gaspar no ha estado en Pala: el que va ahora es el de San Juan Capistrano, un padre malo, Majela, que les pide dinero a los pobres.

—¡Un padre, pide dinero!

—Sí, Majela, no todos los padres son buenos: no todos son como el Padre Salvatierra.

—¡Si hubiéramos podido ir a que el Padre Salvatierra nos casase!

Alejandro, apenado, le dijo:–Pero Majela, nos hubieran podido encontrar, y yo no sé que allí tenga yo trabajo.

Aquel modo resignado de decir llenó a Ramona al instante de remordimiento: ¡echar, ni siquiera el peso de una pluma, sobre la pena de aquella alma tan fina!–»¡Oh, no! esto es mejor, Alejandro, de veras. No lo dije más sino porque quiero mucho al Padre, y porque la Señora le dirá lo que no es. ¿No le podríamos mandar una carta?»

—Yo conozco un indio de Santa Inés que viene a veces a vender árganas a Temecula: yo no sé si va a San Diego. Si lo veo, él por mí va de Santa Inés a Santa Bárbara, seguro, porque una vez cayó enfermo en casa de mi padre, y yo lo cuidé muchas semanas, y desde entonces siempre que viene, quiere regalarme un árgana.

—¡Ay, Alejandro, si fuera ahora como en los tiempos de antes, cuando los padres eran como el Padre Salvatierra, y había trabajo para todos en las Misiones! La Señora dice que las Misiones eran como palacios, y había en cada una indios por miles; dice que había muchos miles de indios, todos tranquilos y contentos.

—La Señora no sabe todo lo que sucedía en las Misiones,–replicó Alejandro.–Decía mi padre Pablo que en algunas, Majela, había cosas terribles, donde mandaban hombres malos. En San Luis Rey no fue así, porque el Padre Peyri quería a los indios de veras como a sus hijos. Si él los mandaba echarse al fuego, al fuego se echaban. Cuando se fue, dicen que el corazón se le partía, y tuvo que ir por el monte, para que no se rebelaran los indios, que no querían que se fuera. Iba a salir un barco de San Diego, y el Padre quería ir a México en él; pero a nadie más que a mi padre Pablo se lo dijo, que lo acompañó de noche por este mismo camino, con los caballos más ligeros, y una caja muy pesada con las cosas santas del altar, que llevaba mi padre en la delantera. Al alba llegaron, y en un botecito se fue el padre al buque: mi Padre Pablo desde la playa lo veía ir, ir, como muerto él, porque quería mucho al padre Peyri: y no más llegaba al barco, Majela, oyó mucho grito, y gente que venía, y pisadas de caballos, y trescientos indios de San Luis, que venían a llevarse al Padre. Y cuando mi padre Pablo les señaló el buque, y les dijo que el barco se lo llevaba, fue el lloro tan grande que no se veía el cielo, y algunos se echaron al mar, y nadaron hasta el barco, y por Dios le pedían que se los llevase con él. Y el Padre Peyri llorando en la cubierta les decía adiós, y les echaba la bendición. Uno, Majela, subió al barco, nadie supo cómo, y tanto rogó que lo dejaron irse con el Padre. Mi padre Pablo dice que lloró toda su vida porque a él también no se le ocurrió subir: pero él estaba de la pena como muerto.

—¿Y fue aquí mismo?, preguntó Ramona con gran interés, señalando a la faja de mar de vivo azul circundada por el monte de robles hojosos de la costa.

—Aquí fue, como aquel barco que va saliendo ahora. Pero el barco del Padre estuvo primero en la bahía de adentro, que es lo grande del mundo, Majela: la tierra se sale al mar de los dos lados, como dos brazos, Majela, abrazando el agua.

—¿Pero en las otras Misiones había de veras hombres malos, Alejandro? Los padres franciscanos no serían.

—Los padres tal vez no, pero su gente. Era mucho mando, mucho. El mucho mando, Majela, hace malos a los hombres. En la Misión de San Gabriel hicieron capitán a un indio, que una vez que su gente se escapó al monte, volvió con un pedazo de oreja de cada uno, y de los pedazos hizo un rosario «para conocerlos por el picotazo», decía riéndose?. A mí me lo dijo una viejita de San Gabriel, que ella misma lo vio. Por eso, Carita, muchos indios no querían venir a las Misiones: es triste vivir en los montes como fieras; pero si así querían vivir, debieron dejarlos, Majela.

—¿Y lo que el Padre Salvatierra dice, Alejandro? ¿que el Evangelio de Dios se le ha de enseñar a todo el mundo, y a eso vinieron aquí los padres franciscanos? Yo no sé: pero no puedo creer eso de las orejas.

—¡La mía no me la hubieran cortado!

—No, no puedo creer que un Padre lo permita.

La luz roja del faro, encendida al oscurecer, centelleaba ya hacía algún tiempo, cuando Alejandro se decidió a seguir viaje al favor de la noche, porque el camino que habían de tomar era el real, por donde siempre iban y venían viajeros. Pero tan buen paso llevaban los caballos que no era tarde cuando entraron en la ciudad. La casa del Padre estaba al extremo de un edificio de adobe largo y gacho, que en los tiempos del Presidio no fue casa de poco, pero estaba ahora desmantelada y desierta. A la otra margen del camino, en un claro descuidado y lleno de cizaña, estaba la capilla, herida de pobreza, mal encalados los muros, y sin más adorno que unos cuantos pinturones y ciertas arañas rotas de espejos, salvadas por milagro de los templos de los misioneros, de años atrás abandonados. Era mezcla curiosa el cristal de las arañas con los candeleros de latón donde ardían en ellas unas pocas y flacas bujías. Todo era triste como el pueblo mismo, el más melancólico de la Baja California. Allí fue donde aquel gran franciscano Junípero Serra comenzó la obra santa de rescatar para su Dios y su nación aquellas soledades y sus tribus: por aquella misma playa anduvo, sembrando consuelos, las primeras terribles semanas de su empresa, a éstos curando, oleando al moribundo, sepultando a los muertos, pidiendo al cielo de rodillas que aplacase la peste que asolaba los buques mexicanos: allí bautizó a los primeros indios, y estableció la primera Misión. De sus trabajos heroicos y difícil conquista quedan por única muestra unos cuantos palmeros y aceitunos, y unos paredones arruinados. ¡Un siglo más, y todo habrá vuelto a la madre tierra, que no pone losas sobre las más sagradas de sus tumbas!

Muchos años hacía que el Padre Gaspar estaba en San Diego. Ni era franciscano, ni le inspiraba la Orden gran cariño; pero en aquellos lugares llenos de recuerdos religiosos se placía su espíritu fantástico y ardiente, nacido para sacerdote, poeta o soldado. Sacerdote fue, porque así lo quiso el mundo; y el brío e imaginación que hubiesen empuñado la espada o encendido la rima, dieron redoblado fervor a su vocación sagrada. Soldado, nunca dejó de parecerlo, por la apostura y el paso: ni decían muy bien con la sotana sus ojos centelleantes, su pelo y su barba espesos y negros, y su andar suelto y vivo. Lo que tenía de poeta le fue año tras año encogiendo el alma, al ver cuán poco útil podía ser ya, a tantos cientos de indios, que él hubiera querido juntar como antes bajo la guarda de la Iglesia. Iba frecuentemente a visitar los indios a sus escondites, dando por una familia con la otra, y por los de una banda con los de la vecina: escribía al Gobierno de Washington dolorosas y sesudas cartas: vanos, como sus misivas, eran sus esfuerzos para obtener amparo y justicia del Gobierno del Estado, y ayuda algo más vigorosa de la Iglesia. Descorazonado al fin, y lleno de aquella indignación reprimida e intensa de que sólo los poetas son capaces, «¡Basta!» se dijo: «no vuelvo a abrir mis labios, ¡no puedo sufrir más! «y limitó su ministerio a cumplir los deberes de la cura en su pequeña parroquia de mexicanos e irlandeses, y llevar los sacramentos a los caseríos principales de los indios, una o dos veces al año. Cuando le traían noticias de alguna infamia nueva, medía su cuarto a pasos fieros, y con votos que tenían más de militar que de párroco, clamaba a Dios y se mesaba la barba. Pero en esto paraba su descontento. Encendía su pipa, sentábase en el banco viejo de su colgadizo enladrillado, y hora tras hora dejaba volar el humo, mirando de vez en cuando al agua azul de la bahía desierta, sin apartar de la memoria las desdichas a que no podía poner remedio.

A poca distancia de su casa se levantaban los muros recién empezados de una hermosa iglesia de ladrillo, que había sido su sueño acabar algún día, y ver llena de fieles. Pero esta esperanza del Padre Gaspar se desvaneció con las del pueblo de San Diego, harto caído en pobreza para enterrar su poco dinero en iglesias ricas. Bello habría sido para un alma católica levantar tal templo donde moró y trabajó por la fe el Padre Junípero; pero era justo atender antes a las necesidades de los vivos que a las memorias de los muertos. Lo que no impedía que aquellos muros a medio construir pesasen como Una cruz al Padre Gaspar, cada vez que desde su colgadizo les veía, en los sendos paseos con que allí se consolaba año sobre año, lo mismo en el balsámico invierno que en el estío fresco de aquel mágico clima.

—¡En la capilla hay luz, Majela! Ahí debe estar el Padre, dijo Alejandro, apeándose de un salto, y mirando por la ventana de la iglesia:– ¡Majela, si están casando! Ven, ven: estamos de buenas. Así tardaremos poco.

Cuando el sacristán dijo quedo al Padre que acababa de llegar pidiendo matrimonio una pareja india, frunció el ceño el Padre. La sopa le esperaba, y había andado de viaje todo el día por el olivar de la Misión, donde no halló las cosas a su gusto: fatigado, colérico y con gran apetito, no era su rostro cosa de especial dignidad cuando se acercaron a él los dos viajeros. Mucho extrañó a Ramona, que no conocía más rostro de cura que el benévolo del Padre Salvatierra, aquel aspecto de impaciencia y prisa, que duró sólo hasta que el Padre Gaspar puso ojos en Ramona.

«¿Qué es esto?» se dijo; y le preguntó severamente: –¿Eres india, mujer?

—Sí, Padre,–respondió ella con dulzura: soy hija de india.

«¡Ah, es mestiza!» siguió el cura diciéndose: es raro eso de que unas veces les salga todo lo blanco, y otras todo lo indio. Pero esta muchacha no es cosa común.» Y con el interés cariñoso pintado en el semblante, comenzó la ceremonia, que como a disgusto presenciaban, muy largas las caras, los dos recién casados irlandeses, viejo él y ella más vieja, asombrados al parecer de que también se casaran los indios.

El registro de matrimonios lo tenía en su casa propia el Padre, donde ni su misma criada, muy entrada en años, lo supiese; porque no había faltado ya quien, para servir su interés, cortara hojas de aquel libro venerable, que en muchas páginas tenía letra del Padre Junípero.

Al salir de la capilla las dos parejas tras el Padre Gaspar, los irlandeses iban sin mirarse, como cargados de vergüenza, y Alejandro y Ramona caminaban airosos de la mano.–»¿Quieres montar, Ramona? Es un paso no mas.

—No, Alejandro, gracias: mejor voy a pie.–Se echó él al brazo izquierdo las bridas de Babá y Benito; y el Padre Gaspar, que no perdió palabra, «Le habla, se dijo, como un caballero a una señora. ¿Quiénes serán?»

Al salir de casa del Padre Gaspar, Alejandro y Ramona, a caballo otra vez, siguieron por la desierta plaza al norte, al camino del río, dejando los paredones del Presidio Viejo a su derecha. El río iba bajo, y lo vadearon fácilmente.

—En la primavera se pone el río tan crecido, Majela, que pasan días sin poderlo vadear.

—Pero ahora no, ya ves. Todo nos está ayudando, Alejandro: las noches oscuras, y el río bajo, ¡y mita! allí sale la luna,–dijo ella señalando la luna, fina como una hoz, que se levantaba por el horizonte: ¿tú no crees que ya estamos seguros?

—Yo no sé, Majela, si estaremos seguros nunca. Ojalá estemos. Fue torpeza mía decirle ayer a la Señora Hartsel que yo iba a San Pascual; pero si llegan a preguntarle, ella entenderá, y no lo dirá. Por ella no nos harán mal, no.

Iba primero el camino por una empinada mesa, cubierta toda de bajos matorrales; y a las diez o doce millas bajaba por entre ondeantes quebradas a un valle estrecho, el valle de Poway, donde los mexicanos opusieron vana resistencia a las tropas del Norte.

—Aquí hubo pelea con los americanos, Majela, y les hicieron muchos muertos. Yo mismo tengo unas doce balas que he cogido del valle con mis manos: me las quedo mirando muchas veces, y si volviera a haber guerra con el americano, Majela, volvería a dispararlas. ¿No cree el Señor Felipe que los blancos se levantarán otra vez, para echar al americano de la tierra? Los indios todos pelearíamos. ¡Ay, Majela, si los pudiésemos echar!

—¡Sí, si pudiésemos! Pero no se puede, Alejandro. La Señora hablaba siempre de eso con Felipe. No se puede. Ellos tienen la fuerza, y mucho caudal, mucho. En el dinero no más piensan. Dicen que no hay cosa que no hagan por dinero, hasta matar. Se matan como fieras unos a otros por peleas de dinero. Los mexicanos se matan por cólera, o porque se quieren mal; pero por dinero, ¡nunca!

—Ni los indios, Majela. Por dinero, nunca un indio ha matado a otro. Por venganza sí, pero por dinero no. ¡Perros no más son los americanos, Majela, te digo que son perros!

Raras veces hablaba Alejandro con tanta vehemencia; pero el ultraje que acababa de sufrir su gente le encendió en las venas un odio y desdén que no habían de extinguirse jamás. Jamás volvería él a poner su fe en un americano. Americano quería decir para él crueldad y robo.

—Pero todos no han de ser malos, Alejandro. Algunos habrá buenos, ¿no?

—¿Dónde están los buenos?–exclamó él con fiereza: En mi pueblo, cuando sale un indio malo, no hay quien lo mire ni lo tenga en honor: mi padre lo castigaba: el pueblo entero lo castigaba. Si hay americanos buenos, americanos que no matan y que no roban, ¿cómo no vienen a castigar a estos que roban y matan? ¿Y por qué hacen leyes con que robar? Con su ley nos han robado a Temecula, y se la han dado a ésos, ¡a ésos! Su ley se pone del lado del ladrón. No, Majela: ése es un pueblo que roba. Eso es lo que son: un pueblo que roba, y que mata, por dinero. ¿Y no tiene vergüenza de ser así, un pueblo que dicen que tiene tanta gente como las arenas de la mar?

—Es lo que dice la Señora, que todos son ladrones, y que no sabe el día en que le vendrán a quitar la tierra que le queda. Antes tenía dos tantos de la de ahora.

—Hasta el mar dice mi padre que llegaba la tierra del General Moreno.

—Hasta el mar, sí. ¡El mar, que es tan hermoso! ¿Y desde San Pascual se puede ver el mar, Alejandro?

—No, mi Majela: queda lejos. San Pascual está en el valle, y alrededor todo es montañas, como murallones. Pero te va a gustar, verás. En cuanto lleguemos yo te hago una casa. Todo el pueblo me ayuda. En dos días está hecha. ¡Pero qué casa tan pobre para mi Majela!, dijo tristemente. Su corazón no estaba en calma. Extraño viaje era aquél en verdad. Aunque Ramona no sentía miedo.

—La casita más pobre me parecerá mejor que la más hermosa del mundo donde tú no estés.

—Pero a mi Majela le gusta todo lo hermoso: mi Majela ha vivido como una reina.

Ramona se echó a reír gozosamente.–¡Qué poco sabes tú cómo viven las reinas! En casa de la Señora se estaba bien, pero nada más. En la casita que tú me hagas, estaré yo tan bien como allí. Una casa tan grande, de veras, no trae más que enojos. A Margarita le daban cansancios mortales, de barrer aquellos cuartos en que no vivían más que los santos benditos de San Luis Rey. ¡Si pudiéramos tener en nuestra casita un San Francisco, o una imagen de la Virgen! Eso me gustaría más que todo lo del mundo. Me gusta dormir con la Virgen cerca. La Virgen me habla en sueños.

Alejandro clavó en Ramona sus ojos graves y escrutadores mientras le hablaba ella así. ¿Era del mismo mundo que él, o de otro mundo mejor, aquella criatura que iba a vivir a su lado?–»A mí los santos no me hacen sentir así, Majela. Los santos me dan miedo. Será porque a mi torcaza la quieren, y a nosotros no. Yo creo que en el cielo ya no le piden a Dios por nosotros. Eso es lo que decían los padres que hacen los santos en el cielo, rogar por nosotros a Dios, y a la Virgen Madre y al Señor Jesús. Tú ves que no puede ser que hayan estado rogando en el cielo por nosotros, ¡y que haya sucedido lo de Temecula!: yo no sé en qué los hemos podido agraviar.»

—Yo creo, Alejandro,–respondió Ramona con viveza,–que el Padre Salvatierra pensaría que es pecado tener miedo a los santos. Él me ha dicho muchas veces que era pecado estar triste: y por eso no más pude llevar sin tanta pena que la Señora no me tuviese amor. Sí, Alejandro,-siguió diciendo cada vez con más fervor–aunque la gente no tenga más que pesar, no quiere decir que los santos no la quieran. Mira lo que padeció Santa Catalina y la bendita Santa Inés; no es por lo que nos pasa en este mundo por lo que podemos saber si los santos nos quieren, ni si veremos en el cielo a la Virgen.

—¿Y cómo entonces lo vamos a saber?

—Por lo que sentimos en el corazón, Alejandro; por lo que sabía yo, cuando tardabas en venir, que me seguías queriendo. En mi corazón lo sabía yo, y siempre lo sabré, suceda lo que suceda. Si te mueres, sabré que me quieres. ¡Y tú también sabrás que yo te quiero!

—Sí, dijo él pensativo: eso es verdad. Pero no se puede pensar de un santo como de una persona que uno ve con sus ojos y toca con sus manos.

—No: de un santo no tanto: pero de la Virgen sí, Alejandro. Eso sí lo sé yo. La imagen de la Virgen que tenía yo en mi cuarto era mi madre, Alejandro. Desde niñita le he contado todo lo que he hecho. Ella fue la que nos ayudó a pensar todo lo que debía traer para el viaje. De muchas cosas me hubiera olvidado, si no hubiese sido por ella.

—¿Y te habló? ¿la oíste hablar?–dijo Alejandro espantado.

—No, con palabras no; pero lo mismo que si fuese con palabras. No es lo mismo tenerla en el cuarto que verla en la capilla. ¡Con ella en mi cuarto nuevo, sí que no querría yo más para ser feliz!

—¡Majela, voy y la robo!

—¡Virgen Santa! No lo vuelvas a decir. Como de un rayo caerás muerto si la tocas siquiera. Hasta el pensarlo debe ser pecado.

—En casa de mi padre había una estampa de la Virgen. No sé si se quedó allá, o si se la llevaron a Pachanga. Cuando vuelva veré.

—¡Cuando vuelvas! ¿Qué dices? ¿Volver tú a Pachanga? ¡Tú no te separas de mí!

Todo el valor de Ramona desaparecía en cuanto pensaba que Alejandro pudiera apartarse de ella. En un instante, en un abrir y cerrar de ojos, aquella criatura confiada, gozosa, indomable, que lo llevaba como en alas de esperanza y fe, era una niña trémula, mísera, cobarde, que lloraba de miedo, y se le colgaba de la mano.

—Sí, mi Majela, cuando pase un tiempo, y ya estés hecha a la casa nueva, tengo que ir a traer el carro y lo poco que nos queda. Allá está la cama del Padre Peyri, que se la dio a mi padre. A ti te gustará descansar en ella. Mi padre creía que esa cama tenía mucha virtud.

—¿Es como la que le hiciste a Felipe?

—No tan grande: entonces el ganado no era tan grande como ahora. Hay tres sillas también de la Misión, y una casi tan rica como la del colgadizo de la Señora. Se las dieron a mi padre. Y libros de música hay también, unos libros muy hermosos de pergamino. Ojalá no se hayan perdido, Majela. José murió y no pudo cuidar. Pusieron junto en los carros lo de todos. Pero toda mi gente conoce las sillas de mi padre y los libros de música: todo lo encontraré, si no se lo han robado los americanos. Mi pueblo no roba. En Temecula no hubo más que un ladrón, y mi padre le hizo dar tantos azotes que se huyó y no volvió. Dicen que está en San Jacinto y que sigue robando. Yo creo que si está en la sangre ser ladrón ni los azotes le sacan el vicio.

—¡Como los americanos!–dijo Ramona, entre riendo y llorando.

Faltaba aún una hora para el alba cuando llegaron a la cumbre de la cuesta desde donde se domina el valle de San Pascual. Dos cuestas y valles habían pasado en su camino, pero aquél era el más ancho de los tres, y las colinas que lo circundaban eran más bellas y redondas que cuantas habían visto. Por el Este y Noroeste se elevaban altísimas sierras con los picos perdidos en las nubes. El cielo estaba cerrado y gris.

—Si estuviéramos en primavera, dijo Alejandro, ese cielo traería lluvia; pero yo no creo que ahora pueda llover.

—No,–respondió Ramona riendo,–no ha de llover hasta que tengamos hecha la casa. ¿Y será de adobe, Alejandro?

—No, todavía no; primero tendrá que ser de tule. Son muy buenas de vivir para el verano: luego te haré una de adobe para el invierno.

—¿Dos casas? ¡qué gastador! Si la de tule es buena, yo no dejaré que me hagas otra.

Aquellas alegrías de Ramona asombraban a Alejandro, y parecían sobrenaturales a su carácter triste y más despaciosa naturaleza, como si de repente viese a Ramona cambiada en un pájaro de colores, o en risueña creación, extraña y superior a la vida humana.

—Tú me hablas lo mismo que cantan los pájaros,–dijo lentamente. Yo hice bien en llamarte Majela: sólo que la torcaza no tiene alegría en el canto como tú: dice no más «quiero y espero».

—Y eso digo yo, Alejandro,–replicó Ramona, tendiéndole los brazos.

Los caballos iban andando lentamente, muy cerca uno del otro. Babá y Benito eran ya tan buenos amigos que les gustaba de veras ir lado a lado, y ni Benito ni Babá dejaban de tener sus indicios del afecto que unía a los dos jinetes. Ya Benito conocía la voz de Ramona, y la contestaba con placer: ya Babá había aprendido de tiempo atrás a detenerse cuando su dueña ponía la mano en el hombro de Alejandro. Así se detuvo ahora: y no recibió muy pronto por cierto la señal de seguir camino.

¡Majela! ¡Majela!–exclamó Alejandro tomándole las dos manos en las suyas, y llevándoselas a sus mejillas, al cuello, a los labios:–si los santos me mandasen morir en martirio por mi Majela, entonces sabría ella cómo su Alejandro la quiere. ¿Pero qué puede hacer su Alejandro ahora? ¡Ay! ¿qué? Majela lo da todo: Alejandro no da nada.–Y apoyó en las manos de ella su frente inclinada, y las puso después suavemente en el cuello de Babá.

Los ojos de la niña se llenaron de lágrimas. ¿Cómo inspiraría ella a aquel corazón entristecido, a aquel desconfiado amante, el gozo de que era tan merecedor?–Una cosa puede hacer Alejandro–dijo, hablando–sin darse cuenta–como él le hablaba: «una cosa puede hacer por su Majela: ¡no decir nunca, nunca, nunca, que no tiene nada que darle! Cuando él dice eso, le está diciendo a Majela mentirosa; porque ella le ha dicho que él es el mundo entero para ella, que ella no quiere más mundo que él. ¿Es Majela mentirosa?»

Pero aun a esto contestó Alejandro en un éxtasis en que se veía tanto de alborozo como de angustia:

—No, Majela no puede mentir, Majela es como los santos, Alejandro es suyo.

Ya estaba el pueblo entero en sus faenas cuando llegaron al valle. Habían acabado de vendimiar, y por todas partes se secaban las uvas en cestos grandes y llanos al calor del sol. Las ancianas y los niños daban vuelta a las uvas en los cestos o machacaban bellotas en los pilones de piedra: otras majaban yuca, y la ponían a hincharse en agua: las viejecitas, sentadas en el suelo, tejían cestas. Los más de los hombres estaban fuera del pueblo, éstos en los quehaceres de la esquila, aquellos abriendo una gran acequia de riego en San Bernardino. Por acá y por allá salían de vez en cuando despaciosos rebaños o majadas a pastar en las colinas: había algunos varones al arado: otros en grupos diligentes levantaban cabañas con los carrizos de tules que tenían a los pies en largos haces.

—Estos son gente de mi Temecula,–dijo Alejandro;–están haciendo sus casas nuevas. Mira esos haces de tule más oscuro: ¡el tule viejo, Majela, el que tenían en sus casas! ¡Allí viene Isidro!–exclamó con arranque de júbilo, señalando a un jinete bien montado que había estado acudiendo de un grupo a otro, y a galope venía ahora hacia él. En cuanto Isidro lo reconoció, se echó abajo del caballo. Lo mismo hizo Alejandro. Corrieron ambos hasta encontrarse, y se abrazaron en silencio. Ramona siguió hacia ellos a caballo, y al unírseles tendió la mano a Isidro:–»¿Isidro?» dijo.

Entre agradado y sorprendido con aquel saludo lleno de seguridad y confianza, Isidro se lo respondió, y volviéndose a Alejandro le dijo en su lengua:

—¿Quién es esta mujer que nos traes que sabe mi nombre?

—¡Mi mujer!–respondió en luiseño Alejandro.–El Padre Gaspar

nos casó anoche. Ella es de casa de la Señora Moreno. Viviremos en San Pascual, si tú tienes tierra para mí, como me dijiste.

Por mucho que fuera el asombro de Isidro, no dio la menor muestra de él, ni había en su rostro y tono más señales que las de una grave y cortés bienvenida cuando les dijo: -»Bueno, sí tengo tierra para ti. Quédate.» Pero cuando oyó el suave castellano en que Ramona hablaba a Alejandro, y notó que éste le traducía lo que iba diciendo Ramona, y Alejandro le dijo:–»Majel no sabe todavía hablar en nuestra lengua, ella la aprenderá,»–se pintó claramente en las facciones de Isidro su desasosiego. Temió por Alejandro. «¿No es india, pues?–le dijo:–¿cómo se llama Majel si no es india?»

La respuesta que leyó Isidro en el rostro de Alejandro le devolvió la tranquilidad.–»India por su madre, y por el corazón es india toda. No tiene más que a mí en el mundo. Está bendita de la Virgen, Isidro. Ella nos ayudará. Yo le puse Majel porque se parece a la torcaza: y ya no quiere llamarse como antes, sino Majel, como en nuestra lengua.»

Ésa fue la presentación de Ramona al pueblo de indios, ésa y su sonrisa: la sonrisa tal vez pudo más que el elogio de su enamorado. Ni los pequeñuelos le mostraron miedo. Las mujeres, aunque encogidas al principio, por el aire noble de la recién llegada y los vestidos que traía, que eran de los que usaba el señorío, pronto entendieron que Ramona era una amiga, y lo que fue más, que Ramona era de Alejandro. Si era de Alejandro, era de ellas, era una de ellas. Grandes hubieran sido la emoción y agradecimiento de Majel, a entender lo que decían de ella las buenas mujeres, maravillándose de que niña tan hermosa, y criada con los Moreno, de cuya riqueza todos sabían, fuera mujer de Alejandro y le mostrara tanto amor.–» ¿Será que los santos,–pensaban en su sencillez–la mandan en señal de su amparo a los pobres indios?» Al caer de la tarde vinieron las mujeres trayendo en andas a la anciana del pueblo, a que la viese con la luz del sol, porque se sentía ya tan cargada de años que no sabía si llegaría viva al sol siguiente. Querían también las mujeres saber cómo le parecía Majela a su anciana. Apenas la vio acercarse Alejandro comprendió su intención, y se apresuró a explicársela a Ramona: todavía estaba hablando cuando la comitiva se detuvo ante ellos, frente a Ramona, que estaba sentada bajo la higuera grande de casa de Isidro. Las que traían a la anciana cargada se echaron a un lado, y se sentaron a pocos pasos de distancia. Alejandro habló primero. En pocas palabras contó a la vieja del pueblo el origen de Ramona, y su casamiento, y su nombre nuevo de Majela: y entonces dijo:–»Majela, te da la mano: dásela tú si no tienes miedo.»

Había algo de pavoroso, y como de fuera de la vida, en aquel brazo seco y en aquella mano; pero Ramona la tomó en las suyas con veneración afectuosa:–»Alejandro, dile tú por mí que tengo sus años en mucho respeto, y que si Dios quiere que viva tanto como ella, todo lo que pido es que tu pueblo me mire como a ella la mira.»

Con una tierna mirada agradeció Alejandro estas palabras a Ramona, tan conformes con el sentir y hablar de los indios. Del grupo de mujeres sentadas se levantó un murmullo de satisfacción. Pero la anciana no respondía: seguía estudiando con la mirada el rostro de Ramona, y retenía su mano.

—Dile,–volvió Ramona a decir–que quiero saber si puedo servirle de algo. Dile que seré como su hija si ella quiere.

«La Virgen misma,–dijo Alejandro para sí, está poniendo en boca de Majela estas palabras.» Las tradujo en luiseño, y volvió a oírse otro murmullo de agrado entre las mujeres; pero la anciana no hablaba todavía.

—Dile que tú serás su hijo,–añadíó Ramona.

Alejandro lo dijo. Eso era tal vez lo que la anciana esperaba. Levantando su brazo como una sibila, habló así:–»Bueno, yo soy tu madre: los aires del valle te querrán, y la yerba bailará cuando tú andes. La hija visita a su madre todos los días. Yo me voy.» Hizo señas a las que la trajeron, y volvieron a llevársela en las andas.

Esta escena conmovió a Ramona mucho. Los actos más sencillos de aquella gente le parecían de profundidad maravillosa. Ella no sabía bastante de libros ni de la vida para darse cuenta de aquella emoción suya, de que esas expresiones y alegorías de los pueblos primitivos conmueven tanto porque son verdadera y grandiosamente dramáticos. Pero su emoción no era menos viva porque no se le alcanzasen sus causas.

—Iré a verla todos los días,–dijo.–De veras será como mi madre. ¡Yo nunca vi a mi madre!

—Debemos ir los dos todos los días. Lo que le hemos dicho es aquí una promesa formal, Majela, que no se puede romper.

La casa de Isidro estaba en el centro del pueblo, sobre una ligera altura: no era en verdad una casa, sino un pintoresco grupo de cuatro casitas, tres de tule y una de adobe, esta última muy cómoda, con dos cuartos, buen piso y techo de teja, cosas de mucho lujo en San Pascual. Aquella grande y frondosa higuera, admirada por toda la comarca, estaba como a la mitad de la cuesta; pero sus ramas alcanzaban a dar sombra a las tres casas de tule. De una de sus ramas bajas colgaba un palomar muy bien hecho con varillas de sauce embarradas de adobe, y con tantos aposentos que a veces parecía agitarse el árbol entero por la mucha ala y susurro de palomas y pichones. Entre una casa y otra había, aquí y allí, enormes cestos, más altos que barriles, tejidos con ramas de árboles, como los nidos de las águilas, sólo que eran más cerradas y fuertes. Éstos eran los graneros, expuestos al aire libre, donde se guardaban el maíz, las bellotas, la cebada y el trigo. Razón tuvo Ramona en pensar que en su vida había visto cosa más linda.

—¿Da mucho trabajo hacerlos? –preguntó:–¿tú sabes hacerlos, Alejandro? Porque yo quiero tener muchos.

—Cuantos quieras, Majela. Los dos juntos iremos a buscar las ramas. Tal vez me quieran vender algunos en el pueblo. Dos días no más se tarda en hacer el más grande.

—No, comprar no,–exclamó ella:–yo quiero que todo lo que haya en nuestra casa sea hecho por nosotros mismos.–Y diciendo esto ignoraba que sin querer estaba dando con una de las claves del placer en las armonías esenciales de la vida.

Por dicha estaba desocupada la casita de tule que quedaba más cerca del palomar; porque Ramón, el hermano de Isidro, se había ido con la mujer y el hijo a San Bernardino por el invierno, a trabajar; con toda su alma cedió Isidro a Alejandro la casita, hasta que tuviera la suya hecha. Cabía la casita entera en un dedal, aunque en verdad no era una casa, sino dos, unidas por un pasadizo techado, donde la arreglada Juana, la mujer de Ramón, tenía sus ollas y cazuelas, y un fogón no muy grande. Casa de muñecas le pareció aquello a Ramona.

—¿Podrá Majela,–le preguntó Alejandro tímidamente,–vivir en esta casita, un poco no más? No será mucho, no: ya hay adobes secos.

Se le iluminó la cara cuando le dijo ella gozosa:–»Yo creo que voy a estar aquí muy bien: me va a parecer como que somos dos palomitas en su palomar.»

—¡Oh, Majel!

A poca distancia de la casa de Isidro estaba la capilla del pueblo, a cuya puerta convocaba a los fieles una vieja campana de la Misión de

San Diego, colgada de un travesaño sobre dos horcones al sesgo. Cuando Ramona leyó en la campana el año «1790», y supo que era de San Diego, le pareció como que aquel bronce era un amigo.

—Esta campana, Alejandro, debió llamar muchas veces a la misa del mismo Padre Junípero. Es una bendición para el pueblo. Yo quisiera vivir donde la estuviéramos viendo siempre. Será como si tuviésemos en la casa una imagen.

Con cada alusión de Ramona a las imágenes, crecía en Alejandro el deseo de procurarle una. No le hablaba de eso; pero pensaba en ello sin cesar. En San Fernando había visto él unas doce esculturas de santos, abandonadas y cubiertas de polvo en la Misión, cuando fue allá con los esquiladores. La iglesia era una ruina, sin más guardián que un mexicano poco amigo de santos, a quien no importaría mucho que dos o tres de aquellos silenciosos compañeros mudasen de casa. Profanación no es, se decía Alejandro, porque aquí nadie los ve, y allí ella los va a cuidar y venerar. ¡Si San Fernando no estuviera tan lejos, y los santos no fueran tan pesados! Pero Majela había de tener el santo que quería: ¿qué eran carga, ni leguas, ni dificultades, con tal que Alejandro pudiese proporcionarle un placer a su Majela? Sólo que no le diría nada. El regalo le será más gustoso no sabiéndolo antes. El hijo de la más arrogante civilización no hubiera gozado más honda y sutilmente con aquel sencillo secreto, ni pensado con más fruición en cómo abriría Ramona los ojos asombrados, al despertar una mañana y ver junto a su cama al santo: ¡y ella, su Majela, que con todo su saber era más crédula que él, pensaría a lo primero que era un milagro!: toda su educación no le había enseñado a ella lo que a él la soledad y la naturaleza.

No habían pasado dos días cuando recibió Alejandro una noticia tan grata e inesperada que esa vez al menos salió al oírla de su gravedad.–»¿No sabes, le dijo Isidro, que yo tengo una boyada de tu padre, y un rebaño como con cien ovejas?»

—¡Santísima Virgen!–exclamó Alejandro:–¡Eso no puede ser!: en Temecula me dijeron que los americanos se llevaron todo el ganado.

—Sí, todo el que estaba en Temecula: pero en la primavera tu padre me mandó preguntar si yo le quería guardar estos animales con los míos, porque tenía miedo de que faltase el pasto allá, y no era justo quitárselo a la gente, que tiene sus animales al pie del pueblo. Como cincuenta cabezas me mandó, y muchas de las vacas con ternero; y las ovejas eran como cien, dice Ramón, que las pastoreó este verano con las nuestras, y las dejó allá con un hombre. La semana que entra deben estar aquí para la esquila.

No hubo acabado de hablar Isidro, cuando Alejandro echó a correr a saltos de venado. Lo siguió aquél con los ojos admirado; pero viéndole entrar en su casita, entendió al fin, y se le animó el rostro con una sonrisa triste, porque no estaba aún persuadido de que a Alejandro le acabase en bien su matrimonio. «¿Qué le importa a ella, pensó, una mano de ovejas?»

Sin aliento, jadeante, se le apareció Alejandro de súbito a Ramona.–»¡Majela, Majela mía!: ¡tenemos vacas, tenemos ovejas! ¡Benditos sean los santos! ¡ya no estamos tan pobres!»

—Yo te dije que Dios nos daría de qué comer, Alejandro,–dijo ella tranquila.

—¿Pero tú no te asombras? ¿no me preguntas?–dijo él, admirado de aquella calma: ¿Mi Majela cree que las vacas y las ovejas caen del cielo?

—No se les ve caer con los ojos; pero los santos del cielo saben bien lo que hacen en la tierra. ¿De dónde viene el ganado, Alejandro? ¿cómo es tuyo?

Se lo dijo Alejandro, y el rostro de Ramona fue revelando sus graves pensamientos: ¿No te acuerdas de aquella noche en el sauzal; cuando estaba yo para morir porque no querías traerme contigo? Ni qué comer tendremos, decías tú; y yo te dije que de comer nos daría Dios, y que los santos no desamparan a los que los quieren. ¡Y en aquel mismo instante, cuando ni tú sabías de tus vacas y ovejas, aquí te las tenía guardadas Dios! ¿No crees ahora en los santos?–preguntó ella, echándole los brazos al cuello, y dándole un beso.

—Es verdad: ahora creo que los santos quieren a mi Majela.

Pero, al volver a paso más lento a conversar con Isidro, iba diciéndose Alejandro:–Majela no estuvo en Temecula. ¿Qué habría dicho entonces de los santos, delante de mi pueblo muerto de hambre? Por ella sí rezan los santos. Por nosotros, no.

¡Reza Ahora, Reza!

Había pasado un año, y la mitad de otro. San Pascual había tenido esquilas y vendimias, y la casa nueva de Alejandro, curtida por las fuertes lluvias de la primavera, no parecía tan nueva ya. Estaba la casa al sur del valle, demasiado distante, para lo que Ramona deseaba, de la campana bendita; pero no se encontró más cerca tierra suficiente para el trigal, y ella se contentaba con ver de lejos la capilla, y los postes sesgados de aquel campanario extraño, y en los días claros la campana misma. La casa era pequeña: «pequeña para tanta alegría», dijo Ramona cuando Alejandro se lamentaba de su estrechez, el primer día que la llevó a verla, y recordando con amargura la espaciosa alcoba de Ramona en casa de la Señora, «muy pequeña», decía constantemente. A la gente de San Pascual les parecía la casita un palacio desde que Ramona colocó en su puesto sus pocos haberes; y ella misma se sentía rica cuando recreaba los ojos en sus dos cuartos: allí estaban las sillas de San Luis Rey, y la cama de cuero: allí lo más precioso de todo, la imagen de la Virgen, a la que Alejandro había abierto un nicho en la pared, entre la cabecera de la cama y la única ventana de la habitación. El nicho era bastante hondo para contener dos tiestos de flores enfrente de la imagen, en los que al cuidado de Ramona creció con tanto lujo la enredadera, que vuelta sobre vuelta fue rodeando el nicho hasta que parecía una copiosa enramada. Debajo colgaban el rosario de oro y el cristo de marfil, y muchas de las mujeres del lugar, cuando iban a ver a Ramona, le pedían permiso para entrar en su cuarto y decir allí sus rezos, hasta que acabó por ser el nicho como un santuario para el pueblo entero.

La casita tenía al frente un colgadizo casi tan ancho como el de la

Señora. Eso era lo único que Ramona había pedido: no imaginaba ella que se pudiese vivir sin un colgadizo delante de la casa, y sin pájaros en el alero. Pero los pájaros no habían querido venir. En vano los convidaba Ramona con sus granos preferidos, y regaba migajas en hilera para atraerlos a la casa: no acostumbraban anidar en las casas los pájaros de San Pascual. En los cañones había muchos, pero no por aquella parte del valle, donde los árboles eran muy escasos. «Ya vendrán de aquí a un año o dos», decía Alejandro, «cuando hayan crecido los frutales».

Con el dinero de la primera esquila y el producto de la venta de parte del ganado pudo Alejandro comprar cuanto necesitaba para sus cultivos,–un buen carro y arneses, y un arado. Babá y Benito, indignados y rebeldes al principio, se resolvieron pronto a trabajar. Bien se necesitó que Ramona hablase a Babá, cual le habló, como a un hermano, porque sin ayuda de su dueña, es dudoso que Babá se hubiera dejado echar encima los arreos. «Babá, Babá bueno», iba diciéndole Ramona mientras le deslizaba por el cuello las piezas del arnés, «Babá bueno: tú debes ayudarnos: ¡tenemos tanto que hacer y eres tan fuerte!: ¿me quieres, Babá?». Y con una mano entre sus crines, y acercándole a la cabeza su mejilla a cada pocos pasos, fue con Babá abajo y arriba los primeros surcos.

«¡Mi Señorita!», se decía Alejandro entre apenado y orgulloso, cuando, al correr tras el arado que iba dando tumbos, veía aquella cara sonriente y aquella cabellera suelta: «¡Mi Señorita!»

Pero este invierno no iba Ramona por los surcos con la mano en las crines de Babá: este invierno tenía que hacer en casa. En una cuna rústica que Alejandro había tejido, según sus indicaciones, con ramas entrelazadas–como las cestas graneras–sólo que más juntas y en forma de huevo, alzada del piso sobre cuatro espigas de manzanita roja; en aquella cuna, reclinada sobre blandos pellones, y cubierta con frazadas blancas hechas a mano en San Pascual, dormía la hija de Ramona, ya entrada en los seis meses, y rozagante, fuerte y hermosa, como sólo son los hijos nacidos de un gran cariño y criados a la luz y el aire.

Alejandro se alegró de que hubiese sido niña tanto como–a la vez que la adoraba–lo sintió Ramona; aunque el desconsuelo se le fue acabando conforme hora sobre hora se miraba en aquellos ojos recién nacidos, tan azules que era lo primero que celebraban en la niña los que la veían. «Ojos de cielo», dijo Isidro cuando la vio. «Como los de su madre» respondió Alejandro: al oír lo cual volvió Isidro la mirada llena de asombro hacia Ramona, y notó por la primera vez que sus ojos también eran azules.

«¿Y qué padre será», se decía él, «el que ha dado a una hija de india ojos como ésos?» «Ojos de cielo» empezó a llamarse la niña en San Pascual, y sus padres mismos, antes de darse cuenta de ello, así la llamaban. Pero cuando el bautizo, vacilaron. Llegó un sábado la nueva al pueblo de que el Padre Gaspar diría misa en el valle el día siguiente, y quería que le llevasen a todos los recién nacidos para cristianarlos. Muy tarde de la noche estaban sentados el padre y la madre junto a su niña dormida, discutiendo qué nombre le pondrían. Ramona se asombraba de que Alejandro no la quisiese llamar Majela.

—No: no más que una Majela,–dijo él, en tono tan solemne que Ramona sintió como cierto temor vago.

Le pondrían Ramona, o Isabel, o Carmen: Alejandro se fijaba en Carmen porque su madre se había llamado así; pero Ramona tembló al oírlo, recordando la escena del cementerio. «¡Oh, no Carmen!: ese nombre trae desdicha.» Por fin Alejandro dijo: «¿Y por qué no como la llama la gente, Majela? Aunque le demos otro nombre en el bautizo, en el pueblo siempre le van a decir «Ojos de cielo».»

En eso convinieron padre y madre; y cuando al otro día el padre Gaspar tomó en brazos a la criatura e hizo la señal de la cruz sobre su frente no le fue nada fácil pronunciar la palabra luiseña que quiere decir «ojos de cielo», «ojos azules».

En sus viajes anteriores a San Pascual, el Padre había posado en lo de Lomax, que era a la vez tienda y correo en el valle Bernardo, a unas seis millas; pero esta vez salió a encontrarle Isidro muy orgulloso, para decirle que su primo Alejandro, que vivía ahora con ellos, tenía una casa de adobe recién hecha y muy buena, y rogaba al Padre que le hiciera la merced de parar con él. «Y el Padre estará mejor que en lo de Lomax», decía Isidro, «porque la mujer de mi primo sabe de casa como nadie».

—¡Alejandro!–cavilaba el Padre:–¿Hace mucho que se casó?

—Poco más de dos años. El señor Padre mismo los casó cuando venían de Temecula.

—Sí que recuerdo,–dijo el Padre:–sí que iré.–Y en verdad deseaba volver a ver la pareja que le había llamado tanto la atención.

Ramona se ocupaba con mucho afán en los preparativos de la visita del sacerdote: le parecía estar en casa de la Señora, como cuando iba a llegar el Padre Salvatierra, en quien no cesaba de pensar mientras disponía los manjares y los muebles: tal vez el Padre Gaspar le daría noticias de él. Ella fue quien sugirió a Alejandro la idea de ofrecer la casa al Padre: «¿Pero dónde vas a dormir tú con la niña, si le damos tu cuarto?» «Con Juana, en casa de Isidro: por dos noches, no importa: es una gran vergüenza que teniendo nosotros una cama tan buena, tenga el Padre que dormir en casa de un americano.

Rara vez se había sentido Alejandro tan satisfecho como cuando llevó al Padre a su cuarto. Las paredes blancas y limpias, la cama muy bien puesta, con sábanas y almohadas de ancho encaje y sus cortinas de reluciente percal encarnado, las sillas de talla, el altar de la Virgen en su nicho rodeado de verdor, los estantillos en la pared, la ventana con sus muselinas blancas, ofrecían al Padre un espectáculo rara vez visto por él en sus peregrinaciones por los pueblos de indios. No pudo contener una exclamación de sorpresa. «¿De dónde tienes esto?», dijo al reparar en el rosario de oro.

—Es de mi mujer,–respondió Alejandro orgulloso: se lo dio el Padre Salvatierra.

—¡Ah! dijo el sacerdote:–Murió hace pocos días.

—¡Muerto! ¡el Padre Salvatierra muerto! ¡Ay, no hable de eso, por favor, donde lo oiga Ramona!: que ella no lo sepa hasta que pase el bautizo: tanto la va a afligir que ni el bautizo la pondrá contenta.–El Padre continuaba examinando el rosario y crucifijo: «No lo diré, no lo diré», respondió como distraído:» ¿pero tú sabes lo que tienes aquí?: este crucifijo es una obra de arte. ¿Y esto, esto no es un paño de altar?», añadió levantando aquel paño tan bien bordado que para honrar su visita había prendido Ramona a la pared, debajo del altar de la Virgen.

—Eso es, Padre. Mi mujer lo hizo: lo hizo para dárselo al Padre Salvatierra, pero no lo volvió a ver. Le va a parecer que el sol se acaba cuando oiga que el Padre está muerto.

Iba a responder el sacerdote, cuando Ramona, encendida de correr, apareció en la puerta. Venía de dejar con Juana la niña, para poder servir la comida al Padre.

—No le diga, por favor,–repitió Alejandro, con su voz más queda; pero ya era tarde. Viendo al Padre con el rosario en la mano.–»Eso,

Padre, –dijo Ramona,– es lo más sagrado que tengo: el Padre Peyri se lo dio al Padre Salvatierra, y él me lo dio a mí. ¿Usted conoce al Padre Salvatierra? Yo he estado creyendo que usted me podría dar noticias de él.»

—Lo conocí, sí; pero no mucho: hace mucho que no le veo,–dijo a medias palabras el Padre Gaspar. Aquella vacilación no hubiera revelado la verdad a Ramona, porque la habría achacado a hostilidad o indiferencia del cura seglar para con los franciscanos; pero miró a Alejandro, y le leyó en el rostro el terror y la tristeza. Ninguna sombra en aquellos ojos se escapaba a su mirada.–» ¿Qué sucede, Alejandro?– exclamó,–¿qué le sucede al Padre Salvatierra? ¿Está malo?»

Sacudió Alejandro la cabeza, sin saber qué decir. Viendo en los ojos de uno y otro pintados a la vez la confusión y el pesar, cruzó Ramona sus manos sobre el pecho, con el gesto expresivo que había aprendido de los indios: «¡No me dicen! ¡no me quieren decir! ¡Entonces está muerto!»–Y cayó de rodillas.

—Sí, hija mía, está muerto,–dijo el Padre Gaspar, con más ternura de la natural en aquel belicoso y brusco clérigo:–Se murió hace un mes en Santa Bárbara. Siento haberte traído este dolor. Pero no has de afligirte así: ya él estaba muy débil, sin poder emplearse en el servicio de Dios, y dicen quería morir.

Ramona había escondido el rostro en sus manos. Lo que el Padre le decía llegaba como un son confuso a sus oídos. Nada había oído, después de las palabras «hace un mes». Estuvo callada y sin movimiento por algunos instantes, y levantándose al fin, sin decir una palabra ni mirar a ninguno de los dos, atravesó el cuarto, y se arrodilló delante de la Virgen. Alejandro y el Padre, obedeciendo a un mismo impulso, la dejaron sola. Ya fuera de la puerta, dijo el Padre:–»Me volvería a lo de Lomax si no fuera tan tarde: no es bueno que yo esté aquí cuando tu mujer tiene tanta pena.»

—Eso será más pena, Padre: porque ella ha estado esperando su visita con mucha alegría. Ella tiene alma fuerte, Padre. Ella es la que me da fuerza a mí, no yo a ella.

—Como que tiene el indio razón–se decía una media hora después el sacerdote, cuando con voz tranquila los llamó Ramona a cenar. No notó él, pero sí Alejandro, cómo había cambiado aquel rostro en media hora. Nunca la había visto Alejandro así. Casi temía hablarle.

Cuando a su lado iba cruzando el valle, ya tarde de la noche, en camino a la casa de Fernando, se aventuró a mencionar al Padre Salvatierra; pero Ramona le dijo, poniéndole la mano en los labios: «Todavía no puedo hablar de él, Alejandro: hasta pasado mañana no me hables de él: nunca creí que se muriera sin darme su bendición.»

La tristeza de Ramona afligió a las mujeres del pueblo cuando a la mañana siguiente se la notaron en el rostro. Una tras otra se detenían asombradas a contemplarla, se volvían en silencio y hablaban en voz baja entre sí. Tenía de amor y de veneración el afecto que les inspiraba la Majel, por su mucha bondad y su premura en enseñarlas y servirlas. Nadie, desde que Ramona vino al valle, había visto su cara sin sonrisas. Y ahora no sonreía. Y allí esperaba la niña hermosa, con su vestido blanco, pronta para el bautizo; y el sol brillaba; y la campana había estado llamando a iglesia a cada media hora; y de todos los rincones del valle venía alegre la gente del pueblo; y el Padre estaba oficiando ante el altar con su casulla de oro y verde: ¡para San Pascual era un gran día!: ¿por qué se arrodillaban en una esquina oscura Ramona y Alejandro, con aquellas caras tan llenas de dolor, sin sonreír siquiera cuando su niña les reía, ni cuando les tendía sus brazos? Poco a poco se fue sabiendo la causa de su pena, y la tristeza se pintó también en los rostros fieles de las indias del valle. Todas ellas sabían de la bondad del Padre Salvatierra: muchas de ellas habían dicho sus oraciones delante del cristo de Ramona, el cristo que el Padre muerto le había dado.

Cuando Ramona salió de la capilla, algunas de las mujeres le salieron al paso, le tomaron la mano con las suyas, y la pusieron sobre sus corazones, sin decir más palabras. ¿Ni cuál dijera tanto?

Al despedirse el Padre Gaspar, Ramona le dijo, con los labios trémulos:–»Padre: si usted sabe algo de los últimos momentos del Padre Salvatierra, será mucha merced que me lo diga.»

—Hija, sé poco; sino que estaba ya muy débil hacía algunas semanas, sin querer levantarse de rezar, y se pasaba de rodillas en la iglesia casi toda la noche.

—Así hacía él siempre!

—Y así murió, hija. Los hermanos lo encontraron una mañana arrodillado, pero sin poderse ya mover: lo llevaron en brazos a su cuarto, y vieron, hija, que no tenía cama: en la piedra desnuda había dormido siempre: lo acostaron en la cama del prior, y no habló más: murió al mediodía.

—Gracias, Padre,–dijo Ramona sin alzar los ojos. Y añadió con la misma voz trémula:–Me alegro de saber que está muerto.

«Es extraño,–se iba diciendo en la soledad del camino el Padre Gaspar,–ese poder de los franciscanos sobre estos indios:–si fuera el muerto yo, de fijo que no se lamentarían así. Y olvidé preguntar a Alejandro de dónde le ha venido su mujer: no me parece que sea de Temecula; ella ha tenido escuela, eso se ve claro. A la vuelta sabremos.»

¡A la vuelta! ¿Qué calendario recuerda esas vueltas que no han de llegar nunca? Alejandro y Ramona habían de salir de San Pascual, y su casa de estar habitada por extraños, mucho antes de que el Padre Gaspar volviera al valle.

Tal pareció que la triste noticia de la muerte del Padre Salvatierra fuera la primer señal de la desgracia de Ramona. Pocos días habían pasado después de ella cuando vio entrar a Alejandro una tarde con rostro tan demudado que la llenó de terror. Se sentó, hundió la cara en las manos, y ni alzaba la cabeza ni hablaba. Cuando ya estaba para llorar Ramona de verlo en aquella agonía, la miró él por fin, con rostro de espectro más que de hombre, y dijo, en voz que parecía venir de lejos:–»¡Ya han empezado!» Y hundió de nuevo la cara en las manos. Con su llanto le pudo por fin Ramona arrancar la lúgubre nueva.

Parece que Isidro había arrendado el año anterior un cañón, en la boca del valle, a cierto Dr. Mórong, «nada más que para dar flor a sus colmenas; nada más». Llevó allí sus colmenas el Doctor, y levantó una choza para el hombre que cuidaba de la miel. Isidro creyó aquella ocasión buena para sacar algo de la tierra que no necesitaba; pero cuidó de poner por escrito en San Diego, valiéndose para intérprete del mismo Padre Gaspar, su arreglo con el Doctor, que le pagaba puntualmente la renta. ¡Y he aquí que cuando Isidro, acabado el año, había ido a San Diego a preguntar al Doctor si quería renovar el arrendamiento, el Doctor le había dicho que la tierra era suya, y que venía a hacer su casa, y a vivir en el valle!

De nada valió que el Padre Gaspar tuviese un colérico altercado con el Doctor Mórong. El Dctor decía que la tierra no era de Isidro, sino del gobierno americano, y que él había pagado por ella a los agentes en Los Ángeles, como se probaba en los papeles que pronto llegarían de Washington. El Padre llevó a Isidro a consultar a un abogado, quien se maravilló de que pusiese el sacerdote valor alguno en el papel que le enseñaba Isidro, que era el decreto de fundación del pueblo, donde el gobernador de California, cuando era de México, reconocía a los indios tantas y tantas leguas, por este lado y por aquél. Aquello era bueno para cuando California era de México; pero los americanos eran ahora los dueños, y la ley de los otros no era cosa de respetar: ahora todo se hacía por la ley americana. «¿Quiere decir,–preguntó Isidro,–que ya no es de nosotros nuestra tierra de San Pascual?» Pero el abogado no sabía qué decir en cuanto a los cultivos: tal vez los cultivos serían de ellos, y el pueblo tal vez: «sin embargo, decía, yo creo que todo eso es del gobierno de Washington».

Fue tanta la ira del Padre al escuchar esto, que se desgarró con las dos manos la sotana por el pecho, y se dio recio en él, lamentándose de ser cura, y no soldado, para levantar la gente en armas contra aquel «maldito gobierno» de los Estados Unidos; pero el abogado seguía riéndose, y recomendándole que se diese a cuidar almas, que era su oficio, y que dejara a esos pordioseros de indios quietos. «Sí, así dijo: esos pordioseros de indios.» «Y eso es lo que vamos a ser ahora todos,–¡pordioseros!»

Alejandro no contó esto de una vez, sino como a boqueadas, deteniéndose en largas pausas, sofocada la voz, temblándole el cuerpo entero, fuera casi de sí de rabia y desesperación:–»Ya ves, Majela, que es como te dije yo, que ya para nosotros no hay lugar seguro. ¿Qué podemos hacer? ¡mejor estaríamos muertos!»

—Pero ese cañón del Doctor está muy lejos,–dijo Ramona, llena de piedad la voz:–Si no ha de ser más que eso, ¿qué importa que viva allí?

—¡Majela habla como una paloma, no como una mujer! ¿Vendrá uno solo, y no seguirán viniendo? Esto no es más que empezar. Hoy es uno y mañana serán diez; diez con papeles que digan que la tierra es suya. ¡Las fieras son más dichosas que nosotros!

Desde aquel día Alejandro fue otro hombre. La esperanza había muerto en su pecho. Muchas juntas celebraron con ocasión de la triste novedad los vecinos, muchas y muy largas, porque el asunto del Doctor Mórong tenía al pueblo en alarma angustiosa: pero Alejandro no salía en ellas de su rincón, callado y sombrío. A cuanto se proponía daba una sola respuesta:–»¿Y para qué? ¡No podemos hacer nada!» Una noche les dijo amargamente, al levantarse la junta: «A comer ahora: mañana nos moriremos de hambre.» Cuando Isidro le propuso que le acompañara a Los Ángeles, para averiguar las leyes nuevas sobre su tierra:–» ¿Y qué más quieres saber, hermano?–le dijo Alejandro con su terrible risa–¿qué más quieres saber de la ley de los americanos? ¿Pues no ves que tienen una ley que nos quita la tierra a los indios, la tierra que nos dieron los padres, y a los padres los abuelos, y a los abuelos los bisabuelos, y más lejos, y ahora se la reparten, la roban, te dicen que la tierra es suya? ¿Quieres ir a Los Ángeles para que se rían de ti en tu cara, como se rió el abogado de San Diego? ¡Yo no voy!»

E Isidro se fue solo, con una carta del Padre Gaspar para el cura de Los Ángeles, que le sirvió, con gran paciencia, de intérprete en la oficina del agente. No se rieron allí de él, porque eran corazones humanos, que muy sinceramente compadecían a aquel hombre sencillo, representante de doscientos más, laboriosos y enérgicos, en riesgo de ser despojados de sus hogares y sus siembras. Pero en pocas palabras le dijeron lo que tenían que responderle: San Pascual era del gobierno, y sus tierras estaban a la venta, conforme a la ley usual del país. Ellos nada podían hacer, más que obedecer lo que se les mandaba.

No entendió los detalles Isidro, pero sí la sustancia. Ni le pesaba el viaje, porque había hecho el último esfuerzo en bien de su pueblo. El cura le prometió escribir a Washington, dejándole entrever la posibilidad de algún remedio. Increíble le parecía a Isidro, cuando pensando en esto hora sobre hora hacía a caballo su triste y largo viaje de vuelta, que el gobierno permitiera la destrucción de un pueblo como el suyo. Llegó al pueblo a la puesta del sol; y contemplando el valle desde la cumbre de la colina, como Ramona y Alejandro la mañana de su llegada, gimió de pena, ante aquella ancha zona de siembras, ante aquel puñado de hogares inocentes.

—¿Qué te dije?–exclamó Alejandro, saltando a su encuentro a todo el galope de Benito, a quien sofrenó con tanta fuerza que el animal reculó sobre las corvas.–¿Qué te dije? En la cara te he visto que vienes como te fuiste, o peor. Te he estado esperando estos dos días. Ya está en el cañón otro americano con el Doctor Mórong: están haciendo corrales para ganado. Ya verás tú si falta mucho para que nos quiten la tierra de pasto de ese lado del valle. La semana que viene llevo mis animales a San Diego, y los vendo por lo que me den, vacas y ovejas. Se acabó todo. Ya tú lo verás.

Isidro empezó a contarle su entrevista con los agentes; pero Alejandro lo interrumpió con fiereza: «No quiero oír más. No puedo oír más. De oír sus nombres no más siento como humo en los ojos y en la nariz. Yo creo que me voy a volver loco, Isidro: ¡anda, anda!: ve a contarle tu viaje a la gente que cree que un americano puede hablar verdad.»

Alejandro cumplió su palabra. Una semana después llevó su ganado a San Diego, y lo vendió con mucha pérdida. «Mejor es esto que nada», dijo: «así no me lo venderá el alcalde, como en Temecula». Y llevó el dinero a guardar al Padre Gaspar. «Padre», le dijo, con la voz torva: «he vendido mi ganado, antes de que los americanos me lo vendan. Es poco dinero, pero hay bastante para un año: ¿me lo quiere guardar? En San Pascual no lo quiero tener. San Pascual va a ser como Temecula: quién sabe si mañana ya no hay San Pascual.»

Mas no bien apuntó el Padre la idea de poner el dinero en un banco de San Diego, «¡antes–dijo Alejandro–tiro el dinero al mar! de nadie me fío ya: de la Iglesia no más: guárdemelo, Padre». Y el sacerdote no osó negarse a aquella triste súplica.

—¿Y qué piensas hacer ahora, Alejandro?

«¿Pensar? ¿Para qué he de pensar? En la casita me quedaré mientras los americanos me dejen.» Y se le ahogó la voz al decir esto. «Tengo mucho trigal, y si levanto otra cosecha, algo más salvaré: pero mi tierra es la mejor del valle, y en cuanto los americanos la vean me la querrán quitar. Adiós, Padre: gracias porque me guarda el dinero, y por todo lo que le dijo al ladrón Mórong. Isidro me dijo. Adiós.» Y ya el veloz Benito lo llevaba lejos, cuando el Padre vino a darse cuenta de que no lo tenía delante.

«No me acordé de preguntarle quién era su mujer», se dijo el Padre: «Veré en el registro.» Y buscó el nombre en el libro antiquísimo, entre los casados del año anterior. No tardó mucho en recorrer la lista, como que no eran frecuentes por la parroquia del Padre Gaspar los matrimonios. El asiento del de Alejandro estaba emborronado, porque aquella noche tenía el Padre prisa. «Alejandro Asís; Majela Fa...» Lo demás del apellido no se podía leer. «El nombre, de india es–díjose el Padre–pero ella a mí no me parece muy india: ¡a saber de dónde le vino el nombre!»

Pasó el invierno en calma San Pascual, y las gratas lloviznas tempraneras prometían un buen año para el grano. Parecía pecado no prepararse para sacar una cosecha rica, y todo el pueblo empezó a arar tierra nueva: todo el pueblo, menos Alejandro.

«Si cosecho todo lo de mi tierra vieja–se decía–es que los santos vuelven a ser buenos: pero no quiebro más tierra para los ladrones.» Mas cuando tuvo su campo sembrado, y vio que seguían las lluvias, y que la cintura de colinas ceñía de verde antes que ningún otro año el valle, «sembraré un poco más,–dijo:–el grano viene este año bueno: quién sabe si nos dejan en paz hasta que se acabe la cosecha.»

—Sí, Alejandro, ya verás–le contestaba alentándolo Ramona: Tú todo quieres verlo negro.

—»Todo es negro, Majela: por muy lejos que quiera yo mirar, yo no veo más que negro. Ya lo verás tú también. Ésta es la última cosecha en San Pascual; y quién sabe si ni ésta. Ya yo he visto a los americanos yendo arriba y abajo por el valle: ya saqué el otro día de mi tierra sus linderos malditos, y los he quemado. Bueno: un campo más araré, pero es contra mi corazón: queda lejos, Majela, y no vendré hasta la noche: todo el día he de arar.» Se bajó a besar en la cuna a la niña, dio a Ramona otro beso, y salió al patio.

Ramona le veía desde la puerta, enganchando al arado a Benito y Babá. Ni una vez se volvió para mirarla: su rostro era como de quien está pensando mucho, y sus manos iban y venían como sin llevar cuenta de su empleo. Iba Alejandro todavía a pocas varas de la casa, ya camino del campo, cuando se detuvo, pasó sin moverse algunos minutos meditando, echó a andar indeciso, volvió a pararse, y al fin siguió de una vez, y desapareció por entre las primeras cuestas. Ramona reanudó sus quehaceres suspirando, con el corazón tan triste que no podía contener las lágrimas.

«¡Qué cambiado está Alejandro!» pensó. «Me da miedo verlo así. ¿Qué me aconsejas, Virgen Santa?» Y dejándose caer de rodillas ante la imagen, oró largo tiempo con fervor. Se levantó de rezar ya más tranquila, sacó al colgadizo la cuna donde la niña dormía, y se puso a bordar. Su habilidad con la aguja añadía no poco a las ganancias de la casa, porque las tiendas de San Diego pagaban a buen precio cuanto encaje salía de sus manos.

Tan sin sentir fue pasando para ella el tiempo, que quedó asombrada al notar por lo alto del sol que era ya cerca de mediodía: y en ese mismo instante vio venir a Alejandro con los caballos. «¡Ay Dios! y yo que no he hecho la comida. Él me dijo que no iba a venir.» Y poniéndose apresuradamente en pie, salía ya a encontrarlo, cuando reparó en que no venía solo:–a su lado venía un hombre de corta estatura y trabado de cuerpo, un blanco. ¿Qué era, pues? Se detuvieron los dos, y Ramona pudo ver que Alejandro señalaba la casa con la mano. Él y el hombre hablaban como exaltados, y los dos a la vez. Ramona temblaba de miedo.

Allí se estuvo sin moverse, aguzando los ojos y oídos. ¿Había sucedido ya lo que Alejandro decía que habría de suceder? ¿Los echaban ya de su casita, los echaban hoy mismo, cuando le parecía que la Virgen le acababa de prometer su amparo y ayuda?

La niña se movió, abrió los ojos, y empezó a llorar. Ramona la tomó en brazos, y la calmó con sus caricias convulsivas. Con la niña muy apretada a su seno echó a andar hacia Alejandro; pero no dio más que unos pocos pasos, porque él le hizo seña de que se volviese, con un movimiento imperioso de la mano. Llena de angustia volvió al colgadizo, y se sentó a esperar.

A los pocos momentos vio al hombre poniendo monedas, como quien va contándolas, en la mano de Alejandro; luego el hombre tomó el camino que había traído, y Alejandro se quedó donde estaba, como si hubiera echado raíces en el suelo, mirándose a la palma de la mano, sin notar que Benito y Babá se le escapaban por la espalda: por fin pareció como que salía de su estupor, recogió las riendas de los caballos, y con ellos detrás se vino despacio hacia Ramona. Otra vez le salió ella al encuentro, y otra vez la mandó él con el mismo gesto que se volviera: otra vez se sentó Ramona, temblándole el cuerpo entero. Ramona había empezado a sentir a veces miedo de Alejandro. Cuando le poseían aquellos arrebatos lúgubres, aunque sin saber a punto fijo de qué, se llenaba de temor. ¿Era aquél Alejandro?

Deliberada y lentamente quitó él los arreos a los caballos, y los echó al corral. Después, todavía con más deliberación y lentitud, y sin hablar, vino andando a la casa y llegó hasta la puerta, sin detenerse delante de Ramona. Dos manchas de fuego en sus mejillas revelaban la tormenta de su alma. Le centelleaban los ojos. Ramona le siguió en silencio, y le vio sacar del bolsillo un puñado de monedas de oro, arrojarlas sobre la mesa, y estallar en una risa más tremenda que llanto alguno, una risa que arrancó de las entrañas de Ramona estos gritos tristísimos: «¡Ay, mi Alejandro, Alejandro mío! ¿qué es? ¿estás loco?»

—No, Majela de mi vida,–exclamó él volviéndose a ella y abrazándola con la niña tan estrechamente sobre su corazón, ¡que el abrazo dolía:!–no, no estoy loco; pero creo que pronto lo estaré: este dinero, ¿qué es? ¡pues el precio de tu casa, Majela, y de mis campos, de todo lo que era nuestro en San Pascual! ¡Otra vez solos desde mañana por el mundo! ¡Yo veré si puedo encontrar algún rincón que no quieran los americanos!

En pocas palabras contó lo sucedido. No había estado arando más de una hora cuando un ruido extraño le hizo volver de pronto la cabeza, y vio que un hombre descargaba madera a pocas varas de él. Alejandro se paró a medio surco a verle hacer. También el hombre veía lo que hacía Alejandro. De pronto se vino el hombre a él, y le dijo rudamente: «¡Oye! ¿quieres irte de aquí? esta tierra es mía: voy a hacer aquí una casa.» Alejandro le replicó: «Esta tierra era mía ayer: ¿cómo es que es del señor hoy?» Algo hubo en estas palabras, o en el modo y continente con que Alejandro las dijo, que llegó a lo que quedaba de corazón en aquel hombre áspero: «Mira, indio: como que me parece que eres un mozo cuerdo: vete no más ¿quieres?, y no me des quehacer: ya ves que la tierra es mía: toda esa tierra es mía.» Y describió a su alrededor un círculo completó con el brazo. «Trescientos veinte acres hemos comprado, mi hermano y yo, y aquí nos venimos a vivir. Los papeles llegaron de Washington la semana pasada. Lo mismo es que quieras que no quieras: ¿ves?»

Sí, Alejandro veía. No veía otra cosa desde meses atrás. En sueños lo veía, y lo veía despierto. Parecía que alguien le estuviera inspirando en aquellos momentos serenidad y cordura sobrenaturales.

—Sí, veo, señor: yo sabía que lo había de ver, pero creía que no fuera hasta después de la cosecha. No le daré quehacer, señor, porque no puedo: si pudiera, sí le daría. Pero yo sé de la ley que da toda la tierra de los indios a los americanos. No podemos remediarlo. Es muy triste, señor.–El hombre, confuso y embarazado más allá de lo imaginable al oír de un indio tales razonamientos, no hallaba palabras para su lengua entorpecida: «Sí, sí, ya veo: sí que ha de ser triste para la gente buena, como tú, que has trabajado la tierra tu poco. Pero ya sabes que han sacado la tierra a vender. ¡Lo que soy yo, he pagado mi dinero!»

—¿El señor dice que va a hacer una casa?

—Sí: tengo en San Diego la familia, y lo más pronto que estén aquí, mejor. Mi mujer no tiene paces hasta que no se vea en su casa.

—Señor,–dijo Alejandro, aún en el mismo tono moderado y tranquilo: yo tengo mujer e hija, y vivimos en una casa muy buena de dos cuartos. Mejor es que el señor me compre mi casa.

—¿Está muy lejos?–dijo el hombre:–Yo no sé a derechas a dónde llega mi tierra, porque los millares que puse, me los arrancaron.

—Yo los arranqué, señor: los arranqué y los quemé. Estaban en mi tierra. Mi casa está un poco más lejos. Y también tengo muchos acres de trigo, señor, todos plantados.

¡Buena oportunidad, de veras! Al hombre le brillaron los ojos. No dirían de él que se había portado mal. Le daría algo al indio por su casa y sus trigales. Eso sí, lo primero era ver la casa. Y para eso echó a andar con Alejandro. Cuando vio los adobes recién blanqueados, el espacioso colgadizo, los techos y corrales en buen orden, resolvió en un instante quedarse con la casa, a malas o a buenas.

—Para julio, señor, bien lo puede ver, habrá ya como trescientos pesos de trigo; y por menos de cien pesos nadie le hace una casa como ésa. ¿Cuánto me da por todo?

—Me parece, dijo con insolencia el hombre,–que bien me los puedo tomar sin darte nada.

—No, señor, no puede.

—¡Pues quisiera yo saber quién me lo va a impedir! Lo que es aquí, ya se te acabaron los derechos. ¡Tú no eres quién contra la ley!

—Yo lo impediré, señor,–replicó Alejandro, sin salir de su calma: quemaré los corrales y los techos, echaré la casa abajo, y antes que el trigo dé una espiga, quemaré el trigo.

—¿Cuánto quieres?–dijo el hombre, malhumorado.

—Doscientos pesos.

—Pon en el trato tu arado y tu carreta, y doscientos pesos te doy. Y bien que se reirán de mí, vaya, porque me tomo el trabajo de pagarle a un indio.

—La carreta, señor, me costó ciento treinta pesos en San Diego. Por menos nadie compra una tan buena. No la vendo. La necesito para cargar lo de la casa. El arado sí se lo doy. Vale veinte pesos.

—Trato hecho.–Haló el hombre de una pesada bolsa de cuero, y fue sacando monedas hasta que Alejandro tuvo en la mano sus doscientos pesos.

—¿Es eso?–preguntó al dejar la última.

—Eso es, señor. Mañana al mediodía tendrá libre la casa.

—¿Y tú dónde te vas?–dijo el hombre, algo conmovido otra vez por el tono y maneras de Alejandro: ¿Por qué no te quedas por aquí?: yo creo que no te faltaría trabajo: ya vienen por ahí todos los que han comprado tierra, y necesitarán peones.

Las palabras acudieron a torrente a los labios de Alejandro; pero las echó atrás: «No sé a donde iré,–dijo:–¡aquí no me quedo!» Y acabó la entrevista.

«Como que no le tengo a mal al indio el modo de sentir», se iba diciendo el americano, volviéndose despacio a su carga de madera: «lo que es yo, lo mismo sentiría».

Aun antes de acabar Alejandro su narración, ya comenzó a dar vueltas en el cuarto, quitando de aquí, doblando de allí, abriendo y cerrando las alacenas: era terrible de ver aquella inquietud: «Yo quisiera, Majela, estar en viaje para la salida del sol: es como la muerte estar en la casa que ya no es de uno.» Ramona no había dicho una palabra desde los gritos que le arrancó aquella risa espantosa. Parecía como enmudecida de repente. Para ella era más rudo el golpe que para Alejandro, porque él se había pasado un año viéndolo venir, y ella esperando que nunca llegase; pero lo que le horrorizaba más no era la pérdida de su casa, sino la angustia de oír aquella voz cambiada de Alejandro, de ver su rostro demudado y torvo. Le obedeció como una autómata, trabajando más y más de prisa según la de él era más y más febril. Antes de la puesta del sol ya la casita estaba desmantelada: ya todo estaba en la carreta, menos la cama y el fogón.

—Ahora tenemos que hacer comida para el viaje,–dijo Alejandro.

—¿Y a dónde vamos?–le preguntó llorando Ramona.

—¿A dónde?–exclamó él, con tal desdén que a Ramona le pareció descontento de ella e hizo correr sus lágrimas de nuevo:–¿a dónde? ¡No sé, Majela!: ¡a las montañas, donde no haya americanos! Al alba nos iremos.

Ramona quiso despedirse de sus amigas, porque en el valle había mujeres a quienes quería mucho. Pero Alejandro no quiso: «Habrá lloros y gemidos, Majela: yo quisiera que a nadie le dijeses adiós: ¿a qué más llorar? Vámonos así, callados: yo se lo diré todo a Isidro. Él les dirá.»

Sintió Ramona que por primera vez se rebelaba su corazón contra un deseo de Alejandro; pero ¿cómo iba ella a hacer aún con su resistencia más grande aquel pesar?

Sin una sola palabra de adiós salieron de San Pascual en el alba oscura cuando en el valle no había aún casa despierta: iba la carreta henchida, Ramona a la delantera con la niña en brazos, y Alejandro a pie. La carga era mucha, y Benito y Babá hacían poco camino: Capitán, lleno de pena, mirando unas veces a la cara de Ramona y otras a la de Alejandro, iba junto a la pareja: ¡él sabía que todo aquello andaba mal!

Al sacar Alejandro los caballos del camino por otro de que apenas se veían señales, dijo Ramona, sofocando un sollozo:–¿A dónde va este camino, Alejandro?

—¡A la montaña de San Jacinto! ¡No mires atrás, Majela: no mires atrás!–exclamó al ver a Ramona volviendo los ojos anegados hacia San Pascual:–¡No mires atrás! ¡Ya se acabó! ¡Reza a los santos ahora, Majela! ¡Reza! ¡Reza

Última Hora

La Señora Moreno estaba agonizando. En los últimos años no había habido en la casa más que pena. Luego que se calmó la primera agitación a la partida de Ramona, pareció que todo volvía a su estado usual; pero nada volvió, ni cosas, ni personas. Nadie se sentía, ni en la hacienda ni en la casa, tan contento como antes.

A Juan Can se le había caído el corazón, como que le pusieron de mayordomo precisamente a aquel mexicano con quien él no tenía paces. Las ovejas tampoco iban bien: había habido una gran seca, y muchas murieron de pura hambre, lo cual no era culpa del mexicano, por supuesto, pero Juan Can decía que sí lo era, y que a no tener él una pierna de palo, o estar allí Alejandro, «otra habría sido la lana». Al pobre mexicano nadie lo quería bien: con razón o sin ella, no había criada ni peón que no estuviese en pleito con él, unos por lealtad a Juan Can, otros por perezosos y turbulentos, y Margarita, la más enojada de todos, porque no era Alejandro. Entre sus remordimientos por el mal que quiso hacerle a su Señorita, y el desconsuelo y desaire en que la dejó el ingrato Alejandro, no tenía Margarita hora feliz, porque su propia madre le enconaba la pena en vez de aliviársela, con sus tristísimas lamentaciones por Ramona. No parecía que nada pudiera ocupar el puesto de la niña ausente: nadie la olvidaba: no pasaba día sin hablar de ella: hablaban quedo, llenas de temor, compasión y pena. ¿Dónde estaría la pobre Señorita? ¿Dónde, que no se sabía de ella? ¿Se habría ido al convento? ¿O se habría ido con Alejandro?

Margarita hubiera dado la mano derecha por averiguar. Juan Can no tuvo nunca dudas:–porque bien sabía él que sólo el ingenio y la autoridad de Alejandro hubieran podido sacar a Babá del corral «¡y sin quitar ni un palo de la cerca!» ¡Y la silla también! ¡ah, indio listo! A la verdad, el indio hizo cuanto pudo por la Señorita; ¡pero la Virgen no más sabe por qué le entró la idea a la Señorita de irse con un indio! ¡ni aunque el indio fuese Alejandro! El diablo andaba en eso de seguro. No había caminante o pastor a quien, siempre en vano, no preguntase Juan Can por Alejandro: lo más que sabían era que habían echado a los indios de Temecula, y no quedaba uno en todo el valle. Solía oírse decir que Alejandro y su padre habían muerto: pero nadie lo sabía con certeza. Lo cierto era que en Temecula ya no había indios: los habían echado de la tierra, como a los zorros, como a los coyotes, como a animales inmundos: cazados, espantados, desaparecidos: ¡el valle estaba libre de ellos! Pero la Señorita ¡no, por Dios, la Señorita no podía haberse ido con ellos! ¡Cuándo, Virgen santa! ¡No lo quiera Dios! «Si tuviera yo mis piernas, ya estaría en camino, aunque fuese para saber lo peor. ¡Condenada Señora, que la puso en ese lance!: ¡te digo que la puso, Pedro!» Y cuando le picaba más la ira, solía Juan Can aventurarse hasta decir que allí no había quien supiera la verdad sobre la Señorita más que él. «Digo que la Señora la ha tratado toda la vida con mano muy dura; ¡De veras que la Señora es mujer muy extraña, y de mucho poder!»

Sólo que ya no era tanto como antes el poder de la Señora. Lo más cambiado de todo en aquella casa eran las relaciones entre madre e hijo. La misma mañana en que se notó la desaparición de Ramona, se cruzaron entre ellos palabras tales que ni la una ni el otro podrían nunca olvidarlas, tanto que bien pudiera ser cierto que la Señora se estuviese muriendo, como creía, de resultas de ellas. Sin deseo ya de vivir ¿de dónde le habían de venir las fuerzas?

Felipe halló en su cama la esquela de Ramona. Despierto antes del alba, oyó al moverse inquieto bajo las sábanas ligeras crujir el papel, y adivinando que era de Ramona, se levantó en seguida ansioso. Antes de que su madre abriera la ventana, ya lo había leído. Le parecía perder los sentidos conforme iba leyendo. ¡Se había ido Ramona! ¡ido con Alejandro! ¡ido escapada, como un ladrón, su hermana, su hermana del alma! ¡Oh, qué gran vergüenza! Felipe sentía, mientras pensaba inmóvil, que le caía la venda de los ojos. ¡Vergüenza! Él y su madre eran los que habían traído sobre Ramona y sobre la casa aquel oprobio. «¿Pero he estado encantado? se decía: ¡bien le dije a mi madre, que la iba a obligar a que se escapara! Ay, mi Ramona, ¿qué va a ser de ti? ¡Sí, sí; saldré a buscarlos, y me los traeré conmigo!» Y se vistió de prisa, y bajó al jardín, como para pensar un poco más. Cuando volvió al colgadizo, que fue a los pocos momentos, ya lo esperaba en la puerta su madre, pálida y asustada.

—¡Felipe: Ramona no está aquí!

—Ya lo sé,–replicó colérico.–Ya te dije que a eso la ibas a obligar, ¡a que se escapase con Alejandro!

—¡Con Alejandro!

—¡Sí, con Alejandro, con el indio! ¡Quién sabe si tú pienses que no es más deshonra para el apellido de Moreno escaparse con él. que casarse bajo nuestro techo! ¡Yo no, yo no pienso así! ¡Maldito sea el día, maldito sea, en que ayudé a romperle el corazón a la pobre criatura! Me voy detrás de ellos: voy a buscarlos.

Si le hubiese caído del cielo sobre la cabeza una lluvia de llamas, no se hubiera encogido y maravillado más la Señora que con tal discurso; pero ni al fuego del cielo cedía ella sino en el último trance.

—¿Y cómo sabes que ha sido con Alejandro?

—Porque me lo dice aquí–dijo Felipe, alzando con ira la mano en que tenía la esquela.–¡Éste es su adiós, su adiós a mí! ¡Dios la bendiga! Me escribe como una santa, me da gracias porque he sido bueno con ella, ¡yo, yo que la he hecho salir escondida de mi casa como una ladrona!

Las palabras «de mi casa» resonaron en los oídos de la Señora como si vinieran de otro mundo. Y era verdad: ¡del mundo a que Felipe acababa de nacer hacía media hora! Se le encendieron las mejillas e iba a replicar, cuando asomó Pedro por una esquina de la casa, y tras de él Juan Can muleteando con prisa maravillosa. «¡Señor Felipe!» «¡Señor Felipe!» «¡Señora!» «¡Han entrado esta noche ladrones en el corral!» «¡Se han llevado a Babá, Señora!» «¡A Babá y la silla de la Señorita!»

En los labios de la Señora se dibujó una sonrisa de malicia, y volviéndose a Felipe, le dijo en un tono... ¡Oh, en qué tono se lo dijo!: Felipe sintió como si hubiera debido cubrirse los oídos para no escucharla; ¡Felipe no lo podría olvidar jamás...!: le dijo:–»¡Pues como decías, Felipe! ¡como una ladrona!»

Con un movimiento más rápido y enérgico que cuantos en su vida había hecho Felipe hasta entonces, dio un paso hacia su madre, y le dijo sofocando la voz: «¡Por amor de Dios, madre, ni una palabra delante de los criados!» «¿Qué dices, Pedro, que se han llevado a Babá? Hemos de ver eso: yo bajaré allá después de almorzar.» Y volviéndole la espalda tomó a su madre de la mano con tal firmeza que no pensó la Señora en resistirle, y entró con él en la casa.

La Señora lo miraba, muda de asombro.–»¡Sí, madre, bien te puedes asombrar! Lo que yo he hecho no es de hombre; no es de hombre dejar que le pongan a su hermana en esa desesperación, ¡a su hermana, aunque tenga otra sangre en las venas! Hoy mismo salgo a buscarlos ¡y los traigo!»

—¡Y si lo haces, replicó la Señora, blanca de ira,–me encontrarás muerta! ¡Cría en la casa de Moreno cuantos indiecitos quieras; pero a lo menos mi casa me ha de servir de tumba!

Mucha era su cólera, pero su pena más, y rompió en llanto. Se dejó caer temblando y sin fuerzas en una silla. Esta vez no era engaño: no era comedia esta vez: cuando aquellas palabras salieron de sus labios para su adorado Felipe, se le rompió el corazón a la Señora. Felipe se echó de rodillas, y le llenó de besos las manos enjutas, que temblaban abandonadas sobre la falda. «No, madre mía, no me hables así, que me quitas la vida: ¿por qué me mandas, mi madre, que haga lo que un hombre no debe hacer? Por ti doy yo la vida, mi madre; ¿pero cómo he de ver tranquilo a mi hermana echada a morir por esos caminos?»

—Supongo que el indio tendrá casa en alguna parte,'dijo la anciana, algo más serena:–¿No te habla en la carta de lo que pensaban hacer?

—No dice más sino que van primero a donde el Padre Salvatierra.

—¡Ah!–Sobrecogida al oír esto, al punto pensó la Señora que eso era lo mejor que podía suceder:–El Padre, dijo, le aconsejará lo que han de hacer. Él le buscará modo de estar en Santa Bárbara. Piensa, mi hijo, y verás que no los podemos traer aquí. Ayúdalos como quieras: pero aquí no los traigas.–Y se interrumpió.–No los traigas hasta que yo me haya muerto, Felipe. No tardará mucho.

Felipe reclinó la cabeza en la falda de su madre. Ella le acariciaba los cabellos con apasionada ternura:–»Hijo mío–dijo al fin–¡es suerte cruel que acaben por dejarme sin ti»!

—¡Madre!–dijo Felipe angustiado: ¡Yo no soy más que tuyo, tuyo no más!: ¿por qué me estás martirizando?

—No te martirizaré más,–respondió ella con acento de fatiga:–lo único que te pido es que en mi presencia no se vuelva a pronunciar nunca el nombre de esa maldecida criatura que me ha llenado la casa de desgracia: que nadie me hable de ella nunca bajo mi techo, ni hombres, ni mujeres, ni niños. ¡Como una ladrona, sí! ¡como una ladrona de caballos!

De un salto se puso en pie Felipe.

—¡Madre!–dijo:–Babá era de Ramona: ¡yo mismo se lo di recién nacido!

La Señora no respondió. Se había desmayado. Felipe, lleno de pena y terror, llamó a las criadas, y llevó con su ayuda a la Señora a la cama, de donde no se levantó en muchos días: parecía que su vida sólo colgaba de un hilo. Felipe la cuidó como un enamorado: sus ojos grandes y dolorosos seguían con afán todos los movimientos de la enferma, que apenas abría los labios, parte por debilidad, parte por pena. La Señora había recibido su golpe de muerte. No moriría de un soplo, eso sí: ni la muerte podía vencer a la Señora en el primer encuentro; pero la vida había empezado a irse, y ella lo sabía.

Quien no lo sabía era Felipe, que cuando volvió a ver a su madre en pie, sin mudanza visible en la salud del rostro, aunque andando a paso un poco más lento que antes, creyó que con algunos días más recobraría todas sus fuerzas. Y ahora ¡a buscar a Ramona! Casi tenía por seguro que los encontraría en Santa Bárbara. En traerlos consigo ya ni siquiera pensaba; pero los vería, los ayudaría. ¡Mientras viviera Felipe, Ramona no había de andar por pueblos y caminos sin amparo!

Cuando una noche dijo por fin Felipe inquieto: «Mi madre, ya tú estás fuerte, y yo tengo que hacer un viaje corto no más, no más de una semana», la Señora entendió, y respondió, con un hondo suspiro: «Yo no estoy fuerte, pero nunca he de estar más fuerte que ahora. Si has de hacer el viaje, hazlo ahora mejor.»

—He de hacerlo, mi madre; si no, no te dejaría. Voy a salir antes de los claros del sol, así que te digo adiós esta noche.

Pero no bien al romper el alba dio un paso Felipe en el colgadizo, se abrió la ventana de su madre, y allí apareció la Señora, descolorida, sin hablar, mirándolo.-»¿Conque has de hacer el viaje, hijo?», preguntó por fin.–»¡Sí, mi madre, lo he de hacer!»–Y Felipe la abrazó amorosamente, dándole beso sobre beso:–»¡Pero sonríeme, mi madre! ¿no puedes sonreírme?»–»No, hijo, no puedo. Adiós. Que los santos te guarden. Adiós.» Y se volvió al interior de su cuarto, para no verlo partir.

Felipe emprendió la jornada con el corazón triste, mas sin que le flaqueasen los ánimos. Por el camino del río al mar, y luego costa arriba, fue inquiriendo con cautela si habían pasado por allí Alejandro y Ramona; pero nadie los había visto, nadie. Cuando a la noche del segundo día entró en Santa Bárbara, la primera persona que vio, sentado en el corredor, fue el venerable Padre Salvatierra, que al notar que quien llegaba era Felipe, salió a recibirlo radiante de gozo, al paso trémulo a que se ayudaba con sus dos bastones. «¡Bienvenido, hijo! ¿Están todos buenos en tu casa? Este otoño, ya ves, estoy muy viejo: ya las piernas no quieren servir mas.»

Se quedó Felipe sin alientos desde las primeras palabras del anciano. ¡No le hubiera hablado el Padre así si hubiese visto a Ramona! Pasando de prisa por el saludo, «Padre, le dijo, vengo buscando a Ramona: ¿no ha estado aquí con Ud.?»

El rostro asombrado del Padre fue suficiente respuesta:-»¡A Ramona! ¡buscando a Ramona! ¿y qué me le ha sucedido a mí niña bendita?»

Amargo le era a Felipe el decirlo, pero lo dijo bravamente, sin ahorrarse vergüenza. Menos habría sufrido con la narración, a saber cuán bien conocía el Padre el carácter de la Señora, y su influjo casi absoluto sobre cuantos la rodeaban. El Padre no mostró sorpresa ni placer en los amores de Ramona y Alejandro; pero no le parecieron, como a la Señora, culpables y escandalosos. Más: a cada palabra que iba diciendo el franciscano, veía más clara Felipe la injusticia de su madre para con el indio.

—Alejandro es un mozo noble, decía el anciano: su padre Pablo sirvió con mucho amor al Prior Peyri. Has de buscarlos, hijo, y dímeles que me han de venir a ver, que quiero darles la bendición antes de morir. Ya yo no vuelvo a salir de Santa Bárbara, Felipe. Ya me llega mi hora.

Tan impaciente estaba Felipe que apenas oía al anciano:–¡Sí, Padre, sí: no puedo descansar hasta que no los encuentre! ¡Esta noche misma me vuelvo a Ventura!

—Y mándame recado con un peón en cuanto sepas donde estén. ¡Que Dios me los tenga bajo su santa guarda! Yo rezaré por ellos.–Y al paso de sus dos bastones se entró en la iglesia.

Lleno de pena y confusión iba Felipe por el camino. ¿Por dónde habían pasado? ¿Por qué no habían venido a ver al Padre? Sólo le ocurría que pudiesen estar en Temecula: ¿pero no decían que ya en Temecula no quedaba un indio?–Al menos, allí le dirían dónde estaba ahora la gente del pueblo: ¡bien conocía el caballo en la crueldad de la espuela que aquella vez su dueño tenía prisa!: ya al ir bajando lo más recio del cañón tuvo Felipe que seguir a píe, antes de que rodase exánime el caballo. Iba con mucha dificultad costeando una mala vereda roca arriba, cuando vio de repente, asomada a un picacho en lo alto, la cabeza de un indio. Le hizo señas de que bajara, y el indio volvió la cabeza, como para hablar a alguien que estuviese detrás: uno tras otro se asomaron como unos diez más a la roca, haciendo señas a Felipe para que subiera. «Los pobres tienen miedo», se dijo Felipe. A gritos pudo hacerles oír que su caballo no podía ir tan alto, y enseñándoles una moneda de oro, se la ofreció si querían venir. Lo consultaron entre sí, y poco a poco empezaron a bajar, no sin detenerse de vez en cuando, y mirar al viajero con desconfianza. Él les volvía a enseñar la moneda, y a llamarlos. Pero no bien lo pudieron ver de cerca, se vinieron corriendo todos hacia él: ¡aquélla no era cara de enemigo!

Sólo uno de ellos «hablaba castilla». Al oír lo que éste respondía a Felipe en español, una india que tenía el oído muy atento sorprendió al vuelo el nombre de Alejandro, se adelantó hasta ellos, y habló rápidamente con el intérprete.

—Esta mujer ha visto a Alejandro,–dijo el indio.

—¿Dónde? ¿dónde?

—En Temecula, dice que hace dos semanas.

—Pregúntale si estaba alguien con él?

—Dice que no, que solo.

Se le contrajo a Felipe el rostro: ¡Solo! ¿Qué significaba aquello? La mujer no le quitaba la vista.

—¿Está segura de que no había nadie con Alejandro?

—Sí está.

—¿Iba en un caballo negro, un caballo grande?

—No, respondió con viveza al intérprete la mujer: iba en un caballo blanco, un caballo chico.

La mujer era Carmen, que con todas las potencias de su alma estaba procurando burlar a aquel perseguidor de sus amigos.

—Pregúntale si lo vio por mucho tiempo la última vez; pregúntale cuánto tiempo lo vio.

—Toda la noche, dice. Estuvo toda la noche donde ella estaba.

Felipe, ya sin esperanzas, volvió a preguntar:–¿Y sabe ella dónde está Alejandro ahora?

—Dice que iba a San Luis Obispo, a tomar el barco para Monterrey.

—¿A hacer qué?

—No sabe.

—¿Y no dijo cuándo volvía?

—Dice que sí.

—¿Cuándo?

—¡Nunca! Dice que nunca vuelve a Temecula.

—¿Y ella conoce bien a Alejandro?

—Como a su propio hermano lo conoce ella.

¿Qué más quería saber? Se le quejaron a Felipe dentro del pecho las entrañas y echó una moneda de oro al hombre y otra a la india.– »Lo siento,–dijo: Alejandro era mi amigo: yo quería verlo.» Continuó camino a caballo, seguido por los ojos triunfantes de Carmen. Cuando le tradujeron a Carmen las últimas palabras del viajero, tuvo impulsos de correr tras él, pero los refrenó en seguida:–»No, pensó, puede mentir el hombre. Quién sabe es un enemigo. Yo no digo. Alejandro no quiere que lo encuentren. Yo no digo.»

Así se desvaneció en un instante la última probabilidad de ayuda para Ramona, como se desvanece una flor de aroma a un soplo pasajero,–el soplo de la amiga leal que mentía por salvarla.

Fuera de sí con la pena volvió Felipe a su casa. Ramona estaba aún muy enferma la noche que se fue: ¿habría muerto? ¿la habría enterrado en algún rincón del monte el pobre Alejandro? ¿era por eso por lo que Alejandro se iba, para no volver nunca, nunca? Necio de él: ¿por qué no les habló a los indios de Ramona? ¡Pues volvería, a preguntarles! En cuanto viera a su madre volvería, y mientras no hallara a Ramona, viva o muerta, no había de descansar. Pero no bien entró en su casa y vio a su madre, comprendió que ya no se podría apartar de ella sino después de que la dejara descansando en la sepultura.

—Gracias a Dios que viniste,–le dijo la Señora en voz muy débil: tenía miedo de que no me encontraras para decirme adiós. Me voy, hijo.–Y le corrían al decir esto los hilos de lágrimas por las mejillas.

Aunque ya no quería vivir, tampoco quería morir, ¡aquella pobre, soberbia, apasionada, vencida, afligida Señora! Ya no parecía que la consolasen sus continuos rezos: antes se le figuraba que las imágenes la veían con ojos torvos: «¡Oh, si viniera el Padre Salvatierra! Él sí me quitaría esta pena: ¡si pudiera yo vivir hasta que él viniese!» Cuando Felipe le dijo cómo había visto al Padre, se apoyó en la pared, con la cara al muro, y lloró largamente. No sólo quería verlo por el interés de salvar su alma, sino para poner en sus manos las joyas de Orteña. ¿Qué iba a hacer ahora con ellas? ¿Habría algún buen Padre seglar a quien confiárselas? La Señora bien sabía que cuando su hermana hablaba de «la Iglesia» en sus instrucciones, de quien hablaba realmente era de los franciscanos. Día por día iban siendo mayores sus ansiedades y fiebre, sin atreverse, como le aconsejaba su propio juicio, a consultar a Felipe. Ni ella le había preguntado nada sobre su viaje, ni él había osado hablarle; hasta que un día Felipe, sin poder contenerse más, le dijo:–¿Sabes, mi madre? no pude encontrar rastro de Ramona. Ni puedo soñar dónde está. Y el Padre no la vio, ni sabe de ella. Tengo miedo de que esté muerta.

—Mejor sería,–dijo por única respuesta la Señora; y con perplejidad cada vez mayor siguió pensando en lo que podría hacer con las joyas. «Mañana le hablaré a Felipe», se decía todos los días, sin decidirse nunca a hablarle, hasta que por fin determinó no decirle nada sino en la hora de su muerte. Tal vez viniera antes el Padre. Con las manos trémulas le escribió al buen anciano, rogándole que se dejase traer en andas por los cuatro hombres que el peón que le llevaba la carta debía alquilar para que lo trajesen cargado con todo esmero hasta la hacienda: pero ni escribir podía ya el noble varón cuando llegó la súplica a sus manos, así que ni respondió a la Señora de su puño y letra, sino por amanuense, callándole su gran debilidad, a la vez que la bendecía, y le mostraba la esperanza de que la niña bendita estuviera otra vez bajo su cuidado. Mucho había estado pensando el. buen Padre de meses atrás en la niña bendita.

Poco después se supo que el Padre había muerto; y la noticia conmovió tanto a la Señora que ya no pudo volver a levantarse. Y el año iba acabando, y eran grandes las penas de Felipe, entre ver morir a su madre lentamente, y temblar por la suerte de Ramona. De la Señora, ya no había esperanza. Se la llevaba la muerte: ¡se la llevaba! Ya el médico de Ventura había dicho que no le quedaba remedio por hacer, que lo más cristiano era dejarla morir en paz, y cuidarla mucho, pues a lo sumo tenía vida para dos días. Felipe apenas se apartaba de su cabecera, y la más tierna de las hijas no hubiera podido mostrar a madre alguna mayor devoción. Ni sombra quedaba de sus pasadas diferencias ante la majestad de la muerte: «¡Mi hijo querido!» murmuraba ella: «¡qué buen hijo me has sido!». «Madre mía, mi madre: ¡tú no te me vas a ir!» respondía él, hundiendo el rostro en las dos manos débiles, demacradas, pálidas; aquellas manos que un año atrás habían sabido ser fuertes y crueles. ¿Quién le hubiera negado entonces su perdón a la Señora? Ramona misma, si la estuviese viendo, se habría deshecho en lágrimas. De vez en cuando se pintaba en los ojos de la anciana el terror: ¡era su secreto! ¿Cómo lo confesaría? ¿Qué le diría Felipe? Por fin llegó el momento. Había vuelto con grandes fatigas de un largo desmayo: mejor que cuantos la rodeaban sabía ella que de otro desmayo más ya no volvería. «¡Felipe!» murmuró: «¡Felipe! ¡solo!» Con un gesto indicó Felipe que se apartasen a los que rodeaban a la enferma. «¡Solo!» repitió ella, volviendo los ojos hacia la puerta. «Salgan», dijo él: «espérenme afuera»: y cerró la puerta. Todavía vacilaba la Señora. Casi estaba determinada a dejar la vida sin revelar el escondite de las joyas, antes que decir con sus propios labios cárdenos a Felipe lo que a la luz de la muerte, a la vívida e implacable luz de la muerte, veía que su hijo le echaría en cara como una culpa mientras le quedasen memoria y pensamiento.

Pero no osaba callarlo: ¡había que decirlo! Señalando por fin, con la mano apenas levantada, a la imagen de Santa Catalina, que le parecía como que la miraba colérica y ceñuda, «¡Felipe,–dijo:–detrás de la santa... mira!» Creyó Felipe que era arrebato del delirio, y le dijo amorosamente:–»No hay nada, mi madre: no tengas miedo: yo estoy contigo.» Pero crecía el espanto de la moribunda: ¿que no le sería dado hacer aquella tardía confesión? «¡No, no, Felipe! sí hay una puerta, sí–una puerta secreta: ¡Mira! ¡Oye! ¡Tengo que decirte!» Felipe movió la imagen: ¡sí había una puerta! «No me digas ahora, madre querida. Luego me dirás, ¡cuando estés fuerte!» Y al volverse hacia ella, vio aterrado a su madre sentada en la cama, tendido el brazo derecho, señalando con la mano a la puerta, vidriosos los ojos, la cara convulsa. Antes que el terror le permitiese dar un grito, la Señora Moreno había caído de espaldas, muerta.

A las voces de Felipe entraron las mujeres, y todo fue al instante plegarias y gemidos: Felipe, en medio de la confusión, firme y pálido el rostro, y temeroso ya de que allí se ocultaba algún espanto, volvió la imagen a su puesto: ¿qué hallaría el hijo detrás de aquella puerta secreta, a cuya vista había caído muerta su madre, con el horror en los ojos? Y aquel miedo de lo que iba a saber lo preocupó como una voz interior, durante los cuatro días de tristes preparativos funerales.

Imponentes fueron las ceremonias del entierro. Los de cerca, los de lejos, todos, vinieron a la capilla, y la llenaron, y llenaron el jardín. La comarca entera quiso dar muestra de respeto a la Señora. Allí estaba el cura de Ventura, y otro de San Luis. De la capilla la llevaron en hombros al cementerio de la casa, en la caída del cerro, junto a su marido y sus hijos: ¡callaba por fin aquel corazón apasionado y soberbio!

Cuando, a la noche siguiente, vieron los criados que Felipe se disponía a entrar en el cuarto de su madre, acudieron a toda prisa para hacerle volver atrás, temerosos de que no pudiera soportar el dolor. Marta se atrevió a acercarse a él, y a decirle desde el umbral: «¡Venga, mi Señor Felipe; venga el Señor conmigo!, que le va a hacer mucho mal: ¡venga conmigo! «Pero él la calmó con palabras cariñosas: entró, y cerró tras sí la puerta.

Cuando salió, pasaba de la media noche: solemne era su rostro: ¡había enterrado a su madre otra vez! Bien pudo haber temido la Señora revelar a Felipe su secreto. De asombro en asombro había ido Felipe hasta que en el fondo de la caja de joyas halló la carta de Ramona Orteña. Después que la leyó, se estuvo inmóvil largo rato, con el rostro escondido en las manos, y el alma en bárbaras torturas: «¡Y aquello le pareció vergüenza, y esto no!» se decía amargamente.

Lo que había él de hacer lo veía claro. Si Ramona vivía, devolverle lo suyo. Si había muerto, dar las joyas al colegio de Santa Bárbara. «De seguro que mi madre se las quería dar a la Iglesia: pero ¿por qué, por qué las guardó tanto tiempo? Eso es lo que la ha matado, eso: ¡oh, qué vergüenza!» ¡Y de aquella tumba donde Felipe tenía ahora sepultada a su madre, sí que no había resurrección!

Dejó las joyas donde estaban, y escribió al prior de Santa Bárbara una carta donde le hablaba de ellas, y del caso en que vendrían a pertenecer al Colegio. Muy de mañanita dio la carta a Juan Can:-»Me voy hoy, Juan: me voy a un viaje: si me sucede algo y no vuelvo, manda esta carta con un peón seguro a Santa Bárbara.»

—¿Pero va a estar mucho en viaje, mi Señor Felipe?, preguntó el viejo, medio lloroso.

—No sé, Juan: tal vez sí, tal vez no. A tu cuidado queda todo. Yo sé que todo lo que tú hagas ha de ser para bien. Voy a decirle a la gente que te quedas de amo.

—¡Gracias, Señor Felipe, gracias!, dijo el viejo, más dichoso que en momento alguno de los dos últimos y sombríos años:–sí que puede confiar en mí: desde que el señor nació hasta ahora, yo no he tenido idea sino para el bien de la casa.

Y en el cielo mismo se hubiera llenado de terror la Señora Moreno, si hubiese podido leer los pensamientos con que al salir de la hacienda traspuso su hijo el portón por donde el día antes había pasado llorando detrás del cadáver que acompañaba a la sepultura.

Tempestad y Amigos

Apenas se hablaron Alejandro y Ramona el primer día de su triste viaje. Él caminaba a pie al lado de los caballos, la cabeza caída sobre el pecho, los ojos fijos en tierra: Ramona no apartaba de él sus ojos ansiosísimos: ni la tierna risa y el balbuceo de la niña sacaban a Alejandro de aquel largo estupor. Por la noche, cuando ya habían acampado al abrigo de un árbol, Ramona le preguntó:–»¿Y no quieres decirme, Alejandro, a dónde vamos?» Mucha fue la ternura de la voz de Ramona; pero se le notaba como cierto resentimiento. Alejandro se echó ante ella de rodillas, exclamando:–»¡Ay, Majela, Majela de mi vida! ¡si me parece que se me pone negro el juicio! yo no sé, yo no sé lo que pienso: los pensamientos me dan vueltas, me dan vueltas de loco, como las hojas en el arroyo cuando baja la fuerza de la lluvia. Dime, Majela, ¿es que me vuelvo loco?»

Llena Ramona de pavor lo consoló como podía:–»Mira, mi Alejandro: vámonos a Los Ángeles: no viviremos más con los indios: allá tú encuentras trabajo: tú puedes tocar en los bailes, yo puedo coser: vámonos a Los Ángeles.»

Él la miró horrorizado:–»¡Con los blancos! ¡a vivir con los blancos! ¿en qué piensa Majela, que no ve que los blancos que echan como coyotes a cien indios juntos, echarán como coyotes a dos indios! ¡Majela sí está loca!»

—Pero en San Bernardino hay muchos indios que están trabajando para los blancos.

—¡Trabajando para los blancos! ¡Majela no sabe ver! A los indios les pagan medio jornal no más, y al blanco, jornal entero. Mexicanos y americanos, Majela, le pagan al indio medio jornal no más. Y en dinero no siempre, sino en harina mala, o en cosas que no quiere el indio, o en aguardiente, y si no quiere aguardiente se echan a reír, y no le dan más. El año pasado un americano le sacó media cara de un balazo a un indio, porque no quería recibirle de paga una botella de vino agrio, ¡y le dijo que no volviera a ser insolente! Majela, no me pidas que vaya a la ciudad a trabajar. ¡Porque donde vea eso, mato!

Ramona temblaba, callada. Y Alejandro siguió. Si Majela no tiene miedo, yo sé un lugar, allá arriba en el monte, donde no ha habido blancos nunca, ni los ha de haber. Yo hallé el lugar persiguiendo a un oso. El oso me guió. Era la casa del oso. Y yo me dije entonces: «aquí se puede esconder un hombre». Hay agua en el valle, y el valle es lindo y verde. Allí podemos vivir: vivir no más, porque el valle es muy chico. ¿Tiene miedo Majela?

—Sí, Alejandro; tengo miedo, allá sola en el monte. ¡No vayamos. allá! Prueba algo más primero. ¿No hay aquí otro pueblo indio?

—Saboba, al pie del monte. Allí se han ido algunos de Temecula; pero el pueblo es muy infeliz, y se acabará como San Pascual. El padre de Saboba fue el Señor Ravallo, un blanco bueno, que miró por nosotros y dijo que para siempre era del indio la tierra, para siempre. Los tres hijos de él ahí están, y cumplen la promesa. Pero el americano vendrá luego, como vino en Temecula. Con sus ojos verá Majela que ya hay blancos en el valle. Si Majela dice que nos quedemos, nos quedamos.

Poco después de mediodía era cuando entraron en el ancho valle de San Jacinto, bañado en aquel instante de luces maravillosas. En lo alto estaba el cielo torvo y ceniciento, pero por el este y nordeste lo inundaba el reflejo carmín y oro. La cumbre rugosa y los pujantes estribos de la montaña brillaban como las torres y poternas de una fortaleza de rubíes. El resplandor era de veras sobrenatural.

—¡Mira a San Jacinto!–exclamó Alejandro.

—¡Oh, Alejandro!–dijo Ramona entusiasmada:–ésta es una buena señal: ¡mira cómo salimos de lo oscuro y entramos en la luz del sol!– y señaló hacia el oeste, de un negro de pizarra.

—No me gusta:–respondió él. ¡Lo oscuro está muy cerca!

Y estaba; porque no había acabado de hablar cuando vino del norte un viento fiero, que desgarró la nube negra, y echó adelante, como acorraladas, las masas de jirones. Un instante después comenzaron a caer copos de nieve.

—¡Virgen Santa!–dijo Alejandro. Bien sabía él lo que les amenazaba. Animó a los caballos, y corría a la par de ellos. Pero en vano. En vano halaban azorados Babá y Benito de su carga excesiva.–¡Ay, Majela, si pudiéramos llegar a una choza que queda como a una milla: tú y la niña se me van a helar!

—Yo la caliento con mi seno, dijo Ramona: ¡pero qué viento tan frío, Alejandro! ¡Me corta la espalda como un cuchillo!

Gimió él otra ves. La nieve caía espesa. El camino estaba ya blanco. El viento era menos.

—Dios es bueno: ya el viento no me corta como antes,–dijo Ramona, dando diente con diente, y apretando la niña cada vez más contra su corazón.

—Mejor que fuese recio, Majela; se llevaría la nieve: si la nieve sigue, va a ser como de noche, y no podremos ver.

Y la nieve seguía. El aire se condensaba. Era más oscura que la noche aquella lóbrega y opaca blancura, que sofocaba y helaba el aliento. Por los tumbos del carro se conoció que se había salido del camino. Los caballos se resistieron a andar.

—Estamos muertos si nos quedamos aquí. ¡Ven, mi Benito, ven!– y Alejandro tomó a Benito de la cabeza, y a fuerza de brazo le hizo volver atrás y seguir por el camino. Era espantoso. A Ramona se le caía el corazón. Ya no se sentía los brazos. ¿Y cuando ya no pudiera sujetar la niña? Llamó a Alejandro; pero él no la oía con el viento, que soplaba de nuevo con furia, y se llevaba la nieve en masas: era como si se fuesen abriendo paso entre témpanos ambulantes y espesos remolinos.

—Nos vamos a morir, pensó Ramona: ¡mejor será!–Y de nada más se dio ya cuenta, hasta que oyó un gran grito, y se vio sacudida y golpeada, y una voz extraña le decía:–»Apenado de golpearla tan de recio, señora; pero tenemos que llevarla al fuego.»

¡Al fuego! ¿había pues en el mundo todavía fuego y calor? Con un gesto de autómata puso a la niña en los brazos desconocidos que se le tendían, y trató en vano de levantarse de su asiento.

—¡Quieta, quieta!,–dijo la voz extraña.-Aguarde a que lleve la criatura a mi mujer, y vuelvo por la Señora: ya se me puso que no podría tenerse en pie.–Y desapareció el hombre alto, en cuyos brazos la niña, arrancada de pronto a su caliente sueño, lloraba que era un dolor.

—¡Dios bueno! dijo Alejandro, aún sin moverse de junto a la cabeza de sus pobres animales: ¡Majela, la niña esta viva!

—Sí, Alejandro,–respondió ella débilmente, con una voz que arrebatada por las ráfagas violentas pasó por junto a Alejandro como un eco.

Se habían salvado por milagro verdadero. Estaban más cerca del corral de lo que Alejandro pensó; pero a no ser porque otros viajeros sorprendidos como ellos por las tormentas le dejaron abierto el camino, nunca hubiera dado con él. Se sentía ya morir, y se decía casi con las mismas palabras de Ramona, «¡así se acabarán nuestras penas!», cuando vio brillar una luz hacia la izquierda. Puso al instante los caballos rumbo a la luz. La tierra estaba por allí tan apelmazada y rota, que más de una vez estuvo a pique de volcar el carro; pero Alejandro siguió camino sin acobardarse, dando de vez en cuando una voz de auxilio. Por fin lo oyeron, y apareció otra luz, no fija como la primera, sino que adelantaba y venía despacio hacia él: era una linterna, en las manos de un hombre, cuyo saludo en lengua inglesa, que fue éste: «¡Vaya, amigo, como que está Ud. en apuros», le pareció a Alejandro tan claro como si fuera el más puro dialecto luiseño. Lo que el de la linterna no entendió poco ni mucho fue la agradecida respuesta de Alejandro en español.

—»Otro de estos mexicanos papamoscas: ¡digo que...! ¡Había yo de vivir toda mi vida en un país, y no saber que éste no es tiempo para andar de viaje!»–Y cuando puso a la niña en brazos de su mujer añadió como incómodo:–¡Si sé que son mexicanos, ni a verlos salgo, Ri! Ellos en su tierra están, y han de saber más que yo de sus trópicos malditos.

—¡Mentira, Jeff!: tú no eres capaz de dejar al animal más infeliz puertas afuera con un tiempo como éste.–La niña, conociendo que la tocaban brazos de madre, cesó de llorar en seguida.–»¡Picarona, picaronaza de ojos azules!» decía la mujer, mirándola y remirándola: ¡Mira, Jeff, que pensar en dejar allá afuera en la nevazón a una chiquirrituela como ésta!: ahora mismo le voy a dar un poco de leche.

—Ri, ve por la madre primero,'dijo Jeff, que en aquel momento entraba, más cargando a Ramona que ayudándola a andar:–¡como que está helada, la pobre mujer!

Pero al ver a su niña viva y sonriente reanimó tanto a Ramona que a los pocos momentos ya era dueña de sí. Veíase en verdad en extraña compañía. En uno de los rincones de la choza estaba acostado sobre un colchón un joven como de veinticinco años, cuyos ojos relucientes y pómulos encendidos contaban a las claras su triste enfermedad. La mujer era alta y desgarbada, de cara macilenta, y manos duras y llenas de arrugas, el vestido en jirones, los zapatos más rotos que enteros, el pelo rubio, seco y atado sobre la nuca en un moño de mal humor, con una que otra guedeja desordenada volándole por la frente: era dama, en verdad, de mísera catadura. Pero a pesar de su mala apariencia y desaseo, había en toda ella cierta noble dignidad, y en su mirada cierto cariño, que le ganaban en seguida los corazones. Sus ojos de pálido azul tenían aún la vista fina, así que en cuanto ojeó a Ramona se dijo: «Apuesto a que no es mexicana pobre»: ¿Y qué, van de mudanza? –preguntó en alta voz.

Ramona se la quedó mirando: porque aquellas palabras no contaban en el poco inglés que ella sabía.–» ¡Ay, señora!: yo no sé hablar inglés: castellano sé no más.

—¿Castellano, eh? ¿Eso es mexicano, no? Jos ahí habla su poco de mexicano. Eso sí, no ha de ser mucho, porque me le hace mal a los pulmones. Por eso es por lo que lo hemos traído hasta acá, por el bien del calor. ¿Ya se le ve, no?–dijo riéndose, y como si se burlara de él, aunque en la mirada que le echó al mismo tiempo a hurtadillas se leía la inefable ternura de la madre por su enfermo.–Pregúntale, Jos.

Jos se alzó sobre el codo, y fijando en Ramona sus ojos brillantes, le preguntó en castellano si iban de viaje.

—Sí, venimos de San Diego, respondió Ramona: Somos indios.

¡Indios!–exclamó la mujer:–¡Dios nos salve y ampare, Jos! ¡Hemos metido a los indios en nuestra casa! ¿Qué diablos...? Y lo bueno es que quiere a su criatura como cualquier blanca: eso lo veo yo. India o no india, aquí se ha de quedar. Ni a un perro se le echa afuera con un tiempo como éste, Jos, y el padre debe ser blanco: mírale a la criatura los ojos azules.

Ramona la escuchaba sin lograr entender palabra, y aún dudando con razón de que aquello que oía fuera inglés; porque, mal que bien, algo de inglés sabía ella; pero el dialecto de Tennessee, que era el de aquella gente, alteraba las voces más sencillas:–» ¡Siento tanto no saber inglés!–dijo Ramona a Jos:–Dígame, si no le cansa mucho, lo que su madre me ha dicho.»

Jos tenía el pensamiento tan travieso y benévolo como su madre;

así que medio riendo por lo que callaba, sólo dijo a Ramona lo que le podía agradar, y que su madre decía que podrían quedarse allí hasta que pasase la tormenta.

Más pronta que el relámpago se apoderó Ramona de la mano de la mujer y se la puso sobre el corazón, con un gesto expresivo de ternura y agradecimiento.–¡Gracias, gracias, señora!, le decía.

—¿Y qué es lo que me llama ahora, Jos?, preguntó la madre.

—Pues te llama señora.

—¡Chut, Jos! Pues me le dices que yo no soy señora, que aquí todo el mundo me llama Tía Ri, o Miss Hyer, y que me diga Tía Ri o Miss Hyer, como ella quiera. De veras que habla muy fino.

No sin sus tropiezos explicó Jos a Ramona cómo renunciaba su madre al señorío, y le daba a escoger entre Miss y Tía. Ramona lo oyó con tan amable sonrisa que cautivó el corazón de la madre y el hijo, y repitió los dos nombres más de una vez, porque a la primera le salieron muy mal, hasta que por fin escogió el de Tía Ri:–»Me gusta más: ¡ella es tan buena, como de la familia de uno, para todo el mundo!»

—¿Eh? ¡Y dime, Jos, que no es particular que me digan aquí lo mismo que me dicen allá en el pueblo! Yo no sé si soy buena, o si soy como los demás. Eso sí: ver que delante de mí le quieren hacer la ley al infeliz, no puedo, ni ver sufrir tampoco, vaya, que nadie debe sufrir, si yo lo puedo remediar. ¿Y en eso qué hay de raro? Yo no sé que haya quien sienta de otro modo.

—Pues hay montones, madre. Como tú no hay muchas, no. Ya lo verías si corrieras más el mundo.

Ramona estaba acurrucada junto al fuego, observando cómo aquel que le pareció abrigo celeste era en verdad muy frágil refugio contra la tormenta que sacudía afuera su furia. Era una choza de malos tablones puestos al descuido, como por pastor que ha de vivir entre ellos pocos días. Por las hendijas, a cada racha de la tempestad, entraba a puñadas la nieve. Junto a la hoguera estaban las pocas ramas que Jeff Hyer había podido recoger antes de que arreciase la tormenta. Tía Ri midió con los ojos lo pobre de aquella provisión para noche tan fría:–»¿Buen calor, Jos?»–»No mucho, madre; pero no tengo frío, y eso ya es algo.» La resignación era una virtud tan constante en aquella familia que ya casi rayaba en vicio. Apenas había en todo Tennessee gente de menos comodidades y esperanzas, pero ellos no se quejaban jamás; y por mucho que arreciase la mala fortuna, ni perdían el buen humor, ni el cariño con que entre sí se trataban: mucho rico había por los contornos que, con ser los Hyer tan pobres, no vivía tan feliz como ellos con la riqueza de su buen natural. Cuando Jos empezó a dar señales, por la sangre que perdía, de lo muy delicado de sus pulmones, y dijo el médico que lo único que podría salvarlo era un viaje a California, «¡Pues a California!» dijeron el padre y la madre: «fortuna que casó el año pasado Lizy: ¡Jeff, vendemos la hacienda, y en camino!» La vendieron en la mitad de lo que valía, cambiaron sus vacas por una pareja de caballos y un carro cubierto, y casi sin más recursos que los de su voluntad emprendieron el viaje, con el enfermo acostado en el fondo del carro, tan orondos y felices como familia poderosa que viaja por recreo. Completaba la comitiva un par de bueyes «para animar» a los caballos, y una vaca para la leche de Jos; y así vinieron acampando a veces en el camino por semanas enteras, desde Tennessee hasta San Jacinto. Tía Ri andaba por el valle con un aire de ¿quién me tose a mí?: ¿no iba mejor su Jos? ¿no había salvado a su hijo?

Jos no era su nombre sino Joshua; así como Ri no era el de la madre, sino María. Pero así abrevia los nombres aquella gente de Vermont y Tennessee, que vive de prisa. Ri la llamaban desde niña; y en cuanto tomó estado y tuvo casa propia, donde había para todo el mundo una lonja de pan y una palabra de consuelo, la vecindad entera reconoció en ella como por común consentimiento una especie de tiazgo, y no había hombre, mujer crecida ni niño que no la llamase Tía Ri.

—No sé si avivo el fuego, dijo Tía Ri: si esos vientos siguen, nos va a faltar leña, claro.

En ese instante se abrió la puerta de súbito, y entró Jeff tambaleando, seguido de Alejandro, cubiertos los dos de nieve y cargados de leña. Alejandro conocía un rincón de algodoneros que había en una barranca de por allí, a pocos pasos de la casa; y en cuanto puso en abrigo los caballos entre los carros y la choza, salió a buscar leña. Jeff, que lo vio sacar del carro el hacha, tomó la suya, y siguió tras él. ¡Y allí había leña bastante para la niña, para Jos, para Ramona! En cuanto dejó su carga en tierra, Alejandro se fue a arrodillar delante de Ramona: miraba ansiosamente la cara de la niña, miraba a Ramona: por fin exclamó, lleno de unción:–¡Milagro, Majela, milagro! ¡Los santos sean benditos!

Jos lo oía asombrado:–¡Hum, católicos!–pensó: Eso no se lo digo yo a mi madre. A mí no me importa lo que sean. Esa muchacha tiene en la cara los dos ojos más lindos que en mi vida he visto.

Con la ayuda de Jos pronto supo cada familia los propósitos de la otra, y fue creciendo entre ambas la amistad, a pesar de lo extraño de las circunstancias.

—Como que no entienden nuestra lengua, Jeff, no es pecado hablar de ellos, aunque no me gusta decir de ellos lo que no me pueden entender; pero tengo que contarte que estos indios me han dado un gran chasco. Yo no quería bien a los indios, pero esta criatura tiene el alma más linda, y vive en su hijita como cualquier mujer del mundo. Y el hombre, Jeff, besa donde ella pisa. Lo que es yo no conozco a ningún blanco que quiera así a su mujer. Vamos, Jeff, dime: ¿conoces tú a alguno?

La verdad era que Tía Ri no sabía de los indios sino lo que cuentan las novelas y los papeles enemigos, llenos de historias caprichosas de muertes y ferocidades, y el haber visto durante su viaje una que otra banda vagabunda. Y allí estaba ahora hablando mano a mano con dos indios de noble conducta y simpática apariencia, hacia los que se le iba de prisa el corazón.

Y a Jos le decía:–»El es indio puro, y ella es blanca de padre; ¿pero no ves, Jos, cómo mira a su indio, como si tuviera en él el mundo? Y lo que es yo no se lo tengo a mal.»

Por supuesto que Jos había visto; porque nadie que observase cuando estaban juntos a Ramona y Alejandro podía dejar de notar el singular afecto de aquella dulce esposa, a cuyo amor se unía ahora una incesante vigilancia, por el terrible miedo de que Alejandro perdiese la razón. ¿De dónde sacaría ella entonces fuerzas?

Cuando a las pocas horas cesó la tormenta, el valle entero era como un mar de blancura, y lucían las estrellas como en un cielo ártico. Jos no quería creer lo que Alejandro le decía, que al día siguiente, el vendaval habría pasado.

Los Hyer iban a unos manantiales del norte del valle, donde pensaban acampar por tres meses, para que Jos tomase las aguas. Llevaban consigo su tienda de lona, y cuanto necesitaban para su tosco modo de vivir. Tía Ri quería acabar de llegar, porque la tenía cansada el viaje, y Jeff también, pero no por eso, sino porque le habían dicho que era rica la caza en la montaña de San Jacinto. Cuando supo que Alejandro conocía el monte, y aun pensaba quedarse en él, se alegró mucho, y le propuso que hicieran juntos los dos la cacería; lo cual oyó con gran placer Ramona, porque estaba segura de que a Alejandro le haría bien el tener un compañero en su vida campestre y en la caza, a la que era sumamente aficionado. El cañón de las aguas quedaba muy cerca del pueblo de Saboba, donde deseaba ella ver si podían vivir: porque ya no le inspiraban repugnancia los pueblos de indios, sino que se sentía atraída hacia ellos por cierto parentesco, como si fueran su natural y único amparo.

A los pocos días estaban en las aguas los buenos Hyer sin más casa que la tienda de lona y el carro; y Alejandro y Ramona, con sus Ojos de Cielo, en una casita de adobe de Saboba. La casa era de una india anciana que desde la muerte de su marido vivía con su hija; y no era casa en verdad, sino un cuarto infeliz, con los muros de adobe crudo y al desmigajarse, y el techo de tule, sin piso por supuesto, ni más que una ventana. Cuando Alejandro oyó que Ramona decía, toda llena de ánimos: «Pues muy bien que vamos a estar, en cuanto la arreglemos un poco», el rostro se le contrajo, y lo escondió de ella, mas sin decir palabra: ¡apenas había en el pueblo casa mejor! Pero dos meses después nadie la hubiera conocido. Alejandro había andado de fortuna en la caza: dos grandes pieles de venado cubrían el suelo, otra hacía de cubierta de la cama, y las hermosas astas servían de percha, clavadas en los muros. La cama tenía otra vez sus colgaduras de percal encarnado, y a sus pies, en la armazón de manzanita roja, estaba la cuna de ramas entretejidas. En la pared había una ventana más, y un ventanillo en la puerta, para la luz y el aire; en su repisa cerca de una de las ventanas lucía la imagen de la Virgen, rodeada de enredaderas como en San Pascual. Todo lo cual causó grandísimo asombro a Tía Ri, que cuando se asomó por primera vez a la entrada de aquella maravilla se quedó boquiabierta, con los ojos pasmados y los brazos en jarras. Ni en lo mejor de su vida había tenido ella un cuarto que dijese tanto como aquel pobre casucho de Ramona. A Jos le contó el milagro con palabras de pomposo encarecimiento, y cuando Jos y Jeff vieron por sí la casita, su sorpresa fue mayor aún que la de Tía Ri. Vagamente entendieron que aquél era un ignorado encanto de la existencia, que ni el padre ni el hijo hubieran sabido explicar a las claras a la pobre Tía Ri, tan buena como desordenada: pero aquella compostura se les entró como un consuelo por el corazón. Y todavía se sorprendieron más cuando, al volver una tarde Alejandro y Jeff de una caza sobremanera feliz, les puso Ramona una mesa toda de sus manos, de venado oloroso con salsa de alcachofas, y frijoles con chile. El deleite fue grande, y Tía Ri quiso llevarse las recetas.

A Alejandro se le iba disipando la tristeza. Tenía ganado su poco de dinero: la bondadosa compañía de los Hyer lo había ido levantando de su pena: Ramona estaba alegre, y la niña como un sol: el amor de la casa, que después del de Ramona era en él lo más vivo, se le despertaba de nuevo en el alma. Ya hablaba de fabricar allí su casita. El pueblo era infeliz, pero no parecía que lo molestase nadie: era grande el valle, y el ganado corría libre: los blancos que por allí había no mostraban deseo de echarse sobre los indios: en la presencia de los Ravallos, que aún tenían allí la hacienda, creía Alejandro ver una señal de protección: y Majela estaba contenta: en todas partes tenía Majela amigos. Sí, haría la casita, porque Ramona no podía vivir en aquella miseria. ¡Ah! pero Ramona no quería: «aquí estamos bien, Alejandro: aquí tenemos todo lo que necesitamos: no, no: espera un poco antes de hacer la casa».

Porque, mientras Alejandro andaba por el monte, Ramona había tomado lenguas con mucha gente del pueblo a quien él no conocía, con los de la tienda, con los del correo, con los que le quisieran cambiar sus encajes y cestos por harina: y no le parecía que Saboba estaba seguro. Un día oyó a un americano decir esto: «Pues si viene la seca, no sé de dónde vamos a sacar agua para el ganado», y el compañero respondió: «Y esos malditos indios de Saboba, que tienen a la puerta los manantiales: da rabia de veras que nos den con el agua corriente en la nariz.»

Por nada del mundo le hubiera contado aquello Ramona a Alejandro; pero se le quedó clavada la conversación como un augurio en el alma entristecida; y cuando llegó de vuelta al pueblo se fue al manantial que corría por el centro de él, y se estuvo largo rato mirando al agua clara y juguetona. El manantial era una verdadera bendición, e iba acequia abajo hasta lo hondo del valle, donde estaban las siembras de hortalizas, y de cebada y trigo. Alejandro mismo tenía allí campo bastante para el grano que pudieran necesitar en el invierno la vaca y los caballos, si los pastos flaqueaban. Pero si los americanos se llevaban el agua, se moría Saboba. Sólo que para llevarse el agua habían de destruir a Saboba, ¡y eso no sucedería, no, en vida de los Ravallos!

Muy triste fue para Ramona y Alejandro el día en que los buenos Hyer arrancaron las estacadas de su tienda, para dejar por fin el valle. Vinieron por tres meses, y habían estado seis: Jos parecía otro hombre: ¡aquel aire era la vida! «Pero no somos ricos, Señora Majela, y el hombre y yo tenemos que empezar a ganar. Si por aquí hubiera quehacer en carpintería, aquí nos quedáramos, porque Jeff tiene manos de oro para carpintear: ¡y que no sé yo hacer mis buenas alfombras! ¡a mí denme un telar, que yo me ganaré el pan y la carne! ¡y que me gusta a mí tejer! Jeff me dijo un día: «¿Ri, estarías tú contenta en el cielo sin tu telar? «: y yo le dije: «Pues no, Jeff, no creo que estaría contenta.»

Ramona, que en los seis meses había aprendido mucho inglés, le preguntó con verdadera ansiedad:–¿Y es muy difícil?: ¿no podría yo aprender?

—Pues es, y no es. Para mí es como el aire, porque lo aprendí en naciendo. Unos aprenden de prisa, y otros despacio. Pero mi Señora Majela aprendería en un volar.

Y Tía Ri siguió hablando de las alfombras que se proponía hacer en San Bernardino con telas de desperdicio, aunque no creía que fuesen muchas, «no porque los trapos faltasen, sino porque la gente los llevaba encima». ¡Digo, aquellos mexicanos, todos medio desnudos! ¡y los indios, válganos Dios, aquello es una trapería ambulante!

Pero cuando Ramona le contó, con ayuda de Jos, la infelicidad de aquellas gentes, y la historia de San Pascual y Temecula, le faltaron palabras a Tía Ri para echar afuera su indignación: ¡Pues en Tennessee, por cosas menores, cuelgan! En Washington no deben saber eso. ¿Sí?: Ramona le decía que sí; pero ella no lo podía creer. «Alguien anda engañando por ahí», replicaba a todo, meneando la cabeza.

—¡Todos engañan!, dijo Ramona. Los americanos piensan que no es malo ganar dinero con engaño.

—¡No me diga los americanos, Señora Majela!: ¡americana soy yo, y Jeff Hyer es americano, y Jos! y pobres somos, pero quiero saber a quién le hemos sacado con engaño un peso. Eso no puede ser, no, señora, que mi pueblo permita estas picardías. Ahora mismo le voy a preguntar a Jeff cómo es eso. Eso es para que se muera de vergüenza cualquier país. Y si nadie pide remedio, mi Señora Majela, yo sola lo he de pedir. Yo no soy nadie, pero en las cosas de mi tierra, puedo decir tanto como el Presidente; y si no puedo yo, Jeff puede, y lo mismo es.

¡Te digo, Jos, que no voy a descansar, ni a dejarte descansar a ti ni a tu padre, hasta que se sepa si esto que dice la Señora Ramona es verdad, y le pongan remedio!

Pero dolores más profundos que éstos se venían encima del desdichado matrimonio. Desde el principio del verano empezó la niña a perder fuerzas, aunque tan lentamente que apenas se notaba el cambio de un día a otro, y no se vio el estrago sino a la entrada del invierno, cuando se comparó lo leve y delgado del pobre cuerpecito con la alegría y robustez de la criatura antes de aquella bárbara nevada; antes toda era risas Ojos de Cielo, y ahora se pasaba horas enteras en un débil quejido. De nada había valido la poca ciencia médica de Tía Ri. Día tras día pasaba Alejandro arrodillado junto a la cuna, cruzadas las manos, fija la mirada, arisco el rostro; hora tras hora, de día y de noche, la paseaba en brazos, dentro de la casa o en el aire libre; rezo tras rezo encaminaba Ramona desde el corazón afligido a la Virgen Madre y a todos los santos; pares tras pares de cirios llevaba quemados, aunque el dinero era ya poco, delante de la imagen: ¡y la niña no parecía revivir!—»¡Alejandro, ve a San Bernardino! busca un médico, por Dios. Tía Ri y Jos están allá y te ayudarán. Dile a Tía Ri que la niña está como ella la dejó, pero más débil sí está, y más delgada.»

Tía Ri había levantado sus reales en un casucho de los suburbios de San Bernardino, donde Jeff encontraba algún quehacer, y aun Jos en los días buenos. Jos, mal que bien, le había montado un telar, y con él, y aquellas cuatro paredes sin más pintura que la tierra del adobe, ni más que una ventana, estaba tan contenta como en un palacio: ya había tejido para el casucho su alfombra de retazos, y tenía empezada otra de encargo, y comprometido el telar por meses, tanto que dijo una vez que era mucha la trapería de San Bernardino, puesto que a más de los que llevaban encima, todavía les sobraba tanto trapo para alfombra. De amigos, por supuesto, tenía ya un caudal, como si hubiese pasado allí toda su vida.

En cuanto vio venir a Alejandro galopando en Benito le salió al encuentro, y aun antes de que refrenara el caballo ya le estaba dirigiendo este discurso:—»A tiempo vienes, y allá quería ir yo, pero los pies no me dejan. ¿Cómo están por allá? ¿Por qué no me los trajiste? Montón de cosas tengo que contarte. Ya verás lo que yo te decía, que mi gobierno no está con los ladrones. ¡Qué había de estar! Aquí ha venido un señor no más que para cuidar de los indios, un señor agente, que es muy bueno, con su médico, para curar a los indios sin cobrar cuando se enfermen: el gobierno lo paga, ¡y eso sí que te digo yo que es ahorro en una casa, no tener que pagar al médico!»

De aquel remolino de palabras apenas entendió Alejandro una completa, y en su inglés cojo dijo a Tía Ri lo que quería Ramona.

—Pues si eso es lo que te estoy diciendo, que aquí hay médico para los indios, que mi gobierno te lo paga. ¡Vamos! vamos a verlo. Yo le diré cómo está la criatura. ¡Y quién sabe si se anima a ir hasta Saboba!

¡Qué alegría la del pobre Alejandro, cuando como un relámpago le pasó por el pensamiento la idea de volver a su Majela, con el médico para la niñita! Jos se le reunió, para servirle de intérprete. Los oía Alejandro hablar, y aún se le resistía el corazón adolorido a dar entrada a aquellas esperanzas.

El médico estaba en casa. Oyó con indiferencia a Tía Ri, hasta que le preguntó:

—¿Pero este indio es de la Agencia?

—¿Qué?–dijo Tía Ri.

—¿Que si es de la Agencia este indio? ¿si está su nombre en los libros de la Agencia?

—No ha de estar todavía. Ahora no más supo él de esto, que yo se lo dije. Él es de Saboba, y no bajó acá desde que vino el señor agente.

—Y ¿por qué no va primero con el agente,–dijo con mal humor el médico,–a que lo pongan en los libros?

—Y ¿qué, pues–le replicó sin disimular la cólera Tía Ri: ¿que no está Ud. aquí por el gobierno para curar a estos pobres indios de Dios?

Alejandro leía con ansias mortales en el rostro burlón del doctor:– ¡Vaya, mujer!–iba el doctor diciendo: yo soy el médico de la Agencia; los indios acabarán por apuntarse todos en los libros: lo mejor es que se lleve éste allá. ¿Y qué quiere éste ahora?

Apenas había empezado Tía Ri sus explicaciones de la enfermedad, cuando el doctor le cortó la elocuencia.–»Bueno está; ya sé, ya sé; yo le daré algo que la va a mejorar.» Trajo del cuarto interior un frasco lleno de un líquido oscuro, escribió de prisa el modo de usarlo, y dio ambas cosas a Alejandro.–Eso le hará bien a tu hija, dijo.

—Gracias, señor, gracias, contestó Alejandro.

El doctor se le quedó mirando. Era el primer indio que le había dado las gracias:–Dígale al agente, Tía Ri, que le lleva una *rara avis*.

—Y ¿eso qué es, preguntó Tía Ri, al salir puerta afuera.

—Yo no sé, dijo Jos: no me gusta el hombre, madre.

Alejandro iba mirando como en un sueño el frasco de medicina. ¿Le curaría a su hijita? ¿El gobierno, el gobierno de Washington le daba aquella medicina, se la daba? ¿Iban a ver por ellos, pues? ¿Haría aquel señor agente que le devolvieran su campo de San Pascual? Le daba vueltas el cerebro encendido.

De la casa del doctor fueron a la del agente, con quien tenía Tía Ri más intimas relaciones.

—Éste es el indio de que yo le venía hablando. Vino por medicina para la hijita, que está mala de veras.

Se sentó el agente a su mesa de escribir, diciendo, mientras buscaba cierta página en el voluminoso libro de registro:

—¿Cómo se llama?

La dijo Jos, y comenzó el agente a escribir.

—No, no,–interrumpió Alejandro agitado:–no quiero que escriba mi nombre, basta que no sepa yo para qué es.

—Espere, señor,–dijo Jos:–Alejandro quiere saber para qué le pone el nombre en el libro.

Giró en su silla hacia ellos el agente, desmintiendo con la impaciencia de los ojos la aparente bondad con que les hablaba:–No hay modo, dijo, de hacerles entender nada a estos indios. A todos les parece que en cuanto les escribo el nombre, ya los voy a tener bajo mi mando.

—¿Y no es así, pues? ¿En quién tiene mando aquí, pues, si no es en los indios? La verdad se ha de decir.

Se echó a reír el agente a pesar suyo.–Eso es lo que me da quehacer en esta Agencia, Tía Ri: no sería así si tuviera yo a todos mis indios en un cantón.

—»¡Mis indios!» ¡Ya Alejandro había oído decir «mis indios» antes:–Jos ¿por qué dice ese hombre «mis indios?». Si yo he de ser su indio porque me pongan ahí el nombre, ¡que no me lo ponga!

Tradujo esto Jos, y el agente no disimuló ya su mal humor:–¡Iguales todos, iguales! Pues que se vaya, si no quiere que el gobierno le ayude!

—¡Oh no, no!, dijo Tía Ri: Jos le hará entender. ¡Dile, Jos!

Se le había oscurecido el rostro a Alejandro. Todo aquello le parecía muy sospechoso. ¿También Tía Ri, también Jos, le estaban engañando?: no podía ser, no, sino que los engañaban a ellos: bien sabía él que eran gente sencilla e ignorante.–¡Vámonos!, dijo: no quiero firmar ningún papel.

—¡Grandísimo tonto!–dijo Tía Ri:-tú no tienes nada que firmar. Jos, ¡pero dile claro que él no se queda en obligación porque le pongan el nombre ahí! dile que es para saber el agente qué indios son los que quieren ayuda, y dónde están: dile que si no tiene el nombre en el libro, no le puede curar el doctor a la niñita.

¿Que no podrá curar el doctor a su niñita? ¿Que no podrá llevarle a su niña aquella medicina? Majela diría que no, que primero que eso le pusieran el nombre.–»¡Que ponga el nombre!»–dijo. Pero salió del cuarto como si llevara una cadena al cuello.

¡A la Montaña, donde no hay Americanos!

La medicina le hizo a la niña más daño que bien, porque estaba ya muy débil para los remedios violentos: así que una semana después estaba de vuelta en la puerta del médico Alejandro, que venía con un ruego que hallaba él muy puesto en razón: traía a Babá, para que lo montase el médico, y fuera con él a ver a la niña a Saboba. En tres horas lo pondría allí Babá, que no era caballo, sino cuna. El médico iría, por supuesto: ¿para qué había puesto Alejandro su nombre en el libro sino para salvar la vida a su hija? Y se fue a ver al médico con el intérprete de la Agencia, porque el discurso de Tía Ri no le había parecido en la anterior visita muy afortunado.

Es poco decir que el médico se asombró al darse cuenta de lo que quería Alejandro de él. A duras penas contenía la risa.–»¿Qué te parece de eso?»–dijo a un camarada con quien estaba en conversación al llegar Alejandro:-¿cuánto creerá el indio que me paga al año el gobierno por remendarles la salud?–Y reparando en la atención con que Alejandro lo oía:–¿Sabes inglés?,–le preguntó con aspereza.

—Muy poco, señor,–respondió Alejandro. Se moderó algo en el lenguaje el médico; pero le dijo sin rodeos «al indio» que su pretensión era insensata. Alejandro le rogó. ¡Hágalo por la niñita! ¡el caballo está a la puerta! ¡en todo San Bernardino no hay otro caballo como Babá! ¡y va el jinete como el viento, y sereno, sereno como la palma de la mano! ¡venga a ver el caballo el señor médico! ¡véngalo a ver! ¡le va a gustar montarlo!

—¡Oh! ya yo he visto mucho pony de indio: ¡ya sé que son buenos, para correr!

Pero Alejandro aún no se atrevía a desesperar. Las lágrimas le asomaban a los ojos.–»¡Señor: no tenemos más que esta hijita! ¡En seis horas no más: ya vuelve el señor! ¡Si la niña se muere, mi mujer se me muere!»

—¡Que no, te he dicho ya! Díganle a este hombre que no puede ser. ¡Si voy con él ahora, pronto tendré la puerta llena de ponies, para que vaya a verles los enfermos al fin del mundo!

—¿Dice que no?, preguntó Alejandro.

Con la cabeza más que con labios respondió el intérprete. Sin decir una sola palabra salió Alejandro del cuarto. Un instante después volvió a entrar.

—Pregúntenle si quiere venir por dinero. Yo le pagaré con dinero, con monedas de oro. Yo le pagaré lo que los blancos le pagan.–»¡Díganle que a mí no hay hombre, blanco o colorado, que me pague bastante para andar veinte leguas!»–Y Alejandro se volvió a ir, pero tan despacio, que oyó la risotada del médico, que le decía al amigo:– »¡Oro! ¡Valiente cara de oro tiene el señor indio!»

Cuando Ramona vio volver solo a Alejandro, se retorció de desesperación las manos. ¿Le latía el corazón, o se le acababa de romper? ¡Allí estaba su hijita, como sin sentido desde el mediodía! ¡Y ella se había pasado las horas yendo y viniendo de la cuna a la puerta! ¡Ni soñar pudo ella que el médico no vendría! A ella le había parecido que era cierto que aquellos hombres venían al país para hacer justicia por fin a los indios. Alejandro no lo quería creer; pero ella sí. Y lo que creyó al ver venir a Alejandro sin el médico, no fue que el médico no quería venir, sino que había muerto.

—No quiso venir,–dijo Alejandro, dejándose caer del caballo tristemente.

—¡No quiso venir! ¿Y no me dijiste que el gobierno lo había mandado para que curase a los indios?

—Así dijeron. Es mentira. Mentira, como todo. Le ofrecí dinero. Tampoco quiso. ¡La niña se tiene que morir, Majela!

—¡No, no se morirá!, exclamó Ramona: ¡si él no viene, nosotros se la llevaremos!

Les pareció aquella idea aviso de Dios. Sí, se la llevarían: ¿cómo no había pensado en eso? «Tú sujetas bien la cuna al lomo de Babá, Alejandro, y ella creerá que la vamos meciendo: yo la iré cuidando unas veces, y tú otras. Allá podemos estar en casa de Tía Ri. ¿Por qué no hemos ido antes? A la mañanita salimos.»

Pasaron la noche en vela, mirando a la niña. ¡Los infelices no conocían toda su desdicha, porque no habían visto aún de cerca la muerte! Asomó el sol, caluroso y radiante, y antes de que saliera francamente al cielo ya estaba la cuna apretada al lomo de Babá, y la criatura en ella sonriendo: «¡Mirala: sonríe, Alejandro; es la primera vez que sonríe desde hace muchos días! El aire mismo va a empezar a curarla. Déjame ir a mí primero con ella. ¡Ven, Babá, Babá bueno», y siguió andando al paso del caballo. Alejandro iba del otro lado, montado en Benito: ni Ramona ni él quitaban los ojos de la niña. «Alejandro,–dijo Ramona en voz baja: casi tengo miedo de decirte lo que he hecho. Quité el niño Jesús de los brazos de la Virgen, y se lo he escondido. Dicen que la Virgen le da a uno todo lo que le pide, con tal de que le vuelvan a poner en los brazos al niño Jesús. ¿Tú no lo has oído decir?»

—¡Nunca, Majela, nunca!–contestó él espantado.–Majela, ¿cómo tuviste valor?

—¡Yo tengo ahora valor para todo!–dijo Ramona.–Estuve pensando en quitárselo desde hace muchos días, y en decirle que no se lo volvía a dar hasta que no viera a mi niña con salud; pero yo sabía que no había de tener corazón para estar allí sentada viéndola tan sola, sin el niño en los brazos. Ahora no, porque no la he de ver. Y se lo quité. Y le dije:–»Cuando volvamos con la niñita buena, entonces te volveré a dar el niño Jesús: ¡sí, Virgen santa, ven con nosotros, y permite que el médico nos cure la niña!» Sí, Alejandro, de veras: muchas mujeres me han contado que la Virgen lo concede todo en cuanto le quitan el niño: dicen que cuando se lo quitan, nunca se cumplen tres semanas sin que otorgue lo que le piden. Nunca te lo he dicho, Alejandro; pero así fue como conseguí que tú volvieras. Yo tenía miedo, y no le quitaba el niño sino de noche porque la Señora podía verlo: si no, te trae más pronto.

—Pero, Majela, yo no tardé por eso, sino porque estaba con mi padre. En cuanto lo enterré, vine.

—Si no hubiera sido por la Virgen, no hubieras venido nunca,–replicó Ramona con plena confianza.

En la primera hora de aquel triste viaje pareció de veras como que la niña revivía: todo despertó en ella una animación que de tiempo atrás no mostraba,–el aire vivo, la luz del sol, el movimiento acompasado de Babá, la madre sonriente que caminaba a su lado, los caballos negros y hermosos a que tenía ya amor; pero aquellas eran las últimas oscilaciones de la llama que muere. Los ojos, como vaciados de repente, se cerraron: le veló el rostro extraña palidez. Alejandro lo notó antes que Ramona, que iba atrás a caballo. «¡Majela!» exclamó: «¡Majela!», en un tono que se lo decía todo.

En un segundo estuvo Ramona al lado de su niña, cuya alma pronta a partir pareció estremecerse con el grito de la pobre madre. Abrió los ojos: Conoció a su madre: le corrió por el cuerpecito un rápido temblor: una convulsión como de agonía le trastornó el rostro: y luego no hubo más que paz: ¡los lamentos de Ramona partían el corazón! Con fieros ademanes echaba a Alejandro atrás, cada vez que se le acercaba a acariciarla. Levantaba al cielo los brazos abiertos.–»Yo la he matado, yo la he matado. ¡Me quiero morir!»

Lentamente volvió los caballos Alejandro, de vuelta a la casa.–¡Ay, dámela, Alejandro: déjamela tener sobre el corazón! ¡aquí la tendré bien caliente!–dijo. Ramona, llorando más que hablando. Alejandro le puso en silencio la niña en los brazos. No había hablado una sola vez desde su grito de angustia. Si a Ramona le hubiera quedado en aquel instante pensamiento para fijarse en él, habría olvidado allí mismo el pesar de su niña muerta. La cara de Alejandro no era ya carne: sino piedra.

Cuando llegaron a la casa, puso Ramona en su cama a la niña, corrió al rincón donde tenía escondido detrás de una piel de venado el niño Jesús, y llena de lágrimas lo colocó en los brazos de madera de la Virgen, Y se arrodilló a pedirle perdón. Alejandro estaba a los pies de la cama, erguido, con los brazos cruzados, sin apartar los ojos de su hijita. Pronto salió del cuarto, sin haber hablado. A los pocos instantes oyó Ramona un ruido, como de quien asierra. Los sollozos la sofocaron, y un nuevo raudal de llanto. Alejandro estaba haciendo el ataúd para la niña. Se levantó como una sombra, y con las manos medio muertas vistió a su criatura toda de blanco para el entierro, la acostó en la cuna, la cubrió con aquel paño de encaje que había bordado para el altar con tanto amor. Y conforme lo iba plegando al cuerpo frío, recordaba el tiempo en que lo bordó, allá en el colgadizo de la Señora, el cuarto de los canarios y pardillos, la voz y la sonrisa de Felipe, Alejandro sentado en los escalones, sacando de su violín divinas músicas. ¿Era ella la misma que había bordado con hebras tan finas aquel hermosísimo paño de altar? ¿Era aquél otro mundo? ¿No había pasado un siglo de aquello? ¿Era aquél Alejandro, el que estaba clavando allá afuera un ataúd? ¡Ay; qué hondo, qué hondo sonaba sobre el clavo el golpe del martillo! El aire la asordaba, el aire lleno de aquel único sonido. Se llevó las dos manos a las sienes, y se desplomó sobre el suelo. Un desmayo misericordioso había venido a aliviarla de su angustia.

Cuando recobró los sentidos estaba en su cama. Alejandro la levantó del suelo y la dejó allí, sin hacer esfuerzo alguno por reanimarla: pensó que también Ramona se le iba a morir, pero ni ese pensamiento lo sacó de su letargo. Abrió Ramona los ojos, y lo miró; pero él no habló. Volvió a cerrarlos; pero él no se movió. Los abrió otra vez, y le dijo:

—Te he oído, allá afuera.

—Sí. Ya está.–Y señaló la cajita de tablas sin pintar, que esperaba al lado de la cuna.–¿Y ahora quiere Majela irse conmigo a la montaña?

—¡Sí, Alejandro, sí quiero!

—¡Para siempre!

—Lo mismo es.

Las indias de Saboba no sabían qué pensar de Ramona, que no se ligó con ellas tan íntimamente como con las de San Pascual, ni les inspiraba confianza desde que la vieron en tan estrecha amistad con los Hyers: ¡aquella amiga de los blancos no podía ser india de corazón! Así es que la dejaban sola; pero en cuanto supieron de su desdicha le llenaron la casa: todas estaban allí llorando en silencio, frente a la muertecita del ataúd blanco: porque Ramona había cubierto con lienzo blanco la madera cruda, y puesto por encima el paño del altar, que caía en anchos pliegues hasta el suelo. «¿Por qué no llora esta madre?» se decían las indias: «¿será como los blancos, que no tienen corazón?». Bien veía Ramona que las mujeres estaban inquietas y como sin saber qué decirle; pero no le quedaban ánimos para hablarles. Se le llenaba el alma de miedos espantosos, más crueles que su pena. Ella había ofendido a la Virgen había blasfemado: la Virgen. la había castigado instantáneamente, le había matado la niña a sus propios ojos. ¡Y ahora era Alejandro, que se le volvía loco! ¿Qué más haría la Virgen para castigarla? ¿Volvería a Alejandro loco furioso, y se mataría él, y la mataría a ella? ¡Eso iba a suceder, sí: eso! Cuando vinieron del entierro, perdió Ramona sus últimas fuerzas al ver la cuna vacía.

—¡Ay, Alejandro, vámonos de aquí! ¡vámonos donde tú quieras! ¡para mí todo es igual todo– menos estar aquí!

—Y ¿no tendrás miedo ahora, allí donde te dije, sola en la montaña?

—¡No–le respondió ella ansiosa–¡no! de nada tengo miedo. ¡Pero vámonos de aquí!

Brilló de salvaje alegría el rostro de Alejandro.–Bueno: iremos a la montaña: allí estaremos seguros.

Y en cada palabra y movimiento volvió a dar muestras de aquella fiera inquietud que precedió a su salida de San Pascual. Su mente estaba como él, dispuesta al viaje. Cada palabra era un plan nuevo, que comunicaba a Ramona tan pronto como lo concebía. Los dos caballos no los podían llevar, sino uno, porque allá el pasto era poco: ni se necesitaban los dos. La vaca, también había que dejarla. Alejandro la mataría, y con la carne seca tendrían para mucho tiempo. Con lo que dieran por el carro, compraría unas cuantas ovejas: cabras y ovejas sí podían vivir bien en la montaña. ¡Por fin, a vivir seguros! ¡Seguros: solos! Porque los blancos no querían aquel valle, que no era más grande que la mano, encaramado en aquellas altas crestas; y los indios creían que el diablo en persona vivía en las cumbres de la montaña de San Jacinto; por su peso en oro no hubiera ido un indio de Saboba a donde Alejandro iba a vivir. Con fiereza encomiaba Alejandro cada una de aquellas condiciones de seguridad:–»¡Yo lo dije desde que lo vi, Majela: éste es buen lugar para esconderse! Pero nunca, nunca pensé que tendría que llevar allí a mi Majela para tenerla segura,–a mi Majela!»... y la abrazó contra su pecho con pasión aterradora.

No era cosa muy fácil para un indio de San Jacinto vender un carro y un caballo, a no ser que los diese poco menos que de balde. Con un buen revés hubiera respondido un blanco al comprador que osase ofrecerle lo que por allí ofrecían a los indios. A duras penas pudo Alejandro responder con calma a algunas de las ofertas. Por su Benito no le querían dar más que una mazorca de maíz. Por fin Ramona, que no veía sin invencible temor la pérdida de lo que tenían de más valioso, logró convencer a Alejandro de que era mejor dejar a guardar el carro y los caballos en San Bernardino con los Hyers. «Llévaselos, Alejandro, y diles que los usen este invierno. Jos podrá trabajar con ellos de carrero, y te lo agradecerá, y cuidará los caballos como tú mismo. Si no queremos luego vivir en la montaña, los vamos a buscar, o Jos nos los puede vender allá mejor.»

Cuando ya se disponía Alejandro a llevar los caballos a los Hyers, quiso que Ramona lo acompañase. Ella, más que con las palabras, le respondió con el horror pintado en sus ojos:–»No, Alejandro: por ese camino no vuelvo yo a pasar sino como la trajimos a ella,–muerta.»

Ni deseaba Ramona ver a Tía Ri: no hubiera podido sufrir sin violencia sus demostraciones de pésame, a pesar de su sincero cariño. «Dile que la quiero mucho, Alejandro; pero que no puedo, no puedo ver a nadie ahora: que el año que viene la iré a ver, si no tengo que pasar por el camino.» Tía Ri murmuró mucho de tanto pesar, que le parecía locura, y cosa de quien, más que en este mundo, vive ya en el otro.

La majestuosa eminencia de San Jacinto se levanta por el sur sobre el valle de San Bernardino. Desde la casita de Tía Ri se veía la áspera montaña. Allí se estaba con la puerta abierta hora sobre hora la buena Tía Ri, a veces siete horas seguidas, dando a la cárcola recio, y corriendo la lanzadera adelante y atrás, con el pensamiento y los ojos fijos en la cumbre solemne y deslumbrante, que a la hora de la puesta brillaba como fuego, y en los días oscuros parecía confundirse con las nubes.

—Como que estar allí, Jos, es vivir a la otra puerta del cielo,–solía decir Tía Ri. No sé qué me pasa por el corazón cada vez que miro el monte, desde que sé que está allí. A veces me deja ciega el resplandor: así no ha de ser para los que vivan allá, porque no podrían vivir. Digo yo, Jos, que vivir allí debe ser como andar muerto. Dice Alejandro que allá no ha subido más hombre que él, un día que le iba a caza a un oso, y que hay agua y eso es todo lo que sé: y sé más, Jos, y es que a ella no la volvemos a ver nunca.

Los caballos y el carro fueron en verdad una bendición para Jos, que precisamente había deseado algo como esto, porque era el único trabajo abundante, y propio para su pobre salud, en San Bernardino. ¿Cuándo hubieran podido los pobres Hyers comprarle al hijo el carro y los caballos? Nadie le quiso dar un carro de carga por aquél cubierto en que vinieron de su Tennessee.–»Me quiero morir de vergüenza cuando pienso que si no es por esta suerte de lo del indio, el pobre Jos se queda sin quehacer. No, y si sigue Jos ganando como va, en cuanto venga el indio le podrá pagar su parte, que eso es no más que justo. ¡Y caballos como esos dos, que en medio día llevan la carga de uno! ¡y mansos no más, como criados a la mano! ¡ella por ese negro daba el mundo! ¡como que fue suyo, desde que era niñita! ¡La pobre mujer! ¡no parece que tiene buena suerte!»

Alejandro había ido dejando de un día para otro la matanza de la vaca: se le afligía el corazón de pensar que le había de dar muerte con su mano: la vaca lo conocía, lo miraba como a un amigo, venía a él como un perro en cuanto oía su voz. Desde que murió la niña la había puesto a pastar en un ameno cañón que quedaba como a unas tres millas, por donde a la sombra de los robles altos corría un fresco arroyo. Allí era donde pensó él levantar su casita, cuando creía que estaban seguros los indios de Saboba: ahora reía amargamente al recordar aquella ilusión: ya se sabía en Saboba que bajaba el valle otra compañía de blancos, y que los Ravallos le habían vendido una gran parte de sus tierras. El ganado ya no corría libre, porque los rancheros blancos estaban cercando sus terrenos; y como los indios eran muy pobres para cercar, tendrían que deshacerse pronto del ganado: ¡y después! ¡después los echarían del valle, como a los de Temecula! A tiempo se había convencido Majela de que lo mejor era irse a la montaña: allí a lo menos podrían vivir y morir en paz, vida infeliz y muerte miserable, pero se poseerían el uno al otro. La niña había muerto: ¡mejor! así estaba libre de tanto infortunio. Para cuando hubiese llegado a mujer ¿dónde habría en todo el país un rincón en que pudiera refugiarse un indio? Pensando en estas cosas fue al cañón Alejandro una mañana: el pony que tenían ahora no podía llevar mucha carga de una vez por aquel camino, estrecho como una hebra de hilo. Mientras se iban mudando, Ramona sacaría la carne, que les había de servir para muchos meses. Y después se irían.

Al mediodía trajo del cañón la primera carga de carne fresca, que Ramona comenzó a cortar en largas tiras, al uso mexicano. Y volvió a buscar la carne que quedaba. Como dos horas después vio Ramona, en las idas y vueltas con que la tenía distraída el trabajo, un grupo de hombres a caballo que iban deteniéndose de casa en casa por el otro lado del pueblo: no bien se alejaban los de a caballo de una casa, salían de ella como muy alarmadas las mujeres: una de ellas vino por fin corriendo cuesta abajo hasta la puerta de Ramona. «¡Escóndela! ¡Escóndela! ¡Esconde la carne! Son los hombres de Merrill, los de la punta del valle. Se les ha perdido un novillo, y dicen que nosotros se lo robamos. Vienen de donde fue la matanza y vieron la sangre. Le quitaron a Fernando toda la suya, que compró con su dinero. ¡Esconde, esconde la carne!»

—¿Por qué la he de esconder?–respondió Ramona indignada.– Esta carne es de nuestra vaca. Alejandro la mató hoy.

—¡No te creerán, no te creerán!–le dijo la mujer llena de angustia:'Toda te la van a llevar. ¡Esconde un poco no más!–Y sin que Ramona estupefacta pensara en estorbarlo, la india se llevó halando un trozo de la carne, y lo echó bajo la cama.

No había tenido tiempo de volver a hablar cuando los de a caballo cerraban ya la puerta con su sombra: el que iba a la cabeza se echó abajo de un salto:–¡Por vida de...! ¡aquí está el resto, mozos! ¡No hay en el mundo entero ladrones de más poca vergüenza que estos condenados! ¡Aquí tienen a ésta cortando ya la res! ¡Manos afuera, tía! ¡Aquí venimos a ahorrarte el trabajo de que nos seques nuestra carne! ¡Échanos acá cuanto pedazo tengas...–y la palabra vil con que acabó no es para escrita.

El rostro de Ramona se quedó sin sangre. Los ojos le centellearon. Se vino sobre los hombres con el cuchillo levantado.–»¡Fuera de mi casa, blancos perros! ¡Esta carne es nuestra: mi marido ha matado la res esta mañana misma!»

Su tono y continente sorprendieron a los seis hombres, que habían echado pie a tierra y llenaban la habitación.–Espera, Merrill: dijo uno de ellos: la mujer dice que su marido mató hoy el animal. Puede que sea suyo de veras. Ramona, como el rayo veloz, se volvió a él: ¿Que no hay entre ustedes quien hable la verdad, que piensan que miento? Digo que esta carne es nuestra: y que en todo el pueblo no hay un indio que robe una res.

Con una risotada le respondieron los hombres, y el que los encabezaba, notando el rastro de sangre que había dejado en el suelo el trozo que haló la india, dio un paso hacia la cama, levantó el cobertor de piel, y señaló burlándose de la carne escondida.–Cuando conozcan ustedes a los indios como yo, me podrán decir si pienso bien o mal. Si el animal era suyo ¿por qué esconde la carne debajo de la cama?–Y se inclinó para sacar el trozo.–¡Una mano aquí, Santiago!

—¡Al que la toque, lo mato! gritó Ramona fuera de sí de ira: y se puso entre los dos hombres, con el cuchillo en alto.

—¡Eppa!, dijo Santiago echándose atrás. ¡Y buena moza que es la mujer cuando se enoja! Digo, mozos, que le dejemos un poco de la carne: ella no es de culpar: ella cree lo que le ha dicho el marido.

—¡Como que te acuestas en cuanto te duele la cabeza!–murmuró el Merrill, sacando la carne de debajo de la cama.

—¿Qué es esto?–dijo una voz profunda desde la puerta.

Era Alejandro. Ramona lo saludó con un grito de alegría: de alegría, aunque aquel modo de mirar de él, lleno de determinación y desafío, le llenó de hielo las venas. Tenía la mano al gatillo de su escopeta.–» ¿Qué es esto?», repitió. ¡Bien sabía él lo que era!

—¡Es el indio de Temecula!–dijo en voz baja uno de los hombres a Merrill. Si sé que ésta es su casa, no vengo yo aquí. Erramos la pista.

Merrill dejó caer la carne al suelo, y se volvió como para imponer miedo a Alejandro, pero tal luz vio en el rostro del indio, que se convenció de que habían equivocado la ruta. Comenzó a hablar, y Alejandro lo interrumpió: Alejandro podía hablar en castellano con verdadera elocuencia. Señalando a su *pony*, que traía al lomo el resto de la carne:–»Eso es lo que falta de mi carne,–dijo. Esta carne es mía: yo maté esta mañana al animal en el cañón. Si el Señor Merrill quiere, lo llevaré a ver. El novillo del Señor Merrill lo mataron ayer allá en los sauces.»

—¿Quién?–¿Quién?–¿Quién te lo dijo?–le preguntaban a la vez los seis hombres.

Alejandro no les respondió. Miraba a Ramona. Se había echado el rebozo por la cabeza, como la india que le vino a avisar, y hablaban las dos en un rincón. Ramona no quería encontrarse con los ojos de Alejandro, temerosa de que allí mismo dejase a alguno de aquellos hombres muerto. Pero no era ésta la injuria que podía levantar la ira de Alejandro, más complacido que colérico al ver que aquellos justicias voluntarios se quedaban sin su carne, y abochornados y mohínos. A cuanto le preguntaban, callado. No sabía quién había matado el novillo. Nada sabía, de nada. Llenándole de maldiciones por su terquedad echaron por fin los americanos a galope, y Alejandro se acercó a Ramona, que temblaba: sus manos eran hielo.

—¡Llévame a la montaña esta noche! ¡Llévame donde no vuelva a ver un blanco!

¡Por fin, Ramona pensaba como él!: se le pintó en el rostro a Alejandro un gozo melancólico.–Pero Majela no puede estar allá sola, mientras no haya casa. Tengo que ir antes muchas veces para llevar las cosas.

—¡Allí estaré mejor que aquí!–exclamó ella rompiendo a llorar, al recuerdo de las ojeadas insolentes que le echó el Santiago: ¡yo no puedo estar más aquí!

—Espera, Majela, unos pocos días no más. Le pediré a Fernando el pony, y de cada viaje haré dos cargas, así acabo pronto.

—¿Quién robó el novillo de Merrill?

—Fue Castro, el mexicano de la hondonada. Lo vi sajando la res y me dijo que era suya. Mentira. Estos creen que los indios no más roban las reses.

—Yo les dije,-interrumpió Ramona, aún indignada con el recuerdo,–que en Saboba no había indio que robara una res.

—¡Ay, Majela, sí hay!: cuando no tienen qué comer, roban. Ellos pierden muchas suyas, y creen que no es malo matar la que encuentran. Ese Merrill el año pasado marcó con su hierro veinte novillos de la gente de Saboba.

—Y ¿por qué no se los quitaron?

—¿Y Majela no vio lo de hoy? Porque ya no hay mundo, ni pueblo, ni casa; ¡no hay más que el monte, el monte!

Un nuevo espanto había venido a atormentar a Ramona, y era la cara de aquel Santiago odioso, que en todas partes le parecía tener delante, tanto que siempre buscaba modo de que la acompañase alguna de las mujeres del pueblo cuando Alejandro estaba fuera. Todos los días pasaba el hombre a caballo por la casa. Un día llegó a la misma puerta, le habló con amistad, y siguió viaje. Ramona no se engañaba: Santiago estaba esperando su hora. Tenía decidido quedarse en San Jacinto, por unos cuatro años a lo menos, y quería tenerlo todo, pues,–¡mujer y tierra! Así vivió tres años en Santa Isabel un hermano suyo,–con una india. Y cuando se fue del pueblo, ¿se llevó a la india? ¡Oh, no!: le dio cien pesos y una casita, para que vivieran la mujer y el hijo. Y a la mujer no le pareció mal, antes lo tuvo a honor, como si por sus relaciones con el blanco se creyese por encima de las demás indias del pueblo. Con un blanco se casaría ella, pero ¿con un indio? ¡cuándo! Y a nadie le había ocurrido pensar mal de su hermano por eso. Si Santiago podía lograr que aquella hermosísima moza quisiera tomarlo de compañero, se estimaría feliz, y creería que le hacía un gran favor a la mujer. Todo se lo pintaba tan natural y fácil que apenas le ocurrió dudar de la respuesta de Ramona la mañana que la encontró sola por una de las calles del pueblo, y siguió andando a su lado. Ella tembló al ver que se le acercaba. Apretó el paso sin mirarlo: pero el buen Santiago creyó sin duda que aquello era una muestra de amor.

—¿Vives casada, mujer, o así no más?–dijo Santiago. La verdad es que tu marido te tiene en una casa muy pobre. Si quieres venir a vivir conmigo, tendrás la mejor casa del valle, tan buena como la de los Ravallos, y... –No acabó la frase. Con un grito que por años enteros le estuvo vibrando a Santiago en la memoria, se apartó de él de un salto, como para emprender la carrera; pero deteniéndose de pronto, se le encaró, rápido el aliento, los ojos como saetas:–»¡Bestia!», le dijo, y escupió hacia él. Le volvió la espalda, y entró huyendo en la casa vecina, donde se dejó caer al suelo deshecha en lágrimas. Contó el atrevimiento a las mujeres, que tenían a Santiago por mal hombre: pero a Alejandro nada dijo, por temor de que parase en muerte.

El Merrill se burló alegremente de la malaventura de su camarada.–Si me hubieras preguntado, no le habrías ido con la propuesta. Ésa está casada de veras. Pero indias te sobran, y debes buscarte una, porque tienen la casa como el oro, y son fieles como un perro. Puedes darle todo tu dinero, que ni un peso te ha de faltar.

Ramona no pasó hora en paz hasta que no estuvo en el monte. Y entonces, mirando a su alrededor, viendo arriba los picos solemnes que parecían hender las nubes, viendo a sus pies el mundo, porque para ella el mundo era el inmenso valle, poseída por aquella sensación de la vecindad celeste y alejamiento de la vida que asalta sólo en lo alto de las montañas, se llenó de aire el pecho una vez y otra, y dijo:–»¡Por fin, Alejandro, por fin! ¡aquí estamos seguros! ¡Ésta sí es libertad! ¡Esto sí es alegría! ¡Muy contenta voy a estar aquí, Alejandro! ¡si es tan hermoso que me parece sueño!

El valle era maravilloso, y parecía tallado en la montaña. Estaba como a medio camino de la cumbre, más alto por el este que por el oeste, y lo cerraba por una y otra boca montones de peñascos y muchos árboles caídos: la cumbre misma de granito le servía de muro por el sur, y por el norte tenía una espuela casi vertical, llena de espesos pinos. Años podía estar escondido un hombre en aquella hendidura sin que dieran con él. De la boca más alta bajaba borbollando más que corriendo un manantial cristalino sobre un lecho de verde pantanoso, por todo el largo del valle, hasta que desaparecía por la otra boca, como si se sepultase en la tierra; pero corría de Enero a Diciembre, y el agua era tan clara como la del cielo.

Muy cerca de allí, nacía otra espuela que iba ensanchándose hasta parar casi en meseta. Ésta no tenía pinos, sino pródigos robles, cargados de bellota, y a su sombra las piedras ahondadas donde, en los muy lejanos tiempos en que no creían los naturales en el diablo, habían amasado para su alimento la jugosa nuez generaciones remotas de indios.

Se bebía la vida en aquel aire puro, y hasta la pena de la niña iban Alejandro y Ramona consolando en él; ¡ya no estaba la niña tan lejos, desde que estaban ellos tan cerca del cielo! Primero vivieron en una tienda de lona, porque antes que a levantar casa había que atender a sembrar el grano y la hortaliza. Alejandro mismo se quedó sorprendido al ver cuánta y cuán buena tierra tenía allí para sus sembrados. El valle se entraba por cien lenguas, recodos y boscajes en la roca viva, y en estos umbrosos albergues crecía tanta y tan linda flor que le parecía a Alejandro maldad herir aquella hermosura con la cuchilla del arado. En cuanto acabó la siembra, comenzó a cortar árboles para la madera de la casa. Aquella vez no fueron las paredes, de lúgubres adobes, sino de tablones de pino bien aserrado, a medio descascarar, y no de un color todos los tablones, sino uno pardo y amarillo el otro, como si los hubiesen dispuesto almas alegres. El techo de paja, tule y tallos de yuca, en cama doble y espesa, salía por el frente buen número de pies, con lo que quedó hecho uno como colgadizo, con los horcones de abeto tierno sin pulir. ¡Otra vez podría Ramona sentarse debajo de un techo de paja, lleno de nidos vocingleros! Para las ovejas hizo Alejandro un corral, y un techo para el *pony*, con lo que la casa quedó completa, y más linda que las de San Pascual y Saboba.

Allí, en el colgadizo lleno de sol, estaba sentada al entrar el otoño Ramona, tejiendo una cuna con ramas de sauces fragantes. ¡Aquella de la niñita, la quemaron, la quemaron cuando salieron de Saboba! Asomaba el otoño cuando Ramona empezó a tejer la cuna: estaban los alrededores de la casa cubiertos de uva silvestre, puesta a secar, y tan dulce que las abejas venían en nubes a llevarse la miel, por lo que espantándolas cuando ya eran muchas salía Ramona a regañarlas diciéndoles:–»¡Abejitas, váyanse, váyanse, que estas uvas las necesitamos para el invierno!» Para el invierno, sí: la Virgen la debía haber perdonado, porque le mandaba otra vez a la casa la alegría de un niño, ¡alegría, a pesar del mundo entero!

Fue niña, y nació antes de los fríos, en días en que ya estaba viviendo con Ramona, desde la muerte de su hija, la viejita que les dio en alquiler la casa de Saboba. Era ignorante y de muy pocas fuerzas la pobre mujer; pero Ramona veía en ella la imagen de su propia madre, errante tal vez y abandonada, quién sabe por dónde: y consolaba su alma de hija cuidando de aquella viejecita seca y canosa.

Alejandro estaba en el valle por unos dos días cuando la niña nació.

Cuando volvió, Ramona le puso la niña en los brazos, radiante de gozo, con una sonrisa como aquellas de antes:–»¡Mira, mi amor, le dijo: la Virgen me ha perdonado: mira tu otra hijita!»

Alejandro no sonrió. Miró mucho a la niña, suspiró, y dijo:–¡Ay, Majela, sus ojos son como los míos, no como los tuyos!

—Y contentísima que estoy. Contentísima me puse en cuanto se los vi.

Él movió la cabeza:–»Es mal agüero tener los ojos como Alejandro,–dijo: los ojos de Alejandro no saben ver más que pena.»–Y puso la niña en brazos de Ramona, a quien se quedó mirando tristemente.

—Alejandro: es pecado estar siempre triste. El Padre Salvatierra decía que al que se queja de la cruz, le manda Dios otra más pesada. Peores cosas nos han de suceder.

—Verdad,–contestó él: mucha verdad. Peores cosas nos han de suceder.

Y saló andando con la cabeza caída al pecho.

¡Peores Cosas!

Para Alejandro no había cura posible. Su ardiente corazón, atormentado sin cesar por sus dolores y los de su pueblo, se consumía como por fuegos ocultos: ¿qué iba a ser de los indios? ¿qué de Ramona? El combate activo, el hablar, el quejarse, lo habrían salvado tal vez; pero tales desahogos eran ajenos de su natural reservado y reticente. Por fin perdió la razón aunque a grados tan sutiles que ni la misma Ramona pudo decir el instante en que sus miedos tenaces se convirtieron en irreparable desgracia. Por rara merced, no era la locura de esas que permiten que el loco se la conozca; así que aunque, al despertar de vez en cuando a lo que le quedaba de juicio, se hallaba en situaciones inexplicables, lo atribuía a desmayos pasajeros, sin saber que había obrado como demente en esos largos intervalos de sombra.

Loco estaba el infeliz, aunque manso e inofensivo; y daba tristeza ver cómo el tema de todas sus locuras eran las penas más hondas de su vida. Unas veces creía que los americanos lo iban persiguiendo; o que se llevaban a Ramona y los perseguía él: entonces corría, con ligereza de maníaco, hora sobre hora, hasta que exhausto caía en tierra, y recobraba la razón por el exceso de fatiga. Otras veces se creía dueño de numerosas manadas y rebaños, y se entraba en los corrales donde veía vacas u ovejas, iba y venía entre ellas, hablaba de ellas a los que pasaban como si fueran suyas, y aun solía tratar de llevárselas, como hubiera hecho con sus propios animales; pero cedía, lleno de asombro, en cuanto se le hacía notar. Una vez se encontró, en uno de sus instantes de lucidez súbita, llevando por el camino una mancha de cabras, de cuyo dueño ni lugar se daba cuenta: se sentó a un lado, y hundió en las manos la cabeza.–» ¿Qué me sucede con mi memoria?–

se dijo–¡ha de ser la fiebre: de seguro es la fiebre!» Y mientras él seguía sentado, las cabras se volvieron trotando a un corral vecino, en cuya casa estaba a la puerta el dueño, riéndose del suceso:–»Está bueno, Alejandro: ya te vi sacar las cabras, pero pensé que me las volverías a traer.»

Todos los del valle conocían su estado, que muy pocas veces le impedía trabajar, tanto que como era gran domador, y esquilador de fama, siempre había quien solicitase sus servicios, aun a riesgo de que los interrumpiese con una de sus escapadas. Estas ausencias eran una pena acerba para Ramona, no sólo porque se quedaba en dolorosa soledad, sino por el temor de que la locura rompiera por fin los frenos. Su pena era mayor porque, por el entrañable amor que le tenía, jamás se la dio a conocer, para que no cayese en cuenta de su condición; y la devoraba sola. Más de una vez llegó Alejandro a la casa sin aliento, jadeante, gritando, cubierto de sudor: «¡Los americanos, Majela! ¡nos han descubierto los americanos! Venían por la vereda. Pero yo los extravié. ¡Los extravié! ¡Vine por otro camino!»

Ramona entonces lo calmaba con caricias, como a un niño, y lo persuadía a acostarse y descansar y cuando se levantaba él luego, maravillado de sentirse con tanta fatiga:–»¿Cómo no, Alejandro? ¡si llegaste sin poder respirar! No debes subir la montaña tan aprisa.»

En aquellos días empezó Ramona a pensar con insistencia en Felipe. Ella creía que un buen médico podía curar a Alejandro. Si Felipe supiese de su angustia ¿cómo no la había de ayudar? Pero ¿cómo avisar a Felipe sin que la Señora lo supiera? ¿cómo escribirle sin que lo supiera Alejandro? Ya no se sentía libre ni alegre en el monte; sino con los pies y manos cargados de cadenas.

Así pasó el invierno, y luego la primavera, con gran cosecha de trigo en aquellos aires sanos; y mucha cebada silvestre, que crecía en todos los claros y rincones. En hebras largas caía la seda fina del lomo rollizo de las cabras contentas, y ya las ovejas tenían toda la lana, aunque no estaba aún en el león el verano. Mayo había traído mucha lluvia, el arroyo iba lleno, y las flores crecían en sus orillas, tan apretadas como en los canteros de un jardín.

La niña se criaba tan rozagante como si su madre no hubiera conocido penas. «Yo creía que mi leche era toda dolor», decía Ramona: «es que la Virgen me la está criando robusta». Y la Virgen había de ser, si los rezos tienen alguna virtud, porque de tanto repasarla con los dedos devotos, ya estaba gastada la filigrana exquisita del rosario.

Para las espigas de Agosto tenían preparada en Saboba una fiesta, con el cura de San Bernardino. Entonces llevaría Ramona la niña a bautizar: entonces podía poner la carta a Felipe dentro de otra a Tía Ri, que se encargaría de mandarla. Ramona se sentía como culpable por estar imaginando a solas, aun para el bien de Alejandro, lo que no podía decirle; porque en su alma leal y transparente no había habido para Alejandro cosa oculta desde su matrimonio. Pero era necesario. Luego él se lo agradecería.

Escribió la carta con mucho cuidado, temblando a cada palabra, del miedo de que cayese en manos de la Señora; y rasgó más de una vez páginas enteras, porque había puesto en ellas demasiado de su corazón para que se lo profanasen ojos enemigos. El día antes de la fiesta estaba la carta escrita y bien oculta. Y no sólo estaba lista la carta, sino el faldellín de la niña, todo de encaje de mano de Ramona, y resplandeciente de blancura. A la niña, por fin, le iban a poner Majela, porque Ramona, empeñada por única vez en que su deseo triunfase sobre el de Alejandro, logró arrancarle su consentimiento. Quería Ramona, que si ella se moría, le quedara a Alejandro otra Majela.

Todo estaba dispuesto para el viaje de Saboba antes del mediodía. Ramona se sentó en el colgadizo a esperar a Alejandro, que debía haber llegado la noche antes. Pasaron las horas muy largas e inquietas, y ya llevaba el sol una de oeste cuando por las pisadas rápidas del caballo conoció Ramona que Alejandro estaba cerca. «¿Pero por qué viene tan de prisa?» Y salió a encontrarlo. Era él, sí, pero con un caballo desconocido:–»Alejandro ¿qué caballo es ése?»

Él la miró pasmado, y al caballo luego. Verdad, aquél no era su pony. Se dio una palmada en la frente, como para reunir sus pensamientos.–»¿Dónde está mi caballo entonces?»

—¡Dios mío, Alejandro! ¡Lleva el caballo en seguida! ¡Van a decir que lo robaste!

—Pero mi pony ha de estar allá. Verán que no he querido robarlo. No sé cómo ha sucedido. No me acuerdo de nada, Majela. Eso es que me ha dado un ataque del mal.

Tenía frío Ramona del miedo el corazón. Ella sabía con qué justicia perentoria trataban por el país a los ladrones de caballos.

—¡Déjame llevarlo yo, Alejandro! ¡A mí me creerán más que a ti! ¿Qué quiere Majela, que yo ponga a la torcaza en las garras del gavilán? Mi pony se me quedó en el corral de Jim Farrar, que me llamó allá para ajustar la esquila del otoño. Después, no sé. Descanso no más y vuelvo. Me muero de sueño.

Ramona sentía un miedo invencible, pero creyó mejor dejarle reposar una hora, para que se le calmase el juicio turbado. Tomó heno fresco del corral, y con sus propias manos frotó al caballo, que era una bella bestia, negra y elástica. Alejandro lo debía haber traído a todo aliento cuesta arriba, porque los flancos le humeaban, y tenía blanco el hocico de la espuma. Se le saltaban las lágrimas a Ramona mientras calmaba como mejor podía la fatiga del animal agradecido, que en señal de su reconocimiento le rozó con los belfos húmedos la cara. «Porque era negro se lo trajo el pobre,–se decía Ramona,–¡negro como su Benito!»

Cuando Ramona entró en la casa, Alejandro dormía. Ramona miró al sol, que iba ya de caída. No podía ser que Alejandro fuese a lo de Farrar, y estuviera de vuelta antes del anochecer. Iba ya a despertarlo, cuando los ladridos furiosos de Capitán y los otros perros lo hicieron saltar de la cama, a ver qué era. Un momento nada más tardó Ramona en seguirlo, un momento nada más; pero cuando llegó al umbral, fue para oír un disparo, para ver a Alejandro caer en tierra, para ver a la luz del mismo segundo echarse del caballo a un desalmado, venir sobre Alejandro, dispararle a quemarropa la pistola una vez, otra vez, sobre la frente, sobre la mejilla. Luego, con una granizada de juramentos, cada palabra de las cuales resonaba con el fragor del trueno en los sentidos espantados de Ramona, desató el caballo del poste donde Ramona lo amarró, saltó sobre la silla, y salió a galope, con el caballo de reata. Al echar a andar amenazó con el puño cerrado a Ramona: a Ramona,–que estaba arrodillada en la tierra, tratando de levantar la cabeza de Alejandro, y de contener la sangre que le salía de las horribles heridas. «¡Esto les enseñará a esos indios malditos a no robar caballos!», dijo el hombre: echó otra sarta de votos, y desapareció por la cuesta.

Con una calma más terrible que el mayor arrebato de pesar se estuvo sentada Ramona en tierra junto al cuerpo de Alejandro, con sus manos cogidas. Nada podía hacer por él. El tiro había sido bueno, ¡bueno! en la mitad del corazón: ¡los otros tiros fueron mero regalo, para saciar la pistola! A los pocos instantes se levantó, sacó el paño del altar, y lo tendió sobre el rostro deshecho. Sin saber cómo le vinieron a la mente unas palabras que le oyó decir al Padre Salvatierra, como dichas por el Padre Junípero cuando le mataron a un franciscano los indios de San Diego. «¡Gracias a Dios, porque ya ha consagrado la tierra la sangre de un mártir!»

¡Sí, la sangre de un mártir! Parecía que las palabras estaban en el aire, que lo purificaban de las blasfemias del asesino. «¡Mi Alejandro: ya estás con los santos, ya sufriste el martirio como ellos! ¡ellos dirán ahora lo que tú les digas, mi mártir bendito!»

Las manos de Alejandro estaban aún calientes. Se las llevó a su seno, y las besó una vez, muchas veces. Se reclinó en la tierra junto a él, y echándole un brazo por encima le dijo al oído:–»¡Oh mi amor, oh Alejandro mío, háblale una vez más a tu Majela! ¿Cómo es que no padezco más? ¿No está bendito ya? ¿No nos vamos a juntar pronto con él? ¡Alejandro mío! ¡ya tú no podías con tanta pena!» Entonces, como en oleadas, le vino el dolor, y sollozó convulsa, pero sin lágrimas. De pronto saltó sobre sus pies, y miró alrededor despavorida. El sol estaba aún alto. ¿A dónde iría por ayuda? La anciana había ido al monte con las ovejas, y no volvería hasta el oscurecer. Alejandro no podía quedarse allí, sobre la tierra. A Saboba no podía ir a pie. Iría a Cajuila, otro pueblo, que estaba más cerca. Ella había estado allí una vez. ¿Encontrará el camino? ¡Tiene que encontrarlo!

Con la niña en los brazos volvió a arrodillarse junto a Alejandro, y lo besó, y murmuró:–»¡Adiós, mi amor!: vengo pronto. Voy a buscar amigos.» Y echó a correr, no a andar. Capitán, que no se había apartado de Alejandro, lamentándose con ladridos plañideros, de un salto se fue tras ella. Pero Ramona se volvió.–»¡No, Capitán, no! «– Lo llevó otra vez a donde estaba Alejandro, tomó al fiel animal de la cabeza, le miró en los ojos, y le dijo: «Quédate, Capitán, quédate aquí.» Con un gruñido doloroso respondió él, le lamió las manos, y se tendió junto a su dueño.

El camino era áspero y difícil de encontrar. Más de una vez se detuvo extraviada Ramona entre tantos peñascos y precipicios: se le había desgarrado el vestido, las espinas y latigazos de la maleza le habían hecho sangre en la cara, los pies le parecían de plomo, por lo poco que andaba. En las barrancas apenas se veía el paso por lo muy oscuro, y cuando de estribo en estribo iba subiendo, sin ver más que pinares espesos o áridas explanadas, sintió que se le caía el corazón.

La otra vez que había ido por allí no le pareció tan largo el viaje. Alejandro iba con ella: el día era claro y alegre: se habían ido deteniendo donde querían: le pareció muy corto el viaje aquella otra vez. ¿Se habría extraviado? ¡Entonces pronto estaría su alma con la de Alejandro!: porque el monte de noche estaba lleno de animales feroces. Pero no: la niña vive, y ella debe vivir para la niña. ¡Adelante, adelante, muerta el alma, el cuerpo arrebatado por la fiebre! Por fin, cuando la noche estaba ya tan encima que apenas veía a pocos palmos de distancia, cuando jadeaba de terror más que del cansancio de correr, vio de repente las luces de Cajuila. Unos pasos más, y ya estaba en la aldea.

En la miserable aldea: un claro estéril en el corazón de la montaña. Los cajuileños eran muy pobres, pero arrogantes y de muchos bríos: verdadera gente de montaña, libre y fiera. Muchos de ellos querían a Alejandro con pasión, y cuando supieron cómo acababa de morir, cómo su pobre mujer había bajado sola el monte con la niña en brazos, abandonaron sus quehaceres y se juntaron alrededor de la casa donde se había refugiado Ramona, en grupos airados y amenazadores. Ella, medio sin sentido, descansaba en una cama. Llegó, contó el horror de un solo aliento, y cayó al suelo desmayada, casi sin dar tiempo a que le quitaran la niña de los brazos. No pareció echar de menos la niña, ni fijarse en ella cuando se la trajeron a la cama. Era como si un olvido misericordioso le estuviera calmando los sentidos. Pero lo que dijo bastó para poner al pueblo en agitación extraordinaria. Nadie estaba allí en calma. De todas partes salían hombres a caballo: un grupo quería ir a traer el cuerpo de Alejandro: otros buscaban compañeros para ir a escape a la casa de Farrar, a matarlo: éstos eran los más amigos de Alejandro, los más jóvenes. El viejo capitán del pueblo iba de grupo en grupo, rogándoles que no saliesen de Cajuila:–» ¿Para qué, hijos míos?, ¿para que haya diez muertos, en vez de uno? Querrán dejar a sus mujeres y a sus hijos como deja él los suyos? Si matan a Farrar, los blancos nos matan todo el pueblo. Quién sabe si los blancos lo castigan.»

Ellos se echaron a reír. No había memoria de que hubieran castigado a un blanco por matar a un indio. ¡Bien lo sabía el capitán! ¿Por qué les mandaba que se quedasen sentados como mujeres sin hacer nada, cuando les habían asesinado a un amigo?

—Porque soy viejo, y ustedes son jóvenes. Pelear ¿a qué? A

ustedes les arde la sangre: ¡a mí también! Pero soy viejo. He visto. Prohíbo que vayan.

Las mujeres unieron sus ruegos a los del capitán, y los jóvenes cedieron al fin, aunque con visible repugnancia, diciendo que «bueno, que ya llegaría la hora, que habría de ser». Había, más de un modo de matar a un hombre. Lo que es Farrar no viviría mucho en el valle. Alejandro tenía que ser vengado.

Farrar había ido meditando sobre lo que haría, mientras bajaba la montaña: unos cuantos años antes no se habría tomado tal trabajo, sino vuelto a su casa, sin más inquietud que si el muerto hubiese sido una zorra o un lobo. Pero ahora no era lo mismo con aquel agente nuevo, que puso en grandes apuros a dos de San Bernardino, porque maltrataron a un indio de la Agencia, y llevaba presos a muchos taberneros, por vender bebidas a los indios. ¿Qué haría ahora, con nada menos que un muerto? Lo mejor era dar prueba de honradez y respeto a la ley, presentándose al primer juez que hallase a mano, y diciéndole que había matado al indio en defensa propia. Y lo hizo como lo pensó. Se acusó ante el juez Wells, que vivía a pocas millas de Saboba, de «haber cometido homicidio justificable en la persona» de un mexicano o de un indio,–¡Farrar no sabía a derechas!,–un mexicano, o un indio, que le había robado su caballo. Y lo que contaba parecía creíble, sólo que no explicó cómo, desconociendo el hombre y lugar, había ido tan de seguro al punto de la muerte.–»Seguí las huellas por algún tiempo, dijo; pero en un recodo las perdí. Se lo han llevado me dije, por la tierra seca, para que no se conozcan las pisadas. Del otro lado del arroyo volví a encontrar la pista. Yo andaba perdido por aquel monte tan espeso. Al cabo, subiendo por un espolón, di con un rancho. Los perros de la casa me ladraban. Allí estaba el caballo, atado a un árbol. Indio o mexicano era, no sé, el hombre que me salió con un cuchillo». «¿De quién es ese caballo?» le grité.–»Mío», me dijo en mexicano.–»¿De dónde lo trajo?»–»De San Jacinto.»–Se me venía encima con el cuchillo, y yo le apunté con el rifle.–»¡Párese, o disparo!» No se paró, y disparé. Siguió viniéndoseme encima, y volví a disparar. El hombre no caía, y lo eché al suelo de un culatazo. Saqué mi pistola, y le disparé dos tiros más.

El juez, como era su deber, dejó bajo custodia al preso, citó un jurado de seis vecinos para el reconocimiento, y con ellos y Farrar salió la mañana siguiente para el monte. Cuando llegaron al valle de Alejandro, ya el cuerpo no estaba allí: la casa estaba cerrada: no había más señas de la muerte que unas cuantas manchas de sangre sobre el suelo. La alegría de Farrar fue grande; pero se le mudó en espanto cuando supo que el juez no volvía al pueblo aquella noche, sino que iban a dormir en un rancho cercano a Cajuila. Aquel hombre pareció mujer. El terror lo desfiguraba. «¡Vendrán los cajuilas, y me matarán de noche! ¡quédense todos conmigo aquí, por Dios!»

A media noche despertaron al juez para decirle que estaban allí cl capitán y los cabezas de casa de Cajuila, que venían a llevar los jurados al pueblo, donde tenían el cadáver. Su pena fue grande cuando les dijeron que no debían haber movido el cuerpo de donde cayó, y ya no se podía levantar acta del reconocimiento. Pero el juez fue con ellos, vio el cadáver, y oyó la narración de lo sucedido, tal como lo contó Ramona en el instante mismo de su llegada. De ella no se podía saber nada más, porque la fiebre y el delirio la tenían tan fuera de sí que no conoció a su propia hija cuando se la pusieron en los brazos. Se movía sin cesar de un lado a otro, hablaba continuamente, apretaba en las manos el rosario, rezaba, interrumpía el rezo para llamar a gritos a Alejandro y a Felipe: la única muestra de conocimiento que daba era asir con más fuerza el rosario, y aun escondérselo en el seno, cuando trataban de quitárselo.

El juez era hombre de la frontera, y como tal, de ojos poco blandos; pero no pudo contener las lágrimas. Farrar había solicitado que se levantasen en seguida las primeras diligencias: pero después de lo que oyó en Cajuila se lo negó el juez, y fijó el día del proceso para de allí a una semana, a fin de que Ramona pudiera aparecer en él como testigo. «Es necesario que la mujer declare», dijo a los indios. No quedó Ferrar preso, sin embargo, sino con libertad para ocuparse en sus quehaceres, sin más fianza que su propia palabra. Llegó por fin el día fijado.

Con pena a la vez que alegría vio el juez acercarse la hora del proceso sin que se presentara a declarar testigo alguno. Que Farrar era un grandísimo rufián, lo sabía todo el país, y el juez se hubiera alegrado de que de aquella vez pagase al fin por todas. Pero hasta en el valle de San Jacinto, silvestre y casi despoblado, florecía la cizaña de las preocupaciones, y era obra mayor, sobre todo para persona que anda en política y necesita de los votos, la de romper lanzas en pro de los indios. Con mostrarles la menor simpatía se venía abajo por aquellas tierras la popularidad de más raíces. En otros asuntos podía haber diferencias de opinión; pero en odiar al indio, no. La verdad es que el juez vio con agrado que el proceso llevara aquel camino, aunque no dejó de punzarle el corazón, diciéndole con voces que él oía muy bien, que aquello era como hacerse cómplice del crimen, sobre ser gran deslealtad para con quien, como Alejandro, fue su amigo. Le punzó el corazón; pero quedó mucho más contento que triste cuando se vio forzado a declarar, a moción del defensor, el sobreseimiento de la causa, por haber sido el homicidio en defensa propia, y no aparecer testigos contra el acusado.

El juez aquietó su conciencia pensando, como era la verdad, que el resultado habría sido el mismo, aun cuando hubiese él decidido que había causa de proceso: porque en todo San Diego no hubiera podido reunirse un jurado que declarase culpable a un americano por haber matado a un indio. La conciencia, sin embargo, no se le calmaba por completo. Más de una vez veía delante de si la cara de Alejandro, con las heridas abiertas, como bocas que pedían justicia. Más de una vez le puso ante los ojos el remordimiento la escena desgarradora de Cajuila: el cadáver por tierra, Ramona tendida en la cama de aquella choza mísera, revolviéndose, mesándose el cabello, rezando el rosario, delirante. Sólo por muerte, o porque no había vuelto del delirio, hubieran dejado los cajuileños de traer, aunque fuera en andas, a Ramona.

Bien la conocía él de cuando vivió en Saboba, y había apreciado su raro mérito. Sus niños la miraban con amor, y la habían visitado en su casita; su mujer le había comprado encajes. Alejandro había trabajado para él, y nadie mejor que el juez sabía que hombre menos capaz de robarse un caballo no vivía en el valle. Farrar lo sabía también. Lo sabía todo el mundo. Todo el mundo sabía de aquellas súbitas oscuridades de su mente, que mientras le duraban lo tenían sin el menor conocimiento de sus actos. La única excusa de Farrar era que, al ver su caballo rendido de fatiga, cegó de ira, y disparó sin saber lo que hacía: «Pero si hubiera sido americano como él, se dijo el juez, ¡de seguro que lo piensa dos veces!» El juez no podía libertarse de aquellos pensamientos. Sí, era claro: ¡algo debía hacer él por la pobre Ramona, por la pobre niña! Eso sería como una penitencia por aquella absolución cobarde. Hasta podía criar la niña en su casa, como se solía hacer en el valle con los indios. Eso haría, eso. En cuanto tuviera tiempo iría a Cajuila, a ver lo que podía hacer.

Pero estaba dispuesto que Ramona no recibiese socorro de manos extrañas. Felipe había dado ya con sus huellas: Felipe estaba ya en camino.

Tía Ri en Viaje

Extraviado por la fiel Carmen, Felipe comenzó sus pesquisas por el puerto de Monterrey. Ni un solo indio de los pocos que allí había conocían de nombre siquiera a Alejandro. Por consejo del cura fue a una hondonada secreta de las cercanías, donde se refugiaban meses enteros los que por una causa u otra andaban huyendo de los hombres. Pero en vano. No había marinero ni dueño de barco que recordase a semejante indio, ni patrón que se hubiera visto en apuros suficientes para decidirse a tener un indio a bordo. Semanas enteras pasó Felipe en Monterrey, aun después de haber perdido toda esperanza. Algo lo retenía. Le parecía deber esperar hasta que volvieran los barcos todos que habían salido del puerto en los últimos tres años. En cuanto señalaban vela iba a la playa, y la ansiedad con que aguardaba el desembarco, su dolorosa resignación, su rostro bello y triste, despertaron viva simpatía hasta en los más desdichados e indiferentes. Los niños mismos sabían que aquel caballero pálido buscaba a alguien a quien no podía encontrar. Las mujeres lo compadecían, seguras de que lo que tenía así al caballero era la pérdida de alguna novia muy amada. Él a nadie contaba sus cuitas. Lo que hacía era preguntar por Alejandro Asís a cuantos veía.

Sacudió por fin el misterioso encanto que lo clavaba a Monterrey, y emprendió viaje al sur, por el camino viejo de las Misiones, con la esperanza de que, por lo que había valido Pablo en la de San Luis, supieran algo de su hijo algunos indios de los caseríos que había en la vecindad de las Misiones. Pueblo a pueblo había él de ir. A todos, al más escondido e infeliz, iría a preguntar. Indio a indio iría preguntando por toda la comarca.

Dos meses tardó en llegar, de aldea en aldea, a Santa Bárbara. El corazón le dolía, y las mejillas le quemaban, de ver tanta miseria. Las ruinas de las Misiones eran tristes de ver; pero más tristes eran las ruinas humanas. No en balde hablaba de los indios con voces que le salían de las entrañas el Padre Salvatierra. No en balde tenía su madre tanto odio a los herejes que habían usurpado las tierras que gobernaban en otro tiempo los padres franciscanos. ¿Cómo se había sometido la Iglesia sin pelear a aquellas indignidades? No había Misión donde no le contasen alguna terrible historia de los padecimientos de los padres que murieron fieles hasta su último suspiro a sus pobres misiones. «Aquí murió de hambre el Padre Sarriá», le dijo en Soledad un indio: «Nos dio todo lo que tenía, todo. Dormía en el cuero seco, como nosotros: una mañana cayó muerto, delante del altar, diciendo misa. Cuando lo enterramos, no tenía carne, tenía huesos no más. Su comida, nos la daba a nosotros.»

Pero ni de Alejandro ni de los indios del sur, que hablaban otras lenguas, sabían nada aquellos del norte. No: Alejandro no podía haber ido a Monterrey. En Santa Bárbara se dejó estar día sobre día, al amor de los frailes, que sabían de las penas de Ramona por lo mucho que hasta expirar estuvo rezando el Padre Salvatierra, aunque ya sin fe a lo último, por el bien de la niña de cuya gracia y ternura contaba maravillas. ¿Si el Padre había perdido la esperanza, qué había de esperar él?

Muy desalentado siguió el viaje. Muerta estaba Ramona, muerta sin duda, y enterrada en algún rincón oscuro, sin cruz, sin nombre, sin losa. Sin embargo, seguiría buscándola. Un poco más hacia el sur halló ya personas que sabían de Alejandro, y muchas de Pablo; pero nadie le podía decir por dónde había ido Alejandro después de la expulsión de los de Temecula. «Los de Temecula se regaron, señor, como una bandada de patos, en cuanto les tira una vez el cazador: nunca más, nunca más, se vuelve a juntar la bandada! Los de Temecula andan regados por todo el país de San Diego. En San Juan está uno: vaya a verlo, señor. El padre de allá, que es malo, lo deja vivir en un cuarto de la Misión por que le cuide la capilla, y por un tanto al mes. Mala persona, el padre de San Juan, que le saca al pobre el último peso.»

Iba muy adelantada la noche cuando llegó Felipe a San Juan, pero en vez de buscar dónde dormir, buscó al hombre. El indio vivía, con la mujer y los hijos, en un cuarto húmedo y oscuro como un calabozo, que daba al patio interior de la Misión. En la enorme chimenea moría un fuego ahogado: y sobre una pila de trapos y cueros estaba acostada la mujer enferma. El piso de azulejos ya quebrados era frío como la nieve: el viento entraba a bocanadas por la pared del corredor, llena de grietas: no había un estante, una cama, una mesa, un asiento. «¡Y por una cueva como ésta, se dijo Felipe, cobra alquiler un sacerdote del Señor!»

—Perdóneme, señor–dijo el hombre al verlo:–no tenemos luz. Mi mujer está enferma, y es mucha la pobreza, señor.

—No le hace,–respondió Felipe, ya con la mano en el bolsillo. No quiero más que preguntarte algo. Tú eres de Temecula. Ando buscando a Alejandro Asís. ¿Tú conociste a Alejandro, no?

Se quebró en este instante una de las ramas que ardían en la chimenea, y echó una llamarada que duró un segundo: luego todo volvió a la oscuridad. Pero el chispazo había dado luz bastante para que Antonio, porque aquel hombre era el Antonio de la esquila, con un movimiento de asombro que no pudo contener él ni notar Felipe, reconociese al hijo de la Señora Moreno.–»¡A mala parte vienes a preguntar por Alejandro, Felipe Moreno!»

Antonio sabía mucho más que Carmen; sabía de la noche en que se fue Ramona de la hacienda; sabía, por los labios de Alejandro mismo, cómo había sacado del corral a Babá: ¡hermosísimo caballo, Babá! ¡arrogante, brioso, negro como la noche, con una estrella blanca en la frente! Pero fue mucho atrevimiento, llevarse un caballo como aquél, marcado con una estrella. ¡Y ahora, después de tres años, todavía venía buscando el caballo Felipe Moreno! ¡A mala parte vienes a preguntar por Alejandro, Señor Felipe! No: no sabía nada. Ni dónde vivía ahora. Ni dónde fue cuando salió de Temecula. Sí, era verdad, había ido a Monterrey. Estaba solo cuando salió de Temecula. Él no había oído que se hubiese casado. ¿Que dónde estaban los de Temecula ahora? ¡Allá, acá, por dondequiera, como los lobos, como los zorros, como él, Antonio, como su mujer, pordioseros, enfermos, sin los viejos, sin los hijos, muriéndose a oscuras sobre un montón de trapos! Sí, él veía que el Señor Felipe estaba muy apenado. Pero él no sabía nada de Alejandro. Nada. Lo siento, señor.

Y cuando Felipe le puso en la mano una moneda, que por el peso conoció ser de oro, la conciencia le remordió a Antonio tanto que le dio las gracias tartamudeando y como enojado. Felipe siempre les había mostrado amistad. Pero entre él y Alejandro, Alejandro primero. Así, por segunda vez, la desconfianza de los indios privó de su mejor amigo a Ramona.

Por fin, en Temecula, en lo de Hartsel, pudo Felipe saber por la hostelera algo de cierto, aunque lo que la buena mujer le dijo, juntando fechas y palabras con un esfuerzo de la memoria, más confirmaba que desvanecía sus temores. Alejandro había pasado por allí como una semana después de la salida de Ramona, solo, a pie, en gran pobreza, camino de San Pascual, buscando trabajo. Y la de Hartsel creía de seguro que Alejandro había muerto, porque si no, hubiera venido a pagarle lo que le debía: el violín, no se había podido vender nunca. Eso sí, no había muchos indios como Alejandro, ni como su padre. «¿Verdad, señor?» ¡Mejor que hubieran sido todos como Alejandro! ¡algo más que un alcalde se hubiera necesitado para echarlos de Temecula!

—¿Pero qué podían hacer contra la ley, mi señora? ¡A mí mismo me han quitado con su ley la mitad de mi hacienda!

—¡Pelear! Eso es lo que podían hacer. Y eso es lo que dicen todos que habrían hecho, si Alejandro hubiese estado aquí.

Felipe vio pronto en la de Hartsel un corazón amigo, y se lo dijo todo. ¡Imposible, imposible!, decía ella. Se quedó largo rato meditando. «¡De seguro que está escondido,–exclamó,–si iba con ella! Para esconderse no hay como los indios; y todos saben donde está escondido el otro, pero ni en el tormento lo declaran. Los indios son como las tumbas. ¡Y a Alejandro, que lo querían ellos tanto, e iba a ser su capitán, cuando muriera Pablo, porque sabía leer y escribir, y era de buen consejo! Si yo fuera Ud., Señor Felipe, iría a San Pascual. Quién sabe si aquella noche cuando él vino estaba ella escondida por ahí cerca: aunque no veo dónde la pudo esconder. Ahora recuerdo que le dije que pasara aquí la noche, y él no quiso.»

Felipe se despidió de la asombrada mujer.–»Si los encuentro, pasaremos por aquí de vuelta, Señora Hartsel.» Y el pensarlo sólo lo puso en ánimos para el viaje hasta San Pascual. Allí, más confusiones. Estaba en desorden el pueblo, los campos descuidados, muchas casas vacías, vaciándose otras. En la de Isidro vivía ahora con su familia un americano que tomó a compra futura la mayor parte de la tierra donde estaba el pueblo. Isidro, como Alejandro, dio al hombre a escoger, puesto que no había cómo poner en duda sus papeles, entre comprarle la casa o verla quemar. El hombre la compró, e Isidro se había ido hacía una semana para Mesa Grande. Los indios que aún estaban allí no sabían de Alejandro: ni Isidro tampoco, le dijeron, sabe dónde su primo vive ahora. Alejandro no dijo: tomó al norte. Eso era todo.

¡Al norte, aquel norte donde Felipe los había buscado rincón por rincón! «El señor puede ver la casa donde vivió Alejandro: aquélla. No pregunte quién vive ahí ahora: ¡americanos! El americano le dio algo a Alejandro por su campo, que era muy bueno. Al fin Alejandro salvó algo.» ¡Ah, si lo hubieran oído...! Ahora ya era muy tarde. Ya nadie les quería pagar por la tierra. ¡Muerte, casas vacías, desgracia, muerte!

Con el pesar de lo que veía casi olvidó Felipe el supo propio.–¿Y dónde van ahora?–les preguntó.

—¡Quién sabe, señor! ¿Dónde podemos ir? Ya no hay dónde ir.

Aumentó la perplejidad de Felipe cuando oyó que no llamaban Ramona a la mujer de Alejandro, sino Majela. ¿Nunca le oyeron decir Ramona?–Nunca.

¿Qué era, pues? ¿Era el de San Pascual otro Alejandro? El nombre ha de estar en los libros de la iglesia. Los indios sabían que Majela y Alejandro se habían casado en San Diego: «los casó el Padre Gaspar». Y montó a caballo Felipe, a San Diego. Pero el Padre Gaspar andaba por las montañas: en el curato estaba el teniente, un joven irlandés. Se le mostró el joven cortés y benévolo. Sacó del secreto el gran libro viejo de los registros: y con el dedo comenzó a buscar despacio los nombres que por encima de su hombro devoraba Felipe con la vista, precipitado el aliento con la zozobra. Al fin leyó el teniente, adivinando las letras entre aquellos picachos y borrones.

—Alejandro... ¡aquí está!: «Alejandro Asís y Majela Fa...»

¡Ay, no era ella! Le dolió el corazón. ¿Qué mujer era aquélla con quien Alejandro se había casado diez días después de llevarse a Ramona? Alguna india de quien se había compadecido: alguna novia de antes. ¿En qué rincón del monte estaría enterrada Ramona?

Aquello acabó de convencer a Felipe de que Ramona había muerto. Era inútil seguir buscando. Pero, de vuelta a la posada, no pudo descansar, y comenzó a escribir a cuanto cura había por aquellos lugares, preguntándoles si estaba anotado en sus libros el casamiento de Alejandro Asís y de Ramona Orteña. Porque no era imposible que hubiese más de un Alejandro Asís. Asís no era un apellido tan raro, y Alejandros entre los miles de las Misiones, había de haber más de uno. Los curas respondieron. Ningún Alejandro se había casado con ninguna Ramona.

A la salida de San Pascual vio Felipe un matrimonio indio que iba a pie junto a sus mulas muy cargadas, y en una de ellas, sin vérseles más que las caras entre los atados, dos criaturas, La mujer iba llorando. Felipe los miró con gran piedad, haló de la bolsa, y dio a la mujer una moneda de oro. La mujer lo miró con asombro. ¿Era hombre aquél, o llovía oro, o era un ángel del cielo? «¡Gracias, señor, gracias!» Y el hombre se acercó a él, y le dijo: «¡Dios se lo pague, señor! Lo que nos ha dado es más que todo lo que tenemos en el mundo. ¿ No sabe el señor dónde podré encontrar trabajo?»

Con toda el alma le hubiera dicho Felipe:–En mi hacienda. En otro tiempo no habría vacilado en decirlo, porque el matrimonio era joven y fuerte, y de caras honradas. Pero la semana de la hacienda no daba ya para todos sus pagos.–No, amigo, siento no saber. Vivo muy lejos de aquí: ¿a dónde piensan ir?

—Por ahí, por San Jacinto. Dicen que allí no hay todavía muchos americanos. Allá tengo un hermano. ¡Gracias, señor!–¡Dios se lo pague, señor!

Volvió a su hacienda. ¡San Jacinto, San Jacinto! Desde la hacienda se veía bien la montaña.–»Juan Can,–preguntó a los pocos días: ¿hay muchos indios en San Jacinto?»

—¿En el monte o en el valle? El valle tiene poco río, pero es ancho y hermoso, y grande en pasto. Yo sé de un pueblo manso que hay en el valle, y de otro fiero allá arriba, en el cuajo del monte. ¡Gente brava, señor!

A la mañana siguiente salió Felipe para San Jacinto. ¿Cómo no le había nadie hablado de aquellos pueblos? Tal vez había más, y tampoco se lo decían. Revivieron sus esperanzas. Era él así, todo de extremos, lleno de ánimos a una hora y a la siguiente descorazonado. Cuando entró por aquella calle soñolienta de San Bernardino, y vio en el horizonte, contorneado por el cielo azul, el pico soberbio que con los fuegos de la puesta iba cambiando de turquesa a rubí, y de rubí a turquesa, «¡La he encontrado!–se dijo:–ella está allí, ¡la he encontrado!» A él, como a Tía Ri, le produjo la montaña una sensación solemne e indefinible de algo a la vez revelado y oculto. «¿San Jacinto?» preguntó a uno que pasaba, señalando al pico con el látigo. A tiempo que le respondía el hombre, desembocó a todo correr por la esquina cercana un carro con dos magníficos caballos negros, que apenas dieron al hombre tiempo para apartarse de un brinco.–»¡Ese de Tennessee todavía va a matar a alguno!»

Felipe vio los caballos: hundió las espuelas en los ijares de su animal, y echó detrás a galope. «¡Babá! ¡Ése es Babá!» decía en voz alta, olvidado de todo, tendido sobre el cuello, hincando las espuelas. «¡Paren a ése hombre! ¡Paren a ese de los caballos negros!»

Cuando Jos oyó que de todas partes lo llamaban, sujetó como pudo a Benito y a Babá, buscando con los ojos azorados por qué lo paraban. Felipe no le dio tiempo a preguntar. Se fue derecho a Babá, se apeó de un salto, y tomando al caballo querido de la rienda: «¡Babá! ¡Babá!» le decía. El caballo conoció la voz, y empezó a relinchar y a tender el hocico. Casi perdió Felipe el conocimiento. Hubo un instante en que lo olvidó todo. Estaban ya rodeados de gente. Por allí nunca había habido mucha fe en que poseyese un personaje como Jos dos caballos como aquéllos, así que no causó gran sorpresa oír que Felipe, mirando a Jos con ojos suspicaces, le preguntaba cómo le había venido aquel caballo.

A Jos le gustaba reír, y hacer las cosas despacio. Ya tenía para rato quien lo quisiera sacar de sus casillas. Antes de contestar cruzó una pierna sobre la otra, miró largo y tendido a Felipe, y en voz amable le dijo: «Bueno, señor, porque por la pinta le leo que es señor: ya tomará tiempo el decirle cómo me vino ese caballo, y el otro. Ni ése es mío, ni el otro. Como que no entiende mi inglés, ¿eh? Pues allá le va mi mexicano.» Y en mexicano le empezó a contar de Alejandro, y de la Señora Majela, y de que Babá era de ella desde niña, y de que no había como los dos indios para querer a sus animales.

—¡Ven con nosotros!–dijo Felipe echando las riendas de su caballo al muchacho que estaba más cerca. Y de un salto subió sobre el pescante. ¡Dios, Dios bueno, santos buenos! ¡La había encontrado, por fin, la había encontrado! ¿Cómo le contaría al hombre de prisa? ¿Cómo le daría gracias a aquel hombre? «No puedo decirle, no puedo. ¡Los santos lo trajeron por esta calle!»–»¡Otro de los de santos!» se dijo Jos: «¡Qué santos, señor! ¡Tom Wromsee fue el que me trajo, para que le mudara esta tarde la carreta!»–»¡Lléveme a su casa!» le dijo

Felipe, trémulo aún: «No puedo decirle en la calle. Quiero que me diga todo lo que sabe. Los he estado buscando por toda California.»

A Jos se le iluminó la cara, porque ésta era la buena fortuna, sin duda, para aquella tierna y amable Ramona.–»Vamos a casa derecho. Déjeme no más parar en lo de Tom, que me está esperando.» El gentío se dispersó desconsolado, con su «¡Te la encontraste, Tennessee!» de un lado, y de otro «¡Suelta el caballo negro, Jos!»

Al doblar Jos la esquina de su calle, vio a su madre que le salía al encuentro como despavorida, con el gorro a medio caer, y los espejuelos en la cabeza.–»¿Qué le sucede, madre?» De un manotazo asió Tía Ri la gorra, y a grandes vueltas del brazo seguía llamando a Jos. «¡Acá, Jos! ¡Eh, Jos!» Y seguía hablando sofocada, sin entendérsele la mitad de las palabras por el estruendo de las ruedas. No parecía notar que Jos no estaba solo en el pescante.–»¡Oh, Jos, lo más triste del mundo! ¡Han matado al indio, Jos, al indio Alejandro! ¡Asesinado, Jos!»

—¡Jesús! ¡Alejandro muerto! dijo Felipe, en un grito que helaba el corazón.

Jos no supo por dónde empezar. Miraba a su madre. Miraba a Felipe.–»Ésta es mi madre»–dijo a Felipe: «ella era muy buena amiga de los dos». «Madre, éste es el hermano. Me reconoció por Babá. Los ha estado buscando por toda California.»

Tía Ri entendió en seguida. Se enjugó los ojos, de que corría el llanto a hilos, y habló entre sollozos:–»Digo ahora que sí, que hay Providencia. Ud. es Felipe, ya lo sé yo, su hermano Felipe. De Ud. no más me hablaba la pobre. Pero yo no sé, yo no sé si la volveremos a ver viva. ¡Ay, mi Dios y señor! ¡Ella no va a vivir después que se lo mataron delante de los ojos! ¿Y cómo se sube allá? ¡No más que él sabía subir! ¡Los blancos, nunca!»

Jos iba traduciendo a Felipe, que se lo pidió ansioso, las frases incoherentes de su madre. «¡Muy tarde! ¡muy tarde!» gimió Felipe. También él creía que Ramona no había podido quedar viva. «¡Muy tarde!» Y con paso inseguro entró en la casa.

—Lo que es yo–exclamó Jos,–digo que no se ha muerto. Ella no deja sin madre a la niña.

—Eso es verdad, Jos, eso es mucha verdad. ¿Quién la matará a ella, con la niña en los brazos, si no son las fieras del monte? Por supuesto que vive, si la niña está viva.

Felipe estaba sentado, con la cara hundida en las manos. Levantando la cabeza, preguntó:—» ¿Es muy lejos?»

—Al valle donde estuvimos, sus diez leguas. Y a lo alto donde estaban ellos, sábelo Dios. El monte parece muro por lo pendiente. Así dice mi padre, que cazó allá en el verano con Alejandro.

Felipe oía como en un letargo a aquellos que hablaban familiarmente de Alejandro, que lo compadecían, que lloraban al saber su muerte horrible. Por fin se puso en pie.—»Vamos allá. Vámonos ahora mismo. ¿Me quieren prestar los caballos?»—¿Cómo no? ¡para el derecho que tenía Jos sobre ellos!

—»¡Y a mí me lleva!—dijo impetuosamente Tía Ri; yo no me he de quedar aquí sentada cuando ella está en ese dolor: y si se ha muerto ella, ¿quién cuida de la niñita? Ni yo dejo ir solo a este buen Señor Felipe.»

Con tal viveza le dio gracias Felipe, por medio de Jos, que volvió lo de que ella no era señora, ni le tenían que dar gracias, ni decirle más que Tía Ri.—»Me pasa como con ella, Jos, que cuando la vi ya me pareció que la quería. Más amistad les tengo a los mexicanos, en la verdad del corazón, que a estos yanquis mal nacidos. Pero que no me diga señora, Jos. Tía Ri o Mis Hyer me ha de decir. Tía Ri es más natural.» Y hablaba sin cesar, como si así pudiera aliviarle la pena a Felipe. Jos no tenía que creer que no sabría ella hallar el camino. Hasta Tennessee iría ella a ciegas, sin salirse de la calzada. Lo de subir el monte, Dios dirá. Dios no ha de dejar sola a Ramona. ¡Tía Ri no tiene miedo!

No podía haber hallado Felipe compañera mejor, sin que le estorbase mucho el no hablar la misma lengua, porque para todo lo necesario se entendían muy bien, acaso por lo que los unía, el gran afecto de ambos a Ramona.

Con luna llena entraron en San Bernardino. En cuanto vio asomar la luna Tía Ri había dicho.—»Eso es bueno».—»Sí, dijo Felipe, que había entendido las palabras: enseña el camino.»—»¡Eh, diga ahora que no sabe hablar inglés!»

Benito y Babá iban como si supieran el objeto de aquel veloz viaje. Ya llevaban mucho andado sin dar señales de fatiga, cuando, señalando un rancho a la orilla del camino, dijo Tía Ri que allí habían de quedarse a dormir, porque no conocía el paso de allí en adelante. Y para decir esto contó la historia entera de la casa, donde vivía una familia metodista. Aquella gente no hablaba sino de Dios. Y qué órganos, y qué aleluyas, y qué cantos. Pero el trabajo es su dios: cuando sale el sol, ya las reses tienen de comer, y han acabado de almorzar, y tienen limpios los platos. En Tennessee no se trabaja con aquel afán. «¡Digo! ¡si creo que el buen hombre no me ha entendido palabra del sermón! Me mira asombrado, como que no me entiende el inglés. ¡Ni entre las gentes que se entienden la lengua sé yo que sirva de mucho hablar la mitad de lo que se habla!»

Los Merrill no querían que Felipe subiese a Cajuila con aquellos hermosos caballos. «Allá, allá está el camino», le decían señalándole una cinta blanca, tortuosa, revuelta, y pendiente, que subía eseando, abriéndose, caracoleando, ensortijándose, estirándose al borde del precipicio, como un camino de ciervos. Tía Ri tembló al verlo; pero no dijo nada, sino esto que se dijo a sí misma: «Lo que es yo no me vuelvo atrás; pero quisiera que Jeff Hyer estuviese por aquí.»

A Felipe tampoco le agradó aquella vía colgante, que hecha para bajar maderas, iba cayendo durante unas seis millas en ángulos peligrosos: luego serpeaba entre barrancas y colinas hasta llegar al corazón de un gran pinar, donde había un aserradero, y allí se hundía en la selva aún más densa y oscura, de donde volvía a salir al sol, ondeando por entre vastas explanadas, praderas olorosas y montecillos bien yerbados, ya al pie de la magnífica montaña: de allí llevaba el camino cuesta arriba hasta Cajuila, cada vez más estrecho. Sin guía nadie pudiera intentar tal viaje. Uno de los Merrill se prestó a ir con ellos, acompañado de dos caballos fuertes, hechos al camino, con cuya ayuda no se subió tan mal la terrible cuesta, aunque Babá al principio cabeceaba y relinchaba, como humillado de ir a la cola de un caballo desconocido.

A no ser por la tristeza con que iban, Felipe y Tía Ri hubieran gozado profundamente con la magnificencia del paisaje: a cada nuevo escalón de aquellas pendientes planicies se iba ensanchando el valle al sur y al oeste, hasta que todo San Jacinto estuvo a sus pies. Los pinos eran soberanos, ya erguidos como columnas torneadas, ya caídos por tierra y tan gruesos que lo alto del corte salía por sobre la cabeza de un hombre. En muchos de ellos estaba la corteza agujereada del pie al tope, como por minadas de balas, y en cada agujero había una bellota: eran la despensa de los pájaros carpinteros. Tía Ri iba maravillada con la sabiduría de los animales, y cebando la elocuencia en Sam

Merrill, que en el dialecto verboso no le iba en zaga, aunque sacaba ventaja a Tía Ri en hablar más bien que mal el mexicano.

Leguas parecían las millas a Felipe. Le atormentaba aquel hablar sin tasa de Tía Ri. ¿Cómo podía charlarse de aquel modo? Pero cuando se iba enojando con ella, notaba que la buena mujer se enjugaba a hurtadillas las lágrimas, y esto le volvía a ganar el corazón.

Durmieron en una choza mísera que había por un claro, y tan temprano volvieron a montar, que estaban en Cajuila antes del mediodía. Cajuila entera salió de sus casas al ver llegar aquel cómodo coche con cuatro nobles caballos: nunca habían visto cosa tal. Aún duraba la agitación que causó la muerte de Alejandro: aquella misma mañana estaba hirviendo en cólera el pueblo, sabedor ya de que Farrar estaba libre. Al viejo capitán no le ponían mucha atención por el momento; así fue que al pararse delante de su casa, no vieron los viajeros más que rostros hostiles.

Era de ver la cara risible de Tía Ri, donde se leían a la vez desafío, desdén y miedo. «Sam Merril, yo no he visto en mi vida gente más ruin: si se les pone, nos tuestan: ¡si no está ella aquí, en buenas andamos!» «¡Oh dijo riendo Merrill: ésta es gente amigable, no más que anda inquieta con la muerte del indio: fue mucha ruindad la de Jim Farrar, dispararle a un muerto. Matarlo, no: porque lo que es yo, a indio que me roba un caballo, lo mato; pero no había que despedazarle la cara al muerto: eso fue que lo cegó el enojo.»

Tía Ri lo oía atónita. Felipe, después de pocas palabras con el capitán, había entrado en la casa a toda prisa. Tal vez Ramona estaba allí. Pero ni el ansia de verla le pudo contener a Tía Ri la indignación:–»Mozo, le dijo a Merrill,–yo no sé cómo te han criado; pero si mi hijo me hubiera dicho ese discurso, ¡no quisiera más sino que un rayo me lo matara!: y lo tendría muy merecido.» Lo más que iba a decir, nunca lo supo Merrill, porque asomó el capitán a la puerta y la llamó con la mano. Saltó del pescante al suelo, rehusando ásperamente la ayuda de Merrill, y corrió a la casa. Al cruzar el umbral, Felipe volvió a ella el rostro angustiado:–»¡Venga! ¡háblele!» Estaba arrodillado en la tierra del suelo, junto a un miserable jergón. ¿Era aquélla Ramona, aquel cadáver? ¿su pelo aquellas guedejas revueltas, sus ojos aquellas cuevas chispeantes, sus mejillas aquellas manchas escarlatas, sus manos aquellas pobres manos locas, que jugaban, como sin saber con qué, con un rosario de cuentas de oro?

Ramona era, tendida allí hacía diez días, sin que la pobre gente de Cajuila supiera ya qué remedio nuevo darle. Tía Ri se echó a llorar: «¡Ay! mi Dios, dijo, si por aquí cerca creciera la 'hierba del viejo': eso la curaría: yo creo que la vi como una milla afuera.» Y sin más palabras ni preparación corrió a la puerta, saltó al coche, habló más de prisa que nunca, hizo que la llevaran a todo el aliento de los caballos, llegó al lugar, miró del pescante afuera yerba a yerba, descubrió por fin la gramínea de olor amargo, y a los pocos minutos alzaba en las manos triunfantes un haz de las hojas grises, suaves, plumosas y relucientes: «¡Aprisa, Merrill!»–»Esto le va a dar la vida», dijo a Felipe al entrar en la casa; pero se le encogió el corazón al ver cómo Ramona paseaba inquieta la mirada sin luz por el rostro de Felipe, sin dar señal de reconocerle: «¡Mala está!» dijo Tía Ri, temblándole los labios; «pero hasta que no crezca el monte encima, no hay que decir muerte». Dio a aspirar a Ramona la taza hirviente llena de aquella infusión acre; con paciencia infinita logró dejarle caer gota tras gota por entre los muertos labios, y le bañó con el agua salutífera las manos y los pies, sin ver que los suyos propios se llenaban de ampollas. Al entrar la noche estaba dormida Ramona.

Felipe y Tía Ri, tan nuevos en la amistad como bien unidos, la velaban en silencio, alentado cada uno por la devoción del otro. Ramona durmió toda la noche. Felipe recordaba el tiempo de su fiebre, cuando la vio junto a su cama rezando de rodillas. Buscó algo en el cuarto con los ojos. En un nicho en la pared de barro había una pobre estampa de la Virgen, y una vela que chisporroteaba: la gente de Cajuila había dejado sin velas las pobres tiendas del pueblo, para rezar por Alejandro, para pedir a la Virgen por Majela. Tomó Felipe con cuidado el rosario que se había resbalado de las manos de Ramona, fue hasta el nicho, se puso de rodillas, y comenzó a orar como si estuviese solo. Los indios que estaban a la puerta, también se arrodillaron, y se oyó un largo murmullo. Tía Ri al principio miró como con desprecio las figuras arrodilladas: «¡Miren que rezarle a un pedazo de papel!»– Pero de pronto mudó de pensamiento:–»¡Y he de estar yo aquí sola sin rezar, cuando todos rezan por ella!: yo también rezaré, pero no al papel.» Se arrodilló Tía Ri: y cuando una india joven que tenía al lado le pasó su rosario, no lo rechazó, sino lo tuvo guardado con respeto, hasta que los rezos concluyeron.

La casa del capitán daba al este: en cuanto rompió el día, y entró a torrentes la luz por la puerta abierta, Ramona abrió los ojos. Felipe y Tía Ri estaban a su lado. Los miró con terror y asombro.

—¡Vaya, vaya! mi vida: cierre los ojos y vuélvase a dormir,' dijo Tía Ri muy serena, poniéndole la mano sobre los párpados:–aquí estamos los dos, Felipe y yo, y no nos vamos a ir. No me venga con miedos y tristezas. Duérmase, mi vida.

Los párpados vibraban bajo los dedos de Tía Ri. Las lágrimas forzaron el camino, y rodaron despacio por las mejillas. Los labios temblaban, la voz quería hablar, pero fue como el alma de un susurro la primera debilísima pregunta:–» ¿Felipe?»

—¡Sí, yo soy, mi Ramona, yo también estoy contigo!, ¡duérmete... duérmete... ya no nos vamos!–Y volvió Ramona a caer en el sueño misericordioso que estaba salvándole la vida. Tía Ri temblaba de pensar en lo que padecería cuando despertarse:–»Va a tenerlo que sufrir todo otra vez.» Pero ella no sabía cuánta fortaleza había ido acumulándose en aquella alma con la amargura de los últimos años: de su mansa constancia se había ido tejiendo la fibra heroica de los mártires, de aquellos mártires antiguos de la fe «¡procesados de burla, atormentados, errantes por los desiertos y los montes; en las cavernas y lobregueces de la tierra!» Cuando volvió a despertar, no miró a Felipe con espanto, sino sonriéndole con serenidad casi beatífica:–»¡Felipe! ¿cómo me encontraste?» Por el movimiento más que por el sonido entendió Felipe lo que le decían aquellos labios sin fuerza. Cuando le pusieron a Ramona la niña en los brazos, sonrió otra vez y quiso abrazarla, pero estaba muy débil. Señalando a los ojos de la niña, murmuró, mirando a Felipe con afán: «Alejandro.» Le pasó la muerte por el rostro cuando dijo el nombre, y se le desataron las lágrimas.

Felipe no podía hablar. Miró como pidiendo ayuda a Tía Ri, a quien le sobraba la respuesta.–»¡Vaya, mi vida! No hable, mi vida: vea que le va a hacer mal: Felipe y yo tenemos mucha prisa por verla fuerte, vaya, y por llevárnosla: en una semana puede, y si se echa a hablar, quién sabe cuándo: no hable, ¿quiere, mi vida? Felipe y yo le miramos por todo.»

Ramona volvió débilmente sus ojos curiosos y agradecidos a Felipe: «¿Contigo?», preguntaron sus labios.

—¡Conmigo, sí, conmigo!–dijo Felipe, tomándole la mano en las dos suyas:–¡te he estado buscando todo este tiempo!

Volvió a ver Felipe en el afable rostro la misma dolorosa mirada que había visto antes tantas veces. Temió que la conmoviese demasiado el saber de pronto que la Señora había muerto; pero aun esto le haría menos daño que la ansiedad pintada en sus ojos:–»Estoy solo en el mundo, Ramona»,–le dijo muy quedo;–tú eres ya lo único que tengo, tú que eres mi hermana, que me cuide: mi madre se murió hace un año.»–Los ojos, que pintaron su asombro, se llenaron de lágrimas de pena:–»¡Ay! Felipe»–empezó a decir; pero sintió nuevos alientos: la frase de Felipe había sido una verdadera inspiración: otro deber, otra consagración, otro trabajo, esperaban a Ramona. Ya no sólo tenía que vivir para su hija, sino para Felipe. ¡No, no se moriría! La juventud, el amor de madre, el cariño y deber de hermana la llamaban a la vida. Y ganaron la batalla, y pronto.

A los sencillos cajuilas les parecía aquello milagro, y veían a Tía Ri con algo como supersticiosa reverencia, no porque no supiesen ellos que la yerba del viejo hacía curas maravillosas, sino porque antes de venir Tía Ri se la habían estado dando a Ramona sin que la mejorase: ¡algún encanto debía haber en el modo con que Tía Ri daba la yerba! Y no querían creerla, cuando a la incesante pregunta de éste y de aquél, les respondía que no había puesto nada más que agua caliente y yerba del viejo. El cual nombre no era de los indios, como pudiera parecer, sino que lo trajo ella y lo creyeron bueno, por cierta extraña relación entre la planta y el sabio resultado del uso que le habían visto hacer de ella.

De Felipe, no se cesaba de hablar en toda la comarca, donde era suceso colosal la llegada de un caballero mexicano que como el agua gastaba el oro, y tenía a caballo al pueblo entero, buscando lo que le parecía bien para la enferma. ¡Si había viajado por toda California, con cuatro caballos, buscando a su hermana! ¡Y se la iba a llevar a su casa rica, allá en el sur, en cuanto estuviese bien, y a mirar en seguida por que colgaran, por que colgaran del pescuezo, al que le había matado el marido ¡Y si no lo cuelgan, bala! Jim Farrar oía de todo esto con el alma en un hilo: de la horca, no se le daba mucho, que harto conocía él a los jueces y jurados en San Diego, pero de la bala sí, porque él sabía que es como la de los indios la venganza de los mexicanos, que no la cansa el tiempo ni se le fatiga la memoria. Farrar maldecía la hora en que se dejó llevar de la furia en aquella montaña solitaria.

Ni Ramona, que vio el asesinato, sabía toda su maldad: Farrar sólo sabía que en vez de echársele encima con un cuchillo, lo que Alejandro hizo fue decirle humildemente: «Señor, yo le explicaré»;– que aun después de que ya tenía los pulmones atravesados por el primer tiro, y la sangre se le agolpaba a la garganta, todavía anduvo hacia él uno o dos pasos, con la mano en alto, como para que se detuviera, y queriéndole hablar, hasta que cayó muerto. Muy dura tenía Farrar el alma, y muy seguro estaba de que no era pecado matar a un indio; pero no le era gustoso recordar aquella suplicante angustia de la voz y el rostro de Alejandro, cuando caía muerto a sus pies. Y mucho menos gustoso le era el recuerdo desde la llegada del caballero mexicano: el temor es espuela poderosa del remordimiento. Otra cosa le turbaba grandemente, de la que no se habló en el primer jurado y por la que pudiera irle muy mal en el segundo, y era que su única clave para justificar su conocimiento de que Alejandro le hubiese llevado el caballo, fue que el pobre loco le había dejado en el corral el pony moro, que todo el mundo sabía ser suyo: ¡rara acción, en verdad, para un ladrón de caballos! Pensando en esto se le cubría a Farrar de sudor mortal la frente, porque como todos los de alma cruel, era cobarde: hasta que después de mucha tortura y agonía, se determinó a salir de la comarca, por lo menos mientras anduviera por allí el cuñado mexicano. E hizo muy bien en poner en planta sin pérdida de tiempo su determinación, porque tres días después del de su fuga se presentó Felipe al juez, en demanda de noticias precisas sobre las investigaciones en cuya virtud fue dado libre el asesino de Alejandro. Y cuando el juez le leyó las diligencias de la sumaría, concluyendo de ellas que si la declaración de Farrar era verdadera, «la de la mujer tenía que ser falsa», saltó Felipe sobre sus pies, y le habló de este modo: «Cuidado, señor, que la mujer de quien usted habla es mi hermana, ¡y si llego a encontrar al asesino, lo mato como a un perro! ¡Veremos entonces si hay jurado en San Diego que me ahorque por librar al país de semejante fiera!» Y Felipe lo hubiera hecho como lo decía.

Cuando Tía Ri supo que Farrar había huido, se calzó los anteojos, y miró muy atentamente a quien le daba la noticia, que era el mismo Merrill.–»¿Conque huido, eh? ¡Perro hediondo no más es ese infame! ¡Y dondequiera que vaya le irá detrás el Señor! Mejor que se haya ido. Lo que es yo, no le tengo ley a la horca. ¡Y Felipe lo hubiera matado en cuanto se tropezase con él, como que el cielo es azul! Más muerto se va él con el indio, que lo seguirá por donde vaya, y le hablará de día al oído, y no lo dejará dormir de noche. Va a ser como uno que conocí yo en Tennessee, donde los calabazos crecen silvestres y había una cerca de ellos, y una casa de un lado y otra de otro, y los muchachos de las dos casas querían el mismo calabazo, y pelearon, y las madres lo tomaron a pecho, y se golpearon también, y luego los hombres, hasta que Rowell le sacó filo al cuchillo, y puso a Clayborne como las banderas que volvieron de la guerra. Y no lo ahorcaron, pues, sino que el jurado lo dio libre. Pero él iba y venía, siempre solo, nunca contento, hasta que un día nos fue a ver y le dijo a mi padre:–»Vengo a decirte que no puedo vivir aquí más.»–»¿Y por qué, si la ley te ha dado libre?»–»La ley si, pero Dios allá arriba no. Por todas partes, por todas partes va Clayborne conmigo: en la vereda más estrecha, hay siempre hueco para los dos: por la noche, duermo con él de un lado, y con mi mujer de otro: no puedo, amigo: no puedo sufrir más.» Y muchos años después volvió, cuando ya era yo una buena moza, y mi padre le preguntó:–»Vaya, pues, Rowell: ¿y allá también se fue Clayborne detrás de ti?»–»También,–dijo él–también; ya no puedo verme libre de Clayborne en este mundo.» Y así le va a pasar a ese bribón, que llegará día en que quisiese lo hubieran colgado mejor, o muerto de un tiro.»

Oía Merrill gravemente el rápido discurso de Tía Ri, que llegó a las capas más hondas de su naturaleza de oesteño fronterizo, en la que sobre los hábitos y creencias de la primera edad se precipitan luego las pruebas nuevas y desesperadas de su vida indómita, como las varias capas de la corteza terrestre. Bajo la cáscara del más duro rufián hay casi siempre todo un mundo lleno de las costumbres, de las doctrinas, de las enseñanzas religiosas que de niño le fueron familiares, y de hombre recuerda: por alzamiento súbito, en alguna gran lucha o catástrofe de la madurez de la vida, vuelven aquellas memorias, como flores, a la superficie. Las respuestas del catecismo que aprendió en su infancia, y en que no ha vuelto a pensar, suenan de nuevo en sus oídos, misteriosas e íntegras, y se le turban los sentimientos y el lenguaje con el conflicto, en un pecho áspero, del hombre de hoy y el de ayer que resucita. Este efecto causaron las palabras de Tía Ri en el joven Merrill, criado en el más austero calvinismo, arrebatado después, como por un remolino, en la vida salvaje de la frontera, pero siempre buen yanqui. Aunque la bondad no llegó hasta confesar que había pecado Jim Farrar mortalmente matando al indio, ni reconocer que era señal segura de la inocencia de Alejandro el que hubiese dejado en el corral de Jim «aquel pony viejo, desrodillado, mísero, que no valía veinte pesos». A esta discusión, no sin haberla salpicado antes de felicísimas ocurrencias, puso fin agrio Tía Ri de esta manera: «Y lo mejor será que no hablemos más, mozo, porque vamos a acabar peleando.» Y Merrill no pudo ya sacar palabra de los labios sellados de Tía Ri.

Pero de otra cosa hablaba sin cesar, con grandísima elocuencia y gusto, y era de la bondad de la gente cajuileña: sus últimas preocupaciones contra los indios se desvanecieron en el trato de aquellas familias simples y honradas. «Delante de mí no ha de hablar nadie mal de ellos, mientras yo viva,–decía: vean cómo se han quitado de encima cuanto tienen, no más que por darle los gustos a Ramona: eso es más de lo que les he visto yo a los blancos. Y no me digan que ha sido por el interés, porque hasta que Felipe y yo vinimos, ellos no sabían que Ramona tuviese parientes: hasta morir la hubiesen cuidado ellos como a hija. La verdad es que los blancos tienen mucho que aprender de los indios, en esto y en mundos de cosas. ¡Como que alguien me vuelve a oír decir de los indios mal! Mucho bueno diré. Pero todos serán como yo, que hasta que no lo veo con mis ojos no lo he creído: ¡si el mundo entero pudiera ver lo que yo he visto!»

Muy triste se quedó Cajuila el día en que salieron por fin del pueblo Ramona y sus amigos. Por mucho que aquella gente bondadosa se alegrara de que Ramona hubiese encontrado aquel amparo, y por viva que fuese, como era, la amistad que les habían inspirado la benevolencia y agradecimiento de Felipe y Tía Ri para con ellos, sentían los de Cajuila, al verlos ir, como una pérdida, como un vacío. Aquel viaje les ponía más en claro ante los ojos su soledad y pobreza. Ramona, mientras fue mujer de Alejandro, había sido como hermana del pueblo, y como condueña de lo que el pueblo poseía, que no era más que el ánimo para cargar entre todos la desdicha: ¡y ahora se la llevaban como si la rescatasen, no tanto de la muerte, como de una vida peor que ella!

Ramona les fue diciendo adiós deshecha en lágrimas. No sabía cómo arrancarse de los brazos de la joven que en toda su enfermedad le había dado el pecho a la niña, yendo hasta quitarle a la suya propia la leche, para que no le faltara a la de Ramona. «¡Hermana! yo te debo la vida de mi hija: ¿cómo te sabré dar gracias? ¡yo rezaré por ti toda mi vida!»

A Felipe no le hizo la menor pregunta. Sin vacilar, con la sencillez de un niño, se entregó en sus manos. Felipe era el instrumento del poder superior que la guiaba. Aquella misma ingenua resignación que le dio desde sus primeros años serenidad en sus amarguras, y placer en sus trabajos diarios, la mantuvo, serena aunque ya sin placer, en las pruebas de su amargo matrimonio: y no la abandonaba ahora. Tía Ri no cesaba de maravillarse, con lo más vigoroso de su dialecto y sus gestos de mayor asombro, de aquella mansedumbre en la desdicha que le parecía poco menos que la misma santidad. «Pues si el rezarle a los papeles y el arrodillarse delante de los maderos lo pone a uno en esa paz, desde mañana voy yo a creer en los santos: ¡mucho que voy yo a decir mal de los indios, con lo que estoy viendo! ¡como que me estoy volviendo india yo misma!»

El adiós a Tía Ri fue el más doloroso para Ramona, que la veía como su madre, tanto que sentía a veces como si prefiriera quedarse con ella a irse con Felipe, aunque en seguida se reprochaba el pensamiento, como traidor e ingrato. Felipe le adivinaba la pena, y no se la tenía a mal: «¡Es el único amor que ha conocido la pobre parecido al de madre!» Y se quedó en San Bernardino semana tras semana, so pretexto de que Ramona no estaba todavía fuerte para emprender viaje, cuando la verdad era que no quería privar a Ramona tan de súbito de la sana compañía de Tía Ri, que le daba ánimos.

Tía Ri estaba muy atareada, haciendo una alfombra de retazos para la mujer del agente: precisamente la acababa de empezar la mañana que le llevaron la noticia de la muerte de Alejandro. No era de esas alfombras de tiras de colores diversos, que el tejedor va matizando conforme al gusto del que se la encarga, sino esas otras de salga-como-saliere, en que se coge del montón de trapos el que venga a mano, y suelen quedar mucho más graciosas y pintorescas. Así decía Tía Ri, gran experta en el oficio; y era de oírla filosofar sobre las cosas de la vida a propósito de la alfombra. «A mí, denme las cosas de la vida a salga-como-saliere, que así me salen mejor, como con los trapos: y no que al que las prepara mucho y las encoge de aquí y las estira de allá, le pasa como a los que me traen los trapos para que les haga la alfombra de este y este color, y azul con colorado, y verde con amarillo, y aquí carmín y allí naranja, y luego que lo ven hecho como lo quisieron, se tiran de las orejas y dicen que fui yo, que se lo quise hacer mal. Lo que es ahora, les hago escribir lo que quieren en el papel, que tonto es el que cae en la misma trampa dos veces. ¡Por ahí anda volando el que sabe de arreglar colores! El que manda, manda.»

Cuando tuvo la alfombra hecha, Tía Ri la llevó a casa del agente, muy bien enrollada bajo el brazo. Había estado preparando mucho esta visita, porque tenía un mundo de preguntas que hacer, y de noticias que dar, y escogió la hora en que el agente había de estar en casa. Sí: el agente sabía por dónde había andado Tía Ri, y lo de Alejandro, y lo de Felipe. Y había querido prender a Jim Farra, pero no lo prendió porque le dijeron lo mismo que Ramona dijo a Tía Ri, que no creerían en testimonio de india contra un americano. Tía Ri puso con sus lenguajes en gran aprieto al agente: «¿A qué tanto celo por prender a los que vendían licor a los indios, si no le alcanzaba el poder para poner presos a los que los mataban?» «¡Mis indios! ¿por qué decía el agente «mis indios», si cada uno de ellos se ganaba con su trabajo la vida?» «¿Y el médico para qué es, sino para lo que a Alejandro le fue, para dejar morir las criaturitas en los caminos?» «¡Para lo que sirven los agentes, si no sirven más que para traerse de Washington todos esos libracos y papelotes, y escribe que escribirás oficios y listas!» Y esto fue cuanto sacó la curiosa Tía Ri de su visita a la Agencia.

Le pareció a Ramona durante todo el viaje que lo que le sucedía era un sueño. ¡Su niña en los brazos: Babá y Benito trotando alegres a un paso tan vivo, que no iban rodando, sino como resbalando, y a su lado Felipe, el querido Felipe, con aquella misma amable luz de antes en los ojos! ¿qué cosa extraña le pasaba que todo aquello le parecía, no verdad como era, sino falso e imaginario? ¡hasta su hija misma, no le parecía cuerpo vivo! Ramona no sabía que la naturaleza misericordiosa manda con las penas terribles la fuerza que las soporta y la insensibilidad que las alivia: en la misma rudeza del golpe va a veces su primera cura. Mucho había aún de tardar Ramona para convencerse por completo de que Alejandro estaba muerto. ¡Aún no había sufrido las mayores angustias!

Felipe no sabía de esto, ni podía entenderlo, y se maravillaba agradecido, al ver a Ramona día tras día conforme y placentera, pronta siempre a responderle con una sonrisa. Lo que lo atormentaba era oírle decir algo de gracias ni de reconocimiento. «¡Gracias, a mí, a mí que hubiera podido ahorrarle todas sus penas con un poco más de valor de hombre!» Jamás se perdonaría aquello Felipe: su vida entera la consagraría a Ramona y a la niña: ¡pero su vida entera era tan poco!

Cuando ya iban llegando a la casa notó varias veces que Ramona trataba de ocultarle que había llorado: «Ramona,–le dijo–no te dé pena llorar delante de mí. Yo no quiero que tú tengas nada que esconderme. Mejor que llores mucho: así se alivia el dolor.»

—No, Felipe: los egoístas y los pobres de alma no más lloran. A veces no se puede dejar de llorar; pero siempre que lloro me da después vergüenza, y creo que he pecado, y que he dado mal ejemplo. ¿No recuerdas que el Padre decía siempre que se debía parecer contento, aunque se padeciera mucho?

—¡Pero eso es más de lo que pueden hacer las criaturas!

—No, Felipe: acuérdate de cómo sonreía siempre él, que había sufrido tanto. Por la noche no más me decía él que lloraba, cuando estaba solo con Dios. Tú no sabes, Felipe, lo que enseña la soledad del monte. Yo he aprendido tanto en estos años, como si me hubiera estado enseñando un maestro. A veces me parecía que era como que andaba por allí el alma del padre, poniéndome pensamientos. No más quisiera podérselo decir a mi hija, cuando tenga más años. Ella lo va a entender más pronto que yo, porque ella tiene el alma de Alejandro: ¡míraselo, míraselo en los ojos! Todo eso que yo aprendí en el monte, lo sabía él de cuando niño: eso está en el aire, y en el cielo, y en el sol, y todos los árboles lo saben.

Mientras Ramona le hablaba así de Alejandro, iba Felipe asombrándose en silencio: él había tenido siempre miedo de nombrar a Alejandro. ¡Y Ramona hablaba de él, como si lo tuviera vivo y a su lado! ¡No lo podía entender Felipe! Muchas cosas había en aquella amable y adolorida hermana suya que Felipe no podría entender jamás.

Cuando entraron en la hacienda los criados, que habían estado esperándolos de días atrás, se reunieron en el patio para recibirlos, con Juan Canito y Marta a la cabeza: dos nada más faltaban, Margarita y Pedro, casados desde algunos meses antes, que vivían ahora en el rancho de los Ortegas, donde era Pedro nada menos que capataz, cosa que tenía muy divertido y burlón a Juan Canito.

Todo era en el patio feliz, rostros resplandecientes, y sonrisas, y gritos de alegría, aunque no había allí corazón que no tuviese sus miedos de que la vuelta al hogar no parase al fin en mayores tristezas. Todos, cuál más cuál menos, sabían lo mucho que había sufrido la Señorita desde que salió de la hacienda, y les pareció que había de venir muy cambiada por el dolor: «Y luego, encontrarse aquí con la Señora muerta»–decía uno de los peones: «ya esta casa no es como cuando vivía la Señora».

—¡Vaya!—murmuró Juan Can, más encuellado y supereminente que nunca, con el año que llevaba de mando absoluto: Vaya, señor, eso es lo que Ud. sabe: lo que yo sé es que la Señora hizo muy bien en morirse, porque si no, no vuelve acá la Señorita. Ya la Señora mandó, que en paz descanse: yo por mí, mejor quiero que me manden la Señorita y el Señor Felipe.

Cuando los buenos e impacientes criados vieron venir hacia ellos con la niña en los brazos a Ramona, pálida, pero con aquella sonrisa de antes, todos rompieron en vivas continuos, y no hubo en el grupo ojos sin lágrimas. Con los ojos buscó Ramona a Marta, y le dio a cargar la niña: «Marta, le dijo con aquella voz suya que le ganaba los corazones: ¿no me vas a querer a mi hijita?»

—»¡Señorita!» «¡Señorita!» «¡Dios la bendiga, Señorita!»–decían todos a un tiempo, agolpados alrededor de la niña, acariciándola, celebrándola, pasándola de brazo en brazo. Ramona estuvo mirándolos atentamente por algunos instantes, y luego dijo:–»Dámela, Marta. Yo la llevaré a la casa.» Y siguió como si fuera a entrar por la puerta de adentro.

—Por aquí, Ramona, por aquí,–gritó Felipe. He dicho que te preparen el cuarto del Padre, porque ¡es tan alegre para la niña!

—¡Felipe bueno, gracias!–dijo Ramona, y sus ojos hablaban más que sus palabras. Felipe le había adivinado lo que más temía ella al volver a la casa, que era pisar su propio cuarto. Tal vez nunca se atrevería a entrar en él ¡Qué cariñoso, qué cuerdo había sido Felipe!

Sí: Felipe era ahora muy cariñoso, y muy cuerdo. ¿Por cuánto tiempo podría sujetar la cordura al cariño, regalándose él, como se regalaba, días sobre días en la contemplación de aquella mujer hermosa, y hermosa de otro modo que como él la conoció antes de su casamiento, tanto que a veces creía, mirándola con deleite, que había cambiado hasta de facciones? Pero en esta mudanza misma había un encanto, que por largo tiempo habría de rodearla y protegerla de pensamientos amorosos, como si la guardase una guirnalda de invisibles espíritus: había en su cara como una arrebatada expresión de comuniones celestes, que percibía el más torpe, y a la vez que atraía, solía imponer. Era aquella misma majestad que Tía Ri quiso explicar de su jocosa manera. Pero Marta la explicó mejor, respondiendo un día a cierto desahogo de Juan Canito, que le dijo medio aterrado, y en voz que parecía soplo, cómo tenía él por lástima grande que el Señor Felipe no se hubiera casado años atrás con la Señorita: «¿Y por qué no se había de casar ahora?» Y Marta le dijo, en otro soplo:–»¡Antes se casaría con la misma Santa Catalina! ¡Y qué bueno que pudiera ser, Juan Canito!»

Ahora estaba la casa como la Señora se la había imaginado tantas veces, con el gorjeo de un niño en el jardín, en los corredores, en el colgadizo: en todas partes el sol, la bendición y la alegría. ¡Pero no era así, no, como se lo había imaginado ella! No era aquélla la niña de Felipe, sino la de Ramona; de Ramona, expulsa y sin amigos, que había vuelto en paz y honor, como la hija de la casa; de Ramona, la viuda de Alejandro. Si la niña hubiera sido hija de Felipe, no la habría podido él querer más; y la niña, sólo a su madre quería más que a Felipe. Desde los primeros días se quedaba dormida horas enteras en sus brazos, con la manecita hundida en la espesa barba negra, tan cerca de sus labios que él podía besarla una y otra vez, cuando no lo veía nadie. Después de Ramona, la niña era lo que Felipe quería más en el mundo: a la niña podía prodigarle sin reparo la ternura que no se atrevía a mostrar a la madre. Con el tiempo iba viendo Felipe, cada vez más claro, que los resortes de la vida de Ramona no eran ya de este mundo, que su alma era la constante compañera de otra alma invisible. Ramona no podía engañarlo con hablar a cada instante tranquilamente de Alejandro, como le hablaba. La pena no era menor por el ausente: la especie de parentesco era lo que había cambiado.

Algo atormentaba cruelmente a Felipe: el tesoro escondido. La humillación le había impedido hablar de él, pero con cada hora que pasaba sin revelar a Ramona el secreto, se sentía tan culpable casi como la misma Señora. Por fin, habló. No había dicho muchas palabras cuando lo interrumpió Ramona:–»Oh sí, yo sé; tu madre me dijo. A veces hubiera querido tener algunas de las joyas, cuando estábamos en mucha pena; pero ya eran de la Iglesia. La Señora Orteña dijo que se las dieran a la Iglesia si yo me casaba contra la voluntad de tu madre.»

¡Oh, qué vergüenza!: le temblaba de la vergüenza la voz a Felipe: «No, Ramona, no se las dieron a la Iglesia. Tú sabes que el Padre murió, y yo creo que mi madre no supo qué hacer con ellas.»

—¿Pero por qué no se las diste a la Iglesia, Felipe?

—¿Por qué? ¡Porque son tuyas, tuyas nada más!: nunca se las hubiera dado yo a la Iglesia, sino hasta saber que habías muerto, y que no dejabas hijos.

Ramona no apartaba los ojos de Felipe.–»¿Tú no has leído la carta de la Señora Orteña?»

—Sí, toda.

—Pero la carta dice que nada de eso era para mí si yo me casaba contra la voluntad de la Señora.

Felipe ahogó un gemido. ¿Le había dicho su madre mentira?:–»No, Ramona, no decía eso. Decía, si tú te casabas fuera de razón!.»

Ramona meditó:–»No sé, dijo: de las palabras nunca he podido acordarme. Tenía mucho terror, pero creí que era eso. Yo no me casé fuera de razón. ¿Tú crees, Felipe, que es honrado que guarde yo las joyas para la niña?»

—¡Mil veces, sí, mil veces!

—¿Tú crees que el Padre me diría que las guardase?

—Sí, Ramona, sí.

—Déjame pensarlo, Felipe. Tu madre no creyó que las joyas debían ser para mí, si yo me casaba con Alejandro. Por eso me las enseñó: antes nunca me dijo. Una cosa no más me llevé, un pañuelo de mi padre: pero se me perdió cuando salimos de San Pascual. Medio día estuvo Alejandro buscándolo, pero se lo había llevado el viento. Me dio mucho dolor.

Al otro día dijo Ramona a Felipe:–»Felipe, ya pensé: creo que puedo guardar las joyas para la niña. ¿No tendré que firmar algún papel para decir que si ella muere, se las den a la Iglesia, al Colegio del Padre en Santa Bárbara?»

—Sí, Ramona; y después las pondremos en seguro. Yo mismo las llevaré a Los Ángeles. Es milagro que no se las hayan robado en tanto tiempo.

Y así volvieron las joyas de la Señora Orteña a la custodia del futuro, que en vano intenta penetrar y dirigir el hombre soberbio.

En lo visible al menos, corría la vida serena en la casa de la Señora: nada era más grato a los ojos que aquella rutina de tranquilos quehaceres, goces sencillos y tareas ligeras. Tan apacible era el verano como el invierno, y cada uno traía su belleza propia. No había allí alma quisquillosa o enemiga; y correteando como los pájaros y el sol, triscando, regocijando, aleteando, riendo, veíase sin cesar de colgadizo en colgadizo, de cuarto en cuarto, de jardín en jardín, y en todas partes como dueña, a la criaturita caída del cielo en aquel feliz abrigo, a la linda Ramona. No sabía más de miedo ni desdicha que los capullos de rosa con que le gustaba jugar: y su madre, mirándola largamente, pensaba que desde la cuna había nacido su hija libre de dolor.

En Ramona misma no se veían ya señales de pena, antes le hermoseaba ahora el rostro un nuevo fulgor. Poco después de su vuelta, sintió que por primera vez veía clara toda su desdicha, que no había objeto, sonido, lugar, palabra, silencio, que no le pareciera burlarse de ella, repitiéndole el nombre y el recuerdo de Alejandro. Pero a fuerza de voluntad venció esta pena, que le parecía pecado. No, no debía ser: lo que el Padre decía, venía del cielo: se debe ser feliz, hacer felices a los demás: «¡Dios mío, dame fuerzas para hacer a los demás felices!» Y luchaba contra su dolor, en vigilias tenaces y en mansísimos rezos.

Felipe nada más sabía de estas fatigas. Las supo, y supo también cuando cesaron, y cuando la luz de un nuevo triunfo dio nuevo encanto al rostro de Ramona; pero ni se desalentó con su pesar, ni tomó ánimos cuando vio que lo vencía. Felipe era ya un enamorado más cauto que en sus primeros años de mozo. Él sabía que no le estaba abierto el mundo donde vivía realmente Ramona; pero no había palabra, acto o mirada de ella que no estuvieran llenos del pensamiento amoroso del bienestar de Felipe, y del placer profundo de su compañía. ¡Bastaba para que Felipe, a pesar de su inquietud, no se sintiese desdichado!

Otras causas había, a más del ardiente deseo de merecer de Ramona amor de esposa, para tener inquieto a Felipe. Cada día le era más desagradable la vida en California. Los métodos y tendencias, y los elementos mismos del carácter de los americanos, señores ya del valle, le eran odiosos. Sus éxitos vociferados, la muchedumbre de sus colonias, sus planes de establecimiento y mejoras, le repelían y exasperaban. Aquella pasión por el dinero y modo desatentado de gastarle, aquellas colosales fortunas, que en una hora se levantaban y desaparecían en otra, se le figuraban a Felipe más propias de jugadores y bandidos que de caballeros. Los abominaba. La vida bajo su gobierno le llegó a ser insoportable: sus instintos heredados, sus preocupaciones, su naturaleza misma, todo se rebelaba en él. Cada vez se sentía más y más solo. En español, apenas se hablaba ya por los alrededores. Comenzó a sentir el deseo ardiente de vivir en México, en aquel México que nunca había visto, y por el que suspiraba como un desterrado. Allí al fin podría vivir entre hombres de su raza y condición, y de creencias y trabajos como los suyos. ¿Pero Ramona? ¿Quería ella ir también? ¿o se sentía ya muy ligada a aquel país en que no había hecho más que padecer?

Por fin le preguntó. Con extraordinaria sorpresa suya, Ramona le dijo:–»¡Felipe! ¡alabado sea Dios! yo nunca me hubiera atrevido a decírtelo: yo no creía que tú quisieras salir de la hacienda. Pero lo que yo sueño para mi hija, lo único que le pido a la Virgen, es que se me pueda criar en México.»

Y conforme hablaba, iba Felipe asombrándose de cómo no había entendido antes que Ramona quisiese tener libre a su hija del peligro de raza que había afrontado ella con tanto heroísmo.

El asunto quedó decidido. Con el corazón mucho más alegre de lo que nunca pudo suponer, comenzó Felipe los primeros tratos con unos americanos ricos, que siempre habían querido comprarle la hacienda: y tanto había aumentado el valor de la tierra del valle, que la suma que le dieron, mayor que la que había soñado, era sobrada para empezar con brío, como la tenía pensada, la vida nueva de la casa en México. Desde que estuvo decidido el viaje, y señalado día para hacerse a la vela, se veía el júbilo en la cara de Ramona. Tenía como luces en la imaginación. El porvenir la esperaba, el porvenir, que ella conquistaría para su hija: ¡todo para su hija! Felipe notó el cambio, y por primera vez osó esperar. Iban a un mundo nuevo, a una nueva vida: ¿por qué no a un nuevo amor? Ella había de llegar a ver con qué ojos la quería él: y cuando lo viera, ¿no le pagaría su cariño? Él esperaría, él pensaba poder esperar mucho tiempo. Cuando había aguardado tanto en calma sin esperanza alguna, mejor aguardaría ahora que ya tenía alguna esperanza. Pero no es la paciencia lo que florece en los pechos de los amantes que esperan. Desde que Felipe se dijo por la primera vez: «Será mía, todavía será mía», le fue más difícil refrenar el deseo de poner en palabras y pensamientos el amor que rebosaba de su alma. Aquella fraternal ternura de Ramona, que antes le había sido bálsamo y aliento, le era ya a veces intolerable; y solían ser sus arranques tan bruscos, que comenzó Ramona a padecer del miedo de haber hecho algo que le desagradase. Felipe había decidido que nada lo tentaría a revelar su pasión y sus sueños, hasta que llegaran a la casa nueva. Pero hubo un instante que pudo más que él y habló, al fin.

Fue en Monterrey. Debían salir a la mañana siguiente, y volvían del barco–adonde fueron para los últimos arreglos–en un bote que remaba despacio hacia la playa. Era de noche, y luna llena. Ramona estaba sentada con la cabeza descubierta en la popa del bote, y el radiante reflejo de la plata del agua parecía flotar a su alrededor, y envolverla como en una miríada de halos. Felipe la estuvo mirando, mirando hasta que no fue ya señor de sus sentidos, y cuando al saltar del bote apoyó ella la mano en la suya, y le dijo, como le había dicho antes cientos de veces:–» Qué bueno eres, Felipe!», él, en un arrebato, la tomó de ambas manos, y le dijo:–»¡Ramona! ¡mi vida! ¿no me puedes querer?»

La noche era tan clara como el día. Estaban solos en la playa. Ramona lo miró un instante sorprendida, un sólo instante, y lo entendió todo: «¡Felipe!, ¡hermano!» exclamó, y echó adelante las manos, como para detenerlo.

—¡No, yo no soy tu hermano! ¡Yo no quiero ser tu hermano! Mejor quiero morir.

—¡Felipe!–volvió a decir Ramona. Esta vez la voz de ella lo volvió a sus sentidos. Una voz de terror, de dolor.

—¡Perdóname, mi vida! no lo volveré a decir, ¡pero te quiero desde hace tanto tiempo, tanto tiempo!

Ramona había ido dejando caer la cabeza sobre el pecho, y tenía los ojos fijos en la arena brillante: las ondas se hinchaban y morían, se hinchaban y morían suavemente a sus pies, como suspiros. Aquello había sido para Ramona una gran revelación. En aquel momento supremo en que se descubrió Felipe el alma de todo disimulo, vio de súbito a una luz nueva la vida de aquél a quien había estado mirando como hermano. Sintió pena, pero fue de remordimiento:–»Felipe,–le dijo,–juntando como en súplica sus manos:–he sido muy egoísta. Yo no sabía.»

—¡Por supuesto que no sabías, mi amor! ¿Cómo podías saber? ¡Pero yo toda mi vida te he querido! ¡Yo no he querido a nadie más que a ti! ¿no podrás tú quererme nunca? Yo no quería decírtelo ahora, sino más tarde, mucho más tarde. ¡Pero se me ha salido del corazón!

Ramona se acercó más a él, todavía con sus dos manos juntas: «Yo siempre te he querido, Felipe: yo no quiero a otro hombre más que a ti,–y aquí su voz fue un levísimo murmullo,–»¿pero tú no sabes, Felipe, que una parte de mí está ya muerta, muerta,–que no puede volver a vivir? ¡Tú no puedes quererme para tu mujer, Felipe, cuando hay algo de mí que está ya muerto!»

Felipe la estrechó en sus brazos. Estaba fuera de sí de júbilo: «Tú no me dirías eso si creyeras que no puedes ser mi mujer,–exclamó: ¡Sé mía, mi amor, con tu alma, y me importa a mí poco que te creas muerta o viva!»

Ramona no hacía esfuerzos por arrancarse de sus brazos. ¡Gran dicha era para Felipe no haber conocido aquella otra Ramona que Alejandro conoció! Esta fiel, esta tierna, esta agradecida Ramona, que se preguntaba fervientemente qué había de hacer para no causar pena a su hermano, que le cedía lo que no le parecía a ella más que fragmento y resto de su vida, que pesaba sus palabras, no a la luz de la pasión, sino a la de un afecto sereno y purísimo, ¡cuán distinta era de aquella que se lanzó a los brazos de Alejandro exclamando: «¡Mejor quiero morirme que estar donde tú no estés! ¡llévame, Alejandro!»

Ramona había dicho la verdad. Parte de ella estaba muerta. Pero vio con intuición infalible que Felipe la quería como había ella querido a Alejandro. ¿Y podía negarse a dar a Felipe la felicidad, el amor de esposa sin el cual no había para él felicidad, a Felipe que la había salvado, a Felipe que quería como padre a su hija? ¿Qué le quedaba a ella que hacer, después de lo que acababa él de decirle? «Yo seré tu mujer, Felipe,–dijo hablando solemnemente, lentamente,–si tú crees que te puedo hacer feliz, y si crees que está bien hecho.»

—¿Bien hecho?, gritó él, loco del gozo que no había esperado para tan pronto: «Lo que no fuera eso, es lo que no estaría bien hecho. ¡Yo te querré tanto, mi Ramona, que tú olvidarás que me dijiste que había algo de ti que estaba muerto!»

Hubo por un instante en el rostro de Ramona una expresión que asombró a Felipe. Nada: un instante no más: ¡tal vez un rayo de luna! Pasó. Felipe no lo volvió a ver jamás.

Todavía recordaban en la ciudad de México muy afectuosamente al General Moreno, de modo que Felipe halló en seguida amigos. El día después de su llegada se celebró el matrimonio en la Catedral, y no había concurrentes más gozosos que la canosa Marta y el buen Juan Can, a quien no le impidieron las muletas estar arrodillado, con muestras de mucho orgullo durante la ceremonia junto a Marta, y detrás mismo de los novios. El cariño con que los recibieron en México fue más vivo, apenas comenzó a saberse de público la historia de su vida. No se hablaba de otra cosa en la ciudad más que de la hermosa mujer de Moreno, y era para Felipe regocijo grande ver la nobleza y compostura con que en las más altas reuniones se distinguía siempre Ramona. Nueva vida en verdad, y mundo nuevo. ¡Bien podía Ramona dudar que era ella la misma que había sido! Pero los recuerdos imperecederos estaban de pie en su corazón, como centinelas. Cuando los arrullos de dos tórtolas enamoradas llegaban a su oído, sus ojos buscaban el cielo, y oía una voz que le decía: «¡Majela!» Éste era el único secreto que su leal y amante corazón recataba de Felipe: corazón muy leal, y muy amante: pocos esposos tiene el mundo más felices que Felipe Moreno.

Hijos e hijas le nacieron al caballero mexicano. Las hijas eran muy hermosas; pero la más hermosa de todas, y dicen que la más querida del padre y la madre, fue la mayor, la que sólo llevaba el nombre de la madre, y no era más que hijastra de Felipe, –Ramona,– Ramona, la hija de Alejandro el indio.

FIN

Personajes principales en la novela y traducción

Novela de Jackson	Traducción de Martí
Alessandro Assis	Alejandro Asis
Senorita Ramona/Majella	Señorita Ramona/Majella
Senora Ramona Ortegna	Señora Ramona Orteña
Francisco Ortegna	Francisco Ortega
Felipe	Felipe Gonzaga (hermanastro de la señorita Ramona)
Senora Moreno	Señora Moreno
Juan Can	Juan Can
Father Salvierderra	Padre Salvatierra
General Moreno	General Moreno (esposo de la señora Moreno)
Angus Phail	Angus Phail (padre biológico de la señorita Ramona)
Margarita	Margarita (criada de la señora Moreno)
Father Peiry	Padre Peiry
Father Gaspara	Padre Gaspar
Pablo Assis	aPblo Asis (padre de Alejandro)
Aunt Ri	Tía Ri
Jos	Jos
Jim Farrar	Jim Farrar

CPSIA information can be obtained
at www.ICGtesting.com
Printed in the USA
LVOW11s1627120418
573091LV00008B/612/P